Dori Pinto · Der Mond über Jerusalem

DORI PINTO

Der Mond über Jerusalem

ROMAN

Aus dem Hebräischen
von Ruth Achlama

KEIN & ABER

Dieser Text wurde auf Wunsch des Autors entsprechend seines historischen Kontextes und des damit einhergehenden Sprachgebrauchs ins Deutsche übertragen.

Hinweise zu den Zitatnachweisen sowie ein Glossar befinden sich auf den letzten Seiten des Buches.

Die Übersetzung wurde gefördert von The Institute of Hebrew Literature, Israel, und der Botschaft des Staates Israel, Bern.

Die Originalausgabe erschien 2020 unter dem Titel *Jareach*
bei Am Oved, Tel Aviv

Deutsche Erstausgabe

Cover: Maurice Ettlin
Satz: Dörlemann Satz, Lemförde
Druck und Bindung: CPI books GmbH, Leck
ISBN 978-3-0369-5893-4
Auch als eBook erhältlich

www.keinundaber.ch

Für Tami

Die Bewegung des Mondes, wie wir sie am Himmel sehen, beruht auf vielen Bewegungen von ihm und der Erdkugel. Diese komplexe Bewegung ist derart kompliziert, dass frühere Astronomen nicht immer im Voraus zu berechnen wussten, wo am Himmel der Mond ein Jahr später stehen würde. Alle diese Bewegungen zusammen erzeugen das Phänomen, das als *Libration* oder Taumelbewegung bezeichnet wird.

Die Welt der Kultur – Illustrierte Enzyklopädie (1965)

I

EIN SONNENSTRAHL DURCHS OSTFENSTER

I

Ein grauer Rabenvogel startete bei Sonnenaufgang vom Wipfel eines hohen Eukalyptusbaums neben dem alten Bahnhof. Er segelte gemächlich gen Süden entlang der großen Straße und landete auf dem breiten steinernen Dachgeländer eines Gebäudes mit grün verzierter Front. Der Rabenvogel hüpfte auf der Brüstung hin und her, stieß sich dann kräftig von der rauen Fläche ab und flog weiter.

Ein überquellender Mülleimer stand zwischen dem blauen Tor des öffentlichen Schwimmbads und dem geschlossenen grünen Hoftor eines Restaurants, das auch jetzt, frühmorgens, noch von einem Hauch nach gebratenem Fleisch und Zwiebeln umwabert war. Der Rabenvogel legte die Flügel an, reckte den Hals, tauchte durch eine Wolke von Fliegen, die über dem Mülleimer schwirrten, schnappte sich mit seinem starken, schwarzen Schnabel ein schwabbelndes Stückchen Fleisch und schoss schräg in die Höhe. Mit einem Flügel streifte er beinahe die Mauer des Schwimmbads, auf der eine rote Schmiererei prangte.

Er flog erneut die Straße entlang, jetzt jedoch in die Gegenrichtung, zurück zum Nest. Etwa in der Mitte des Weges wich er, vielleicht eines leichten Luftzugs wegen, ein Stückchen nach Westen von seiner gewohnten Sommerstrecke ab und überquerte einen großen, von

Furchen durchzogenen Garten. Ihn suchte er normalerweise nur an kühlen, grauen Frühwintertagen auf, wenn er feuchte Samen aus der losen Erde picken konnte. Der Rabenvogel kreiste über einer mit hohen Disteln bewachsenen Ecke des Gartens und landete auf der Spitze einer der Zypressen, die ihn umstanden. Der biegsame, dünne Zweig schwankte mit ihm auf und ab.

Gegenüber, jenseits des ramponierten Drahtzauns, der den Garten auf der anderen Seite begrenzte, befand sich ein lang gezogenes Steingebäude, und dort im zweiten Stock, auf dem leicht abschüssigen Boden eines kleinen Balkons, saß ein Kind mit nacktem Oberkörper. Der Junge trug kurze Hosen. Seine Oberschenkel steckten zwischen den Stäben des Eisengeländers, die Waden baumelten in der Luft, und seine nackten Füße wippten ein wenig vor und zurück, vor und zurück. Die Augen des Kleinen waren geschlossen, der Kopf hing nach vorn, und das zarte Kinn ruhte auf der Brust. Inmitten des Haarwirbels auf seinem Schädel zeigte sich ein verletzliches Stückchen Kopfhaut, von violett-rosa-grünblau schimmernden Äderchen durchzogen, sehr ähnlich den Fasern des Fleischstücks, das der Rabenvogel im Schnabel hielt. Die Blätter eines schlappen, verstaubten Strauchs, den man in einer Gartenecke gepflanzt hatte, zeigten feine Linien beginnenden Welkens.

Der Rabenvogel hob vom Wipfel der Zypresse ab, schwebte lautlos über die Furchen des Gartens und landete auf dem eisernen Balkongeländer, über dem Kopf des Jungen, dessen geschlossene Augenlider plötzlich flatterten. Auf dem Boden hinter ihm marschierten zwei Ameisenkolonnen in entgegengesetzte Richtungen.

Ihre Rücken schillerten in einer Fülle von Braun- und Orangetönen. Aus der Wohnung erklangen ruhige Atemzüge, hin und wieder unterbrochen durch einen kurzen Seufzer. Das Kinn des Jungen sank noch tiefer auf die Brust, und er murmelte: »Charlie, Charlie.«

Der Rabenvogel flatterte mit bebendem Hals und heftigem Flügelschlag vom Geländer auf und setzte seinen Weg nach Norden fort.

Über dem Bahnhof angelangt, begann er die erste der beiden Runden, die er dort gemeinhin drehte, bis er wieder zu seinem Nest auf dem Wipfel des mächtigen Eukalyptusbaums abtauchte. Die kurzen Federn an seinem gestreckten Hals richteten sich auf. Am südwestlichen Ende des klaren Himmels schwebten ein paar hellgraue, fast durchsichtige Wolken. Die Flügelbewegungen verlangsamten sich, als hätten sich ihre Federn mit Regenwasser vollgesogen. Als er die zweite Runde beendete, hatten sich die leichten Wolken schon fast vollständig verzogen.

2

»Stumm, aber nicht taub, schön. Man hat mir erzählt, dass wir hier so einen haben.«

Der fleischige, sonnengebräunte linke Ellbogen des Fahrers ragte aus dem Fenster des Lastwagens Nummer siebzehn, über einem großen, verblichenen Wappen der Stadt Jerusalem auf der Tür. In seiner rechten Hand, die auf dem Lenkrad ruhte, hielt er ein Stückchen Pappe mit ausgefransten Ecken, beschriftet mit kleinen, ungelenken Druckbuchstaben in sechs Zeilen mit großem Abstand. Der Fahrer las laut vor:

Mein Name ist Said Mussa Salach. Ich arbeite bei der Stadt Jerusalem, Abteilung Müllabfuhr (man kann sich an Vizedirektor Aharon wenden, Telefon 34666). Ich bin stumm, aber nicht taub, und nicht beschränkt. Verstehe gut Hebräisch. Man kann mir Fragen stellen, und ich antworte mit Kopfbewegungen oder Gesten. Meine Anschrift ist Burj al Laqlaq, Bab Chuta, Altstadt (rechts vom Löwentor).

Der Fahrer studierte erneut die kurzen Sätze, wendete das graue Quadrat zwischen seinen Wurstfingern, um zu sehen, ob noch was auf der Rückseite stand, und gab es Said Mussa Salach zurück, der sich auf die Zehenspitzen stellte, den Arm hochreckte und nur mit Mühe die dicke Hand erreichte, die ihm lässig hingehalten wurde.

In Saids Hemdentasche steckte neben einem angespitzten halben gelben Bleistift noch ein quadratisches Stück Pappe mit einer ähnlichen Mitteilung auf Arabisch, aber dort standen Name und Telefonnummer von Muhamad Dib Abd Salim, Muchtar der Zigeuner.

Zwanzig Lastwagen parkten in Doppelreihe auf dem großen Platz. Das elektrische Licht der Straßenlaternen, die ihn umstanden, verblasste im erstarkenden Tageslicht. Die Motoren dreier Laster erwachten einer nach dem anderen, und aus ihren Auspuffrohren drangen schwarze Rußwolken. Die drei rollten langsam, schnaufend und ratternd zum eisernen Tor, das der Nachtwächter ihnen öffnete. Die anderen Fahrer warteten in ihren hohen Kabinen, bis die Müllmänner fertig eingeteilt waren.

Vor dem Fahrerbüro am Ende des Parkplatzes standen die Arbeiter, denen man noch keinen Müllwagen zugewiesen hatte. Sie würden auf ein Heck aufspringen müssen, selbst wenn sich der Gestank im Verlauf des Morgens immer weiter verschlimmerte. Die Arbeiter rauchten, gähnten und traten von einem Fuß auf den anderen, einige allein, andere in Grüppchen, Juden und Araber getrennt.

Ein schmächtiger junger Mann in einer Militärjacke ging zwischen ihnen umher, auf der Nase eine Brille mit breitem Gestell und in der Hand ein kleines Klemmbrett. An diesem Morgen fehlten ihm viele Arbeiter, und so musste er die übliche Einteilung völlig umkrempeln. Einige Müllwagen, wie der Laster Nummer siebzehn, dem Said zugeteilt worden war, würden heute Morgen mit nur einem Müllmann aufbrechen. Einige jüdische Arbeiter protestierten lauthals, andere unterstützten die Protestler mit leisen Worten oder beifälligem Brummen.

»*Bechajat dinak* – wir sind keine Kinder mehr.«

»Wenn wir doppelte Arbeit machen sollen, dann zahlt uns auch doppelten Lohn.«

»Noch so ein Tag, und hier bricht Streik aus, glaub mir.«

»Wo ist der Betriebsrat, wenn man ihn braucht.«

Nervös und unsicher klopfte der junge Mann in der Militärjacke mit dem Kugelschreiber in der einen Hand auf das Klemmbrett in der anderen und versuchte, der Lage Herr zu werden. »Du bist heute Nummer vier«, sagte er zu einem. »Ja, du bist allein, geht nicht anders, tut mir leid.«

Müllwagen Nummer siebzehn parkte in der zweiten Reihe, fern dem Fahrerbüro, aber die wütenden Proteste, das Klopfen des Stifts und die entschuldigenden Worte des Arbeitsverteilers erreichten klar und deutlich Saids Ohren, und er sah mühelos das Gesamtbild vor Augen.

»Das ist nur heute, dieses Durcheinander, morgen läuft alles wieder reibungslos. Ich werde dafür sorgen, glaubt mir, morgen holt man weitere Arbeiter.« Der junge Mann, der diese Aufgabe erst einige Tage zuvor übernommen hatte und von dem Said nicht mal wusste, wie er hieß, bemühte sich um einen bestimmten Ton, doch schließlich erstickte seine Zusage, und seine Stimme erstarb zittrig.

»Ja, ja, sicher, sie werden noch mehr Araber beiholen«, konterte jemand leise und wütend.

Said knöpfte seine Brusttasche zu und dachte sich, der neue Arbeitsverteiler schwitzte jetzt gewiss und nahm vielleicht auch wieder die Brille ab, um die dicken, beschlagenen Gläser mit dem Taschentuch zu putzen, wie eben, als er ihn, Said, zu diesem Laster schickte.

Weitere Müllwagen rollten langsam auf die Ausfahrt zu. Durch die Abgaswolken sah man am Heck ein oder zwei Arbeiter, die sich an den Lederschlaufen über ihren Köpfen festhielten. Auch Lastwagen Nummer sechs, der den Müll im Viertel Beit Hakerem abholte, passierte das Tor, hintendrauf nur der lange, schmale Josef, ein ewig wütender und wortkarger jüdischer Mann mit Pferdegebiss, den Said in den letzten Wochen begleitet hatte.

Peng! Peng!

Genau über seinem Kopf haute der Fahrer mit seiner Linken auf das Stadtwappen. Said beugte leicht den Oberkörper, um zu zeigen, dass er nicht taub war.

»Gut, also hör zu, *Chabibi*«, sagte der Fahrer energisch von seinem hohen Thron herab und fügte dann in normalem Ton, gewissermaßen in Klammern, hinzu: »Stumm, aber nicht taub und nicht beschränkt. Gut. Warum nicht. Hör zu, *ja Chabibi*. Du heißt Said? Dann hör mal, Said, hör mir gut zu, heute habe ich dich anstelle meiner beiden festen Müllmänner bekommen. Du kennst sie sicher, der Dicke und der Dünne, Dick und Doof, Muhamad und Imad. Gott weiß, was mit ihnen los ist, dass sie mich ausgerechnet heute im Stich lassen.« Der Fahrer schnippte mit den Fingern, sehr laut, er war offenbar geübt darin. »Die unternehmen sicher was gemeinsam, und morgen sagen sie mir mit Trauermiene, sie seien krank gewesen, als wären sie arme Trottel. Und dabei zwitschern sie die ganze Zeit wie alte Vögel und hecken weiß Gott was auf Arabisch aus.« Auf sein feistes Gesicht trat eine selbstzufriedene Miene wegen des klugen Spruchs, den er gleich sagen würde: »Vielleicht wollen sie *Fedajin* werden, ha? Ha? Was sagst du dazu, Said? Aber ehrlich gesagt, arbeiten sie fix, Laurel und Hardy.« Der Fahrer grinste noch breiter und lachte auf. »Was mich angeht, und hör jetzt gut her, mich interessiert das nicht, schert mich kein bisschen, dass du heute allein bist. Ich fahre mit derselben Geschwindigkeit, sogar schneller als an normalen Tagen. Hörst du mich? Verstehst du mich?«

Said bewegte das Kinn auf und ab. Ja, er verstand.

»Hörst du, mich interessiert nix, um halb zwölf sind wir durch mit der Deponie, und die Karre ist gewaschen. Um halb eins bin ich zu Hause, frisch geduscht, mit meiner Frau im Bett. Heute arbeitet sie nicht, hat Urlaub genommen. Wegen dem Mond, wo die Amerikaner hinfliegen. Nur für den Mond!« Er schüttelte ungläubig den Kopf. »Sie verpasst sonst nie einen Arbeitstag, und heute nimmt sie plötzlich Urlaub. Aber weißt du was? Vielleicht ist es gerade gut, dass sie heute daheimbleibt. Damit dieser Verrückte sie nicht überfällt, dieser Hurensohn, dem die Polizei auf den Fersen ist. Sie, hör zu, *Chabibi*, sie, meine Frau …«

Der Fahrer hustete und bremste sich.

»Du, *ja* Said, kannst dich meinetwegen an den Eiern kratzen. Hörst du?«

Said gab keine Antwort.

Der Fahrer hustete erneut, hob den Blick zu einem

Punkt irgendwo über Saids Kopf und fragte: »Sag mal, Said, bist du verheiratet? Hast du eine Frau?«

Said beschrieb Dschamila gern die Fahrer. Alle hießen sie David oder Mosche, berichtete er ihr, und alle seien dick. Er genoss es, vor ihren blitzenden Augen die diversen Methoden nachzuahmen, mit denen die Fahrer den Arbeitern zeigten, wie schön und angenehm ihr Platz da oben in der Kabine doch war und wie elend die Lage der Arbeiter, die bei Hitze wie Kälte ewig dem weiterrollenden Laster nachrennen und die schweren, stinkenden Mülltonnen hineinkippen mussten: demonstratives Naserümpfen, eine neckische Gardine, Pfeife rauchen, genüssliches Ablegen der Jacke an einem kalten Wintertag hinter geschlossenem Fenster, Wedeln mit einem Damenfächer an einem glutheißen Chamsin-Tag, Lesen der Sportzeitung während der langsamen Fahrt.

Verheiratet oder nicht? Er könnte den Kopf von rechts nach links oder auf und ab bewegen oder die Frage ganz ignorieren, aber dann dachte der Fahrer womöglich, er sei doch taub oder beschränkt. Said begann, den Kopf verneinend zu schütteln. Der Fahrer feixte bereits zufrieden, doch dann änderte Said die Kopfbewegung abrupt, wobei er einen leichten Stich in der Kehle spürte.

»Heißt das ›ja‹? Warum eigentlich nicht, warum nicht, *sachteen*. Egal. Hör jetzt her, *ja Chabibi,* hör gut zu. Unsere Strecke ist ganz einfach. Die kürzeste Tour für den besten Fahrer.« Die leichte Verlegenheit, die Said kurz zuvor auf seinem feisten Gesicht entdeckt hatte, war völlig verschwunden.

»Also das ist so, hörst du? Emek Refa'im, in eine

Richtung schnell, ruckzuck, bis zum Schwimmbad, die Tonnen schleifen. Dann noch ein Stückchen weiter bis zur Bahnschranke, und dann in Gegenrichtung, den Abfall ausschütten, alles schnell, verstehst du, was Schnelligkeit bedeutet? Ruckzuck. Du machst das fixgeschwind, obwohl du allein bist, verstehst du mich? Hörst du?« Der Fahrer steckte den Kopf aus dem Fenster und gesellte die rechte Hand zur linken, um die Route der Müllabfuhr in der Luft nachzuzeichnen. »Danach, hörst du, *ja* Said? Noch ein bisschen durch die Sträßchen beim Kino, du wirst kaum glauben, wie ich mit diesem Centurion dort manövriere wie mit einer Vespa, kann ich mit geschlossenen Augen, und dann machen wir dasselbe auf der halben Bethlehem-Straße und noch rund ein Viertel der Hebron-Straße, und fertig, ab nach Hause, zur Mülldeponie. Capito?«

Said bedeutete ihm mit dem Kopf, dass er kapierte.

»*Jalla, jalla*, Saidowitz, schade um die Zeit, spring hinten auf, ab gehts.«

Sein Zeigefinger war schon oft auf dem Stadtplan entlanggefahren, der im Fahrerbüro an der Wand hing, war die Beit-Safafa-Straße entlanggefahren – die Hauptstraße des Viertels, die die Juden jetzt Emek-Refa'im-Straße nannten. Obwohl es schon über zwei Jahre her war, dass sie auch den Ostteil der Stadt erobert hatten, waren Dschamila und er noch nicht dort hingegangen, um sich die Straße und das mit grünen Kacheln verzierte Haus anzuschauen, das Haus mit dem kleinen Dienstbotenhäuschen auf dem flachen Dach, in dem sie vom Frühjahr 1946 bis Frühjahr 1948 gewohnt hatten.

Rund eine Woche nach dem Antritt dieser Arbeit, die der Muchtar ihm beim Treffen mit dem Bürgermeister der Juden vermittelt hatte, hatte Said Dschamila das Fahrerbüro und den Stadtplan dort an der Wand skizziert, auf dem diese Hauptstraße ins Auge fiel, als sei sie in den letzten Jahren breiter und wichtiger als zuvor geworden. Auf einem anderen Blatt Papier hatte er zwei dunkle Strichmännchen gezeichnet, die ihre Gesichter von der Straße hoch auf die grünen Zierkacheln und noch höher zum Dach des Gebäudes richteten, wo im Erdgeschoss das Schreibwarengeschäft der Witwe Umm Ibrahim gewesen war. Sie hatte in einer der drei Wohnungen über dem Laden gelebt, in der zweiten ihr großer Sohn Ibrahim mit seiner Frau und in der dritten Anton, der ledige Jüngste, der zum Kunststudium nach Italien oder Frankreich fahren wollte und sein großes Zimmer – vollgestopft mit Leinwänden, Pinseln und Farben und in einer Ecke eine große Staffelei – »Atelier« nannte. Dschamila betrachtete die beiden Zeichnungen.

»Nein«, flüsterte sie und gähnte. Sie drehte sich um, ging zu ihrem Bett, schlüpfte unter die Decke, zog sie sich über den Kopf, und Sekunden später wechselte schon ihr Atemrhythmus.

In jener Nacht wachte er kurz vor drei Uhr auf und zog den Vorhang vor der Luke knapp unter der Zimmerdecke beiseite, durch deren Scheibe man das Pflaster der Gasse sah. Die Regenwolken vom Vortag hatten sich verzogen, und der Mond schien herein. Nachdem er seine Arbeitskleidung und darüber einen alten, braunen Pullover angezogen hatte, setzte er sich an den Tisch, nahm ein Schneidebrett und hackte rhythmisch vier

Tomaten, drei kleine Gurken und eine Zwiebel. Er hatte Zeit genug, das Gemüse noch und noch zu zerkleinern, und schichtete die grünen, roten und weißen Würfelchen dann zu zwei gleich großen Haufen – den einen würde er Dschamila in einem verbeulten Blechtopf dalassen und den anderen in eine mit Olivenöl und Pfeffer präparierte Pita stopfen, die er in dem grauen Stoffsäckchen an den Haken am Heck des Lasters hängen würde. Der Stadtplan aus dem Fahrerbüro, den er für Dschamila gezeichnet hatte, lag zu seiner Rechten auf dem Tisch. Ein klitzekleines, fast durchsichtiges Zwiebelwürfelchen war von einem der Gemüsehügel herabgerollt. Said berührte es leicht mit dem Finger, und es rutschte in die Mitte der Skizze.

Vom Bett her kamen weiter Dschamilas ruhige Schlaflaute, aber als er hinblickte, sah er sie aufrecht dasitzen, die dunklen Beine untergeschlagen und das lange, dicke, hennarote Haar offen über ihre saubere, weiße Winternacht-Galabija fließen. Sie gab noch zwei künstliche Schlaflaute von sich, lächelte und deutete mit der Hand langsam ringsum auf die vier hellblau gestrichenen Wände. An der Wand hinter ihr, die zum Fundament der nördlichen Altstadtmauer gehörte, klebte ein altes Foto des Boxers Muhammad Ali, damals noch Cassius Clay, mit der Goldmedaille der Olympischen Spiele in Rom um den Hals. Nachdem Dschamila mit der Hand auf die vier Wände gezeigt hatte, verschränkte sie die Arme und blickte auf die geschlossene Holzkiste in der Zimmermitte. Ein arabisch-hebräisches und ein arabisch-englisches Wörterbuch lagen darauf, drinnen befanden sich eine fast leere Flasche Whisky, die hebräischen Zeitungen vom letzten Wochenende und ein paar Illustrierte aus Europa und Amerika mit glänzenden, bunten Seiten. Sie legte den Zeigefinger an die Nase, um den Gestank aus der offenen Gosse anzudeuten, die trotz aller feierlichen Versicherungen von der Stadtverwaltung der Juden noch nicht durch eine unterirdische Kanalisation ersetzt worden war.

Dann wies sie mit dem Finger auf ihre Arbeitsecke, wo sie jeden Tag auf dem kleinen Teppich saß und mit starken Farben die Holzquadrate bemalte, die sie bei der Schreinerei im Viertel Wadi Dschos aus dem Abfall auflas und samstags am Bab al-Chalil oder am Bab al-Amud an jüdische Ausflügler verkaufte. Wenn sie die Passanten anlächelte, legte sie die Hand über den Mund, um die Zahnlücke zu verbergen. Mit ausgestreckter Hand bat sie Said, auch an die Wohnung jenseits der dünnen Ostwand zu denken, wo eine große Domarifamilie, entfernte Verwandte von ihnen, lebte. Tagsüber kamen laute Stimmen von dort, aber jetzt hörte man nur ein Baby weinen. In sehr leisem Ton, um nicht zu dem weinenden Baby hinter der Wand durchzudringen oder zu jemandem, der vielleicht schon aufgestanden war, um es zu beruhigen, sagte sie: »Ich fühle mich wohl hier.«

Und um keinen Raum für Zweifel zu lassen, nickte sie dreimal leicht und schob die Unterlippe über die Oberlippe.

Der Laster fuhr schnell auf der leeren Straße. Said hob die Hand und packte mit sicherem Doppelgriff die Schlaufe aus rissigem Leder, die von der Eisenstange am Heck des Wagens baumelte. Der Fahrer bog scharf ab, und Said ließ seinen Körper schlaff an dem braunen Riemen hängen. Aus dem großen öffentlichen Park – *Unabhängigkeitspark* laut dem Schild am Eingang – kam ein Mann, der halb gehend, halb rennend von einem großen, schwarzen Hund mitgezerrt wurde. Als der Lastwagen die Kurve genommen hatte, gewann Said wieder festen Stand auf dem eisernen Trittbrett. Zu seiner Rechten erblickte er das YMCA-Gebäude, dessen Glockenturm von vielen Orten in der Stadt zu sehen war, und zu seiner Linken das King David Hotel. Die *Jerusalem Post*, die er einige Tage zuvor am Zeitungsstand am Bab al-Amud gesehen hatte, berichtete, man habe dort in der Gegend ein modernes Schwimmbad mit temperiertem Wasser eröffnet. Als er Dschamila an jenem Abend davon erzählte, hatte sie eine amerikanische Frauenzeitschrift, die er auf einem Zaun im Viertel Beit Hakerem gefunden hatte, aus der Kiste geholt und sie in der Mitte aufgeschlagen: Über zwei Seiten erstreckte sich das Foto von sieben Frauen in freizügigen Badeanzügen, allesamt schön und langbeinig, die breit lächelnd in einer Reihe standen. Die Mittlere hatte eine dunklere Haut, und Dschamila strich mit dem Finger über sie.

Die deutsche Kirche, am Anfang der Hauptstraße, sah genauso geschlossen und verlassen aus wie vor einundzwanzig Jahren. Der Fahrer verlangsamte die Fahrt erheblich und schlug mit der Hand an die Wagentür – jetzt gehts los.

Ehe sie das Gebäude mit den grünen Kacheln erreichten, war Said schon dreimal nach rechts und zweimal nach links abgesprungen, um die vollen Mülltonnen vom Rand des Bürgersteigs anzuschleifen. Als sie das Gebäude erreichten, verweilte er kurz auf die einzig mögliche Weise – ging zunächst auf die andere Straßenseite, zu den Tonnen am Zaun der Villa, in der bis 1947 ein hoher englischer Offizier mit seiner Familie gewohnt hatte. Dem blau-weißen Schild daran entnahm er, dass das stattliche zweistöckige Haus jetzt Teil einer Grundschule war. Von dem einstigen gepflegten Obstgarten war nichts mehr zu sehen. An drei Fronten der alten Villa war ein neues, helles Gebäude angebaut, das sie optisch verkleinerte. Said schleifte lärmend vier Tonnen zum Rand des Bürgersteigs. Der Fahrer hupte.

»*Ahbal!* Die Tonnen sind leer, das ist eine Schule hier, jetzt sind Ferien, lass sie stehen, geh zur anderen Seite, *jalla*, schnell-schnell, wir haben keine Zeit.«

Said schleifte die leeren Tonnen zurück an ihren Platz. Erst jetzt merkte er, dass sie tatsächlich leicht waren. Von einem Balkon rief ihm eine Frau zu: »Sag mal, hast du Spaß dran? Was denn, bist du taub? Lass uns schlafen. Unsere Nerven liegen sowieso schon blank.«

Er umrundete den Laster und überquerte die Straße. Das Gebäude mit den grünen Zierkacheln und auch das daneben, das sich nur durch die blaue Farbe der Kacheln von ihm unterschied – und durch die Apotheke anstelle des früheren Schreibwarengeschäfts –, waren beide fast unverändert. Der geschlossene metallene Rollladen des Geschäfts war nun mit einem rostigen Stück Blech geflickt, und neben dem Eingang zum Treppenhaus befand sich anstelle der einstigen Garage jetzt eine Konditorei. Über dem Schaufenster stand *Konditorei Koch*, und durch die Scheibe sah Said, dass die Garage, wo vor Jahren der große Ford geparkt hatte, unterteilt war – in das Ladengeschäft und einen Hinterraum, in dem jetzt Licht brannte.

»Beschränkt oder nicht, *Chawadscha* Said, nun beweg dich schon, wovon träumst du denn? Von den Kuchen? *Jalla*, Hapoel!«

Er schleifte zwei schwere, volle Mülltonnen an den Bordsteinrand. Der Laster fuhr an, und er rannte ihm nach, packte die Schlaufe, sprang aufs Trittbrett und blickte sich um. Durch die Lücke zwischen den beiden ähnlichen Gebäuden sah er noch ein oder zwei Sekunden lang die Südfront des Häuschens auf dem Dach, in dem sie einst gewohnt hatten – auf dem Dach und nicht im Keller –, aus deren kleinem Fenster sie die fernen Häuser des Dorfs Beit Safafa hatten sehen können, und weiter östlich, durch den schmalen Spalt zwischen einer Hauswand und einem Baum daneben, mit einiger Anstrengung auch die Züge, die im Bahnhof ein- oder abfuhren. Wenn Dschamila die Eisenbahn hörte, trat sie ans Waschbecken in der Zimmerecke, genau vor dem Fenster dort, und bedeutete ihm mit dem Daumen, sich hinter sie zu stellen, oder flüsterte einfach: »Komm.« Und er hatte sich an sie geschmiegt – als wolle er sich vergewissern, dass er genauso groß war wie sie, dass sich nichts verändert hatte, sondern alles in Ordnung war –, hatte sie um die Taille gefasst und hochgeschwungen, ihren Körper gespürt, ihren Duft eingesogen, von hinten betrachtet, wie ihr Nacken sich anspannte und rundete, und auch ohne ihr Gesicht zu sehen, gewusst, dass beim Tuten des Zuges ihre Nasenflügel bebten, ihr Kinn hervortrat und ihre Augen lachten.

Nichts mehr mit Wand und Fenster.

Der Gedanke, dass die dünnen, brüchigen Wände des Häuschens auf dem Dach wohl abgerissen oder eingestürzt waren und Dschamila mit Recht sagte, dass sie da nichts mehr zu suchen hätten, ließ ihm leichter ums Herz werden. Der Laster hielt an. Said sprang auf die Fahrbahn, aber statt zu den nächsten Mülltonnen zu gehen, machte er kehrt und blickte erneut zum Dach des Gebäudes empor.

Wand und Fenster waren noch da. Ein Baum, an den er sich nicht erinnerte, war in den vergangenen einundzwanzig Jahren in die Höhe gewachsen, über das Hausdach hinaus, und verdeckte die Südfront fast völlig. Said stellte sich auf die Zehenspitzen und reckte den Hals nach rechts und links. Der Rahmen des kleinen Fensters überm Waschbecken war immer noch mit der gleichen dunkelblauen Farbe gestrichen.

»Wo bleibst du, *ja* Said?«

Said ging zurück zum Heck des Müllwagens. Als er das Trittbrett bestiegen und die Lederschlaufe wieder ergriffen hatte, rückte er nach links, lehnte sich zur Seite, und in dem großen Außenspiegel begegneten seine Augen denen des Fahrers, die tief in dessen feistem Gesicht lagen. Mit einem Auf und Ab des angewinkelten Ellbogens, einer Geste, die er an seinem ersten Arbeitstag hier gelernt hatte, signalisierte er dem Fahrer: »Los, los.«

3

Donnerstag früh – an seinem fünfundsechzigsten Geburtstag und seinem ersten Tag in Rente – erwachte Chaim Zemach in seinem breiten Bett. Es nahm fast die Hälfte des Häuschens mit einem Zimmer ein, das kaum größer war als eine ausrangierte graue Schuhschachtel auf dem Dach eines hübschen, aber heruntergekommenen Steinhauses mit grünen Zierkacheln an der Front.

Wie an allen Schabbat- und Feiertagsmorgen der letzten drei Jahre schlug er die Augen nicht gleich auf, sondern versuchte weiterzuschlafen. Und wie immer an solchen Vormittagen wanderten seine Gedanken hinter den geschlossenen Lidern auch diesmal zu seinem alten Berliner Elternhaus in der Prenzlauer Allee, in sein Kinderzimmer und sein Bett, das zu seiner damaligen Länge passte, der Länge des neunjährigen Hans, dessen Beine stramm ausgestreckt lagen wie die eines Zinnsoldaten und dessen gewaschener und gekämmter Kopf in dem großen Kissen versank. Die saubere, weiße Bettwäsche roch nach den Händen der blonden Wäscherin. Wie immer im Winter waren seine Fingerknöchel entzündet und geschwollen. Der Hausarzt sagte, schmerzende Knöchel seien zwar selten bei Kindern, aber es handle sich nicht um eine gefährliche Krankheit. »Das ist nicht weiter schlimm«, sagte der Doktor, als er schon seine braune Tasche zuklappte, die wie eine Ziehharmonika aufging, »dann wirst du vielleicht mal kein Chirurg, sondern Allgemeinmediziner wie ich. Und wenn du kein Arzt wirst, kannst du gewiss wenigstens Apotheker werden, wie dein Papa.«

An jenem Abend, dem letzten Tag des Jahres 1913, hatte er die Tür, wie immer, einen Spalt offen gelassen, genau eine Diele breit, aber er musste länger als sonst auf seine Mutter warten, und in die wohlduftende, sichere Blase ringsum drangen unvertraute Stiche im Herzen, von Begehren und Eifersucht, die von Minute zu Minute stärker schmerzten. Sein Vater, der Apotheker Erwin Blumberg, saß jetzt sicher einen Stock tiefer auf seinem hirschledernen Sessel unter drei Gobelins mit den Bibelmotiven von Gustave Doré, schmal, aufrecht und knöchern, in einem frisch aufgebügelten dunklen Anzug, aus dessen Brusttasche ein zum gleichschenkligen Dreieck gefaltetes helles Einstecktuch ragte.

Und nun knarrten die Holzstufen. Da kam sie endlich, die Mama.

Sie klopfte dreimal an die Tür und sagte wie immer mit bebender Stimme: »Darf ich eintreten?«

Hans antwortete: »Ja, gewiss doch, bitte sehr, und wer ist die Dame?«

»Ich bin nur eine arme Alte, die zufällig hier vorbeikam und ein erleuchtetes Zimmer sah.«

Ihr Haar war auf dem Kopf hochgesteckt und mit einem goldenen Band umschlungen. Sie trug ein glänzendes, neues Kleid. An diesem Abend, begriff er, würden sie nicht ins Konzert oder Theater und auch nicht zum Chorgesang gehen. Ihr Ausschnitt war tief und ihre Taille im Schnürkorsett noch schmaler als sonst. Hans tat einen tiefen Atemzug, und noch ehe er die Lungen vollständig wieder geleert hatte, holte er erneut Luft.

Statt seine gewohnte Einladung abzuwarten – gewiss, gewiss doch, arme Frau, kommen Sie herein und setzen Sie sich zu mir –, machte sie zwei Schritte, setzte sich aufs Bett und küsste ihn mitten auf die Stirn. Das tat sie sonst erst zum Schluss, bevor sie aufstand und ging – erst nach dem langen Gespräch zwischen der Bettlerin und dem Kind, das ihr Unterschlupf gewährte, und nachdem er ihr seine Erlebnisse des Tages erzählt hatte. Diese Abweichung vom Gewohnten versetzte ihn in Angst und Erregung. Der gute Duft seiner Mutter überdeckte den guten Duft der Bettwäsche. Ihre Sommersprossen leuchteten auf Brust und Hals. Hans zog die Hände unter der Bettdecke hervor und legte sie ihr auf die Schultern. Puder klebte an seinen feuchten Händen. Tränen stiegen in ihm auf.

»Geh noch nicht, Mama.«

»Nein, das ist unmöglich, mein Lieber, mein Süßer, da ruft er mich schon.«

Sie zog ein lila Taschentuch aus dem Gürtel und wischte ihm die Tränen von den Wangen. Danach drehte sie das Tuch um und tupfte sich die Schultern ab, um seine Fingerabdrücke darauf zu beseitigen. Von unten erklang die scharfe Tenorstimme seines Vaters: »Grete, komm runter, komm bitte runter, wir sind schon spät dran.« Sie stand auf und lächelte, zeigte kurz ihre rosige Zungenspitze und ihre schneeweißen Zähne.

»Wir gehen zu einer Gesellschaft, Hans, morgen beginnt schon ein schönes neues Jahr, 1914. Kannst du dir das vorstellen?«

Er blickte auf die fließenden Falten ihres neuen Kleides.

»Ja«, sie strich ihm über den Kopf, »du kannst es dir sicher vorstellen.«

Diese Berührung und ihre Erwähnung dessen, was er – in seiner Arglosigkeit oder Klugheit – sich vorstellen konnte, sowie ihre Gestik, die ihm zeigte, dass ihre Gedanken sie bereits an einen anderen Ort trugen – zu einem fernen, funkelnd hellen Dort –, all das jagte ihm eine Hitzewelle durch den Leib. Seine Fingerknöchel schmerzten noch mehr.

»Arme Frau, kommen Sie herein und setzen Sie sich zu mir«, versuchte Hans zu restaurieren, was er schon eindeutig zerstört wusste.

Seine Mutter stand bereits an der Tür.

»Weißt du, Hansi, du bist nun schon ein großer Junge. Neujahr ist eine gute Zeit, um zu beschließen, dass wir mit diesem Spiel aufhören, das mehr was für kleine Kinder ist, meinst du nicht auch, Hans?«

Hans nickte.

»Schön, sehr schön. Also fertig, von nun an bist du schon groß.«

»Mama, ich glaube, ich bin krank.«

Die letzten Worte hatte sie wohl gar nicht mehr gehört, denn ohne ihm einen weiteren Kuss zu geben, löschte sie das Licht und machte die Tür hinter sich zu.

Hans packte die Decke am unteren Rand mit den Füßen, zog sich den oberen übers Gesicht und stopfte die Seiten unter den Rücken. In diesem selbst geschaffenen Zelt fühlte er sich sicher, und schnell schlief er ein.

Als Zemach erneut aufwachte, war die Luft um seinen Kopf herum verbraucht und stickig. Er konnte die Decke nicht aufschlagen, da eine Ecke noch unter seinem Rücken feststeckte. Er zerrte und zerrte, bis sie herausrutschte, und wandte das Gesicht dann zur anderen Seite.

Er strich sich über den schütteren, feuchten Haarkranz um seine Glatze.

Durch das Westfenster zum Dach sah Zemach einen grauen Rabenvogel das Gewicht von einem Bein aufs andere verlagern, rechts-links, auf der steinernen Brüstung. Er wandte den Blick von dem ruhelosen Vogel und starrte auf das neue gelbe Telefon, das vor zehn Tagen angeschlossen worden war und seither kein einziges Mal geklingelt hatte.

Nahe dem Telefon, auf dem Boden neben der Tür, lag eine große Papiertüte mit den zehn Schachteln Gitanes-Zigaretten, die er Lili gestern nicht mehr hatte bringen können. Die Unterzeichnung der Entlassungs- und Rentenpapiere in den Gewerkschaftsbüros in der Histadrut-Straße hatte bis in die Abendstunden gedauert, und als er endlich heimkam – in der Aktentasche die Rentenurkunde der »Histadrut der hebräischen Arbeiter im Land Israel« und am linken Arm die neue Uhr mit dem Emblem der Gewerkschaft auf der Rückseite –, war die Konditorei schon zu gewesen.

An einem Samstagnachmittag vor drei Jahren hatte Lili ihm verkündet, »ich muss einfach weggehen, mein Lieber«, und das Häuschen verlassen, doch das hatte nichts an dem gewohnten Erwerb der Zigaretten geändert, sondern nur an ihrer Übergabe. Nachdem sie alle ihre

Bücher in drei Kisten gepackt, ihre Kleidungsstücke in einem Laken gesammelt, dessen Enden zu einem dicken Knoten verschnürt und alles auf einen Kleinlaster der städtischen Straßenreinigung verladen hatte, der auf dem Bürgersteig geparkt war, hatte er bei Nacht keinen Schlaf gefunden und unter Atemnot gelitten. Am nächsten Tag rief er von einer Telefonzelle aus Ruchama an, eine der beiden Sekretärinnen der Beitragsabteilung, und erklärte ihr, er habe eine schwere Grippe. In der Apotheke nebenan kaufte er sich Schlaftabletten der Firma Bayer in einem Fläschchen, das genauso aussah wie die, die er aus der väterlichen Apotheke in Berlin kannte, und schluckte auf der Stelle fünf davon, und als deren Wirkung nachließ, nahm er noch ein paar. Nach drei fast durchgeschlafenen Tagen weckte ihn Mittwochnachmittag eine Krankenwagensirene von draußen, und er verspürte Hunger. Er verspeiste ein halbes trockenes Brot, warf die verbliebenen Schlaftabletten ins Klo, wusch und rasierte sich, zog die Sachen an, die Lili ihm vor ihrem Weggang letztmals gebügelt hatte, und ging hinunter auf die Straße. Sieben Schritte weiter betrat er die Konditorei und legte die Tüte mit zehn Schachteln Gitanes vor Lili auf die Theke.

»Du hast deine Zigaretten vergessen, als du weggegangen bist«, sagte er.

Lili nahm die Tüte und lächelte ihn an.

»Vielen Dank. Darf es noch etwas sein, der Herr?«

»Ja«, erwiderte Zemach und zeigte, um seine Antwort mit Inhalt zu füllen, auf die Kipferl, die er vor sich sah. »Ein halbes Kilo davon, bitte.«

Lili wog die Kekse ab, und er zahlte. Beide wussten,

dass er die süßen kleinen Sicheln nicht mochte. Zwischen ihren Fingern brannte bereits eine Zigarette.

»Kommen Sie in einer Woche neue Vanillekipferl kaufen, mein Herr, wir freuen uns sehr, Sie wiederzusehen.«

In jener Nacht schlief er, ganz ohne Tabletten, völlig ruhig, unbeschwert und traumlos, und am nächsten Morgen ging er wieder gänzlich genesen in die Beitragsabteilung. Nur ein leichter Schmerz am Hals und eine kleine Wunde am Gaumen, die nicht abheilen wollte, störten ihn Tage, Wochen und Monate, bis sie ein fester, nicht unbedingt lästiger Teil von Leib und Seele wurden. Die allwöchentliche kurze Begegnung mit Lili war bald ein Ankerpunkt in seiner festen Lebensweise – wie die Arbeit in der Beitragsabteilung, wie die Gewerkschaftszeitung *Davar* und wie die Medikamente gegen erhöhten Blutdruck. Jeden Mittwoch um halb fünf, eine halbe Stunde vor ihrem Arbeitsschluss, brachte er ihr zehn Schachteln Gitanes-Zigaretten und kaufte ein halbes Kilo Kipferl, die er später allesamt in helle Brösel zerkrümelte und auf die Dachbrüstung zur Hauptstraße streute, wo sich am nächsten Morgen die Vögel versammelten, als sei diese allwöchentliche Fütterung in ihrem Kalender verzeichnet. Die Zigaretten kaufte er weiterhin, wie vor Lilis Abgang, in der versteckten, kleinen Bar unweit des Kinos. Die Besitzerin, Frieda – eine recht ansehnliche Polin mit ungekämmtem blondem Haar und meist einer Alkoholfahne –, zog die schon bereitgelegte Tüte unter dem Tresen hervor. Mal berührte sie ihn an der Hand, mal zwinkerte sie ihm zu, und mal sagte sie leise: »Bitte sehr, für die schöne junge Frau des

Direktors der Beitragsabteilung der Histadrut, zehn Zigeunerinnen, spottbillig, ohne Banderole.«

Dieses allwöchentliche Ritual war am vorletzten Mittwoch erstmals anders verlaufen. Die Konditorei war leer, als Zemach ihr die Tüte hinlegte.

»Vielen Dank, mein Herr. Wie immer?«

»Ja, ein halbes Kilo, bitte, wenn es geht.«

»Ein halbes Kilo Kipferl für den Herrn, wie immer, gewiss.«

»Ja, ja, ein halbes Kilo, wie immer, für den Herrn«, wiederholte Zemach diesmal ihre Worte.

»Bitte sehr.« Lili legte die braune Papiertüte vor ihn hin und beugte sich vor: »Bitte schön, Hans.«

Im Hinterzimmer hörte man, wie ein Backofen geöffnet wurde.

»Lili«, sagte er, gerade als eine ältere Frau den Laden betrat, gefolgt von zwei großen, kräftigen jungen Männern mit grimmigen Mienen, »Lili, das Telefon ist da, fünf Jahre, nachdem wir den Anschluss beantragt haben.«

»Und die Nummer, bitte, mein Herr?«

»38571«, antwortete Zemach.

Lili notierte die Nummer auf ein graues Stück Pappe, das für ein einzelnes Tortenstück gedacht war, und schob es unter die große Registrierkasse. Sie übergab Zemach das Wechselgeld und strich noch einmal über den oberen Falz der Kekstüte auf der Theke zwischen ihnen.

»Auf Wiedersehen, mein Herr, und einen schönen Abend noch.«

Der gelbe Telefonapparat stand auf einem Bambusschemel, darunter lagen zusammengefaltet die Durchschläge der Formulare, die der Techniker von der Post ihn nach Anschluss des Geräts hatte unterschreiben lassen. Falls Lili hier anrief, würde sie sicher etwas sagen, das ein bisschen humoristisch und ein bisschen freundlich und ehrlich besorgt klingen würde, wie: »Wir haben bemerkt, dass der Herr gestern nicht wie gewohnt bei uns war, und hoffen, dass alles in Ordnung ist und der Herr nicht etwa krank darniederliegt.«

Wer könnte sonst noch anrufen? Außer Lili kannte die Nummer nur Bella Zuck, die heute seinen Platz in dem fensterlosen, kleinen Raum in der Beitragsabteilung der Histadrut einnehmen würde.

»Für den Fall, dass in den ersten Tagen Fragen oder Probleme auftauchen sollten«, hatte er ihr gesagt.

»Ich bin sicher, es wird keine geben«, hatte Bella Zuck erwidert.

Draußen hörte man das ferne Rumpeln von Mülltonnen und das nahe Tschilpen von Vögeln, die – wie der Rabenvogel – ihr Donnerstagsfrühstück auf der leeren Brüstung suchten.

Zemach lag auf der Seite, zog sich die Decke übers Gesicht, winkelte die Beine an, legte die Hände aneinander und seine rechte Wange darauf. Der Gedanke an die Frau mit der eisernen Miene, die heute sein Zimmer in der Beitragsabteilung übernehmen würde, machte ihn schwermütig.

Vor einer Woche war sie, noch vor Beginn des Publikumsverkehrs, in Begleitung des Bezirksdirektors, Drori, hereingekommen.

»Ich bin eine Frühaufsteherin, ein Morgenmensch, aus alter Selbstdisziplin. Ich arbeite schon viele Jahre in der Stadt, beginne den Tag aber immer noch so wie zum morgendlichen Melken.«

Er sagte ihr schnell alles, was er sich am Vortag Punkt für Punkt in einer kurzen Liste notiert hatte.

»Und das ist alles?«, fragte Bella Zuck und blies den Rauch ihrer Zigarette ein Stückchen über seinen Augen aus.

»Nein«, gab er zurück.

Da er eben verneint hatte, obwohl er hatte bejahen wollen, erläuterte er noch einmal den Unterschied zwischen Gebührenmarken für Rentner und solchen für Arbeitnehmer und kam erneut auf die speziellen Vorbereitungen für den 20. Juli zu sprechen, den letzten Tag zur Bezahlung des Gewerkschaftsbeitrags für alle, die ins Wählerverzeichnis für den elften Gewerkschaftstag aufgenommen werden wollten.

»Das sind drei Tage nach Ihrem Arbeitsantritt.«

»Zwei Tage, wenn wir den Schabbat abziehen.«

»Wenn Sie möchten, können Sie an dem Tag zwei zusätzliche Beamte bekommen, und man kann einen weiteren Tisch in die Zimmerecke stellen.«

»Das hatten Sie schon gesagt. Wärs das dann?«

Er bemerkte ihre ausgestreckte Hand und hob gerade seine an, um sie zu schütteln, da hatte Bella ihre bereits wieder gesenkt. Sie streckte ihre erneut aus. »Ist was passiert, oder geht es?«, fragte sie, bevor sie ihre raue Hand aus seinem feuchten Händedruck löste, Zügel und Peitsche aus den Händen dieses Kutschers übernahm, den die Pferde lenkten, statt er sie.

Im Bett, unter der Decke, kniff er die Lider fest zu. Wenn heute oder morgen im großen Raum der Beitragsabteilung einer ausrastete oder ein Streit über den Platz in der Schlange ausbräche, würde Bella Zuck sich nicht wie er im Zimmer wegducken und warten, bis sich die Dinge von selbst regelten, sondern würde aufrecht hinausgehen und in strengem Ton fragen: »Was ist hier los? Ist was passiert?«

Als Bella Zuck das Zimmer verließ, war Drori ihr erst gefolgt, dann jedoch an der Tür stehen geblieben und zu Zemach zurückgekehrt.

»Und was ist mit einer Abschiedsfeier, Zemach? Was sagen Sie? Uns bleibt noch knapp eine Woche, wir müssen das vorbereiten. Wir machen eine schöne Feier, entweder hier in der Abteilung oder vielleicht im ganzen Bezirk.«

»Nein, nein, lieber nicht, ich mag keine Feiern.«

Das Sandwich, von dem er erst einmal abgebissen hatte, lag mitten auf dem Schutzglas des Tisches, auf einem Blatt mit den Beitragsangleichungen. Aus dem Brot lugte eine ramponierte Sardinengräte hervor.

»Schade, Zemach, jammerschade, sicher wären viele Leute gern gekommen, aber wissen Sie was? Ganz wie Sie wünschen. Wer weiß«, lachte Drori, »vielleicht wäre Aharon Becker höchstpersönlich erschienen.«

Er wollte Zemach auf die Schulter klopfen, aber da der sich seitlich wegduckte, als müsse er gerade jetzt das Blatt mit den Beitragssätzen überfliegen, trafen Droris dicke Finger Zemach am Hals.

»Na schön«, sagte Drori. Er erreichte die Tür mit zwei langen Schritten und knallte sie belustigt hinter sich zu. Die Neonröhre, die in der Zimmermitte an zwei dünnen Metallketten von der Decke baumelte, schwang leicht hin und her, und damit schwankte auch ihr Lichtstreifen auf der Glasplatte.

Draußen schnaufte ein Autobus. Zemach schlug die Decke vom Gesicht. Durch das Ostfenster fiel ein Sonnenstrahl auf den Spiegel gegenüber, und von dort, von Westen, kehrte er zurück in Zemachs Augen wie das Licht der untergehenden Sonne.

»Der Tod! Der Tod!«, entfuhr seiner Kehle plötzlich ein entsetzter deutscher Ruf.

Er streckte die Beine aus und legte die Füße auf die Deckenzipfel. Den oberen Rand zog er wieder übers Gesicht, stopfte die Ecken unterm Schädel fest, und so, im selbst geschaffenen, straffen Zelt, fühlte er sich geborgen und schlief ein.

4

Charlie Ben Hemo erwachte von dem Geräusch flappender Flügel. Ihm war nicht klar, ob tatsächlich ein grauer Rabenvogel an seinem Kopf vorbeigeflogen war oder ob der Laut und das Beben über den geschlossenen Lidern nur Traumreste waren. Seine Beine hatte er zwischen die taufeuchten Balkongitterstäbe geschoben, und seine nackten Füße wackelten noch leicht vom Schlafen. Er holte tief Luft und schloss die Hände fester um die Gitterstäbe. Jetzt war er wach, ganz sicher. In den anderen kleinen Wohnungen dieses langen, alten Steingebäudes mit seinen drei Stockwerken wohnten große Familien. Bei einigen, wie den Turgemans und den Butbuls, kamen zu den beiden Eltern und ihren vier oder fünf Kindern noch ein Opa oder eine Oma dazu. Aber in dieser Wohnung hier waren sie nur zu dritt – seine Mama, seine Schwester Batya und er, Charlie.

Charlie streckte den Rücken, lockerte mit leichtem, aber wohligem Schmerz die Rückenwirbel und rieb sich kreisförmig den nackten Bauch. Auf der kleinen, sandigen Freifläche zwischen der Hausfront und dem eingerissenen, niedergetrampelten Zaun des Schulgartens parkten ein paar Autos. Er bezeichnete sie von rechts nach links: »Sussita, Sussita Kastenwagen, Volkswagen Käfer, Cortina, Contessa, Dauphine.«

Es waren Sommerferien. Bis zum Nachmittag würde

der große Schulhof leer bleiben. Und dann, wenn es nicht mehr so heiß war, würden einige Kinder kommen, um an dem einen Basketballkorb zu spielen, der nicht kaputt war.

Zweieinhalb Wochen waren seit Schuljahrsende vergangen, aber ihm schien es schon sehr lange her zu sein, dass er hier gesessen und auf das Läuten zum Schulbeginn gewartet hatte. Die Schüler gingen sonst schwatzend und lachend unter dem Balkon vorbei. Er kannte einige der Erstklässler, die letztes Jahr bei ihm im Kindergarten gewesen waren und nun an der Hand eines großen Bruders oder einer großen Schwester zur Schule gingen. Beim Läuten bogen die Kinder scharf rechts ab, statt den überdachten Gang zur Hauptstraße und von dort zum Schulhoftor weiterzugehen, kürzten den Weg durch einen Sprung über den ramponierten Zaun des Schulgartens ab. Wenn eines sich in den Drähten verfing und lang auf die Erde fiel, sprang es sofort wieder auf, sammelte die aus dem Ranzen gerutschten Bücher und Hefte ein, rieb sich Spucke auf die aufgeschürften Knie und rannte weiter. Einige der hastenden Kinder versuchten, über die Beete zu springen, und zertrampelten im Laufen zuweilen Blätter und Blumen.

Später, wenn alle schon in den Klassenzimmern saßen oder sogar erst nach der ersten Pause, trat seine Mutter neben ihn auf den Balkon, stützte die Ellbogen aufs Geländer und fragte: »Ist es schon sehr spät, Charlie?« Ihrem schnellen Daumenwackeln entnahm er, dass sie mit ihren Gedanken woanders war.

Er antwortete dann: »Nein, Mama, nur ein bisschen spät.«

Und da sie den Tag so begannen, kamen sie immer als Letzte in den Kindergarten, wenn die anderen Kinder schon gefrühstückt hatten.

Im Sommer gingen sie manchmal ins Schwimmbad statt in den Kindergarten. Seine Mutter rauchte dann noch eine Zigarette, trank noch eine Tasse Kaffee, und wenn sie damit fertig war, sagte sie, als geschehe es zum ersten Mal: »Weißt du was, Charlie? Vielleicht gehen wir heute nicht in den Kindergarten, der ist doch nicht so wichtig. Statt in den Kindergarten gehen wir ins Schwimmbad. Warum nicht? Richtig?«

»Richtig, Mama«, antwortete er darauf. »Richtig, warum nicht, gehen wir ins Schwimmbad. Das ist eine gute Idee.« So sagte er, auch wenn er lieber in den Kindergarten gegangen wäre, gern im Schatten des großen Maulbeerbaums gesessen und die Limonade getrunken hätte, die die Kindergärtnerin Chana mit einer großen Blechkelle aus einem riesigen Topf mit einem großen Eisbrocken drin ausschenkte.

Doch jetzt gab es keinen Kindergarten und keine Schule. Die Kinder sprangen morgens nicht mehr über den eingerissenen Zaun, und sie beide gingen morgens nicht mehr aus dem Haus – weder zum Kindergarten noch zum Schwimmbad. Jeden Tag stand sie später auf als am Vortag. Wenn die Ferien zu Ende waren und er in die erste Klasse kam – mit sieben, ein Jahr älter als die anderen Kinder –, würde sie vielleicht erst aufwachen, wenn er mit dem neuen Ranzen auf dem Rücken heimkehrte.

Charlie drehte sich um und spähte vom Balkon in das kleine Wohnzimmer. Seine Mutter schlief im Sessel, die

Beine untergeschlagen. Sie trug dasselbe ärmellose blaue Kleid mit weißen Pünktchen wie gestern. Ihre eine Wange ruhte an der Lehne, und wenn sie aufwachte, würde er die Linien des gerippten Polsterstoffs auf ihrer Haut sehen. Auf dem kleinen Tisch lag das große, grüne Buch, in dem sie am Abend gelesen hatten.

Charlie feuerte sich mit dünner Stimme an: »*Jalla*, los, hopp!« Er packte das Geländer und zog sich in den Stand hoch. Angenehm kribbelnd kehrte das Gefühl in seine Füße zurück.

Auf der Hauptstraße schepperten Mülltonnen. Charlie tappte unsicher vom Balkon ins Innere. Er setzte sich auf das graue Sofa, im rechten Winkel zum Sessel seiner Mutter. Das abgewetzte Polster der Armlehnen ließ das Holz durchschimmern. Auf dem Einband des grünen Buchs stand in kleinen Goldbuchstaben *Don Quijote* und in großen Goldbuchstaben »Chaim Nachman Bialik«. Charlie schlug das Buch auf und betrachtete das Bild eines scharf blickenden Mannes mit gezwirbelten Schnauzbartenden, in der Hand eine Feder, und an der Wand dahinter hing ein Dolch. Gestern hatte seine Mutter ihm gesagt, dieser Mann habe das Buch vor langer, langer Zeit geschrieben, und Bialik, dessen Name in großen Goldbuchstaben auf dem Einband stand, obwohl er das Buch nur ins Hebräische übersetzt hatte, sei auch längst tot. Auf dem Titelblatt prangte ein lila Kreis. Bevor sie zu lesen begann, hatte Charlie gefragt: »Was ist das für ein Zeichen?«

»Das ist das Zeichen, dass das Buch dem Internat gehört«, erwiderte sie weich, als fange sie schon an vorzulesen. »Bevor ich deinen Papa geheiratet und die Schule verlassen habe, ließ der Direktor mich zehn Bücher auswählen, nur müsste ich versprechen, sie alle zu lesen. Er war ein sehr guter Mensch.« Sie verstummte kurz. »Sehr dick war er auch«, fügte sie hinzu, und Charlie lächelte. Anscheinend hatte sie ihn zum Lachen bringen wollen.

»Und hast du es versprochen?«

»Ja«, antwortete sie, »hab ich. Er ist ebenfalls schon tot.« Nun lächelte auch sie, vielleicht kraft seines Lächelns, oder vielleicht, weil gerade in diesem Augenblick Kinderlachen hereinschallte.

»Musst du dein Versprechen noch halten, obwohl er schon tot ist?«

»Ich weiß es nicht, Charlie«, antwortete sie und strich ihm über den Kopf. »Ich weiß nicht. Komm, lesen wir.«

Erneut hörte man die Mülltonnen und den Müllwagen rumpeln, jetzt aber von fern. Unter den Lidern seiner Mutter flimmerte es rasch, und Charlie dachte, dass es sehr leicht war, jemandem zu schaden, der tot war oder nur schlief und nicht ahnte, was andere ihm antaten oder antun konnten oder ihm vielleicht nur anzutun erwogen.

Auf der Haut am Oberschenkel spürte er die erhabenen Goldbuchstaben vom Einband des offenen Buchs. Als seine Mutter gestern zu lesen begann, hatte sie alle Seiten der Vorrede ausgelassen mit der Erklärung: »Das ist unwichtig, das ist unwichtig.«

Fast jeden Abend lehnte er sich an sie, und sie las ihm aus dem Buch auf ihren Knien vor. Ihr Zeigefinger fuhr von Wort zu Wort, und nach jedem Absatz holte sie kurz oder lange Luft, je nachdem, wie es das Gelesene verlangte, und in diesen Momenten sagte er manchmal: »Jetzt, Mama, jetzt, Mama, jetzt bist du haargenau.«

Manchmal bewegten sich seine Lippen und sprachen beinahe das nächste Wort aus. Sie spürte es und hörte auf zu lesen. »Mach weiter, Mama, lies, ich kann nicht lesen«, drängte er dann, obwohl er schon alle Druckbuchstaben und fast alle Schreibbuchstaben lesen konnte, als wäre er mit seinen Altersgenossen in die erste Klasse gekommen und nicht ein weiteres Jahr im Kindergarten geblieben, »wegen dem, was passiert ist« – so hatte er die Kindergärtnerin Chana zur Mutter eines anderen Kindes sagen hören, wobei sie auf ihn deutete.

Dass er lesen konnte, hatte er an einem Winterabend begriffen, als sie ihm die Geschichte *Der glückliche Prinz* vorlas. Sie war dermaßen in die Handlung vertieft gewesen, dass sie gar nicht merkte, dass der Petroleumofen am Erlöschen war. Charlie sagte: »Mir ist kalt, schrecklich kalt.« Ihrer Miene entnahm er, dass auch ihr kalt war, sie es bisher jedoch nicht bemerkt hatte. Sie stand auf und verließ das Zimmer, um den Glasbehälter des Ofens mit Petroleum aufzufüllen, und als sie draußen war, fuhr sein Finger, der, den man »Zeigefinger« nannte, zu der Stelle, wo vorher ihrer gewesen war, seine Lippen bewegten sich, und seine Stimme ertönte. Er las mit Leichtigkeit.

»Und der – Sperling – pickte – in das – Auge – des – schlafenden – Prinzen.«

»Liest du, Charlie?«, fragte sie und steckte die bauchige Flasche mit Petroleum zurück in den Ofen. Draußen prasselte der Regen. Der graue Ofen gluckerte, als trinke dort jemand direkt aus der Flasche, und plötzlich schlug die Flamme hoch, loderte auf wie das Lagerfeuer, das die großen Kinder zu Lag baOmer auf dem Platz vorm Balkon entzündeten, sobald es die Haman- oder Hitler-Puppe erfasste, wobei alle vor Staunen und Aufregung und Angst aufschrien.

»Liest du wirklich?«, fragte sie erneut und drehte den kleinen Griff des Ofens hin und her. Die Glut färbte ihr Gesicht orangerot, und ihre Augen blitzten.

»Nein, Mama, nein. Tu ich nicht«, antwortete er und blätterte ein paar Seiten zurück, bis zu dem Bild von der Statue des glücklichen Prinzen, der auf einer hohen Säule stand.

»Willst du, dass ich dir das Lesen beibringe?«, fragte sie.

»Nein, nein, will ich nicht«, erwiderte er, und ihm fiel das lange, unverständliche Wort ein, das sein Großvater manchmal sagte, wenn er sich nicht länger über etwas ärgern wollte, wie ein Zauber- oder Wunderwort, das alles auf den Punkt brachte. »Ein-jegliches-hat-seine-Zeit-und-alles-Vorhaben-unter-dem-Himmel-hat-seine-Stunde.« Das lange Wort rutschte ihm flüsternd über die Lippen, in einem gutturalen Tonfall, bei dem kaum Vokale zu hören waren, eine Aussprache, die Batya hässlich fand und die sogar Papa kaum noch verwendete. »Manchmal«, sagte Batya zu Charlie, »konnte er diesen Akzent fast völlig verbergen, und seine Mutter hat ihn ausgelacht und gesagt, er rede wie ein Kibbuznik.«

Als ein Blitz über den schwarzen Himmel vorm Fenster zuckte und seine Gedanken unterbrach, fragte seine Mutter: »Hast du was gesagt, Charlie?« Nach dem Donner antwortete er: »Nein, nein, ich hab nichts gesagt, Mama, lies weiter.«

Charlie blickte auf ihre geschlossenen Lider mit den langen Wimpern. Eigentlich, dachte er, ist sie nur dann haargenau, wenn sie liest, oder wenn sie im Schwimmbad schwimmt, aber nicht, wenn sie sonst was tut. Dann, zu anderen Zeiten, verstreuen sich die Wörter, die sie sagt, und ihre Gesten gehen verloren. Manchmal sind ihre Bewegungen schnell wie bei dem Spielzeugaffen, der die Becken aneinanderschlägt, und manchmal tut sie alles ganz langsam. Mal ballen sich ihre langen Finger, als würde sie im nächsten Moment auf den Tisch oder an die Wand hauen, und mal baumeln ihre Hände wie der gelbe Lappen, mit dem Batya den Tisch abwischt, und nur ihr Daumen wackelt die ganze Zeit wie ein verängstigtes kleines Tier. Wie jetzt, während sie schläft.

Ihr Gesicht, umrahmt von dem schwarzen Haar, das ihr auf Wangen und Kinn fiel, hellte sich zusehends auf. Charlie wandte den Blick wieder dem offenen Buch auf seinen Knien zu und begann, das erste Kapitel zu lesen:

> *In einer kleinen Stadt im Bezirk La Mancha lebte einst ein Edler namens Quixada, der besaß eine Lanze und einen Schild, einen lahmen, alten Klepper und einen Hund für die Jagd. Und der Mann zählte an die fünfzig Jahr, war groß und hager, und weder Frau noch Kinder hatte er.*

Ihr hängender Kopf sank noch tiefer. Ihr Kinn berührte jetzt die Brust, und ihr Mund stand leicht offen. Charlie blätterte eine Seite weiter, konnte aber den komischen Namen der Stute nicht wiederfinden, der ihm gestern Spaß gemacht hatte.

Als Mama das erste Kapitel fertig gelesen hatte und das Buch zuschlug, war es schon fast dunkel gewesen. Durch die Balkontür sah man nur noch einen rosa Streifen am Rand der großen Himmelsmütze, und ein warmer Luftzug drang herein. »Ich geh jetzt, Charlie, bin aber bald wieder da«, sagte sie, »und nachher, ehe du schlafen gehst, fangen wir mit dem zweiten Kapitel an.« Sie fuhr sich mit den Fingern durchs Haar, wie um es rasch zu kämmen.

»Weißt du was, Charlie, vielleicht bittest du Batya, mit dir weiterzulesen.«

Charlie nahm das schwere Buch mit in sein und Batyas Zimmer. Batya lag bäuchlings auf ihrem Bett.

»Jetzt nicht, Charlie«, sagte sie, ohne ihn anzuschauen. »Vielleicht später.«

Daraufhin ging er zurück ins Wohnzimmer, legte das Buch auf den Tisch, trat auf den Balkon, setzte sich auf den Boden und steckte die Beine durch die Gitterstäbe. Der Boden strahlte die Tageshitze aus, aber die Eisenstäbe des Geländers waren schon kühl.

Er sah seine Mutter das Treppenhaus verlassen. Simon Malka, der Polizist vom dritten Stock, kam ihr entgegen. Der Nachbar hatte Zwillingstöchter, Ronit und Dorit, größer als er, aber kleiner als Batya, und dazu noch ein Baby. Seine Mutter hatte sich das blanke, graue Jackett seines Vaters über die Schultern gehängt, von dem Batya ihm mal erzählt hatte, er habe es nur zu Hochzeiten getragen und es »Monsieur Ben Hemos Kostüm« genannt. Von oben sah ihr Scheitel breiter aus, als er ihn kannte – nackter und verletzlicher.

Malka nahm seine schwarze Polizeimütze ab. In der

Mitte seines Schädels, um den weißen Zierrand der blauen Kippa, zeichnete sich seine Glatze ab. Malka fasste den Kragen ihres Jacketts und zog ihn etwas enger unter ihr Kinn, als wollte er aufpassen, dass sie sich nicht erkältete, obwohl es gar nicht kalt war.

Seine Mutter und Malka unterhielten sich leise, aber da sie genau unter ihm waren, konnte er sie verstehen.

»Guten Abend, Mali.«

»Guten Abend«, erwiderte seine Mutter mit hoher Stimme und lachte kurz auf, wie er es gar nicht von ihr kannte.

»Eine letzte Zigarette, ehe ich ins Irrenhaus zurückkehre?«

»Gern«, sagte seine Mutter und stieß wieder diesen neuen kleinen Lacher aus.

Der Polizist gab seiner Mutter eine Zigarette, steckte sich auch eine in den Mund und riss ein Streichholz an. Als er ihr Feuer gab, berührte er ihren Ellbogen, dann traten sie unter den Balkon, und Charlie sah und hörte nichts mehr. Wenige Minuten später wurden die beiden leuchtenden Kippen weggeworfen und landeten eine neben der anderen.

Rachel, Malkas Frau, rief ihn herauf: »Simon, bist du das dort? Hast du ausgeraucht? Komm schon hoch, das ist ein Irrenhaus hier.«

Malka ging ins Treppenhaus und knipste das Licht an. Erst als es erlosch, kam auch Charlies Mutter unter dem Balkon hervor, ging jedoch nicht ins Haus, sondern über die sandige Freifläche zum überdachten Durchgang Richtung Hauptstraße. Die leeren, grauen Ärmel des Jacketts schwankten auf ihrem Rücken. Sie sah anders aus, fast fremd. Ehe sie Charlies Sicht entschwand, meinte er, sie ginge rückwärts und die Haare bedeckten ihr Gesicht.

Dann entflammten Lichter in den Fenstern des nahen Gebäudes, das alle »das Haus der Tunesier« nannten. An einem erleuchteten Fenster saß eine Frau und schaute hinaus, die Ellbogen auf die Knie gestützt und das Kinn in die Hände gelegt. Charlie versuchte, sich vorzustellen, wie sein Wohnhaus, »das Haus der Marokkaner«, in ihren Augen wirkte. Konnte sie den kleinen Jungen sehen, der im Dunkeln auf dem Balkon saß? Die Frau wandte sich vom Fenster ab dem Zimmer zu, ging auf die Zehenspitzen und drehte sich auf der Stelle wie im Tanz, das lange Haar flog ihr um den Kopf, und der Saum ihres weißen Kleides wirbelte über ihre Knie hoch. Dann verließ sie den Raum. Licht leuchtete in dem kleinen Fenster daneben auf, und ihm fielen die Augen zu.

Als er aufwachte, dröhnte ihm der Kopf von dem komischen neuen Lachen seiner Mutter bei ihrem Treffen mit Hauptwachtmeister Malka. Er schaute runter – sie war nicht da, aber auf dem dunklen Sandplatz sah man einen Mann, der einen kleinen Jungen auf dem Arm zu einem parkenden Auto trug. Der Mann öffnete die Tür zum Fond und setzte das Kind hinein. Eine Frau mit einem in eine Decke gewickelten Baby auf dem Arm stieg von der anderen Seite ein. Der Motor wurde angelassen, und die Scheinwerfer warfen zwei zitternde Lichtkegel auf den eingerissenen Zaun des Schulgartens. Er kickte mit dem nackten Fuß in die Luft. Würde er, wenn er mal groß war, wie diese Mama und dieser Papa sein, die jetzt mit ihren Kindern im Auto abfuhren? Er kickte wieder in die Luft, und seinem Mund entrang sich ein »Ah« und dann gleich noch mal – lauter, länger und wirrer: »Aaah.«

Beim zweiten Schrei spürte er die Wärme der langen Finger seiner Mutter im Nacken. Sie war zurück. Vielleicht hatte sie schon einige Zeit hinter ihm gestanden, vielleicht ebenfalls die kleine Familie ins Auto steigen gesehen. Ihre Hand war weich, und er sog ihren Duft ein. Nur der Ehering war hart und kühl.

»Bist du wieder da?«, fragte er.

»Bist du okay?«, fragte sie ruhig zurück.

Fast alle Fenster im Haus der Tunesier waren dunkel, aber am Himmel sah man viele neue Sterne. Als hätte jemand kleine Löcher in die große Mütze gebohrt, um etwas von dem starken Licht draußen einzulassen.

»Ja, alles in Ordnung, mir ist nur ein bisschen kalt«, sagte Charlie. Er spürte ihre warmen Beine im Rücken und lehnte sich entspannt daran.

»Bist du sicher?«, fragte sie. Die Zärtlichkeit wohligen Schlafs umhüllte ihn erneut.

»Ja, und du?«, fragte Charlie mit geschlossenen Augen und spürte ihre Hände ihn am Rücken und unter den Knien fassen, hochheben, ins Haus tragen und auf das graue Sofa legen.

Charlie rückte auf dem Sofa an seine Mutter heran und versuchte, die Reste des bittersüßen Geruchs von gestern, als sie ihn hier hingelegt hatte, einzusaugen – einen Hauch von Zigarettenrauch, etwas Parfüm und ein wenig von der grünen Seife, die auch er benutzte. Einen Moment schien es, als würde sie aufwachen. Ihr

Daumenwackeln hörte auf, fing aber gleich wieder an. Sie änderte ein wenig ihre Haltung, schlang sich die Arme um den Leib, seufzte auf und atmete dann wieder ruhig. Zwischen den Gerüchen, von denen Charlie wusste, dass man sie auch »Düfte« nannte, erkannte er den Schlafduft und atmete ihn tief ein. Das Letzte, was er vor dem Einschlafen in Erinnerung behalten hatte, war die zarte Berührung ihrer Hände im Gegensatz zu dem rauen, grauen Polsterstoff, auf dem seine Hände jetzt lagen. Aber als er vor einigen Minuten aufgewacht war, hatte er sich nicht hier befunden, sondern draußen auf dem Balkonboden.

5

Mitte Juli 1929, um fünf Uhr nachmittags, klappte der Medizinstudent Hans Blumberg in seiner Heidelberger Studentenbude die Lehrbücher und Hefte zu und wählte sorgfältig die Kleidung, die er zur Anatomieprüfung am nächsten Tag tragen wollte. Er nahm einen grau gestreiften Sommeranzug vom Bügel, breitete ihn auf dem schmalen Bett aus und legte behutsam ein weißes Seidenhemd darauf. Danach schwankte er kurz zwischen roter und grauer Krawatte und entschied sich für die rote. Mit einem weichen Tuch polierte er die schwarzen Lackschuhe spiegelblank und stellte sie unters Bett. Schließlich überflog er die Liste mit dem Prüfungsstoff und sagte sich: »Das wars.«

Die Anatomieprüfung war die letzte zum Abschluss des zweiten Studienjahrs und wurde, wie alle wichtigen Prüfungen, mündlich und öffentlich abgenommen. Letztes Jahr hatte er sich noch nicht sicher genug gefühlt für solche Prüfungen, die er von seinem Pharmaziestudium in Berlin nicht kannte, aber nun hatte er sich an den Gedanken gewöhnt. Die Kandidaten saßen festlich gekleidet in der ersten Reihe. Die, die bereits durch waren, streckten wohlig lächelnd die Beine aus, und die, die es noch vor sich hatten, trommelten mit den Fingern auf die Armlehnen oder kauten an den Nägeln. Hinter den Prüflingen saßen die übrigen Studenten des zweiten Jahrs und in den höheren Rängen Neugierige aus anderen Semestern und Fakultäten. Bei diesen Prüfungen hatte Hans gelernt, seine tiefe Stimme und die eigens einstudierte Redeweise zu nutzen. Auch ohne zwingenden Grund wartete er kurz mit der Antwort, und wenn er dann den Mund auftat, sagte er einige einleitende Worte: »Die volle Antwort gliedert sich in drei Teile oder basiert, genauer gesagt, auf drei Fundamenten.« Oder: »Der Lösung müssen einige Aspekte vorausgeschickt werden.« Am Ende der Prüfung, wenn er alles umfassend beantwortet hatte, fühlte er sich großartig, und wenn der Schlussakkord ertönte – »Bestanden, Sie können abtreten, Herr Blumberg« –, stieg er nicht die Stufen hinab wie seine Kommilitonen, sondern sprang von der Bühne in den Saal.

Professor Oppenheim, der ihn morgen prüfen würde, war berüchtigt dafür, seine Studenten mit dem boshaften Humor bloßzustellen, der sich übers Jahr hinter der dunklen Brille verbarg, die er wegen einer Augenkrankheit tragen musste. Hans seufzte zufrieden und strich ein Fältchen an der ausgebreiteten Anzughose glatt. Der Gedanke an ein kleines Scharmützel mit dem listigen Alten beflügelte ihn. Er hatte das Heft zweimal durchgearbeitet und auch fast alle Diagramme auf den Arbeitsbogen ausgefüllt. In die leeren Kästen hatte er in Schönschrift den Namen des Glieds, Muskels oder Nervs geschrieben und in kleinen Buchstaben dessen Aufgabe benannt. Im Jahresverlauf hatte er fast alle Arbeiten und Übungen absolviert und Fragen stets richtig beantwortet.

Einmal im Seziersaal, als alle unbehaglich auf innere Organe lugten, die ganz anders aussahen als auf den

Abbildungen in den Büchern, hatte er einer richtigen Antwort bezüglich der Gallenblase hinzugefügt, er habe hinten in einer renommierten medizinischen Zeitschrift über einen afrikanischen Stamm gelesen, dessen Angehörige glaubten, der Verzehr einer menschlichen Gallenblase steigere die Manneskraft. »Dort in Afrika hat man offenbar endlich herausgefunden, welche Aufgabe die Gallenblase hat«, hatte er belustigt und selbstsicher erklärt. Einige Studenten lachten kurz auf, und der alte Professor hatte – wie Hans sich jetzt zufrieden erinnerte, als er den großen Anatomieatlas ins Regal zurückstellte – ein seltenes Lächeln gezeigt, sein Notizbuch vor die dunklen Brillengläser gehalten und etwas eingetragen.

Hans legte das geschlossene Heft auf die Tischecke und hakte auch das Gebiet ab, das sie in den letzten zwei Vorlesungen durchgenommen hatten und ihm daher noch frisch im Gedächtnis haftete: »Hals und Kehle – vom Mund zur Brust«. Alle Vorbereitungen waren beendet. Jetzt bestand kein Grund mehr, heute Abend nicht an der Chorprobe teilzunehmen, dachte er und schlug sich zufrieden auf die Oberschenkel.

Im letzten Jahr, rund drei Monate nach seiner Ankunft in Heidelberg, hatte er bereits gespürt, dass seine Lunge sich von der Berliner Luft reinigte, die er als stickig empfunden hatte. Für seinen Vater war das Medizinstudium in Heidelberg die einzig akzeptable Rechtfertigung dafür, das Pharmaziestudium nach dem sechsten Semester an den Nagel zu hängen und damit das Todesurteil über die Apotheke der Familie zu sprechen. Einige Fächer der ersten beiden Medizinsemester kannte Hans vom Pharmaziestudium, und es überraschte ihn, dass ihm der Stoff in Berlin noch schwergefallen war. Seine Haltung straffte sich, sein Gang wurde zügig. Er ließ den jungen Mann hinter sich, der mit hängendem Kopf von der Universität geradewegs in die elterliche Apotheke gelaufen war, um dort unter dem lähmend kritischen Blick des Vaters bis zum Ladenschluss zu arbeiten. Von der Apotheke war er in sein Zimmer hinaufgegangen, und zum Einschlafen hatte er die starken Schlaftabletten genommen, die er seit der Untersekunda regelmäßig dem mit einem Totenkopf gekennzeichneten Giftschrank entnahm.

Nach weiteren zwei Monaten seines neuen Lebens in Heidelberg hörte er in einer Vorlesung hinter sich zwei Studentinnen reden. »Der ist ein Angeber«, sagte die eine. »Ein Angeber?«, erwiderte die andere. »Ein Pfau ist er!« Zweifellos sprachen sie von ihm, dachte er. Ein Schauer lief ihm über den Nacken. Kaum ein Jahr zuvor war er noch rot und schweißnass geworden, sobald er nur ein paar Worte mit einer Studentin wechseln musste. Er lehnte den Oberkörper ein wenig zur Seite, spreizte leicht die Beine und stützte den Ellbogen besitzergreifend auf die Armlehne des leeren Platzes zu seiner Rechten. Stunden später war sein Herz noch voll der Erkenntnis, dass seine aufwallende Selbstsicherheit und Zufriedenheit in der Welt auf Anklang stießen, und genau da entdeckte er einen Aushang, der sangesfreudige und des Notenlesens mächtige Studenten zu einem neuen Chor einlud.

Dirigent Pinsky, ein kleiner Mann mit struppigem,

grauem Haar und Bart, nahm ihn nach dem Vorsingen als Bassstimme auf und fügte trocken hinzu, nach dem Stand seines Solfège könnte man ihn für einen geübten Chorsänger halten. Bei den privaten Stimmbildungsstunden sagte der Lehrer, eine Stimme wie seine sei ein wahres Himmelsgeschenk, mit relativ wenig Arbeit könne er einer der führenden Sänger des Chors werden, und hätte er sich nicht dem Arztberuf verschrieben, würde er ihm raten, ernsthaft eine Solistenkarriere anzustreben. Den Klavierunterricht hatte er mit dreizehn Jahren aufgegeben, weil er sich schwer damit getan hatte, aber hier in Heidelberg, fern von Berlin und seinem Elternhaus mit dem Flügel im Wohnzimmer, dessen Anblick allein schon seine Fingerknöchel anschwellen ließ, kam die Musik ihm völlig natürlich, und mit ihrer Hilfe versuchte er sich erstmals im Leben an einer Beziehung zu einer Frau.

Das entspannte Verhältnis mit Grete Böhm, die Altphilologie studierte und in der dritten Chorreihe neben ihm stand, dauerte fünf Monate. Es begann, als Grete ihm bei einer Probe die Hand streichelte, und endete ohne Herzeleid im letzten Herbst auf einer kleinen Waldlichtung mit Neckarblick, wo sie sonntags gern hinradelten. »Ich denke, wir sollten beide zu neuen Ufern aufbrechen, es wird Zeit«, sagte sie und traf auch beim Abschied genau seinen Wunsch. In den folgenden Monaten schliefen sie nicht mehr miteinander im feuchten Gras, tauschten aber weiterhin freundschaftliche Gesten – schmiegten sich bei den Proben aneinander, und manchmal kitzelte sie ihn an der Hand.

Das Bordell Exklusiv galt als hygienisches Etablissement, in dem man keine Krankheiten befürchten musste, aber er blieb ihm fern. Die Erkenntnis, dass er seine sexuellen Triebe – die nie besonders stark gewesen waren – zu beherrschen vermochte, verschaffte ihm Genugtuung und innere Stärke. Er spürte, dass er stetig physische und mentale Kräfte sammelte, und beschloss, nach den Prüfungen ein Boxtraining aufzunehmen, hatte sich sogar schon Boxhandschuhe und einen Boxsack gekauft. Manchmal, wenn er allein in seinem Zimmer war, tänzelte er auf der Stelle und hieb die Fäuste in die Luft oder auf den neuen Ledersack, imitierte die K.-o.-Schläge Max Schmelings, den die von Woche zu Woche zahlreicher werdenden Sportseiten immer wieder als Triumphator über seine Gegner abbildeten.

So durchquerte Hans Blumberg am Vorabend der Anatomieprüfung zu warmer Dämmerstunde aufrechten Gangs einen kleinen Park auf dem Weg zur Chorprobe. Er setzte über eine schmale Wasserrinne, hieb die geballte Rechte in die offene Linke und umgekehrt, die geballte Linke in die offene Rechte. Im Gehen wärmte er mit lang gezogenem Aaaaa und Uuuuu und Eeeee seine Stimmbänder auf. Ein kleiner Junge und ein kleines Mädchen, die im Brunnen in der Mitte des Parks Segelboote schwimmen ließen, blickten zu ihm hinüber und lachten. Eine Kutsche, gezogen von zwei hellwachen, sprunghaften Rappen, die die Köpfe schwenkten, fuhr langsam an ihm vorbei. Die muskulösen Pferde warfen die Vorderläufe höher und schnaubten laut durch die Nüstern, ganz wild darauf, in Galopp auszubrechen.

Hans nahm die breiten Eingangsstufen zu dem Gebäude, in dem die Chorproben stattfanden, je zwei auf einmal. Oben angekommen, zog er die Taschenuhr hervor, die seine Eltern ihm zum Abschied geschenkt hatten, und sah, dass er eine Viertelstunde zu früh dran war. Er blickte auf den Park, den er gerade durchschritten hatte. Die beiden Kinder spielten dort weiter mit ihren Segelbooten. Jetzt wusste er mit Sicherheit, dass das Medizinstudium ihm nicht schwerfallen würde, er froh und begabt sang, man ihn verdächtigte, arrogant und angeberisch zu sein, in seinem Innern aber auch die Fähigkeit keimte und reifte, ein Frauenherz ganz und gar zu erobern, geliebt zu werden. Hier, fern der Eltern, fern seines alten Zimmers in Berlin und der Apotheke, hegte er keinen Zweifel mehr im Herzen, dass er sich genügend ertüchtigt hatte, alles schon fix und fertig war. Ein Kahn tutete auf dem Fluss, oder vielleicht war es ein Zug, der den Bahnhof verließ. In der Ferne sah er die Wagen der Heidelberger Bergbahn zum Schloss hinauffahren. Ein leichter Wind wehte. Ein wohliger Schauder lief ihm über den Rücken, als er das große Gebäude betrat.

Trude Stuck war erst einen Monat zuvor in den Chor eingetreten. Siebzehn Jahre jung, klein, das hellblonde Haar kurz geschnitten. Sie sollte erst nächstes Jahr mit dem Studium beginnen – Pädagogik oder Orientalistik, da schwankte sie noch. Ihren Gesprächen mit anderen hatte er, zwischen Lachsalven, entnommen, dass sie als Kind nach Heidelberg gekommen war und ihre Eltern an der Universität lehrten, die Mutter Griechisch, der

Vater Chemie. Gleich bei der ersten Chorprobe hatte sie dem Dirigenten und allen anderen erklärt, sie singe »richtig gut«, habe schon bei mehreren Chören mitgemacht und könne rasch alles Versäumte aufholen, »natürlich nur, wenn man mir ein wenig hilft«. Bald zeigte sich, dass sie über recht begrenzte musikalische Fähigkeiten verfügte. Sie hatte höchstens in einem laienhaften Kinderchor gesungen. Wenn sie falsch sang, aus dem Takt geriet oder versehentlich zu den Altstimmen überglitt, vergab sie sich umgehend selbst, sagte »Uff« oder »Verzeihung, Verzeihung, nicht weiter schlimm, Trude«. Sie versuchte gar nicht erst, die aufrechte, majestätische Haltung anzunehmen, die alle anderen eingeübt hatten. Sie stand etwas schief und wackelte in ihrem eigenen Takt, einem fröhlichen inneren Rhythmus. Schon bei der zweiten Probe, an der sie teilnahm, bat sie unverfroren, ein weiteres Mal *Der Mond ist aufgegangen* zu singen, das der Chor einstimmig als Zugabe zu singen pflegte. »Bitte, Maestro, bitte noch mal«, sagte sie lächelnd und stampfte mit dem Fuß. »Sicher, gewiss doch, warum nicht, auf ein Neues«, erwiderte Pinsky, der immer auf einen makellosen Ablauf der Proben achtete, »alle zusammen jetzt: *Der Mond ist aufgegangen.*«

Zur Probe an diesem Tag, dem Vorabend seiner Anatomieprüfung, erschien Trude erst gegen Ende. Sie trat durch die Hintertür ein, als der Chor schon zum zweiten Mal den ersten Satz von Faurés Requiem anstimmte. Hinter Hans' Rücken vorbei zu ihrem Platz gehend, flüsterte sie: »Bin eingedämmert. Aber nicht weiter schlimm.« Er erkannte ihren typischen Geruch nach Schweiß und Seife.

Pinsky dirigierte den Chor mit der Rechten, blätterte das Notenheft mit der Linken um und nickte ihr dabei zu, als wollte er sagen: Egal, egal, Trude, Hauptsache, Sie sind endlich da, wir sind alle sehr froh, Sie zu sehen.

Am Ende der Probe legte Trude die Hand auf Hans' Arm, kurz unterhalb des Ellbogens.

»Du hilfst mir doch, dieses blöde Requiem zu lernen, oder?«

Grete Böhm kniff ihn am anderen Arm und flüsterte ihm ins Ohr: »Los, Hans, los, das ist deine Chance, mein Lieber.«

Hans bot Trude ein Treffen am nächsten Abend oder vor der nächsten Probe an.

»Nein, nein, jetzt«, sagte sie in einem Ton, der kindliches Betteln und weibliche Verführung vereinte. Aus dem Korridor schallten die Stimmen der abziehenden Chormitglieder herüber. Einer äffte eine schrille Falsett-Stimme nach und prustete danach vor Lachen. Ehe Hans ein weiteres Wort herausbrachte, berührte Trude ihn am Hals. »Nein, nein, ich bitte dich, jetzt, jetzt gleich.«

Sie begannen, den ersten Satz Abschnitt für Abschnitt durchzunehmen. Erst sang Hans ihr die Sopranstimme vor, und während sie sie ihm nachsang, übernahm er die Begleitung. Danach sang er die anderen Stimmen und sie wieder den Sopran. Um zehn Uhr abends waren sie erst beim Solo der Tenöre angelangt – gerade mal zweieinhalb Seiten.

»Ich habe morgen eine Prüfung, ich sollte lieber schlafen gehen«, sagte er.

»Noch ein bisschen, bitte, bitte.« Ihr Flehen ging ihm derart zu Herzen, dass es ihn selbst überraschte.

»Ich habe eine Prüfung in Anatomie«, entschuldigte er sich.

»In Anatomie?«, lachte Trude und erzählte ihm, als sie ihrem Vater vor zwei oder drei Jahren sagte, sie wolle vielleicht Ärztin werden, habe er sie zu einer öffentlichen Anatomieprüfung mitgenommen. Ein Kandidat habe vor einem großen Diagramm der weiblichen Fortpflanzungsorgane gestanden und nicht mal die Eileiter zeigen können, was sogar sie fertiggebracht hätte. »Das war lustig«, Trude schlug sich auf den Oberschenkel, und Hans erschrak. »Dieser Ärmste«, fuhr sie fort, »ich bin fast sicher, er war auch ein Jude, der ist knallrot geworden und war völlig durcheinander. Der Stab ist über alle möglichen interessanten Stellen des Diagramms gewandert, bis er ihm aus der Hand plumpste.«

»Aha«, erwiderte Hans. »Ich muss jetzt gehen.« Fast schon überwunden geglaubte Schwäche und Unsicherheit ergriffen ihn. An einem fernen Ende des großen Gebäudes fiel eine Tür ins Schloss. Anscheinend hatte es sich geleert, und sie waren die Letzten hier.

»Noch ein bisschen, bitte«, Trude hob sein Kinn mit dem Finger. »Dann halt nur das Solo der Sopranistinnen, hehe, du bist rot geworden. Das ist lieb.«

Hans fürchtete, gleich ins Schwitzen zu geraten, aber seine Stirn blieb trocken, und sein Puls, den er insgeheim prüfte, blieb normal. »In Ordnung«, sagte er, »aber nur acht Takte.«

Als sie mit vier weiteren Zeilen durch waren, war es schon fast elf Uhr. »Weißt du was, Hans, vielleicht komm ich morgen, um dir zuzuschauen, wer weiß«, lachte sie ihr kindliches Lachen und berührte ihn mit weicher weiblicher Hand am Arm. »Vielleicht hast du auch nicht richtig gelernt, wo die Eileiter sitzen.«

Nach Mitternacht, bevor er ins Bett ging, holte er den großen Atlas des menschlichen Körpers vom Bücherbord und sah nach, wo die Eileiter saßen. Danach konnte er nicht einschlafen. Er zog eine Flasche Kirschwasser aus dem Nachtschränkchen, trank im Liegen einen Schluck direkt aus der Flasche und ließ den farblosen Schnaps übers Kinn auf die Brust rinnen. Eine Stunde später lag er immer noch wach und nahm mit einem weiteren Schluck Kirschwasser zwei der Schlaftabletten, die er aus Berlin mitgebracht, hier aber bisher nicht gebraucht hatte. Die Zimmerwirtin, Frau Zunz, eine verwelkte und trübsinnige Witwe von vierzig Jahren, deren Mann im Großen Krieg gefallen war, ging die knarrenden Dielen auf dem Flur auf und ab von der Küche zum Bad und zurück, bis zu sehr später Stunde jemand dreimal kurz an die Wohnungstür klopfte. Hans hörte Frau Zunz und den Ankömmling in ihrem Zimmer verschwinden. Der Mann schwieg, aber das Bett quietschte, und Frau Zunz machte Laute, die keinen Raum für Zweifel ließen. Erst seufzte und stöhnte sie, dann ließ sie eine Art Vogelzwitschern ertönen, und als Hans schon beinahe in die dicke Wolke der Schlafdroge versank, schrie sie immer wieder: »Ja, Maxi, noch, noch.«

Als der Wecker klingelte, stieß Hans ihn zu Boden und schlief weiter. Frau Zunz klopfte an die Tür und fragte, ob er heute nicht zufällig eine wichtige Prüfung habe. »Jaja«, antwortete er, und der Seufzer, den er abgab, ähnelte in seinem benebelten Bewusstsein ihren nächtlichen Ächzern.

Er schaffte es in den Prüfungsraum, bevor der erste Kandidat auf die Bühne stieg. Sein Kopf schmerzte. Er setzte sich in die erste Reihe und war höchst besorgt über seine Frisur, da er keine Zeit mehr gehabt hatte, sich Brillantine ins Haar zu reiben. Letztes Jahr hatte er angefangen, diesen öligen Stoff zu benutzen, um sein Haar zu scheiteln und nach rechts über den Schädel und ein wenig in die Stirn zu kämmen, sodass es spiegelglatt aussah. Er fasste sich an den Hals, an die Stelle über dem Kragen, wo Trude am Abend zuvor ihre kleinen Finger hingelegt hatte. Sofort spürte er dort einen Streifen rauer Stoppeln, den er beim Rasieren vergessen hatte. In der Eile hatte er sich außerdem im Grübchen am Kinn geschnitten. Vor Verlassen seines Zimmers hatte er ein Stückchen Papier an den blutigen Schnitt gedrückt und es bei Betreten des Saals feucht und rot in den großen Aschenbecher an der Tür geworfen.

Nach dem Alphabet waren als Erstes Max Abzug und Heinrich Arenberg an der Reihe. Hans erfasste nur den Anfang und das Ende der Prüfungen. Der alte Professor blieb vorerst bei der monotonen Stimme seiner Vorlesungen:

»Herr Abzug!«

»Bestanden. Sie können abtreten, Herr Abzug.«

»Herr Arenberg!«

»Bestanden. Sie können abtreten, Herr Arenberg.«

Hans wandte sich um. Der Saal war rappelvoll. Manche saßen in den Gängen oder standen oben hinter der letzten Reihe und an den großen Türen. Auf den Gesichtern der Zuschauer zeichneten sich Enttäuschung und Langeweile ab. Jemand tippte ihm von hinten an die Schulter.

»Herr Blumberg, bitte!« Der Sekretär der Fakultät, der seitlich am Bühnenrand saß, nannte seinen Namen im ungeduldigen Ton des zweiten Aufrufs. Hans erhob sich und stieg schwerfällig auf die Bühne.

»Ich sehe, Sie kommen geradewegs aus dem Operationssaal zu uns, Doktor Blumberg.« Der Professor deutete auf die Brust seines Seidenhemds, die vier kleine Blutflecke aufwies.

»Das ist ein Schnitt. Ein Schnitt am Kinn«, gab Hans zurück, »die Rasur, ach, die Rasur.«

»Das ist ein Schnitt am Kinn, stimmt, kommen wir zur zweiten Frage.«

Die Holzsitze der Zuschauer knarzten, als sie sich darin aufsetzten.

Hans wurde nach dem Sitz der Gallenblase und ihrer Funktion gefragt und antwortete richtig, aber stammelnd. Er schickte keinen einleitenden Satz voraus und hörte seine Stimme selbsttätig auf- und abschwellen.

»Wenn Sie jeden Satz zweimal sagen, meinen Sie dann einmal die rechte und einmal die linke Gallenblase?« Der Professor fasste an seine dunkle Brille.

Nach angestrengtem Nachdenken erwiderte Hans: »Nein, nein … es gibt … es gibt nur eine Gallenblase, nur eine.«

Ein Grinsen trat auf die Gesichter der in der ersten Reihe Sitzenden. Die Tür am hinteren Ende des Saals ging auf, und Trude trat ein.

»Uff, beinahe wäre ich zu spät gekommen.«

»Pst«, kam es aus dem Publikum. Die Leute wollen nicht gestört werden, wo es jetzt gerade interessant für sie wird, dachte Hans.

»Ruhe, bitte!« Der Fakultätssekretär pochte mit dem Bleistift auf den Tisch.

Der Professor ließ nicht locker. »Mir fällt auf, dass Sie etwas leise klingen, Herr Blumberg. Vielleicht gibt es eine physiologische Ursache dafür, dass Sie heute Ihre Stimme nicht zu heben vermögen.«

»Nein, nein, nein«, stammelte Hans.

Der Alte hüstelte oder kicherte. Hans wusste, wie die nächste Frage lauten würde. An der Tür wanderte der hellblonde Schopf hin und her. Trude winkte ihm von oben zu.

»Und wenn wir schon davon reden, Herr Blumberg, vielleicht können Sie uns bitte erzählen, wo genau der Kehlkopf sitzt, und wie seine Funktionsweise ist?«

Hans erinnerte sich an die Blätter zur Prüfungsvorbereitung, die er nicht repetiert hatte, weil der Stoff in den letzten Vorlesungen vermittelt worden war. Über einem davon hatte »Der Kehlkopf« gestanden. Er hob die Hand zum Hals und berührte das Stück Haut, das der Rasur entgangen war. In der Ferne läutete eine Kirchenglocke.

»Ich werde Ihnen ein wenig auf die Sprünge helfen. Knochen, Herr Blumberg, Knochen, gibt es Knochen im Kehlkopf, und mit welchen anderen Knochen sind sie gegebenenfalls verbunden?«

Die Frage nach Knochen im Kehlkopf war eine berüchtigte Fangfrage. Vor einigen Jahren war ein Student daran gescheitert und hatte das Studium aufgeben müssen. Einen Moment spürte Hans Erleichterung, aber sie verflog sofort wieder. Er konnte sich der Antwort nicht entsinnen.

»Wie wird die Stimme erzeugt, Herr Blumberg?«, fragte der Professor.

In seinem Kopf dröhnte die Anweisung des Gesanglehrers: »Setzen Sie das Zwerchfell ein! Mit Unterstützung. Ja, ja, so ist es richtig.« Hans senkte den Blick auf Brust und Bauch, die eingefallen wirkten. Die roten Flecke auf seinem feuchten Hemd hatten sich ausgebreitet. Insgeheim kniff er sich am Oberschenkel und hoffte, in seinem Bett aus einem schlechten Traum zu erwachen. Die Tür am Ende des Saals ging erneut auf, vier oder fünf weitere Neugierige kamen herein, und die vor ihnen Stehenden traten im Gang zwischen den Sitzreihen ein Stückchen hinunter.

»Was beeinflusst die Höhe oder Tiefe der Stimme? Herr Blumberg, warum hat einer eine Bassstimme und der andere eine Tenor- oder Baritonstimme?« Im Saal kam Getuschel auf, jemand hüstelte künstlich.

»Achten Sie jetzt auf den genauen Wortlaut der Frage, die ich Ihnen stelle, Herr Blumberg.« Der Alte stand auf, stützte sich mit der einen Hand auf den mit einem grünen Tuch bedeckten Tisch, hob die andere und zeigte mit leichtem Zittern nach vorn ins Publikum, wobei sich sein grauer Talar wie eine große, bebende Schwinge ausbreitete. »Sagen Sie uns bitte, was Sie über den menschlichen Kehlkopf wissen. Sagen Sie uns alles – was – Sie – wissen.«

Hans stützte sich mit der Hand auf den Tisch. Das

Prüfungsformular war umgedreht zu sehen, überschrieben mit seinem Namen. Quer über die Bühne verteilt standen Staffeleien, bestückt mit Diagrammen und Schaubildern des menschlichen Körpers. Die Namen der Körperteile waren schwarz überklebt. Wenn er an eine näher ranginge, würde er vielleicht etwas erfassen, was sein Gedächtnis auffrischen könnte, dachte er. Auf der linken Seite erkannte er ein großes Schaubild der weiblichen Fortpflanzungsorgane, und an einer fernen Staffelei war ein doppeltes Abbild des Schädels, von vorn und im Profil, zu sehen. Stille trat ein. Am Ende des Saals sagte Trude, fast flüsternd: »Vielleicht singst du was, Hans, und schaust, was du dort hast, vielleicht singst du.« Sie lachte kurz auf.

Nun war er bereits fähig, eine vollständige Antwort auf die vorige Frage, über die Gallenblase, zu geben. Er hielt sich am Tisch fest. Ein Schweißtropfen rann über seinen Schädel, glitt über Stirn und Nasenbein und fiel auf das weiße Blatt, links von seinem Namen. Er trat einen Schritt zurück und stieß an eine der Staffeleien.

»Vorsicht! Stoßen Sie uns nicht die Wirbelsäule um. Ja, Herr Blumberg. Die Antwort, bitte.«

Eine altersmüde Glühbirne flackerte an einem der Kronleuchter, die von der Decke hingen.

»Ja, nein«, antwortete Hans und hustete, fand seine normale Stimme wieder.

»Nichts«, sagte er, »ich weiß nichts über den Kehlkopf, rein gar nichts.«

»Oh!« Ein schwacher Ruf wie der Laut eines erschrockenen Tiers erklang am Ende des Saals. Hans sah Trude von hinten, als sie die große Tür aufstieß und ging.

»Ich bedaure sehr, Herr Blumberg. Sie haben nicht bestanden. Sie können abtreten.«

»Fräulein Bresnitz!«, rief der Fakultätssekretär die nächste Kandidatin auf.

Die ersten drei Tage nach der Anatomieprüfung verbrachte er im Bett in unruhigem Schlaf, fuhr alle paar Stunden erschrocken und schweißüberströmt hoch. Frau Zunz brachte ihm Tee ans Bett und fragte, ob sie einen Arzt rufen solle. »Nein, nein«, antwortete er entschieden. Im Schlaf musste er wohl wieder an den Schnitt am Kinn gefasst haben, denn die Wunde war entzündet und eiterte.

Am vierten Tag rasierte er sich vorsichtig, und am fünften überbrachte ihm ein Bote von der Universität einen Brief mit der Nachricht, wegen Nichtbestehen der Anatomieprüfung werde er exmatrikuliert, es sei denn, er teile mit, dass er das ganze zweite Studienjahr zu wiederholen gedenke.

In einem kurzen Brief informierte er seine Eltern, dass er auch diese Sommerferien in Heidelberg verbringen wolle, um sich auf das neue Semester vorzubereiten. Die Schlaftabletten halbierte und viertelte er und schluckte sie nun auch morgens und mittags. Er ging nicht mehr zu den Chorproben, rührte seine neuen Boxhandschuhe nicht an und teilte der Universität nicht mit, dass er das zweite Studienjahr wiederholen wolle. Mitte Dezember, als die Schlagzeilen immer öfter der wachsenden Wirtschaftskrise galten und er seine Zeit mit ziellosem Flanieren verbrachte, erhielt er zwischen zwei Ausflügen ein Telegramm von seinem Vater: »Mir ist bekannt, dass du durchgefallen bist und das Studium aufgegeben hast. Retourniere das Geld, das du in den letzten fünf Monaten erhalten hast, oder komm augenblicklich zurück, um unbezahlt in der Apotheke zu arbeiten.«

Er kehrte zurück nach Berlin und in die Apotheke, redete geschlagene zwei Monate lang jedoch nur das Nötigste mit seinem Vater. Seine Mutter, die nach der Entlassung der beiden Haushaltshilfen selbst kochte, servierte ihnen das Abendessen mit treuer Unterwürfigkeit gegenüber dem Familienoberhaupt.

Eines Tages fragte ihn sein Vater, ob er schon eruiert habe, wann er das Pharmaziestudium wieder aufnehmen und beenden könne.

»Nein, und ich habe auch nicht vor, es zu tun.« Hans schlug mit der Hand auf die Glastheke. Noch ehe das Beben der Arzneifläschchen verebbt war, kam eine Frau in die Apotheke und wollte »was zur Beruhigung«.

»Was soll werden, Herr Blumberg«, fragte die Kundin. Sie meinte wohl die wirtschaftliche oder politische Lage. Sein Vater gab keine Antwort, händigte ihr nur schweigend ein Röhrchen Tabletten aus und nahm das Geld entgegen.

Die Frau blickte Hans an und lächelte. »Kein Zweifel, Herr Blumberg, Ihr Sohn wird Sie eines Tages noch übertreffen, Sie werden sehen, Herr Blumberg, Sie werden es noch erleben.«

Als sie weg war, lief sein Vater rot an. Einige Tage zuvor hatte er den letzten Angestellten entlassen, einen älteren Mann, der für das Lager verantwortlich gewesen war und auch die Arzneimittelkisten gewuchtet und ausgepackt hatte. »Und warum wirst du nicht Pionier in Palästina?«, fragte sein Vater mit verkniffenen Lippen. »Das würde für dich passen, vielleicht solltest du Bauer werden, ein einfacher Mensch, vielleicht arbeitest du auf dem Feld, vielleicht mit Pferden oder Kühen.«

Am nächsten Tag ging er zum Büro des Jugendbunds Blau-Weiß, der seine Tätigkeit stark eingeschränkt und das Schild an der Bürotür bereits abgehängt hatte. Er wolle sich »für Palästina einschreiben« und umgehend aufbrechen. »Nein, nicht mit einer Gruppe und auch ohne Vorbereitungslehrgang«, antwortete er einer bebrillten jungen Frau mit schwarzem Kraushaar.

Als er seinen Eltern an jenem Abend von seinen Plänen berichtete, sagte sein Vater: »Du bist offenbar noch viel dümmer als gedacht.« Seine Mutter wischte sich Tränen von den Wangen.

Er ließ seine medizinischen Lehrbücher auf der Einfriedung der Universität in Berlin liegen und brach zwei Wochen später bereits auf. Er fuhr mit dem Zug nach Hamburg, von dort per Schiff ins Land Israel, und als er sich mit seinen vierundzwanzig Jahren dem Kibbuz Gidron anschloss, war er der Älteste der Genossen. Bereits am dritten Tag begann er, Milch vom Kuhstall zur Molkerei zu kutschieren und die leeren Kannen von dort zurückzubringen. Nach einem Monat nahm er auf Anraten des Kibbuz-Sekretärs den gängigen hebräischen Namen Chaim Zemach an – zu Deutsch »Leben Pflanze« –, obwohl er noch kaum Hebräisch konnte.

Die Abstände zwischen den kurzen Briefen, die seine Mutter und er tauschten, so er überhaupt antwortete, wurden immer länger. 1933 schrieb sie, sie überlegten, ob es nicht Zeit sei aufzubrechen, und fragte, ob er meine, sie sollten nach Palästina kommen. Er antwortete, seiner Ansicht nach sei das Land nichts für sie beide. »Es ist sehr heiß hier«, schrieb er, »ihr solltet euch lieber einen anderen Ort aussuchen oder abwarten, bis sich die Dinge wieder regeln.« Im Frühjahr 1936 schrieb sie: »Es scheint sich tatsächlich alles zum Besseren zu wenden, jetzt ist alles in Ordnung.« Danach wurden die Briefe immer seltener, bis sie ganz ausblieben.

Im Herbst 1948 erhielt er einen Brief, der zwei Jahre zuvor an »Hans Blumberg, Kibbuz, Palästina« abgeschickt worden war. Aus den vielen Vermerken auf dem Umschlag ging hervor, dass der Brief zwischen der Jewish Agency und einigen Kibbuzim hin- und hergegangen war. Er stammte von seinem Onkel, einem Bruder seiner Mutter, der darin kurz und knapp all die Male auflistete, die seine Eltern bis 1942 daheim verhaftet und wieder in ihre Wohnung entlassen worden waren. Dann habe man sie am Bahnhof Grunewald, Gleis siebzehn, in einen Zug gepfercht, und davon seien sie nicht zurückgekehrt. »Sei froh, dass du rechtzeitig weggegangen bist«, hatte der Onkel seinen Brief beendet.

Er las all das, während die Stute den Milchwagen zog. Als er die verblassten Zeilen bis zur letzten gelesen hatte, fragte er sich, ob die Nachricht von ihrem Tod sein Herz mit Trauer erfülle, oder ob er sich nun gerade glücklich schätze, wie sein Onkel gedacht hatte. »Nein, nein, nichts dergleichen, kein bisschen«, antwortete er auf beide Fragen und blickte nach rechts und links, um zu sehen, ob ihn zufällig jemand gehört hatte. Die Stute war die einzige Zeugin. Er straffte den Rücken auf dem

Kutschbock, die Zügel in Händen, und versetzte ihr einen Peitschenhieb auf den Rücken. Vom Streichelzoo neben dem Kinderhaus hörte man ein Schaf blöken und einen Wellensittich zwitschern. Der Pfau, der über den Weg stolzierte, schlug plötzlich ein Rad und zeigte seinen Fächerschweif mit allen bunten Augen darauf.

Einige Tage nach dem Brief traf eine neue Gruppe der Jugend-Alija im Kibbuz ein, heranwachsende Jungen und Mädchen aus Rumänien sowie zwei Jungen und ein rothaariges Mädchen aus Deutschland, das der schnauzbärtige Arbeitsverteiler Zemach zuteilte, damit sie ihm in ihren vorgeschriebenen vier Arbeitsstunden pro Tag zur Hand ging, obwohl er gar keine Hilfe brauchte. »Ich hoffe, du kannst noch etwas Deutsch. Mir scheint, man muss sie ein wenig zurechtrücken, ihr sehr gründlich erklären, wo sie gelandet ist. Sie ein bisschen brechen. Mein Riecher sagt mir, dass wir noch viele Sorgen mit dieser kleinen *Kurviza* haben werden. Und sieh ihr nichts nach. Es heißt, während andere im Lager waren oder kämpften, habe sie in ein Schweizer Dorf flüchten können, und dort sicher, du weißt schon.«

Der Schnauzbart klopfte Zemach mit seiner Pranke auf die Schulter, als wolle er ihn daran erinnern, dass er, Zemach, bekanntermaßen nicht zu den Aktivisten und Kämpfern gehörte und trotz seines relativ hohen Alters zu Kriegszeiten etwas mehr hätte beitragen können. Danach zwinkerte der Arbeitsverteiler dem Mädchen zu, das gelauscht hatte, ohne ein Wort zu verstehen, und es erwiderte sein Lächeln. »Lili, *das Mensch is gut, gut, Eisen, Eisen.*« Der Mann deutete auf Zemach.

Drei Monate später – nur zwei Monate, nachdem sie

in sein leeres, kleines Zimmer eingezogen war – packte Lili seine paar Habseligkeiten und ihre Kleidungsstücke und Bücher zusammen. »Es reicht, genug mit diesem Gefängnis, genug mit diesem KZ, wir brauchen Freiheit, komm, Hans, wir gehen hier weg.«

Der Laster, der Hühner und Karottensäcke vom Kibbuz nach Jerusalem beförderte, nahm sie mit. Dank eines dreizeiligen Briefs des Milchbauern Reuben an einen Histadrut-Funktionär bekam Zemach eine Stelle in der Beitragsabteilung. An einem Wintermorgen des Jahres 1949, mit bereits über vierundvierzig Jahren, fing er in der Ortsgruppe im Süden der Stadt an.

6

Das Körpergefühl von Beth Goldberg, einer rothaarigen Neunzehnjährigen, passte nicht zu der Uhrzeit, die die grünen Zeiger des großen Weckers anzeigten. Sie drückte die Augen zu und überlegte, ob sie zu kurz oder eher zu lange geschlafen hatte, bis ihr Körper diesen säuerlichen Geruch abgab, der in der Nase kitzelte. Weder noch, dachte sie. Das komische Gefühl stammte von ihrer Körperhülle, von der harten Haut und dem Kribbeln an Rücken, Schultern und Beinen. Sie vergrub das Gesicht im Kissen und wartete darauf, dass das spezielle Dämmergefühl sie wieder einschlafen ließe. Aber der sonderbare, dünne Panzer, der den hinteren Teil ihres Körpers bedeckte, schärfte ihr Zeitgefühl und Ortsempfinden und regte ihr Denken an. Heute war der 17. Juli, Donnerstag. In vier Tagen, an dem Tag, an dem Neil Armstrong und Edwin »Buzz« Aldrin auf dem Mond landen sollten, um dort Sand- und Gesteinsproben zu entnehmen, würden ihre Eltern aus Kanada eintreffen, um sie zurückzuholen.

So lautete deren Plan, aber nicht ihrer. Sie hatte bereits mit Herrn Klugmann, dem Grundschuldirektor gesprochen und die Antwort erhalten, er würde sich freuen, wenn sie im Lande bliebe und ein weiteres Jahr unterrichte. Sollte ihr Vater tatsächlich seine Zahlungen einstellen, würde der geringe Lohn für die

Wohnungsmiete und ihre Grundbedürfnisse reichen, und falls sie weitere Einkünfte bräuchte, könnte sie Privatstunden geben, die Erklärungsschilder in dem kleinen Naturkundemuseum auf der Anhöhe hinter der Schule ins Englische übersetzen oder sich eine andere, nicht übermäßig anstrengende Nebenbeschäftigung suchen. Aus der Wohnung über ihr hörte sie ein Baby weinen und danach die Stimme einer Frau oder eines Jungen. Um elf Uhr musste sie in der Poliklinik sein. Vorgestern Morgen war an der linken Seite ihrer Oberlippe – genau dort, wo der Ring ihres Vaters sie einmal zusammen mit seiner ganzen Hand getroffen hatte – eine hässliche Wunde aufgetreten, die sie schnellstens kurieren wollte.

Ihr erster und bisher einziger Besuch beim Hausarzt Dr. Goldstein war vor etwa einem halben Jahr gewesen, als sie vor den Schülern ihrer Klasse gestanden, auf den Text des Liedes, das sie an die Tafel geschrieben hatte, gedeutet und plötzlich keinen einzigen Ton mehr herausgebracht hatte.

»Strengen Sie Ihre Stimme sehr an?«, hatte der Arzt sie in südafrikanisch gefärbtem Englisch gefragt.

»Ja, ich singe viel«, antwortete Beth im Flüsterton.

»Sie singen?«

»Ja, ich singe mit den Kindern.«

»Lehrerin?«

»Ich bin keine richtige Lehrerin, bringe den Kindern hier in der Grundschule aber Englisch bei.«

»Lehrer sein ist schwer, ein harter Beruf. Kennen Sie den Schriftsteller D. H. Lawrence?«

Beth nickte.

»Haben Sie den Roman *The Rainbow* gelesen?«

Beth schüttelte den Kopf.

»Sollten Sie lesen. Oder vielleicht lieber nicht.« Der Arzt räusperte sich. »Als ich das Buch ausgelesen hatte, wusste ich noch nicht, was ich mal werden wollte, wusste aber mit Sicherheit – kein Lehrer.«

Er spähte in ihre Kehle und betastete mit beiden Händen höchst angenehm ihren Hals. Danach blickte er mithilfe einer Lampe in ihre Ohren und fasste dazu ihre Ohrläppchen an. Er war groß, hatte ein ovales Gesicht und eine beginnende Stirnglatze. Beth schätzte ihn auf dreißig oder fünfunddreißig Jahre, fand ihn jedoch verlegen und unsicher wie einen Zwölfjährigen, der an der Tafel stand und die richtige Antwort nicht wusste.

»Ich würde es trotzdem gern lesen«, flüsterte Beth. »Besitzen Sie das Buch?«

Die Stirn des Doktors errötete. Er bat sie unsicher, sich umzudrehen und die Bluse zu heben.

»Atmen Sie bitte normal«, sagte er und hielt das Stethoskop an ihren Rücken. »Und jetzt atmen Sie bitte tief durch. Danke, Sie können wieder runterlassen. Die Lungen sind intakt, alles sauber. Strengen Sie ein paar Tage lang Ihre Stimme nicht an, dann ist es wieder gut. Ja, ich habe das Buch zu Hause. Ich kann es morgen mitbringen und an der Empfangstheke für Sie hinterlegen. Sie können es mir bei Ihrem nächsten Besuch zurückgeben.«

Nachdem sie das Buch, das wie versprochen am Empfang auf sie wartete, abgeholt hatte, hatte sie ein paar Dutzend Seiten gelesen, es dann liegen gelassen und erst vorgestern Abend, als sie beschloss, den Arzt erneut aufzusuchen, um die kleine Wunde behandeln zu lassen, rasch und flüchtig wieder angefangen zu lesen. Das Buch lag neben ihrem Bett, auf den letzten Briefen ihres Vaters.

Im untersten Umschlag, der vor anderthalb Monaten per Eilpost eingetroffen war, lag ein Blatt der *Jewish Chronicle Review* aus Montreal mit einem halbseitigen Artikel unter der Überschrift: »Jüdische Revolutionäre in Jerusalem?« Ihr Vater hatte dem Zeitungsblatt keinen Brief oder Zettel beigefügt, nur in großen Buchstaben »Was ist das?« draufgeschrieben, verbunden mit einem Pfeil zu dem Foto, unter dem zu lesen stand: »Mitglieder der linksradikalen israelischen Bewegung Matzpen demonstrieren am 1. Mai in der Jerusalemer Innenstadt«. Noch am selben Tag hatte sie ihm eine Postkarte mit drei Sätzen geschickt, von denen nur der erste zutraf: »Ja, das bin ich auf dem Foto. Ich bin sehr aktiv in der revolutionär-sozialistischen Organisation, um die es in dem Aufsatz geht. Der junge Mann neben mir, der Große mit den langen Haaren, ist dort auch aktiv, er heißt Michael und ist mein Freund.«

Zwei Wochen später kam noch ein Brief ihres Vaters, wieder per Eilpost. Sie solle ihre Rückreise nach Kanada unbedingt vorverlegen und nicht mal bis zum Ende des Schuljahrs an der Grundschule warten, ihm vielmehr umgehend ihre Ankunftszeit telegrafieren. Da sie nicht antwortete, kam ein weiterer Brief, der mit »Meine Liebe« anfing, im Übrigen jedoch ihre Feindseligkeit und Entfremdung vertiefte. Der Vater schrieb, er und ihre Mutter hätten beschlossen, diesen Sommer nach Israel zu reisen statt wie sonst in das kleine Hotel bei Prescott. Nach einer gemeinsamen Tour durchs Land würden sie zu dritt nach Kanada zurückkehren, und sie hätte noch Zeit, sich auf das Studium an der McGill University vorzubereiten, an der sie mittlerweile eingeschrieben sei, wie er ihr beiläufig mitteilte. Sie solle ihre Mietwohnung pünktlich zum Eintreffen der Eltern räumen und ihre Sachen packen. Er habe schon ein Auto gemietet, damit sie gemeinsam »die alten und die neuen Gebiete bereisen« könnten, wie er schrieb, und auch zwei Zimmer im King David Hotel gebucht, eines für ihn und ihre Mutter und eines für sie. »Unsere Zimmerfenster blicken auf die Altstadt und auf ein neues Schwimmbad, das man dort in der Gegend gebaut hat. Halte den Badeanzug bereit.« Briefpapier und Umschlag trugen den Namen seines Ladengeschäfts: *Goldberg – Haushaltswaren und Porzellan.*

Die Uhrzeiger bildeten schon fast eine senkrechte Linie. Über ihr hörte man erneut Babyweinen. Sie gestand sich ein, dass sie nicht wieder einschlafen würde. Sie stellte den Wecker ab und las das Buch weiter. Die markanten Lettern des roten Flugblatts von Matzpen, das zwischen den Seiten steckte, hatte sie gestern im Schwimmbad höchst aufmerksam studiert, gleich nach dem Start von Apollo 11. Nachmittags um halb vier Uhr war es im Schwimmbad mäuschenstill geworden, und sie hatte aufgehört, die Buchseiten zu überfliegen. Nur das rhythmische Plätschern des Springbrunnens war noch zu hören, und aus allen Transistorradios tönte der Countdown. Als die Rakete gestartet war, schrie jemand auf der anderen Seite des Schwimmbeckens: »Alle Achtung, alle Achtung!« Und ein Mann, der in ihrer Nähe stand, sagte etwas auf Jiddisch und seufzte. Das rote Flugblatt, das ihr als Lesezeichen diente, ruhte vor ihr auf dem aufgeschlagenen Buch. Die Schärfe der Parolen schien zu diesem bedeutungsvollen Moment zu passen:

DIE VERFÜGUNGEN ZUR STREIKBEENDIGUNG
WERDEN UMGESETZT!
SIND NICHT MEHR DROHUNG, SONDERN
WIRKLICHKEIT!
DER ARBEITGEBER, DIE HISTADRUT UND
DIE REGIERUNG – GEGEN DIE ARBEITER
UM SIE ZU BRECHEN
UM SIE ZU UNTERDRÜCKEN
UM IHRE BERECHTIGTEN FORDERUNGEN
ABZUBLOCKEN!

Jetzt erfasste sie, was es mit ihrem komischen Körpergefühl und der empfindlichen Haut auf sich hatte. Gestern Abend nach dem Duschen hatten sich an ihrem hellen, sommersprossigen Leib einige schmerzende weiße Bläschen gebildet. Sie blickte über die Schulter in den schmalen Spiegel innen an der Schranktür, schob die Brille beiseite und bemühte sich, Rücken, Schultern und die Rückseite der Oberschenkel mit dem Rest Buttermilch einzureiben, den sie mit den Fingerspitzen aus einem kalten Becher schabte. Buttermilch! Nun war klar, wo der säuerliche Geruch herkam.

»Du dumme Kuh, ich hasse dich!«, sagte Beth zu sich selbst, wie einst Gila Ben Simon und Rachel Biton in der 6a gesagt hatten. Nebeneinander hatten sie gesessen, die kleinsten Mädchen der Klasse, und dauernd aufgeregt geschwatzt oder getuschelt, einander berührt, und es war kein Tag vergangen, ohne dass eine der beiden zutiefst beleidigt dreinblickte, ihre Mitschülerin mit der ausgestreckten, flachen Hand abhielt und mit neiderregender Intimität sagte: »Genug, du dumme Kuh, ich hasse dich!«

Das Summen des kleinen Ventilators variierte beim Schwenken nach rechts und links. In der Wohnung oben ging eine Tür auf und zu, gleich danach hörte man ein Kind die Treppe herunterrennen.

Das laute Klingeln überraschte sie. Beth griff nach dem Wecker und spürte ein angenehmes Jucken an der empfindlichen, gespannten Haut. Sie drückte den Knopf und starrte auf die Zeiger, bis das Geräusch restlos verklungen war. Mit ihren kurzsichtigen Augen sah sie Farbtupfen – eine hell- und dunkelblaue Fläche und darunter braune und gelbliche Flecke, und alle gehörten sie zu van Goghs Gemälde *Weizenfeld mit Raben*, einem Poster, das sie auf dem Herflug aus Kanada bei einem kurzen Zwischenstopp in Amsterdam gekauft hatte. Sie blickte von den Farbtupfen zum offenen Fenster und zu dem blaugrauen Himmel draußen, durchschnitten vom Stromdraht über einem Baumwipfel, der ihren bloßen Augen wie ein grünlicher Fleck erschien. Hätte sie die Brille aufgesetzt und wäre ans offene Fenster getreten, hätte sie gegenüber am Ende der Hauptstraße die Gärtnerei erkannt, in der mittendrin, umrankt von einer üppigen Kletterpflanze, das runde Türmchen stand, das vor vielen Jahren – Beth war nicht sicher, ob der

Gärtnereibesitzer zwanzig oder fünfzig oder vielleicht hundert Jahre gemeint hatte – ein Wachtposten gewesen war und dessen kleine Schlitze oben als Schießscharten gedient hatten. Rechts von der Gärtnerei hätte sie die Bahnschranke gesehen und dahinter die Häuser des arabischen Dorfs, durch das bis zum 1967er Krieg, vor nur zwei Jahren, der Grenzzaun zu Jordanien verlaufen war, der damals auch manche Familienangehörigen voneinander trennte (das hatte ihr Ella, die Musiklehrerin, erzählt). Bei einem Blick nach links hätte sie zwischen den Bäumen die Fontäne des Springbrunnens im Schwimmbad urplötzlich hochschießen sehen können, erst leicht stotternd, dann üppig pulsierend.

Beth lauschte diesem neuen Rauschen, bis es im Straßenlärm unterging. Sie ruckte etwas zur Seite und tastete nach der Brille. Was zuvor nur ein brauner Fleck neben dem Wecker gewesen war, wurde wieder das Buch *The Rainbow*. Gestern im Schwimmbad, als sie gerade das letzte Kapitel angefangen hatte, wurde über Lautsprecher durchgesagt, dass das Bad in zehn Minuten schließe, und sie hatte aufgehört zu lesen. Nur ein kleiner Junge von sechs oder sieben Jahren kletterte immer wieder die Leiter zum hohen Sprungbrett rauf und sprang ins Wasser. Der Bademeister rief: »Bravo! Bravo! Und nun zum letzten Mal, Kleiner! Dann gehts nach Hause. Jetzt will ich eine Rolle sehen! Jetzt mach einen Salto! Das kannst du, brauchst keine Angst zu haben.« Der kleine Junge zog die schlaffe Badehose zur Brust hoch, hüpfte zweimal auf dem elastischen Brett, um Schwung zu holen, sprang in die Höhe, rollte sich ein, vollführte einen perfekten Salto in der Luft und streckte sich wieder, sodass seine Füße die Oberfläche berührten und sein kleiner, angespannter Leib nach ihm ins Wasser glitt. »Bravo! Bravo!«, rief der Bademeister erneut. »Alle Achtung, Kleiner, alle Achtung!«

Sie fand das Lesezeichen, das rote Flugblatt, nicht wieder. Anscheinend war es dort geblieben, wo sie es beim Lesen hingesteckt hatte – zwischen den gekreuzten Stäben des Liegestuhls. Beth blätterte vor und zurück, bis sie den Anfang des letzten Kapitels fand, das den Titel des Buches trug: *The Rainbow*. Von dem Pfad unter ihrem Fenster hörte man Bellen und Schrittgeräusche. Ein Mann redete dem Hund gut zu, der prompt zu bellen aufhörte und mit freundlichen Lauten antwortete. Beth legte das Buch offen aufs Kissen und stützte sich auf die Ellbogen. Die Geräusche von Mann und Hund entfernten sich. Alle paar Sekunden wehte der Ventilator angenehm frische Luft heran, die ihr den Rücken streichelte. Sie überflog die ersten Abschnitte des Kapitels, die sie bereits gelesen hatte:

> *Suddenly a shock ran through her, so violent that she thought she was struck down. Was she with child?*

Diese Sätze, die wohl überraschen sollten, wirkten jetzt noch banaler als gestern das ganze sentimentale Buch. Einen Moment spielte sie mit dem Gedanken, ihren Eltern – kurz bevor sie das Land ohne ihre Tochter verließen – wie beiläufig zu sagen, vielleicht sei sie schwanger, aber das sei völlig okay für sie und sie bräuchten sich keine Sorgen zu machen. Sie verweilte ein wenig bei dem Brief, den Ursula Brangwen an Anton Skrebensky geschrieben hatte, als sie schwanger zu sein meinte und sich mit ihrem Hochmut plagte, da sie, statt ihren Platz und ihre Bestimmung als Frau an seiner Seite zu kennen, nach dem Mond hatte greifen wollen. Den Rest las Beth in Windeseile, war in knapp zehn Minuten bereits auf der letzten Seite. Den allerletzten Absatz des Buches, der mit der Schilderung des am Himmel aufziehenden Regenbogens begann, sparte sie sich schon nach dem ersten Satz.

Als sie den Band neben dem Bett niederlegte, stieß sie mit der Hand an den letzten Brief ihres Vaters. Das Babyweinen war verstummt. Beth zog die Blätter aus dem Umschlag, knüllte sie mit beiden Händen fest zusammen und warf die Papierkugel mit der Rechten aus dem offenen Fenster. »Und jetzt kann man aufstehen«, sagte sie zur Zimmerdecke, kindlich und aufmüpfig genau im richtigen Maß.

Auf dem Küchentisch, neben der Zeitschrift *Matzpen*, stand ein Teller mit einer halben Scheibe trockenem Brot. Sie biss davon ab und blätterte mit der Linken langsam die Seiten des sozialistischen Blatts um. Die Brille rutschte ihr die Nase runter, und erst als sie sie bis vor die Augen hochgeschoben hatte, stellte sie fest, dass die hebräischen Buchstaben auf dem Kopf standen. Sie drehte die Zeitschrift um und las die Überschrift des Artikels laut, langsam, Wort für Wort, wie beim Zeitungslektüreunterricht im Hebräischkurs: »›Trotz Israels ökonomischer und politischer Abhängigkeit von Amerika kann es Meinungsverschiedenheiten zwischen dem israelischen und dem amerikanischen Bürgertum geben.‹«

Sie wiederholte den letzten Halbsatz in schnellerem Tempo: »›Kann es Meinungsverschiedenheiten zwischen dem israelischen und dem amerikanischen Bürgertum geben.‹«

»Jaja, gewiss«, sagte sie, »sicher.«

7

In einer Winternacht Ende 1948 zog der kleine Baruch Katan in seinem Haus in Mostar an der Eisenkette über der Kloschüssel. Der Hebel des Wasserspülkastens ging runter und rauf, Wasser rauschte herab, und in den Rohren hörte man ein Getöse. Der Junge gähnte und rieb sich die Augen. Ihm brummte noch der Kopf von dem Traum, der ihn schon die vierte Nacht in Folge aufgeweckt hatte: Er schipperte auf einem großen, hellen Floß mit leichter Schlagseite. Angenehmer Sonnenschein wärmte ihn, und hinter ihm lachte jemand. Vielleicht ein Mann, vielleicht eine Frau, vielleicht ein Junge, vielleicht ein Mädchen – er konnte es schwer heraushören. Nur noch kurz beschäftigte ihn diese Frage, denn das wohlig leichte Lachen steckte ihn schon zum ungezügelten Mitlachen an. Und dann, mit einem Schlag, senkte sich das Floß noch mehr zur Seite, und er rutschte ins Wasser, das – wie er jetzt erst merkte – stark aufgewühlt war. Augenblicklich geriet er in einen tosenden Strudel, das befreite Lachen verwandelte sich in Wehklagen, und er schlug die Augen auf und spürte, dass er ins Bett pinkeln würde, wenn er nicht sofort aufsprang.

Baruch zog die schlaffe Pyjamahose hoch, die ihm in den letzten Monaten an den Beinen zu kurz geworden war. Der Wasserhahn über dem Waschbecken tropfte hörbar und regelmäßig. Die quadratische Fensterscheibe war nahezu vollständig vereist, nur in der Mitte war ein klarer Kreis geblieben, durch den man den Halbmond sah. Wenn Baruch tagsüber auf die Kloschüssel stieg und sich auf die Zehenspitzen stellte, konnte er durch dieses Fenster das Wahrzeichen der Stadt sehen, die Alte Brücke, die zum allgemeinen Stolz den Krieg heil überstanden hatte.

Jenseits der Wand, in der Küche, sagte sein Vater: »Das ist nicht gerecht und nicht richtig.«

»Um Gottes willen, sprich leise, das Kind wird es hören.«

Der andere Sprecher war Goran, der Freund seines Vaters.

Baruch öffnete die Toilettentür und knallte sie hinter sich zu, ging harten Schritts über den Holzboden in sein Zimmer, tappte jedoch nach zwei oder drei Minuten auf Zehenspitzen zurück und schlüpfte wieder in die Toilette. Inzwischen war der Mond ein Stückchen von der Fenstermitte weggezogen und sah nun, hinter der dünnen Eisschicht, aus wie ein trüber Fleck. Baruch setzte sich auf den Klodeckel und drückte das Ohr an die Wand.

»Ich sag dir noch einmal, das interessiert mich alles nicht.« Die ersten Worte seines Vaters kamen fast flüsternd, aber dann hob er frustriert die Stimme: »Sollen sie mich auch mitnehmen, sollen sie behaupten, ich hätte auch reaktionäre Gedanken! Ich geh hier nicht weg, solange sie dort ist. Ich warte auf sie, so lange wie nötig.«

Als sein Vater von den Partisanen zurückgekehrt war und ihn von der Familie Hagi, die ihn während der Kriegsjahre betreut hatte, abholte, war er schon mit ihr angekommen, mit Latifa. Tag für Tag, von seiner Heimkehr aus der Schule bis nach dem Abendessen, wenn sein Vater ihr die Hand auf die Schulter legte und sie ins Schlafzimmer entführte, waren Latifa und er fast ständig zusammen gewesen. Nachmittags half er ihr, Linsen zu verlesen oder Teig auf dem Küchentisch zu kneten, an ebenjenem Tisch, an dem sein Vater und Goran nun saßen, und sie hatte ihm mit allerlei überraschenden Wendungen von ihrer glücklichen Kindheit hier in Mostar erzählt, von ihren guten Eltern, die schon vor dem Krieg verschieden waren, und von ihrem einzigen Onkel, der im Krieg gestorben war, am Stich eines Skorpions.

Vor fünf Tagen war sie morgens wie üblich weggegangen, mittags aber nicht wie sonst mit vollem Einkaufskorb zurückgekommen. Die kurze, grimmige Erklärung seines Vaters für ihr plötzliches Verschwinden war nicht überzeugend gewesen. Sie hatte nie etwas von einer alten, kranken Tante in einem fernen Dorf erwähnt.

Seine Mutter war völlig aus seinem Gedächtnis gelöscht. Es gab nicht einmal ein Foto, mit dem er seine Erinnerung hätte auffrischen oder zusammensetzen können. Nur eine gerahmte Ehrenurkunde für die Angehörigen gefallener Partisanen, die neben der Wohnungstür an der Wand hing, zeugte von ihrem einstigen Dasein. Bis vor einem Jahr hatte er noch manchmal davorgestanden und versucht, den Namen Mirjam Katan mit dem Gesicht der dunkelhaarigen Partisanin in Verbindung zu bringen, deren Locken unter dem Helm mit dem roten Stern hervorquollen. Als er jedoch merkte, dass er es nur aus Pflichtgefühl machte und keiner sonst es ihm gleichtat, strengte er sich nicht mehr an. Aber in den letzten Tagen, seit Latifas Verschwinden, hatte er wieder an seine Mutter gedacht, wobei sich das Fehlen beider Frauen zu einem einzigen Stich vereinte.

Wie an den letzten Abenden aß er auch diesmal kein Abendessen, keiner hatte es ihm zubereitet und vorgesetzt. Vor Hunger hätte er gern in die Lokum-Dose auf dem Küchentisch gegriffen – sie hatten sie vor einer Woche gemeinsam in dem kleinen Laden in der Mitte des Markts gekauft, dem einzigen, der laut seinem Vater noch die Aromen und Düfte der Süßigkeiten aus seiner eigenen Kindheit bewahrte. Auf dem Hinweg hatte Latifa sie beide an den Händen gehalten, als hätte sie zwei verirrte Kinder wiedergefunden, hatte ihr ewig lächelndes, sommersprossiges Gesicht hochgereckt und – wie an einen Beobachter von droben gerichtet – gesagt: »He, das bin ich, Latifa Abdu, die mit ihren beiden schönen Männern die Hauptstraße entlangspaziert.«

»Sei kein Dummkopf, überleg es dir nicht zweimal«, bestürmte Goran nun jenseits der Wand seinen Vater. »Geh hier weg, und zwar auf der Stelle. Sie wird nicht so schnell wiederkommen. Ich habe noch von keinem gehört, der schnell zurückgekehrt wäre. In einem Monat oder zweien wird die erste Postkarte eintreffen, das einzig Echte daran ist dann ihre Unterschrift. Und unterdessen wird noch ein schwarzer Punkt neben deinen Namen gesetzt, und dann kommst du hier auch nicht mehr weg. Und nach ein paar weiteren Monaten, wenn du die zweite oder dritte Postkarte erhältst, ist sie vielleicht tatsächlich schon anders, umerzogen, ›ein neuer Mensch‹.«

»Aber du verstehst nicht –« Sein großer, starker Vater klang auf einmal hilflos, verängstigt.

»Und wie ich verstehe. Tu mir einen Gefallen: Sprich nicht mehr davon, was gerecht und was ungerecht ist. Es gibt kein ›gerecht‹ und kein ›ungerecht‹.«

Der Kummer seines Vaters und Gorans Ärger waren Baruch klar, aber der Inhalt des Gesagten blieb ihm schleierhaft. Er begriff nicht, wo sie war, und was sie meinten, wenn sie vom Weggehen redeten, und was diese unechten Postkarten waren, die in ein oder zwei Monaten eintreffen würden.

»Nein, du verstehst wirklich nicht«, sagte sein Vater und schnäuzte sich mit einem Trompetenstoß die Nase, was Baruch normalerweise peinlich war, ihm jetzt jedoch angenehm vertraut klang.

»Ich verstehe sehr gut, was ist denn hier missverständlich? Ich habe es schon zehnmal von dir gehört.«

»Das Einzige, was sie auf dieser verfluchten Zellensitzung gesagt hat, ist, dass ihr einige Dinge noch nicht ganz klar seien und sie, wenn möglich, noch ein wenig mehr darüber hören würde. Mehr hat sie nicht gesagt. Sie hat arglos gesprochen, loyal, lächelnd, mit ihrem besonderen Lächeln …«

Goran seufzte ungeduldig, ließ Baruchs Vater jedoch weiterreden.

»Sie hat sogar gesagt, sie hätte keinerlei Zweifel oder Kritik, wolle nur weitere Einzelheiten hören, damit sie es anderen besser erklären könne, Kindern, Leuten, die keine Parteimitglieder seien. Das hat sie gesagt. Und während sie redete, sah ich diese beiden Hurensöhne Blicke tauschen und wusste schon, was passieren würde, habe deshalb verbessernd eingeworfen, sie habe immer zu den Parteitreuesten in unserer Zelle gehört, sie verstehe eigentlich alles, es bedürfe keiner weiteren Erklärungen, und selbst wenn, würde ich es ihr erklären. Aber die Sache war gelaufen, und sie fingen an, auch mich so anzugucken, und da habe ich den Mund gehalten.«

Goran seufzte erneut. »Daran hast du gut getan. Noch ein Wort von dir, und sie hätten dich auch mitgenommen! Du trägst Verantwortung, du hast ein Kind. Was willst du? Dass sie ihn in eine Erziehungsanstalt bringen und ihm dort erklären, sein Papa sei ein übler Abweichler? Hör zu, Genosse, du hast einen Schatz in der Hand, nutze ihn. Ihr Juden habt immer Glück.« Jetzt hörte man den vertrauten Klang fließenden Rakis und kurz darauf das Aufsetzen der zwei leeren Gläschen auf dem Holztisch. Lange Stille. Erneutes Einschenken. Wieder Aufsetzen aufs Holz und wieder anhaltendes Schweigen.

»Vielleicht hast du recht«, sagte sein Vater langsam.

Einen Moment meinte Baruch, eine dritte Stimme in der Küche zu hören. Die hohe, ergebene Stimme seines Vaters hatte ein bisschen Ähnlichkeit mit der des deutschen Soldaten, der sich in dem Kurzfilm *Roter Stern überm Berg* entsetzt der schönen Partisanin ergeben hatte. Dieser Film wurde bei jeder Feierstunde im Speisesaal der Schule auf ein Bettlaken projiziert.

»Aber weißt du, wenn ich allein wäre, wäre es mir egal, ob sie mich in ein Arbeitslager oder ins Gefängnis oder sonst wo hinschleppen.«

»Du bist aber nicht allein, du hast einen elfjährigen Jungen.«

»Ja, elfeinhalb ungefähr. Aber Palästina? Was habe ich mit Palästina zu tun, was hat dieses Kind mit Palästina zu tun?« Das war wieder die vertraute Stimme seines Vaters.

»Palästina«, wiederholte Baruch das unbekannte Wort und begriff nicht, ob es eine Tätigkeit, eine andere Frau oder einen Ort bezeichnete.

Anscheinend war es ein Ort, entschied Baruch. Aber was für ein Ort – ein Krankenhaus? Eine Insel? Eine Stadt in Slowenien? Ein afrikanischer Urwald?

Wieder wurden Gläser gefüllt und nacheinander leer auf den Tisch geknallt.

»Was weiß ich, was du dort tun wirst, Moritz? Was spielt das für eine Rolle? Sonne, Orangen, Kriege, sehntest du dich nicht nach Maschinengewehrschüssen aus einem Tiefflieger? Eine lange Salve, die die Erde ringsum aufwirbelt, trrrrrrrrrr, Wüste, Mücken, vielleicht ein bisschen Malaria, warum nicht? Vielleicht fotografierst du dort einfach Hochzeiten oder kleine Kinder. Hast du noch diese Kamera von dem Deutschen? Du hast sie nicht verkaufen können, richtig?«

»Hab ich noch.«

Der Mond war aus dem kleinen Fenster verschwunden, das jetzt pechschwarz war.

Es war eine kastenförmige Rolleiflex, die sein Vater bei den Sachen eines getöteten deutschen Soldaten gefunden hatte. Bis vor einem Monat hatte er sie im Schrank verwahrt, dann jedoch daran gedacht, sie zu verkaufen, und deshalb den Film entwickelt, der noch darin lag. Im Zentrum der drei ersten Fotos auf dem grauen Bilderstreifen sah man einen halbwüchsigen Jungen mit einem Mann und einer Frau. Auf den nächsten drei Bildern waren blutjunge deutsche Soldaten in Unterhemden abgelichtet, die einander um die Schultern fassten und in die Kamera lächelten. Auf dem letzten Bild sah man wieder den Jungen von den ersten Fotos, diesmal in Uniform. Sein verschwommenes Gesicht füllte das gesamte kleine Rechteck, und er streckte der Kamera die Zunge heraus. Baruchs Vater hatte gesagt, das Bild sei verschwommen, weil eine Armlänge zu kurz sei und keiner sich selbst fotografieren könne. Baruch hatte gesagt, er meine, das Bild sehe so aus, weil der Soldat sich sicher gerade kaputtlachte. Latifa hatte gesagt, sie halte beide Erklärungen für richtig.

Es hatte sich kein Käufer für die Kamera gefunden, und als sein Vater einen neuen Film ergatterte, hatten sie alle drei gelernt, sie zu bedienen – wie man den Hebel auf der rechten Seite ausklappte, ihn behutsam zwischen Mittelfinger, Zeigefinger und Daumen drehte, den schwarzen Apparat mit beiden Händen hielt, die Blende einstellte, durch den Sucher schaute und auf den Auslöser drückte. Vier Bilder wurden auf dem neuen Film aufgenommen. Auf den ersten dreien hatte jeder die beiden anderen umschlungen auf dem Sofa fotografiert. Auf dem Bild, das er selbst schoss, hatte Latifa seinem Vater im letzten Moment die Lippen auf die Wange gedrückt und dadurch ein breites Lächeln auf sein Gesicht gezaubert. Das vierte Bild hatte er an einem Regentag durch das kleine Toilettenfenster aufgenommen, indem er die Hände mit der Kamera über seinen Kopf hob und auf die Brücke richtete.

»Aaach«, stöhnte sein Vater nun.

Baruch drückte Ohr und Wange an die Wand.

»Hiermit trinke ich ein Glas zum Abschied von dir, dem heldenhaften Genossen, unserem Bruder Josip Broz, der immer weiß, was für uns alle gut ist.«

»Und noch eines«, erwiderte Goran. »Zu Ehren des Genossen Dragan Avivovic, dem Leiter der Parteizelle Nummer drei, der uns vor jedem unrichtigen Denkansatz bewahrt und uns lehrt, was konstruktive Selbstkritik bedeutet.«

»Jebem mu mater«, murmelte sein Vater.

»Und noch eines«, fuhr Goran fort, »für den Genossen Ben Gurion. Wie heißt er noch mal? Ben Gurion stimmt doch, oder?«

»Ich denke, ja, denke ich, denke ich.«

»Bis du denkst und denkst und denkst, pisse ich mir gleich in die Hose.«

Man hörte Stuhlbeine scharren. Goran stand auf.

Gleich würde er da sein.

Baruch schlüpfte hastig aus der Toilette und zurück ins Bett. Er zog sich die Decke über den Kopf, drückte die Hand auf das Ohr, das vom langen Anlegen an der Wand schmerzte, und wartete.

Palästina, Palästina.

An Bord des großen, rostigen Frachtschiffs befanden sich über dreitausend Passagiere. Am ersten Abend fischte man einen jungen Mann und eine junge Frau, die keine Ausreisegenehmigungen hatten, mit Tauen und Rettungsringen aus dem Wasser. Sie zitterten vor Kälte, sahen aber glücklich aus.

Während der meisten Tages- und Nachtstunden stand sein Vater in seinem grauen Mantel an ein und derselben Stelle am Heck auf dem Unterdeck. Wenn nur noch ein Stummel seiner Zigarette übrig war, löste er ihn mit Daumen und Zeigefinger, die einen perfekten Kringel bildeten, aus dem Mund und schnippte ihn mit dem Mittelfinger im hohen Bogen in die dreieckige, schäumende Heckwelle, die das Schiff nach sich zog. Gleich darauf zündete er sich eine neue Zigarette an.

Obwohl Baruch wusste, dass er im Sommer Geburtstag hatte, rutschte ihm sieben Tage nach dem Auslaufen unversehens die Ansage heraus: »Genau heute ist mein Geburtstag.«

»Und wie alt wirst du heute, Barutschek?«, fragte ihn Maritza, eine kleine Frau, deren helle Augen lachten.

»Elf.«

»Und weißt du, welches Datum heute ist?«

»Mein Geburtstag.«

Maritza hatte eine kleine Familie – eine verschnupfte Tochter im Babyalter und einen glatzköpfigen, redseligen Ehemann. Tagsüber, so die See nicht toste, ließ sich die kleine Familie unter der Treppe zum Oberdeck nieder. Schon am zweiten Tag an Bord lud Maritza Baruch freundlich zum Mitessen ein. Ihr Mann klagte immer wieder lauthals, welchen Fehler er und alle anderen Passagiere an Bord begangen hätten, als sie beschlossen, nach Palästina aufzubrechen und all ihren Besitz zurückzulassen. »Und auch du, Barutschek, und dein Vater, der hier auf dem Schiff anscheinend eine geheime Zigarettenfabrik betreibt, habt euch geirrt. Wir alle sind fehlgegangen. Merke dir gut, was ich dir sage: In einem Staat, in dem alle Einwohner Juden sind, wird es nicht gut werden.« Danach lachte er jedes Mal schallend, und aus seinem Lachen war herauszuhören, dass er hochzufrieden war über diese Fahrt nach Palästina mit dem Baby und seiner Frau.

»Prima!«, sagte Maritza. »Wenn du heute Geburtstag hast, muss gefeiert werden.«

Flache Wellen bildeten Schaumköpfe, gelegentlich riss die Wolkendecke auf, und orangerote Sonnenstrahlen fielen schräg aufs Meer und malten flimmernde Lichtinseln. Maritza breitete eine Wolldecke über den Boden und stellte feierlich Teller und Gläser hin. Auf einem umgestülpten Topf, den sie in der Mitte des kleinen Personenkreises platzierte, entzündete sie eine Kerze und schützte sie mit den hohlen Händen gegen den Wind. Die Kleine, die in mehrere Schichten Kleidung und Decken gemummelt war, patschte fröhlich mit der flachen Hand aufs Deck.

Baruchs Vater erschien.

»Was feiert ihr denn?«

»Was soll das heißen? Den Geburtstag unseres Barutschek, auch Ihnen herzlichen Glückwunsch.« Maritza schenkte ein Glas Schnaps ein und reichte es seinem Vater.

Sein Vater, der ihm bis zu diesem Tag niemals wehgetan hatte, zog Baruch hart am Ohrläppchen. »Heute ist nicht dein Geburtstag.«

Der Schnaps kippte Maritza aus der ausgestreckten Hand. Die Kerzenflamme loderte kurz auf und erlosch.

Sein Vater zerrte ihn hinter sich her.

»Herr Katan, Genosse Katan!«, rief Maritzas Ehemann ihnen nach. »Was ist denn los mit Ihnen? Sind Sie völlig verrückt geworden? Lassen Sie ihn los, lassen Sie den Jungen los, was machts Ihnen aus, ob er nun Geburtstag hat oder nicht.«

Sie erreichten seinen Stammplatz am Heck. Sein Vater zündete eine neue Zigarette an und starrte auf einen fernen Punkt im Meer. Baruchs Ohr brannte vor Schmerz und Schmach. Er stand neben seinem Vater, bis er merkte, dass sein Vater sich seiner Anwesenheit gar nicht bewusst war. Baruch tat ein paar Schritte zur Seite. Sein Vater starrte weiter auf denselben Punkt. Baruch ging fort und stieg hinunter in den Schiffsbauch, den man bei dieser Passage statt mit Getreide mit vierstöckigen Brettergestellen gefüllt hatte, die den Passagieren als Pritschen dienten. Er kletterte zum dritten Stock hinauf, kroch in die Ecke, die man ihm und seinem Vater zugewiesen hatte, und drückte die Stirn an das kühle Eisen der Schiffswand.

Beim Aufwachen meinte er, sein Vater oder Latifa hätten ihm an die Schulter gefasst, um ihn für die Schule zu wecken. Aber als er die Augen aufschlug, waren sie nirgends zu sehen. Langsam dämmerte ihm, wo er sich befand und was vor dem Einschlafen geschehen war. Ein Schweißtropfen rann ihm vom Nacken die Wirbelsäule herunter. Seine Augen gewöhnten sich an das Dunkel. Das laute Schnarchen und der pfeifende Atem mehrerer Hundert schlafender Menschen entwirrte sich langsam. »Ich bins nicht, ich bins nicht, bins wirklich nicht«, murmelte jemand immer wieder im Schlaf. Sein Magen knurrte vor Hunger, und Geruchschwaden drangen ihm in die Nase – verschiedene Körperausdünstungen, der Duft eines Bohnengerichts, ein muffiger Hauch von den groben Wolldecken und Mänteln, Seifen- oder Parfümduft und die Seeluft. Durch die Bretterritzen über ihm waberte Mundgeruch herab.

Weit weg, zwischen Dutzenden von schlafenden Menschen, die wie leblos dalagen oder sich ruhelos hin und her wälzten und krümmten, wippte ein Körper auf einem anderen auf und ab. Durch die Stimmen und Geräusche vermochte er das Getuschel von dort aufzuschnappen.

»Weiter!«, sagte die Frau.

»Leise, leise«, flüsterte der Mann.

»Mir doch egal«, erwiderte die Frau, verstummte jedoch.

In der ersten Klasse des Marschall-Tito-Gymnasiums, kurz nach Beginn des Schuljahrs, hatte ein Junge in der Pause vier detaillierte Bilder eines nackten Mannes und einer nackten Frau in verschiedenen intimen Stellungen an die Tafel gemalt und »Fick« darübergeschrieben. Die Bilder hatten Aufsehen erregt. Einige Kinder hielten sich die Hände vor den Mund, andere lachten lauthals, und fast alle senkten den Kopf, als die Lehrerin das Klassenzimmer betrat und so rot wurde wie eine Kirsche. Mit energischen Bewegungen, die das Fleisch an ihren bloßen Armen schwabbeln ließen, wischte sie die Zeichnungen ab. Baruch holte tief Luft, streckte die Beine aus und hob den Kopf. Über ihm wachte jemand auf, verfluchte Gott mit tiefer Stimme und schnarchte weiter. Baruch löste die Riemen um den Koffer und öffnete ihn. Ganz unten lag, in Schals eingewickelt, der

Fotoapparat. Er nahm ihn heraus, hängte ihn um den Hals und kletterte damit hinunter auf den Boden des großen Raums. Er nahm sich in Acht, auf dem Weg zum Ausgang nicht auf jemandes Hand oder Fuß zu treten, die aus den untersten Pritschen hingen, und stieg vom Schiffsbauch an Deck.

Es war wärmer als am Abend. Die letzten Sterne verblassten am Himmel. Ein paar Leute schliefen unter freiem Himmel, mit Arm oder Bein an eine Bank oder Stange geschnallt, um bei einer jähen Woge nicht ins Meer gespült zu werden. Geradeaus, am Ende des Himmels und der See, zeichnete sich ein heller Streifen über der dunklen Horizontlinie ab, und weiches Licht breitete sich von dort über den Himmel aus. Baruch bewegte den Kamerahebel und lauschte dem leisen Kratzen des Films. Er drehte den schwarzen Kasten um, streckte die Arme aus, richtete die Blende auf sein Gesicht und streckte die Zunge heraus.

»Haifa! Haifa!«

»Palästina!«

Die Rufe schallten auf einmal von überallher. Die dunkle Linie unter der aufgehenden Sonne verbreiterte sich und wurde zur Küste. Benommene Passagiere in Schlafbekleidung eilten an Deck. Jemand rief in künstlicher Aufregung: »Land! Festland! Wir sind gerettet!« Die Glocke, die jeden Mittag zur Essensausgabe rief, schrillte. Baruch schlängelte sich zwischen den zum Bug hastenden Menschen ans Heck durch.

»Papa, wir kommen an, komm, komm gucken, Haifa!«

»Ja. Ich habe die Schreie gehört.«

Sein Vater drehte sich nicht zu ihm um. Sein Blick war nach hinten gerichtet, aufs offene Meer, zu dem Horizont, von dem sie kamen.

»Geh, geh schauen, wenn du magst«, sagte er, »aber lass den Fotoapparat hier.«

Baruch hängte den Apparat an einen nackten Haken, der für einen Rettungsring gedacht war. Ohne die Kamera fühlte er sich behände. Vom Bug her hörte man Singstimmen zu Gitarren- und Akkordeonklängen. Trotzdem zögerte er.

»Na geh, geh schon, geh mit allen«, ermunterte ihn sein Vater, während ein Paar – vielleicht die beiden, die man am ersten Abend aus dem Meer gefischt hatte – pfeifend vorbeihüpfte. Der Mann hielt der Frau den Arm um die Taille, sie hatte ihm beide Hände um den Hals geschlungen, und sie tanzten Wange an Wange.

Sein Vater schnippte mit dem Mittelfinger einen Zigarettenstummel weg, der diesmal einen erstaunlich hohen Bogen beschrieb. Bevor der Glimmstängel in der brausenden Gischt unterging, wurde der Motorenlärm plötzlich lauter. Das Schiff beschleunigte. Baruch ließ seinen Vater stehen und rannte zum Bug.

Der Himmel war wolkenlos und funkelte so stark, als sei er mit künstlichem Blau angemalt. Die Männer standen in Trägerhemden da, die Frauen in hellen oder geblümten Kleidern. Die Sonne strahlte über der nahenden Küste. Baruch stolperte über ein Tauende, das aus einem Rettungsboot baumelte, verlor das Gleichgewicht und fiel aufs Deck. Seine Hose zerriss, seine Knie waren aufgeschürft. Eine sanfte Hand strich ihm über den Kopf und half ihm auf. In der Ferne, vor dem Berghang, auf den sie zusteuerten, hing ein dünnes, graues Nebel- oder Rauchband.

Zwei Stunden später kehrte er ans Heck zurück, Bauch und Hosentaschen voll mit Bonbons, die er von einem lächelnden Mann mit Hut bekommen hatte. Sein Vater war nicht da, und auch der Fotoapparat war verschwunden. Ein großer Schwarm Möwen flog hinab zu der Schaumspur, die die Motoren ausspuckten. Die weißen Vögel schrien und schlugen die Flügel über dem Wasser.

Das Schiff lief in den Hafen ein und legte am Kai an. Alle bemühten sich, ihre Angehörigen und ihre Habseligkeiten für den Gang an Land zusammenzusuchen, wo schon ein langer Tisch und Bänke standen, an denen Beamte die Ankömmlinge erwarteten. Zwei schmale Holzstege verbanden das Deck mit dem Kai. Baruch wartete an einem der Stege, die unter den Füßen der Aussteigenden schwankten, und versuchte, auch die Passagiere auf dem anderen Steg im Auge zu behalten.

Er ging als Letzter hinab und wartete auf dem Kai, die Hände in die von Bonbons überquellenden Hosentaschen gesteckt. Einige Passagiere fragten ihn im Vorbeigehen: »Wo ist dein Papa?«, warteten jedoch nicht die Antwort ab, die er ihnen nachrief: »Mein Papa ist da, er kommt gleich, dort ist er, schon auf dem Weg.«

In dem verzweifelten Bemühen, den grauen Mantel auszumachen, kletterte er auf eine große Holzkiste. Ein Hafenarbeiter rief ihm etwas zu und bedeutete ihm mit Gesten, sofort wieder runterzukommen. Beim Abspringen verstauchte er sich den Fuß, und nun humpelte er unter Schmerzen zwischen den zusehends kürzer werdenden Warteschlangen vor den Beamten hin und her. Einige der von Bord Gehenden fielen Abholern um den Hals, die hinter einem gespannten Seil auf sie warteten.

Ein Beamter – ein Dicker, der trotz der Jahreszeit kurze Hosen und Sandalen trug und an einem großen Zeh einen krummen, schwarzen Nagel hatte – trat zu ihm und sprach ihn auf Russisch an. Nach dem wenigen, das er letztes Jahr und zu Beginn dieses Schuljahrs gelernt hatte, begriff er, dass er seinen Vor- und Zunamen und den Namen seines Vaters angeben sollte.

»Katan?« Der Beamte lächelte, als er den Familiennamen – »Klein« auf Hebräisch – hörte. Er notierte die Namen in lateinischen Buchstaben und schrieb Weiteres von links nach rechts hinzu. Ab und zu hielt er inne und sagte auf Russisch, es sei alles in Ordnung, oder vielleicht sagte er, es werde alles in Ordnung sein. Er bedeutete Baruch, sich in eine schattige Ecke auf den Boden zu setzen und zu warten. Baruch setzte sich. Er schlug die Beine mit den geschundenen Knien, die aus der zerrissenen Hose lugten, unter und blickte auf das mächtige, rostige, eiserne Schiff, das er vor Stunden verlassen hatte, und die Erkenntnis, dass sein Vater nicht an Land gegangen war und auch nicht von Bord gehen würde, verdichtete sich zum klaren Bauchgefühl. Die Adern in seinem verstauchten Knöchel pulsierten immer wieder, und zwei schwere Gewichte lagerten sich auf seinen Wangenknochen ab.

Der Beamte kam zurück und bedeutete ihm, noch ein bisschen zu warten, und als schließlich keiner der Aussteigenden mehr auf dem Kai war, legte er ihm die

Hand auf die Schulter. »Katan, Katan«, sagte er und führte ihn zu einem grünen Jeep. Bevor sie einstiegen, krempelte er Baruchs Hosenbein über dem verletzten Knöchel hoch, der jetzt stark geschwollen war, und fragte auf Russisch, ob er schmerze. Baruch hatte das Gefühl, dass der Schmerz ihm wichtig war und er ihn bewahren musste, daher schwieg er.

Der Beamte sagte etwas auf Hebräisch und danach zärtlich auf Russisch: *»Gowori, ne boisja«,* hab keine Angst.

An der Planentür des Jeeps nahm der Mann Baruchs Wangen in beide Hände und bat ihn herzuhören. Die Hände des Dicken waren warm.

»Sluschai menja«, hör mir zu.

Baruch schwieg weiter. *»Lo nora«,* nicht schlimm, sagte der Mann auf Hebräisch und wiederholte langsam die beiden Wörter, trennte die Silben, »lo no-ra«, und forderte Baruch mit Gesten auf, ihm die fremden Laute nachzusprechen.

»Lo no-ra«, sagte Baruch.

Bei Verlassen des Hafens sahen sie beleuchtete Fenster und ein paar Straßenlaternen. Dann blieben die Lichter zurück, und es wurde stockdunkel. Beim Internat angekommen, weckte der dicke Beamte ihn auf und sagte erneut: *»Lo nora, lo nora.«*

Über dem Tor des Internats stand etwas in feierlichen Lettern. Baruch drückte mit der Hand auf den geschwollenen Knöchel, wie zur Wiederanknüpfung an sein früheres Leben, das ihm heute Morgen noch verständlich gewesen war, konnte aber nur einen dumpfen Schmerz erzeugen.

Einige Tage später war der Knöchel völlig geheilt, aber das neue Gewicht, das er auf den Wangenknochen spürte, blieb bestehen und verlangsamte die Kieferbewegungen.

Nach einigen schwachen Versuchen, ihn aus seiner Abschottung herauszulocken, ließen ihn alle in Ruhe – die Kinder, die Lehrer, die Erzieher. Im Sommer zogen die anderen vier Jungen aus dem Zimmer aus, und an ihrer Stelle wurden Dutzende Matratzen dort abgelegt, für die sich kein Platz im Lager gefunden hatte. Mit vierzehn Jahren sollte er sich zwischen einer Kraftfahrzeugmechaniker- oder einer Schreinerlehre entscheiden. Er wählte Letztere und verbrachte fortan, zur allgemeinen Befriedigung, fast seine gesamte Zeit in der Schreinerei mit dem Zimmern von Bänken, Schemeln, Regalen und Tischen und dem Aufbau von Festbühnen.

Beim Wehrdienst verrichtete er in demselben Schweigen und hinter derselben durchsichtigen Trennwand zu seinen Mitmenschen ungefähr die gleichen Dinge, die er in seiner Jugend getan hatte, ohne auch nur einmal ein Gewehr in die Hand nehmen zu müssen. In einem kleinen Lager des Versorgungskorps brachte man ihm zerbrochene und ramponierte Schreibstubenmöbel, und er schlug Nägel ein, fügte Verstärkungen an, strich die reparierten Möbelstücke mit grauer oder Khaki-Farbe und drückte mittels einer Schablone den großen schwarzen Buchstaben Zadi mit dem Kreis darum auf, das Logo von Zahal, der Israelischen Verteidigungsarmee.

An einem Schabbat überschritt eine Soldatin den kaputten Zaun vom Lager des Fernmeldekorps zu dem des Versorgungskorps. Die Hose ihrer Arbeitsuniform ließ ihre Lenden noch runder erscheinen, ihre Gesichtshaut glänzte leicht fettig, und auf ihrer Stirn prangten einige rote Pickel.

»Ich bin Bracha«, sagte die Soldatin und streckte ihm die Hand hin. »Und ich weiß, dass du Baruch heißt, wenn wir also heiraten …« Baruch nickte zur Bestätigung, dass das sein Name war und Bracha die weibliche Form davon – Benedikt und Benedikta. Sie strich sich mit der Rechten über die Finger der Linken und erzählte ihm, der kein Wort sagte, in flüssigem Redestrom von ihrem Eros, der sie jäh erschrocken verlassen habe, weshalb sie sich freiwillig für alle Schabbatdienste melde und haufenweise Schokolade esse. Sie lachte nervös und unfroh, und Tränen rannen ihr aus den Augen.

»Was sagst du darauf?« Sie streichelte seine Wange.

»Ich sage darauf«, begann Baruch einen Satz, dessen Ende er nicht kannte.

»Weißt du, du gefällst mir. Weißt du, dein R, so mit der Zunge, das ist dermaßen fein. Ist es nicht sonderbar, dass außer den Wächtern an den Zäunen und dem Regimentspolizisten und dem wachhabenden Feldwebel anscheinend nur wir zwei hier in dem ganzen Lager sind?«

Baruch gab keine Antwort. Sie saßen schweigend auf dem Feldbett, bis eine Schusssalve zu hören war.

»Ach ja, und auch der idiotische Leutnant von der Munitionseinheit, der hier am Schabbat Schießübungen macht.«

Sie nahm seine Hand und führte sie über ihre Wangen. Seine Hand blieb schlaff, als hätte er sie nicht unter Kontrolle.

»Ist das angenehm?«

»Ja«, antwortete Baruch.

Sie führte seine Hand über ihrer Uniformbluse zu ihren Brüsten, öffnete dann einen Knopf und steckte seine Hand hinein. Ihr Büstenhalter fühlte sich derb und rau an. Sie legte ihre linke Hand auf die Bluse und drückte seine Hand so auf ihre Brust.

»Ist dir das angenehm?«, fragte sie erneut.

Baruch schwieg.

»Findest du mich anziehend?«

»Ja«, sagte Baruch, dann aber gleich: »Nein.«

Sie schob seine Hand in ihrer Bluse nach rechts und links. Das Bett knarrte.

»Willst du mit mir schlafen?«

»Ich weiß nicht. Nein«, antwortete Baruch.

Sie kehrte ihm den Rücken. Seine Hand glitt aus ihrer Bluse und sank auf sein Knie. Ihr Blusensaum steckte teils noch in der Hose, der Rest war herausgerutscht und entblößte ein Stückchen ihrer weißen Taille. Als sie aufstand, sah Baruch, dass sie bereits ihre Sandalen abgestreift hatte. Sie steckte die Füße wieder hinein und schlappte davon, ohne sie zuzuschnallen.

Am Tag seiner Wehrentlassung, im Spätsommer 1958, fuhr er in einem fast leeren Zug nach Jerusalem. Auf dem kleinen Bahnhof empfing ihn ein großer, grauer Rabenvogel, der ihn vom Dach des Bahnsteigs aus beäugte. Die Sozialoffizierin, die sich um alleinstehende Soldaten kümmerte, verwies ihn an eine Schreinerei im Viertel Abu Tor und organisierte ihm eine Unterkunft nicht weit von dort, in der Hebron-Straße, bei einer fröhlichen Witwe, die Mitte vierzig und kinderlos war. Viktoria Moustakis hieß sie, und als Willkommensgruß hatte sie ihm einen Blumenstrauß und eine Tafel Schokolade aufs Schränkchen getan. In den ersten Tagen legte sie ihm immer wieder die Hand auf den Arm und fragte in weichem Ton, ob es ihm gefalle bei ihr in der Wohnung und am neuen Arbeitsplatz, worauf er stets »ja, in Ordnung« erwiderte. Nach einer Woche hörte sie auf zu fragen, und in den nächsten Jahren redeten sie nur über nötige Dinge – einige Tage Mietaufschub, Säuberung seines Kühlschrankfachs, Bartstoppeln nach der Rasur im Waschbecken, veränderte Duschzeiten seinerseits, Abschließen der Wohnungstür. Manchmal hörte er sie hinter der Wand und der geschlossenen Tür lachen oder auf Griechisch singen.

Jahrein, jahraus erhielt er auf kleinen Zetteln die Maße für Bretter, die andere Handwerker brauchten. Über zehn Jahre lang markierte er mit einem Bleistiftstummel, den er hinterm Ohr hervorzog, dünne Striche auf dem Holz, stellte die große elektrische Kreissäge ein und führte die langen Bretter unter dem Sägeblatt hindurch. Nur einmal pro Stunde, wenn er die Maschine abstellte und zum Rauchen auf den Hof ging, dachte er an den Lärm von vorher. Am Ende der Pause, wenn der Zigarettenstummel ihm die Finger versengte, drückte er ihn an genau derselben schwarzen Mauerstelle aus wie schon die Kippen von gestern und vorgestern und schnippte ihn dann mit dem Mittelfinger aus dem Hof der Schreinerei, deren Zaun bis 1967 auch die Grenze zum Niemandsland bildete – einem leeren Streifen, übersät mit Felsbrocken und rostigen Stacheldrahtrollen.

So ging es Jahr für Jahr, bis er an einem eiskalten Februartag 1969 seinen rechten Daumen mit unter die Kreissäge brachte. Die Werkstatt war Wind und Regen weitgehend ausgesetzt, und Baruch trug einen alten Militärmantel und löchrige Wollhandschuhe. Einer der arabischen Arbeiter – seit dem Krieg hatten Araber fast alle jüdischen Arbeiter ersetzt, die leichtere Arbeit fanden – hatte an jenem Morgen anlässlich der Geburt seines Sohns einen großen Karton Lokum mitgebracht. Zwischen dem vierten und dem fünften Brett, noch vor der ersten Zigarettenpause, hatte Baruch den rechten Handschuh ausgezogen und vier Würfel nacheinander verspeist. Danach legte er die Hand auf das lange Brett, das zum Sägen bereitlag, und seine Finger hinterließen zuckrige Abdrücke auf dem Holz. Er leckte sich die Finger ab, legte die Fingerkuppen genau auf die Zuckerabdrücke und schob das Brett zur Säge.

Einen Augenblick klang die schrille Säge weicher. Der Daumen flog nach links und schlug an die Wand, wie eines der Augen im Holz, die manchmal aus dem gesägten Brett herausgeschleudert wurden. Der Schwall Sägespäne verwandelte sich in eine rote Fontäne. Die vier verbleibenden Finger waren blutüberströmt. Der Regenguss, der aufs Wellblechdach prasselte, ging in starken Hagelschlag über. Baruch drückte mit der linken Hand auf den Schalter und stellte die Säge ab. Der Hagel erstarb schlagartig mit dem Lärm des Motors. Die Stelle, wo der Daumen abgetrennt worden war, juckte.

»Tuts weh?«, fragte ihn Benny, der Eigentümer der Schreinerei, auf dem Weg zum Hadassah-Krankenhaus. Er musste das Gesicht nah an die beschlagene Scheibe vorschieben, um die Straße durch den Regen und die Scheibenwischer sehen zu können. Die drei feuchten Handtücher um Baruchs Hand waren schon blutrot, und große, dunkle Tropfen fielen auf den schmutzigen Wagenboden.

»Wie fühlst du dich? Tuts weh?«

»Weiß nicht«, antwortete Baruch, wurde aber zusehends schwächer, »ich weiß es nicht.«

Kurz vor dem Krankenhaus sah man durch den Regenschleier den Glockenturm einer der Kirchen von Ein Karem, und mit einem Mal schoss ein heftiger Schmerz von Baruchs Hand in seine Brust und drang von dort weiter wie eine scharfe Säge in sein Gesicht. Einen Moment, bevor er das Bewusstsein verlor, überflutete ihn ein Gefühl der Leichtigkeit und Zufriedenheit.

»Es ist gar nicht so schlecht, sogar ein bisschen gut.«

Als die Narkosemittel abgesetzt waren, befielen ihn Tag für Tag, ohne jeglichen Grund, der ihm oder den Ärzten verständlich gewesen wäre, unkontrollierbare Weinkrämpfe und Lachanfälle. Noch ehe die Wunde an der Hand verheilt war, verlegten die Ärzte ihn vom Hadassah-Krankenhaus in die offene Station der psychiatrischen Klinik Kfar Schaul.

Vor der ersten Begegnung mit dem Psychiater Dr. Giller sagte ihm Rachel, die Stationsschwester: »Ich muss Sie begleiten, damit Sie sich hier nicht verlaufen.« Aber auch später, als ihm die verschlungenen Wege und Abzweigungen zwischen den alten Steingebäuden und den flachen Asbestbauten längst vertraut waren, führte sie ihn weiterhin zum Arzt und holte ihn nach seinen Therapiegesprächen wieder vor der Tür ab mit den

Worten: »Komm, Baruch, gib mir die Hand, wir gehen gemeinsam.« Sie war etwas größer als er und korpulent, ihre Brüste spannten das Oberteil ihres blendend weißen Kittels, und die Muskeln ihrer sommersprossigen Oberarme füllten die kurzen Ärmel aus. Wenn sie beide am Bürogebäude vorbeikamen, vor dem zwei Treppen von rechts und links zum zweiten Stock hinaufführten, fragte sie ihn jedes Mal, ob er ihre Wangen berühren wolle, »meine Apfelbäckchen«, und hob, ohne seine Antwort abzuwarten, im Gehen, seinen Arm hoch, führte seine Hand, die an der Schnittstelle noch einen kleinen Verband trug, an ihr Gesicht und ließ die verbliebenen vier Finger mit der Außenseite über ihre Wangen streichen.

»Angenehm?«

»Ja.«

»Noch mal?«

»Ja.«

»Sagst du mir noch mal, Katan, wie du als Kind geheißen hast, wie dein Vater dich genannt hat? Hab ich schon wieder vergessen.«

»Barutschek.«

»Barutschek, stimmt. Ich vergesse es immer, Barutschek *miskentschik*. Da sind wir schon auf der Station. Umarmung?«

»Ja.«

Vielleicht wegen der wenigen Medikamente, die er in der Klinik bekam, vielleicht wegen der Gespräche mit dem Psychiater – der ihm immer wieder sagte, er sei an sich völlig gesund, er lasse ihn nur noch zum Ausruhen in der Klinik, und wenn er eine Ehefrau oder Mutter hätte, die sich um ihn kümmern könnte, würde er ihn keinen einzigen Tag länger dabehalten – oder vielleicht wegen Schwester Rachels Streicheleinheiten wurden die extremen Gefühlsschwankungen seltener und blieben nach zwei Monaten ganz aus. Nach der Entlassung aus der Klinik wohnte er wieder in seinem Zimmer in der Hebron-Straße, trat jedoch eine neue Stelle an, die die Sozialarbeiterin der Klinik ihm besorgt hatte: bei der Konditorei Koch in der Emek-Refa'im-Straße.

8

Nach seinen nächtlichen Streifzügen wachte Charlie dort auf, wo der Traum ihn hingeführt hatte – in der Küche, auf dem Balkon oder auf dem roten Wohnzimmerteppich –, und kehrte von da in sein Bett zurück, wo er sofort wieder einschlief. Manchmal erinnerte er sich am Morgen an den schwankenden Gang, bei dem sein Körper so leicht gewesen war. Aber von den Träumen selbst, die ihn veranlassten, aufzustehen und im Schlaf von Ort zu Ort zu wandeln, wusste er nichts mehr. Nur der erste dieser Träume war ihm im Gedächtnis geblieben.

Jenen Traum hatte er im Moschaw seines Großvaters geträumt, in der Nacht vor der Beerdigung, nachdem man endlich die Stiefel und die Kleidungsstücke und die Erkennungsmarke seines Papas gefunden hatte. Batya hatte gesagt, da so viel Zeit vergangen sei, sei von seinem Leib sicher gar nichts mehr übrig.

»Auch keine Knochen?«, hatte er sie nach langem Nachdenken gefragt.

»Ich glaube nicht, vielleicht ein paar, ich weiß nicht.«

»Dann hat er dort vielleicht nur seine Kleidung gewechselt?«

»Ja, vielleicht, sicher, gewiss«, lachte Batya, »vielleicht hat er bloß schöne, saubere Klamotten angezogen und sich ein bisschen die Haare geschnitten und auch neue

Schuhe angezogen, ehe er heimging, und dann, gerade als das schwarze Taxi vorfuhr –«

»Das Checker?«

»Ja, das Checker«, antwortete Batya. Sie lachte erneut, aber in ihrem Lachen schwang noch etwas mit – Wut oder Spott. »Das Checker Taxi, das ihn hätte nach Hause bringen sollen, aber dann kam plötzlich ein scharfer Windstoß und hat ihn mitsamt dem Taxi an einen schönen, fernen Ort geweht.«

»Wie Mary Poppins.«

»Genau, wie Mary Poppins.«

Einige Minuten bevor sie in den Zug stiegen, um zur Beerdigung in den Moschaw zu fahren, war ihnen ein Krähenjunges von einem Ast oder vom Bahnsteigdach vor die Füße gepurzelt. Charlie hob das zitternde Vögelchen auf und gab es an Batya weiter, die es unter ihrer Jacke wärmte. Im Eisenbahnwagen, die ganze Fahrt von Jerusalem nach Beit Jehoschua, kümmerten sie sich beide um das verletzte Vogeljunge: Sie strichen ihm über den Kopf und versuchten, es mit eingeweichtem Brot und Milch aus dem Speisewagen zu füttern. Bei der Ankunft in Beit Jehoschua hatten sich die Wolken verzogen, und die kleine Krähe schien sich etwas erholt zu haben. Von Beit Jehoschua zum Moschaw fuhren sie im Willys Pick-up ihres Großvaters, auf dessen Boden immer Hühnerfedern flogen. Batya barg den kleinen Vogel in den hohlen Händen und hauchte ihn ab und zu an, um ihn zu wärmen. Als sie an dem Kibbuz mit dem Wasserturm vorbeifuhren, sagte seine Mutter wie jedes Mal: »Schau, Charlie, dort habe ich gelernt, bis Papa und ich geheiratet haben und ich die Schule aufgeben musste.« Nun hob das Vogeljunge das Köpfchen ein wenig, und Batya biss sich auf die Unterlippe.

Im Moschaw setzten sie die Krähe in einen Schuhkarton, den Batya mit alten Stofffetzen und Watte ausgepolstert hatte. Der Großvater sagte: »*Meskina*, sie wird die Nacht nicht überleben, schade, dass ihr sie angefasst habt, ihr hättet sie dalassen sollen, damit ihre Vogelmama oder ihr Vogelpapa sich um sie kümmern. Das ist ein Küken, das sterben möchte, ich weiß es.«

Und in der Nacht kam der Traum, und auch der Traumwandel, zu dem er führte, den man auch Mondwandel nannte.

Seine Mutter sang auf dem Hof und rief ihn zu sich. »Charlie, Charlie, mein Junge, mein Süßer, komm, der kleine Rabenvogel ist gesund geworden, er ist stark, er ist weggeflogen.«

Kalte Luft fuhr ihm in die Hosenbeine seines Pyjamas, blähte sie von innen auf, hob förmlich den ganzen Körper ein wenig und zog ihn zu ihr hinaus. Sie stand auf den Stufen zum Haus und hielt den Jungvogel, der sich schon völlig erholt hatte und groß und stark aussah. Aus ihren Händen breitete er die Flügel aus und schwirrte himmelwärts.

»Los, Charlie, das kannst du auch, komm.«

Seine Mama hielt auch ihn in den Händen und ließ ihn genau in dem Moment los, als ein scharfer Wind aufkam, schlagartig alle Blätter von den Baumwipfeln riss und ihn emportrug.

»Du kannst es, Charlie, du fliegst allein.«

Am nächsten Morgen erwachte er auf den Stufen zum Haus. Ihm war ein bisschen kalt. Die Äste der

Bäume waren voll mit Blättern. Die aufgehende Sonne blendete ihn, und er rappelte sich auf, ging ins Haus, stieg dort wieder in das Bett, das vor Jahren das seines Papas gewesen war, und schlief ein. Als er erneut aufwachte, war der Schuhkarton mit dem verletzten Vögelchen leer.

»Euer Küken ist weg, es ist in der Nacht davongeschwirrt, in den Himmel, auf und davon, *chalas*«, sagte sein Großvater ärgerlich.

»Glaub ihm nicht, Charlie«, flüsterte Batya und ergriff seine Hand, »das Vogeljunge ist gestorben, und er hat es begraben.«

Am selben Nachmittag war die Beerdigung auf dem kleinen Friedhof des Moschaws, inmitten von hohen Zypressen, so spitz wie Bleistifte. Der Sonnenball beleuchtete einige Gräber, und Batya erklärte ihm, das seien Soldatengräber. Wenige Menschen standen rings um den kleinen Erdhaufen, in dessen Mitte ein Holzstab mit einem Blechschild steckte, und Charlie verstand die Inschrift fast vollständig, noch ehe Batya ihm die Worte ins Ohr flüsterte: *»Feldwebel Jakob (Jacques), Sohn von Chaim und Jafa Ben Hemo, gefallen im Kampf im Sechstagekrieg auf den Golanhöhen am 2. Siwan 5727, 10. 6. 1967.«*

»Im Kampf?«, fragte Batya leise, als sie fertig gelesen hatte, als erwarte sie eine Antwort von Charlie.

Auch Onkel Albert aus Beer Scheva war da.

»Papa hat ihn ›arglos und ehrlich bei den Zelten‹ genannt«, sagte Batya zu Charlie.

»Und ist das gut?«

»Kommt drauf an, weiß nicht, ich erinnere mich nur, dass Papa gelacht hat, wenn er es sagte.«

»Dann ist es nicht gut?«

»Vielleicht«, flüsterte Batya ihm gerade in dem Augenblick zu, als die dicke Tante Suzanne mit den roten Lippen zu ihnen trat, von der Batya behauptet hatte, Mama möge sie nicht und irgendwann würde sie ihm erklären, warum. Auch ein paar Nachbarn vom Moschaw waren erschienen sowie die groß gewachsene Soldatin Rina, die manchmal mit allerlei Formularen zu ihnen kam, die Mama allesamt in eine große Pappmappe steckte und auf das oberste Bord stellte. Etwas abseits stand eine Frau, die er nicht kannte, mit einem Jungen etwa in Batyas Alter, der sehr schmale Augen hatte.

Und als die Beerdigung zu Ende war, sagte sein Großvater: »Ein-jegliches-hat-seine-Zeit-und-alles-Vorhaben-unter-dem-Himmel-hat-seine-Stunde.«

Da er nach dem Erwachen auf dem Balkon nicht wieder einschlief, sondern ins Wohnzimmer ging und seine Mutter betrachtete, überlegte und sich erinnerte, hoffte er, diesmal würde ihm bei eifriger Anstrengung auch der Traum wieder einfallen, der ihn bei Nacht vom grauen Sofa auf den Balkon geführt hatte.

Er legte das Buch auf den niedrigen Tisch, kam auf die Füße, streckte beide Arme vor und versuchte, mit geschlossenen Augen die Schritte zu rekapitulieren, die er im Traum gewandelt war. Vom Gehen auf Zehenspitzen rührte das Gefühl des Schwebens, begleitet von Unsicherheit, und von den geschlossenen Augen rührte das Schlafempfinden. Er brachte es fertig, nichts zu berühren, nicht mal den Türrahmen. Langsam kam er voran, die Lider zugekniffen, bis er seine Hände auf das eiserne

Balkongeländer legte, die Beine zwischen die Stäbe steckte und sanft in die sitzende Position an der Stelle rutschte, wo er früher am Morgen aufgewacht war, und nun die Augen aufschlug.

Die Tür des Schuppens am Ende des Schulgartens stand offen, und drinnen brannte Licht. Offenbar war Dina, die Agrarlehrerin, schon da. Vielleicht hatte der Traum mit der Angst zu tun, die ihn gestern befallen hatte, als er in die Luft kickte? Und dünne Spinnfäden führten auch zu dem Gespräch gestern Morgen mit Batya, als sie ausgerechnet hatte, wie alt sie jeweils in der Zukunft sein würden – 1980, 1990, im Jahr 2000. Das Morgenlicht wurde immer heller.

»Im Jahr 2000«, hatte Batya gestern Morgen gesagt, »wirst du achtunddreißig Jahre alt sein und ich vierundvierzig und Mama zweiundsechzig. Und Papa, wenn er nicht tot ist, ist dann fünfundsechzig, herzlichen Glückwunsch, Papa. Und wenn er doch mausetot ist, bleibt er quasi zweiunddreißig, aber nicht wirklich, verstehst du?« Charlie lachte und fiel mit ein: »Herzlichen Glückwunsch, Papa, alles Gute zum Geburtstag.«

Die hohen Jahreszahlen, die Batya gestern mit Leichtigkeit in ihr jeweiliges Alter übersetzt hatte, nahmen bei seinem Starren auf den Schulgarten die Gestalt der großen Felsen an. Wie die in einem der letzten gelben Hefte von *National Geographic*, die weiterhin jeden Monat in braunen Umschlägen eintrafen – als wüsste jemand dort in Amerika, oder wo immer man sie abschickte, dass Jacques Ben Hemo nicht wirklich tot war, sie nur seine neue Adresse nicht kannten. Nachdem Batya gestern ausgerechnet hatte, wie alt sie mal sein würden, hatte sie den Vorhang des Küchenfensters ein Stückchen zur Seite geschoben, hinausgeschaut und gesagt: »Morgen helfe ich Dina, der Agrarlehrerin, im Garten. Sie hat mich darum gebeten.« Ihre Miene war ernst, als hätte sie die Hauptrolle für eine Aufführung im Kindergarten erhalten und freue und ängstige sich zugleich. Sie schlug die Beine übereinander, wie die Kindergärtnerin Chana es tat, wenn sie vor den Kindern saß, nagte an der Unterlippe, und ihr Bein fing plötzlich an, rasch zu zittern wie die Flügel des verletzten Vogeljungen, oder wie ein Fisch im Laden *Ben Saken – Fisch und Geflügel*, wenn der Verkäufer ihn aus dem kleinen Wasserbecken in der Ladenecke fischte, um ihn durch einen Schlag mit der Breitseite seines Beils umzubringen. Jenseits der Wand, bei den Miosets in der Küche, ging in diesem Moment das Radio an. Nachrichten.

Die drei Astronauten der Raumfahrtmission Apollo 11 starten heute um 15:27 Uhr israelischer Zeit zum Mond. Die Polizei bittet um Mithilfe bei der Fahndung nach einem Mann, der in den letzten Wochen im Süden Jerusalems zehn Frauen angegriffen hat …

Batya hörte nicht hin und merkte auch nicht, dass ihr Bein zitterte. Der Sprecher verlas weiter die Nachrichten, und sie redete wieder von der Lehrerin Dina. »Sie ist 1940 geboren, jetzt also neunundzwanzig, hat sie mir erzählt, wird also nächstes Jahr dreißig und im Jahr 2000 sechzig.« Als Batya »sechzig« sagte, hörte der Sprecher auf, von dem Mann zu reden, den die Polizei suchte, und berichtete weiter vom Flug zum Mond.

»Ist sie dann alt?«, fragte er Batya, als der Sprecher jenseits der Wand erklärte: »Die ganze Welt wird den Atem anhalten.« Batya hörte nicht auf seine Frage und gab keine Antwort.

Lehrerin Dina kam aus dem Häuschen am Ende des Schulgartens. Das Tageslicht war heller geworden, und man konnte nicht mehr unterscheiden, ob die Lampe drinnen noch brannte. Die Lehrerin trug Shorts und Arbeitsstiefel. Morgens, wenn sie vor Unterrichtsbeginn allein im Garten arbeitete, winkte sie ihm manchmal zu und rief auch oft: »Einen guten Morgen wünsch ich Batyas herzigem kleinen Bruder.« Aber jetzt blickte sie nicht zu ihm hoch. Sie bückte sich, um etwas vom Boden aufzuheben, und so, in gebeugter Haltung, meinte er die alte Frau zu sehen, die sie in der Zukunft einmal sein würde.

9

Obwohl es trotz der frühen Stunde sehr heiß im Hinterzimmer der Konditorei war, kreuzte Baruch seine langen Arme über der Brust und fasste sich an die Schultern, als würde er vor Kälte erschauern. Aus dem Radio, das auf den Kurzwellensender *Monte Carlo* eingestellt war, schallten die ersten Klänge einer Melodie. Der Ansager verkündete feierlich: »Mesdames et Messieurs, Édith Piaf!«

Rami Rachamim, der andere Arbeiter, riss vom Bestellblock, auf dem jeden Tag die Kuchen und Gebäckstücke eingetragen wurden, die gebacken werden sollten, das Blatt vom Vortag ab und legte ein leeres frei, das das aktuelle Datum trug: 17. Juli 1969. Das abgerissene Blatt knüllte er zusammen und warf es in den Abfalleimer in der Zimmerecke. Danach fragte er Baruch, ohne ihn anzublicken: »Baruch, hast du was gesagt?«

»Nein, nein«, wehrte Baruch ab, »ich hab nur Édith Piaf gesagt. Gleich singt Édith Piaf.«

»Nicht jetzt«, beharrte Rami, »ich meine, ob du vorher was gesagt hast, davor.«

»Nein, nein, hab nichts gesagt«, erwiderte Baruch.

Rami fasste mit der linken Hand den Griff der Ofentür.

»Weißt du, Katan, worüber sie in diesem Lied singt?«, fragte Rami.

»Nein.«

»Sie sagt, ich bereue nichts, nichts bereue ich, verstehst du das? Sie singt, sie würde nichts bereuen, nicht das, was gut war, und nicht das, was schlecht war. Sie bereut nichts von allem, was früher mal war, all den Schmerz, all den … die … wie soll man das auf Hebräisch sagen«, Rami ließ den Ofengriff los und legte den Zeigefinger an die Schläfe, »all diese Lust, ja die Leidenschaft, alles, sagt sie, verstehst du, das alles ist jetzt nicht mehr wichtig.«

Die Zeiger auf Ramis Armbanduhr zeigten sechs Uhr. Es blieben noch fünf Minuten, in denen das Radio spielte und sie beide warteten, bis die Kekse fertig waren, und genau in zwölf Stunden – sprang Baruch in Gedanken ans Ende des Tages –, um sechs Uhr abends, würde er, wie jeden Donnerstag der letzten drei Monate, von Friedas Lokal aus Dr. Giller anrufen.

Während sie am Abend telefonierten, würde der Arzt bei sich zu Hause, am fernen Ende der Leitung, auf dem Sofa sitzen. Seine Frau neben ihm. Sie würde – Baruch sah es ganz deutlich – einen weißen Bademantel tragen, ein Glas Wein in der Hand halten und die Beine übereinanderschlagen. In ihrem langen Haar würden Wassertropfen schimmern. Sie war sicher etwas jünger als ihr Mann. Um die vierzig. Ihr Mantelzipfel würde aufklappen, und ein Bein – noch gerötet vom warmen Wasser – wäre in voller Länge entblößt, auch der Oberschenkel bis zum Leib, und vielleicht käme sogar ein Stückchen von ihrem Schamhaar zum Vorschein. Aus dem Zimmer würde Musik klingen. Nein, nein, nicht der argentinische Tango, den der Arzt im Krankenhaus auf dem kleinen Plattenspieler hörte, den sie ihm geschenkt hatte (»Ach, Piazzolla ist ein Genie! Ein Genie! Tango Nuevo, es gibt nichts Schöneres«), es wäre ihre Musik, die der Frau, warme, bittere Musik, ein bisschen wie dieses Chanson von Édith Piaf, das gerade erklang.

»Sie sagt«, Rami tippte auf seine Schulter, »hörst du, Katan, sie sagt, ich verbrenne alles, was in meiner Vergangenheit gewesen ist, ich mach ein Lagerfeuer draus, aus allem, was in ihrer Vergangenheit war, aus allen guten und schlechten Sachen wird sie ein großes Feuer machen.«

Wie jede Woche würde der Arzt auch heute Abend fragen, ob es Fortschritte gebe. Und in der Frage läge schon die Antwort, die er würde hören wollen: »Noch eine kleine Progression, Katan?« Und die Frau des Arztes würde dann ihr nacktes Bein unterschlagen, und ein brauner Leberfleck würde sich an der Innenseite ihres Oberschenkels zeigen. »Ja«, würde er ihm antworten, »ich denke, es gibt noch einen kleinen Fortschritt, noch eine Progression.« Der Arzt würde »gut« sagen, genau wie letzte Woche, aber doch sicherstellen wollen, dass kein Rest von »jenen Gedanken« verblieben war, womit er Gedanken daran meinte, was in der näheren oder ferneren Zukunft geschehen könnte.

»Nein«, würde er antworten, »jene Gedanken kommen mir nicht mehr.«

»Und sonst?«, würde der Arzt fragen. »Und sonst ist alles in Ordnung, Katan? Trinken Sie auch ein bisschen was in dem Lokal der Polin – wie heißt sie noch mal –, oder lässt sie Sie von dort aus nur telefonieren?«

Rami gestikulierte und sang lauthals mit Piaf mit.

»Sie heißt Frieda, und ja, alles in Ordnung«, würde er dem Arzt erwidern, genau wenn Frieda den neuen Fernsehapparat einschaltete. Sicher kamen heute mehr Leute als sonst zu Frieda, alle würden kommen, um Apollo 11 zu sehen, die gestern gestartet war und in ein paar Tagen auf dem Mond zerschellen und mitsamt den drei Astronauten zu Staub werden würde.

Rami tippte ihm erneut auf die Schulter. »Wach auf, Baruch, hör zu, warum bereut sie nichts, Baruch, warum? Hör zu, das ist dermaßen schön.« Ramis Augen leuchteten. »Sie sagt, sie bereut nichts, weil sich heute alles ändert, weil heute ihr Glück beginnt, mit dir.«

»Mit mir?«

»Nicht mit dir, Katan, ›mit dir‹ heißt mit dem Mann, dem sie das Lied singt.«

Rami lachte auf, verstummte aber sofort wieder. Édith Piafs vibrierende Stimme schwoll an und mit ihr auch der Klang des Orchesters, und mit einem Mal, mit einem scharfen Schnitt, endete das Chanson. Rami ging ans Radio und drehte den Knopf, bis es klickte. Das runde, grüne Auge in der Mitte erlosch. Baruch spürte den Beginn einer Erektion.

»Und Frauen? Tut sich da was?«, würde der Arzt fragen und wie letzte Woche selbst darauf antworten. Und beim Sprechen würde er seiner Frau mit dem Zeigefinger bedeuten, das blaue Kleid gegen das kleine Schwarze zu tauschen, das sie gerade anprobiert hatte. »Was ist mit Mädchen? Was ist mit der Leidenschaft, Baruch? Ist sie schon da? Die Lust? Die Libido? Noch nicht? Nicht mal ein bisschen? Tsss … Macht nichts, das kommt auch noch, nur dass es dann nicht zu heftig kommt, eh?«

Gleich nach dem Gespräch vom vorigen Donnerstag, als er schon den Hörer aufgelegt hatte, hatte er ihn hastig wieder aufgenommen, weil er eine andere Antwort auf die Frage über Frauen geben wollte. Aber als er den Hörer erneut ans Ohr drückte, war der Arzt nicht mehr am anderen Ende. Es war jemand anders dran, der genau in dieser Sekunde Frieda angerufen hatte, und so konnte Baruch dem Arzt nicht mehr sagen, dass die Antwort, die er eben gegeben hatte, nicht mehr zutraf. Es hatte sich neulich doch etwas getan.

Vor etwa einem Monat, Mitte Juni, als er an einem Donnerstagnachmittag auf dem Weg zu Friedas Lokal war, hatte er eine Frau auf einer Bank in der kleinen Grünanlage bei der Tankstelle in der Bethlehem-Straße sitzen gesehen. Ihr Sohn, vier oder fünf Jahre alt, hatte ihren Hals und ihre Schultern umarmt. Die Frau löste sanft die Hände des Kindes und sagte: »Lass, genug, mein Süßer, geh schaukeln.«

Das Kind war weggelaufen und auf eine gelbe Reifenschaukel geklettert, die Mutter hatte ein Buch gelesen, und Baruch hatte sich von hinten angeschlichen und ihr die Hand zärtlich auf die Schulter gelegt, da wo zuvor ihr Sohn hingefasst hatte. Die Mutter sagte »Hi« und wollte ihm die Hand streicheln, entdeckte jedoch, dass es nicht die Hand ihres Sohnes, ja gar keine Kinderhand war. Sofort hatte sie sich erschrocken zu ihm umgewandt und gerufen: »Hey, was soll das?«

Drei Tage später folgte die zweite – eine dicke Soldatin, die in den Bus steigen wollte, während die vielen Aussteigenden sie zurückstießen und gegen seinen Leib drückten. Als er seine Hände nach schnellem Grapschen von ihrem weichen Körper löste, stand sie schon auf den Stufen der hinteren Tür des langsam anfahrenden Busses und versuchte, sich hineinzudrängeln, ehe der Schaffner die Tür schloss. Die Vierte oder Fünfte trug eine Art Kittel oder verwaschenes, weites Kleid, hielt eine Zigarette in der einen Hand und in der anderen eine Leine mit einem braunen Hündchen, das sich an diesem frühen Samstagmorgen an die Ecke einer Einfriedung drängte, zwischen deren Steinen Grashalme sprossen. Der Hund hob das Bein, und sie gähnte und sah ihm liebevoll beim Pinkeln zu. Danach wälzte der kleine Hund sich auf den Rücken, sie bückte sich und kraulte ihm den Bauch. Das zerzauste rote Haar fiel ihr ins Gesicht. Baruch trat näher, kniete neben ihr nieder, sog ihren Schlafgeruch ein, umschlang ihren Leib mit beiden Armen und spürte etwas zwischen Stirn und Nabel ganz kurz auftauen, aber gleich wieder einfrieren.

Heute auf dem Hinweg war die Neunte an der Reihe gewesen, oder die Zehnte oder Elfte. Sie wartete offenbar auf ein Auto, das sie zur Frühschicht in die Fabrik oder ins Krankenhaus bringen sollte, und lehnte an der Stange einer noch brennenden Straßenlaterne, das eine Bein angewinkelt dran gestützt. Eine gelbe Ringellocke fiel ihr ins Auge, und sie schob sie mit der Hand hinters Ohr. Sie wehrte sich nicht gegen die schnelle Umarmung ihrer schlanken Taille und seinem Schnuppern an ihrer Körperwärme und dem Duft ihrer Haare, brachte nur ein kurzes, überraschtes »He« heraus. Und wieder kam diese leichte Erektion, die er bisher nur selten gespürt hatte, meist bloß für einige Sekunden am Morgen, wenn er die Augen aufschlug.

Rami spielte sein gewohntes Spiel in diesen Minuten des Wartens bis zum Ende der ersten Backrunde. Er holte einen Eiswürfel aus dem Kühlschrank und legte ihn auf den glühenden Backofen. Prasselnd zerschmolz der schimmernde Würfel zu einer kleinen Pfütze, und die verwandelte sich in ein Wölkchen, das im Nu verflog.

Baruch legte die daumenlose Hand auf den Mund.

»Hast du was gesagt?«, fragte Rami, bemüht, den Lärm des Backofenmotors zu übertönen, der in den letzten Minuten vor dem Ausgehen immer anschwoll.

»Nein, hab ich nicht«, erwiderte Baruch, war aber nicht völlig sicher, ob die Antwort stimmte.

»Gut, wie du sagst, Genosse.«

In zehn Sekunden würde der Ofen ausgehen, und genau dann würde Koch den Laden betreten.

Vier – zählte Baruch im Geist rückwärts –, drei, zwei, eins.

Der auf- und abschwellende Klingelton der Ladentür erklang. Das Brummen des Ofenmotors verstummte.

Rami öffnete die schwere Ofentür und begann flink, glühend heiße Kekse in einen flachen Karton zu legen. Aus dem Vorderraum hörte man starken Raucherhusten und danach ein Seufzen und Gehstockklacken.

»Guten Morgen, Herr Koch«, rief Rami und warf mit seinen kurzen Fingern zwei Kekse. »Alles läuft bestens, keine Sorge.«

Kochs langes, weißes, zurückgekämmtes Haar verdeckte nicht gänzlich das große, graue Hörgerät am linken Ohr. Die Kekse landeten einer nach dem anderen im Karton.

»Herr Rachamim und Herr Katan, guten Morgen«,

sagte Koch und kratzte mit dem Daumennagel ein Häufchen verbrannten Zucker von einem Backblech, das Baruch gestern schon hätte säubern sollen. Gleich würde der Alte die Brauen heben und ihnen bedeuten, sich zu beeilen, und dann würde Rami hinter seinem Rücken zwinkern und versuchen, noch zwei Kekse in die Schachtel zu befördern, aber einer der beiden würde zu Boden fallen.

Der Alte klopfte Baruch auf die Schulter und signalisierte seinen beiden Arbeitern mit leichtem Heben seiner buschigen Brauen, die Kartons rasch zu füllen. Rami warf noch zwei Kekse. Beide landeten genau in der Mitte der Schachtel.

Eine halbe Stunde später lagen dreißig Schachteln unterschiedlicher Größe auf dem Boden des Ladens. Auf jeder stand in Ramis runder Handschrift der Name eines Lebensmittelladens, Cafés oder Kiosks: Ben-Haroush, Eisenstädter, Schlomowitz, Turgeman, Katz, Jecheskel, Miskowitz, Levi.

Baruch hatte jetzt nichts zu tun. Man musste bloß auf den Lieferwagen warten. Er öffnete die Ladentür, lehnte sich an den Rahmen, blickte nach Süden und massierte sich mit der Linken die Wangenknochen, die ein Fünftagebart bedeckte. Am Ende der Straße, vor der sanften Kurve, erschien der Müllwagen, gelenkt von dem Mann, den Lili »mein lieber David« nannte. Der Laster kam ein Stück näher, hielt, fuhr weiter. Wenn er hier war, würde David den Daumen heben und schreien: »*Jalla*, Katan, *jalla*, Hapoel!«

Man hörte Teigkneten und gedämpfte Unterhaltung

aus dem Hinterzimmer. Rami bereitete den Teig für die Hefeteilchen vor, und Koch sagte ihm, welche Kuchen heute zu backen waren. Das Telefon klingelte – zweimal, kurze Pause, dann noch zweimal.

»Herr Katan, sind Sie da?« Koch hob ein wenig die Stimme: »Sie sind ja nicht stocktaub. Vielleicht könnten Sie bitte abheben und hören, wer es ist?«

»Das ist Lili«, flüsterte Baruch. Er lehnte noch am Türrahmen der Konditorei.

In der Ferne rollte Davids Laster ein Stückchen weiter voran und hielt an. Eine schemenhafte Gestalt sprang vom Heck des Wagens auf den Bürgersteig.

Seit seinem ersten Tag hier, vor drei Monaten, hatte das Telefon nur einmal so früh geklingelt – vor einem Monat. Lili hatte ihn gebeten, dem Alten auszurichten, dass sie sich um eine Viertelstunde verspäten werde, denn sie müsse bei der Apotheke ein Medikament »für meinen lieben David, für seine Schmerzen im Bein, verstehst du« abholen.

Baruch ließ die Ladentür zufallen und ging langsam zur Theke.

»Herr Katan, Herr Katan? Ich bitte Sie«, sprach Koch ihn erneut an.

Er nahm den Hörer erst nach zwei weiteren Klingeltönen ab.

»Hallo, hallo, Lili?«, flüsterte er in die Muschel.

Im Hinterzimmer äffte Rami lauthals Lilis Antwort am Telefon nach: »Konditorei, Schalom, womit kann man dienen, bitte«, und dann noch mal auf Deutsch: *»bitte.«*

»Wie schön«, sagte Lili am anderen Ende, »bist du's? Wie hast du's erraten?«

Ihre Stimme klang angenehm.

»Was? Nein«, fragte und antwortete er, weil er nicht wusste, was er erwidern sollte.

»Bist du's, Baruch?«

»Ja.«

»Ich verlass mich auf dich.«

Er sah den kleinen Lieferwagen, der die Kekse an die Kioske, Cafés und Lebensmittelläden auslieferte, langsam im Rahmen des Schaufensters auftauchen und quasi in ihm halten, ein wenig schief.

Am anderen Ende der Leitung lachte Lili: »Na los, lass mich schon mit dem Alten reden.«

Koch war bereits neben ihm. Er legte Baruch die Hand auf die Schulter und nahm ihm mit der Rechten den Hörer ab. Baruch ging ins Hinterzimmer, genau als Rami es verließ, um die Kartons in den Wagen zu laden. Als sie den schmalen Durchgang gemeistert hatten, klopfte Rami ihm auf die Schulter.

»*Jalla*, Katan, das Leben ist schön. Wie singt diese Piaf noch mal, heute beginnt das Glück.«

Im Hinterzimmer, auf dem Brett über der Arbeitsfläche, warteten bereits fünf große Teigballen. Baruch zerrte an dem mittleren, der dumpf auf die bemehlte Arbeitsfläche platschte und eine weiße Wolke aufwirbelte. Jenseits der Wand telefonierte Koch weiter mit Lili.

»In Ordnung, wir bemühen uns«, sagte Koch und wechselte ins Deutsche. Dann verstummte er und sagte nur ab und zu »ja, ja, sicher, sicher« auf Deutsch und Hebräisch.

Der flach gedrückte Teigballen vor ihm hatte Ähnlichkeit mit einem menschlichen Kopf – dem Kopf einer

Frau, die auf der Seite ruhte. Er legte die Hand darauf und drückte. Der Frauenkopf verwandelte sich in zwei Hügel, und er legte zärtlich die Hände auf die hellen Brüste.

Koch betrat das Hinterzimmer, und Baruch begann, den Teig zu kneten.

»Herr Katan«, sagte Koch langsam. »Wir haben heute keine Frau. Müssen allein zurechtkommen.«

10

An einem glühend heißen Tag Ende Mai 1967 ergriff Charlie auf dem Heimweg vom Kindergarten die Hand seiner Mutter und balancierte auf den niedrigen Gartenmäuerchen entlang der Hauptstraße. Um nicht das Gleichgewicht zu verlieren, spreizte er den freien linken Arm ab, krümmte ein wenig die Schultern und ging auf Zehenspitzen.

»Weißt du, Charlie, wenn du aufrecht gehst, hast du's leichter. Keine Angst, du bist sicher, ich halte deine Hand.«

»Wir haben es nicht eilig, oder, Mama? Nichts läuft uns weg, oder?« Wie sie achtete er darauf, »nichts« und nicht »nix« zu sagen.

»Stimmt, Charlie.«

Daheim gingen sie sofort in die Küche. Sie machte sich Kaffee in ihrem großen, braunen Becher, zündete sich eine Zigarette an, drehte eine Gasflamme auf, füllte einen Topf mit Wasser und setzte ihn aufs Feuer. Charlie ging von der Küche in sein Zimmer und holte aus dem Karton mit zig Spielzeugautos einen gelben Mack Truck und ein rotes Feuerwehrauto. Er kehrte in die Küche zurück, kniete nieder und führte die Fahrzeuge nacheinander über den Schlängelweg zwischen den grünen Blätterranken auf den bemalten Fliesen. »Tatütata! Tatütata!« Das Feuerwehrauto war eilig unterwegs, um einen Brand zu löschen, und drängte den Laster, ihm Platz zu machen.

Jemand klopfte laut an die Tür.

»Moment, Moment, Moment, ich mach gleich auf.«

Seine Mutter klang heiser, als hätte sie vor lauter Eile ihre normale Stimme nicht mehr einschalten können. Sie stellte den Becher ab und sprang über Charlies Kopf hinweg, berührte ihn an der Schulter, stieß mit dem Fuß an das Feuerwehrauto und kippte es um.

Sogleich holte er den gelben Laster zu Hilfe, um das Feuerwehrauto wieder auf seine sechs Räder zu kippen. Der Lkw-Motor strengte sich an.

»Brrrrrrrr, brrrrrr, hnnnn, hnnnn.«

Durch den kurzen Flur sah er seine Mutter von hinten aufrecht an der offenen Tür stehen. Ihr gegenüber stand ein Mann in Uniform. Über ihrem Kopf und unter der Khakimütze des Soldaten war nur ein schmaler Streifen braun gebrannter Stirn zu sehen. Sie streckte die Arme aus und fiel dem Soldaten um den Hals, und seine starken Arme mit den nur bis zu den Ellbogen aufgekrempelten Uniformhemdärmeln drückten sie an sich und umschlangen ihre schmale Taille. Vom Treppenhaus, hinter dem Soldaten in der Tür, hörte man einen Ball an die Wand schlagen und die trommelnden Füße eines Kindes, das ihm die Treppe hinunter nachjagte. Charlie lehnte sich an den Küchenschrank. Seine Mutter hüpfte empor und schlang dem Soldaten die Beine um die Taille. Unter dem Saum ihres geblümten Kleids sah man jetzt nur die Uniformhose des Soldaten und rotbraune Militärstiefel.

Aus dem Topf auf dem Feuer hörte man es brodeln.

Die Küche füllte sich mit Wasserdampf, und das Bild von seiner Mutter, die an dem Soldaten hing, verschwamm. Vergeblich versuchte er, sich an die schmale Arbeitsfläche zu klammern, seine Finger stießen an den Kaffeebecher, den sie dort abgestellt hatte, ehe sie zur Tür lief. Der Becher fiel runter, braune und weiße Keramiksplitter sprenkelten den Fußboden. Lauwarme Kaffeespritzer flogen an die Schrankwand, auf seine Füße, die neuen Sandalen, den gelben Laster und das rote Feuerwehrauto.

Der Soldat beugte den Kopf zur Seite und blickte Charlie über die Schulter seiner Mutter mit einem vertrauten, schmalen, fast geschlossenen Auge an.

»Feldwebel Jacques Ben Hemo hat bis heute Abend Urlaub bekommen«, sagte der Soldat, und seine Mutter lachte laut und hoch, zog seinen Kopf heran und küsste ihn am Hals, als hätte sie das Gepolter des am Boden zerspringenden Bechers nicht gehört.

»Hier ist Jacques, der Schlossermeister, stets zu Diensten. Wenn ein Problem auftaucht, ist Jacques zur Stelle.«

Wenn sein Vater guter Laune war, redete er so von sich, als wäre er jemand anders. »Jacques Ben Hemo ist heimgekommen, und die Sonne ist noch nicht untergegangen – Überraschung!«, rief er gern mit lauter Stimme, wenn er früher als sonst aus der Schlosserei heimkehrte, und die Tür öffnete er immer schwungvoll, als sei er ein Schauspieler, der die Bühne betrat. Und fast jeden Abend, nach der Dusche und bevor er zu »seiner Stunde« aufbrach, wie seine Mutter es nannte, erklärte er: »Jetzt geht Jacques ein bisschen frische Luft schnappen.« Wenn er so von sich selbst sprach, sah es tatsächlich aus, als wäre noch ein anderer Jacques Ben Hemo bei ihnen. Noch stärker und noch witziger. Ein Jacques Ben Hemo, der nicht wirklich zur Familie gehörte.

Die Hände seines Vaters waren ein bisschen dunkler und kräftiger, als Charlie sie von vor der Nacht, als sie ihn zum Reservedienst abholten, in Erinnerung hatte, und in seinem vertrauten, aber gebräunteren Gesicht stand ein kurzer Bart. Dieser Soldat, den seine Mutter immer noch mit den Beinen umschlang, war sein Vater, aber auch jemand anders.

Seine Mutter setzte einen Fuß nach dem anderen auf den Boden, ließ seinen Vater an ihrer Zigarette ziehen und lächelte dann erst Charlie an.

Beide traten zu ihm, dem Fünfjährigen, der am Küchenschrank lehnte, die Füße umringt von Keramiksplittern und Kaffeeflecken. Je näher sie ihm kamen, desto stärker zog er die Brauen zusammen.

»Hopp!«

Sein Vater schwang ihn hoch und setzte ihn auf den Küchentisch, nahm den Riemen der Uzi von seinen kräftigen, breiten Schultern und legte auch sie auf den Tisch. Dort hatte die schwarze Schusswaffe mit dem hellen Holzkolben Ähnlichkeit mit dem toten Hund, den er mal hinter dem Zaun des Kindergartens gesehen hatte.

»Ein toter Hund! Da, ein toter Hund! Da liegt ein toter Hund!«, hatten die Kinder beim Rausgucken auf den Bürgersteig durcheinandergerufen. Er hatte sich vordrängeln und den kleinen, braunen Körper sehen können, der da auf der Seite lag. Die lange Schnauze des Hundes war schwarz und sein Bauch hell, fast weiß. Er sah aus, als würde er schlafen. Die Kindergärtnerin drängte die Kinder zurück, aber er hatte noch mitgekriegt, wie hübsche, bläuliche Rauchkringel von dem kleinen Leib aufstiegen. Der Riemen der Uzi war länger als der Schwanz des toten Hundes, aber der gemaserte Holzkolben hatte große Ähnlichkeit mit dem hellen Bauch – auf der Seite liegend und zum Anfassen verlockend, glatt und verletzlich. Zum Unabhängigkeitstag hatte man in der Grünanlage neben der blumenumrankten Zahl 19 ein großes Poster von einem blonden Soldaten mit Uzi angebracht, über dem ein Flugzeug am Himmel flog.

»Papa, das ist eine Uzi.«

»Stimmt, richtig, das ist eine Uzi. Schau, Charlie, schau her, das ist der Kolben, und das ist der Abzug, und hier, da schiebt man das Magazin ein. Nimm, Charlie, nimm.«

Sein Vater zog das Magazin aus der tiefen Tasche seiner Uniformhose. Es war schwer und kalt. Die Patronen darin sahen aus wie dicke, aneinandergedrängte Kinder mit gleichen Mützen auf dem Kopf.

Charlie gab seinem Vater das Magazin zurück.

»Und das ist der Lauf, schau, Charlie, hier flitzen die Patronen blitzschnell raus, tack-tack-tack.«

»Ich weiß.«

Seine Mutter stand dabei. Sie hatte schon die Scherben zusammengekehrt und den verschütteten Kaffee aufgewischt und auch die Flamme auf dem Herd ausgedreht, aber in der Küche hing noch angenehme Feuchtigkeit. Charlie fasste an den Holzkolben und streichelte den gerundeten Bauch des Hundes.

»Und jetzt geht der brave Soldat Jacques seine Tochter von der Schule abholen«, sagte seine Mutter und fügte etwas auf Französisch hinzu. Das breite Lächeln war noch nicht aus ihrem Gesicht gewichen.

»Oui, Madame Commandante«, gab sein Vater zurück, »Feldwebel Jacques macht sich auf den Weg.«

Sein Vater setzte die Uniformmütze ab, stellte die Uzi in den Schrank und nahm Charlie an die Hand.

Seine Hand fühlte sich anders an, rauer, als er sie in Erinnerung hatte. Seine langen Finger, die er vor Augen und Nase hatte, rochen vertraut nach Zigaretten, aber auch nach was Neuem, so ähnlich wie die von Eli Mioset, der jeden Nachmittag an seinem Fahrrad bastelte: Er stellte es umgedreht auf die Sandfläche, montierte die Räder und die Kette ab und wieder an, ölte sie und ließ ihn manchmal die blanke Klingel am Lenker bedienen – das Metallblatt, das genau dem Daumen angepasst war, vordrücken und schlagartig loslassen und den Klingelton schallen hören.

Sie kürzten den Weg zur Schule nicht ab, stiegen nicht über den eingerissenen Zaun, sondern gingen langsam die Hauptstraße bis zum Hoftor, Hand in Hand.

»Schalom, ihr Hübschen«, sagte sein Vater zu zwei Frauen, die ebenfalls am Tor warteten.

»Schalom, Soldat«, erwiderte die Mollige und lächelte. Sein Vater tippte ihr mit der Fingerspitze ans Kinn, und sie errötete.

In seiner Hosentasche hatte er drei süßsaure Bonbons. Charlie zog die Hand aus der großen Hand seines Vaters, holte ein Bonbon hervor, wickelte es aus der knisternden Hülle und steckte es in den Mund. Danach strich er das klebrige Stückchen Zellophanpapier mit den Fingern glatt, drückte das linke Auge zu und blickte mit dem rechten durch das durchsichtige Viereck auf die Straße. Die beiden Frauen – die Mollige und die Schlanke – lachten über seinem Kopf. Die Straße veränderte ihr Aussehen. Die entgegenkommenden Autos verwandelten sich in blanke Flecke.

Hier, an dieser Stelle, fiel ihm ein, genau vor dem Tor, war eine große Pfütze gewesen, und in der Pfütze war ein kleines Mädchen mit roten Stiefeln von einem Fuß auf den anderen gehüpft. Und plötzlich war alles in scharfes Licht getaucht gewesen, gefolgt von Lärm, und von oben war Mamas vertrautes Gesicht aufgetaucht, das sich umgekehrt über den Buggy beugte. Die Stirn unten und der Mund oben. Ihr Haar war feucht, Tropfen fielen von ihrem Kopf, und auch damals hatte sie so breit gelächelt wie heute. So ganz aus der Nähe sah man jetzt die Linien neben ihrem Mund und auch das Grübchen auf ihrer glatten Wange. Im Mund hatte er einen zerrissenen Schnuller stecken gehabt, der nach festem, zerkautem Gummi schmeckte, bitterscharf, und wenn seine Zunge den Riss berührte, wurde sie wohlig gezwickt.

Die Schulglocke läutete, und die raue Hand des Soldaten mit all ihren Gerüchen wurde ihm hingestreckt und ergriff erneut seine Hand. Das klebrige Stückchen Zellophan, durch das er auf die Straße geguckt hatte, segelte zu Boden, und er dachte sich, dass das alles – die Pfütze, die roten Stiefel, das scharfe Licht und der Lärm, die Blitz und Donner gewesen waren, die regenfeuchten Haare, die an Mamas Kopf klebten – lange her und ihm längst entfallen gewesen war, nun jedoch überraschend klar und aufregend wieder auftauchte, als sei es erst gestern gewesen.

Die väterliche Hand zog ihn vorwärts, doch noch ehe sie den Schulhof betraten, blieb Charlie stehen. Er wollte reden, jetzt sofort, rasch erzählen, bevor das heraufsteigende Gefühl vergessen und verloren wäre. Sein Vater machte noch einen Schritt voran, aber Charlie verharrte auf dem Fleck, und sein Arm wurde lang gezerrt.

»Charlie?«, sagte sein Vater.

»Papa, Papa, verstehst du, hier war Winter, und da war eine Pfütze, und in der Pfütze war ein Mädchen, und das hatte rote Stiefel an.«

»Was?«

»Hier, genau hier war eine Pfütze, und ich war auch hier, im Buggy.«

»Jaja.«

»Ich bin sicher, erinnere mich richtig gut, und es hat geregnet, und ich hatte einen Schnuller im Mund.«

»Wenn du das so in Erinnerung hast, dann war es auch so.«

Das große Bonbon rutschte in den hinteren Rachenraum, wurde in den Hals gedrückt und glitt ihn langsam hinunter.

»Papa?«, Charlie tat sich schwer, seine Gedanken zu artikulieren, auch als der Schmerz in Hals und Brust schon abnahm und nur ein mattes Kribbeln hinterließ.

»Jacques Ben Hemo sagt, dass es so war, wie du es in Erinnerung hast.«

Charlie stand mit offenem Mund da. Er legte die Hände ans Gesicht und blickte zu seinem Vater auf. Vielleicht war alles sogar noch komplizierter, vielleicht verhedderten sich all diese Dinge – die Erinnerung und der Winter und die Wahrheit und die Halsschmerzen – so heillos wie Schnürsenkel in einem Knoten, den nur Mama mit den Fingernägeln und manchmal auch mit den Zähnen aufkriegte.

Das braun gebrannte Gesicht, das ihn von oben ansah, wurde ernst. Sein Vater legte seine breiten Fingerspitzen aneinander. »Ich sag dir, Charlie, verstehst du, dass nur das, was du in Erinnerung hast, was du glaubst, wirklich gewesen ist.« Die Schulglocke läutete erneut. »Verstehst du? Nichts ist wirklich. Wahr ist nur das, was wir in Erinnerung haben, oder was wir in Erinnerung haben wollen, verstehst du?«

»Und wenn jemand tot ist, was war dann wahr?«

»Charlie, das reimt sich.« Sein Vater legte ihm die Hand auf die Schulter.

Charlie versuchte, ein weiteres Wort zu finden, das sich auf *met* – tot – und *emet* – wahr – reimen würde, aber alle, die ihm einfielen – die hebräischen Wörter für Röteln, Runzel, dumme Suse –, passten nicht, klangen falsch, es blieb nur dieser Reim von tot und wahr. Er musste seinen Vater noch heute fragen, bevor er zum Militär zurückging, was »sterben« genau bedeutete, wie sich Sterben anfühlte. Aber nach dem blauen Rauch, den er über dem Hund gesehen hatte, würde er nicht fragen. Er würde nur fragen: Papa, was ist tot sein wirklich?

»Dann ist es, als wäre nie was gewesen, oder alles nur irrig oder gelogen«, kam von oben die Antwort auf seine Frage nach der Erinnerung eines toten Menschen. Die Schulglocke hörte auf zu läuten, und sein Vater setzte den Satz mit einem langen, nachdenklichen »Ähh« fort. Vielleicht wollte er es besser erklären, gab es dann jedoch auf. »*Chalas*, bald verstehe ich den Unsinn, den ich rede, selbst nicht mehr, *jalla*, Jacques«, spornte sein Vater sich selber an, »vorwärts, hopp!«

Seine starken Arme fassten Charlie an der Taille und stellten ihn auf die Mauer neben dem Tor zur Schule. Auf dem breiten Rücken seines Vaters, der ihn zum Draufklettern einlud, stand ein großes, schwarzes Zadi im Kreis aufgedruckt. Charlie kannte den hübschen Buchstaben צ, dessen Namen er noch nicht wusste, den Buchstaben, der aussah wie eine Frau, die auf den Knien saß, sich nach vorne beugte und die Arme nach oben streckte. Er kletterte auf die breiten Schultern, sog den Geruch des gebräunten Nackens und des wirren Haares ein, und als er näher hinschaute, sah er, dass es voller Staub und Sand war.

»Oh, was für ein schwerer Sack«, sagte sein Vater, wie jedes Mal, wenn er ihn huckepack nahm. Aber diesmal seufzte er nicht »oje-oje-oje«, was er sonst immer tat, um Charlie zu zeigen, wie sehr er sich anstrengte, obwohl sie beide wussten, dass das nicht stimmte.

Sie betraten den Schulhof. Von seinem neuen, hohen Ausguck schaute Charlie nach rechts in den Schulgarten. Die Sprinkler dort sprangen an. Erst mit kurzen, langsamen Drehungen, dann mit starkem Druck sprühten sie das Wasser weit, bis zu dem Betonpfad, den sie entlanggingen. Charlie blickte nach links zu dem leeren Fußballplatz und dann wieder geradeaus. Die Schultür schlug auf, und die Kinder stürmten heraus. Er entdeckte Batya in einem Pulk lachender Mädchen, die sich gegenseitig knufften. Der Ranzen hing ihr schief auf dem Rücken, an nur einem Riemen. Als sie Vater und Bruder erspähte, rannte sie sofort weg von den anderen Mädchen auf die beiden zu.

Diesen Moment, dachte er, musste man in Erinnerung behalten, damit er wahr bliebe.

II

DIE BRANDWUNDEN VON GESTERN

I

Der Rabenvogel stand auf dem Bahnsteigdach und stieß einundzwanzig Krächzer in Folge aus. Einer der Männer, die – allesamt im Blaumann – vor dem Lokomotivdepot standen, schwang die Faust nach ihm und rief: »Stopp! Schluss! *In'al abuk!* Genug mit dir schon am frühen Morgen, was hast du denn heute?«

Der Rabenvogel verstummte und breitete die Flügel aus. Er flog über den Zaun des Bahnhofs, gewann über der Hauptstraße an Höhe und kehrte zurück zu dem großen Garten mit den Furchen. Der Junge saß immer noch auf dem Balkonboden, war nun aber wach. Der Kopf aufrecht, die schmalen Augen offen und die Hände um die Gitterstangen geklammert, über die sich dünne Rostlinien schlängelten. Die Frau hinter dem Jungen lehnte am Türrahmen, und durch das dünne, weiße Kleidungsstück sah man ein anderes, schwarzes, körpernahes.

Die Frau hob die Hand, die imaginäre Luftlinie der brennenden Zigarette zwischen ihren Fingern verlief genau bis zum Körper des Rabenvogels, und er flog hastig hinab zur Vogelscheuche in der Mitte des Gartens. Gerade als er auf der Blechdose landen wollte, die den Kopf der Vogelscheuche bildete, traf ein Stein auf eine ihrer Seiten, sodass sie bebte und schepperte. Mit einem schnellen Flügelschlag entkam er und schoss steil nach oben.

Aus der Höhe, über den Bäumen und Dächern, sah man immer noch den wackelnden Kopf der Vogelscheuche und den Jungen auf dem Balkon – jetzt wandte er das Gesicht der Frau hinter ihm zu –, am Ende des Gartens sah man eine andere Frau und ein Mädchen auf dem Boden sitzen, an einen kleinen Schuppen gelehnt.

Beide klatschten plötzlich in die Hände – erst die Frau und dann auch das Mädchen. Im Nu tauchte der Rabenvogel nach unten ab wie ein Stein. Erst als sein grauer Bauch von einem Eisenpflock, der mitten in einer Furche stak, aufgespießt zu werden drohte, versuchte er verzweifelt, wieder Luft unter die Flügel zu bekommen. Einen Moment flatterte er flügelschlagend nahe über den Boden – landete nicht, flog aber auch nicht hoch –, und dann jagte er in schräger Linie empor zur Spitze der rostigen, flaggenlosen Stange auf dem Dach eines großen, weißen Gebäudes, dessen drei dreigeschossige Trakte ein Häuschen aus gelbem Stein umgaben. Der Rabenvogel kam auf der Stangenspitze zu Atem und krächzte von dort wieder und wieder und wieder.

2

Am Bordsteinrand warteten zwei volle Mülltonnen, aber Said hatte es nicht eilig, vom Heck des Lasters abzuspringen, um sie zu leeren, sondern blickte weiter nach oben. Sie waren wieder am grün gefliesten Haus angelangt, doch nun, da sie von Süden nach Norden fuhren, stand der Müllwagen auf der Straßenseite vor dem Gebäude, und zwischen den obersten Zweigen des hohen Baums tat sich seinen Augen eine Öffnung auf, durch die er fast die ganze Südwand des kleinen Häuschens auf dem Dach sehen konnte. Der Lkw-Motor hustete. Ein aus dem Bahnhof ausfahrender Zug tutete lange. Said hielt sich an der Lederschlaufe fest, lehnte den Körper etwas zurück, um noch bessere Sicht zu erlangen. Das blaue Fenster über der Spüle war kleiner, als er es in Erinnerung hatte.

An einem Morgen zu Beginn der Schwangerschaft, als er dort auf der anderen Seite des Fensters stand und das Frühstücksgeschirr spülte, hörte man das Rattern des ersten Zuges, der den Bahnhof verließ. Er trocknete sich die nassen Hände am Handtuch ab und erwartete, dass Dschamila zu ihm kam, damit er sie um die Taille fassen und behutsam hochheben konnte und sie die Eisenbahn sah, die gleich tuten würde. Doch sie stand schon hinter ihm. Ihre Nase stupste ihn in die Mulde unter seinem Schädelknochen, und ihre Lippen berührten seinen

Nacken. Sie sog seinen Geruch ein, ihre zarten Hände fassten ihn an der Taille, und es schien, als habe sie ihn noch nie so berührt. An seinem Rücken spürte er ihre Brüste, die etwas angeschwollen waren, und zum ersten Mal fühlte er auch die leichte Wölbung ihres Bauches, der sich ebenfalls von hinten an ihn schmiegte. Dschamila packte ihn fester an den Lenden und hob ihn mit Schwung an, sodass seine Füße sich vom Boden lösten. Er reckte den Hals, blickte hinaus durch das kleine Fenster und lächelte. Drei graue Waggons, das Ende eines Güterzugs, fuhren an ihm vorbei in dem Dreieck, das zwischen dem ausladenden Maulbeerbaum und dem rötlichen Steinhaus klaffte, und nachdem die Lokomotive getutet hatte und der Zug verschwunden war, setzte Dschamila ihn langsam wieder auf dem Boden ab. Er drehte sich zu ihr um, und sie trat zurück, senkte leicht den Kopf und hielt die hohlen Hände am unteren Rand aneinander. Sie schienen ebenfalls ein wenig geschwollen zu sein. Als sie auch die Fingerkuppen aneinanderlegte, entsprang diesem kleinen Resonanzkasten das Geräusch eines sanften Kusses.

»*Jalla*, Katan! *Jalla*, Hapoel!«, rief der Fahrer aus der Kabine und hupte zweimal kurz.

Said ließ die zwei vollen Mülleimer stehen. Mit der Rechten hielt er die Lederschlaufe, und mit der Linken schlug er auf den Wagen, um dem Fahrer zu signalisieren, dass er die Tonnen bereits geleert und an ihren Platz zurückgebracht hatte. Die Augen des Fahrers im Rückspiegel ließen Zweifel erkennen, aber Said schlug erneut aufs Blech. Der Laster setzte sich in Bewegung, hielt aber gleich wieder vor dem Zebrastreifen. Drei

Arbeiter begannen, die Fahrbahn zu überqueren. Der eine, mit *Kufija* auf dem Kopf, schleppte zwei große Eimer Farbe, einer trug eine Leiter über der Schulter, und der Dritte hielt einen brennenden Zigarettenstummel zwischen Daumen und Zeigefinger. Said blickte nach rechts zum Eingang des Gebäudes. Die schwere Holztür des Treppenhauses – die er am Tag ihrer Flucht abgeschlossen hatte – war nicht mehr da. An der Wand des kleinen Vorraums sah man vier blecherne Briefkästen, die sich in Größe, Farbe und schiefem Winkel unterschieden. Als sie beide hier gewohnt hatten, waren Briefkästen unnötig gewesen. Die Pakete mit Büchern und Zeitschriften für den Laden hatte er vom Postamt abgeholt und auf seinen Handwagen geladen, und die Briefe der Witwe und ihrer Söhne hatte der kleinwüchsige Postbote in seiner grauen Uniform neben die Ladenkasse gelegt, worauf er ihm zuzwinkerte und zur Witwe »Her Majesty« sagte.

Die drei Maler hatten die Straße wohl überquert, denn der Laster rollte langsam wieder an. Said konnte noch kurz das hölzerne Treppengeländer sehen, das er bis zu ihrer Flucht allwöchentlich mit Öl abgerieben hatte, und warf einen letzten flüchtigen Blick auf die Dachbrüstung an der Front des Gebäudes. Welke Triebe einer großen Topfpflanze hingen darüber, und für einen Moment sah die Pflanze aus wie ein gebeugter Mensch. Anton hatte dort an einem der letzten Abende gestanden, sich über die Brüstung gelehnt und nach Westen geschaut. Leuchtgranatensalven waren von rechts nach links und von links nach rechts geflogen, dorthin, wo man tagsüber braune Anhöhen, einige Dörfer und einen jüdischen Kibbuz erblickte, und gelegentlich erhellte ein Blitz den Horizont, gefolgt von einem dumpfen Knall. Anton rief ihn heran und legte ihm die Hand auf die Schulter. »Schau, schau, Said, hier lernt man was übers Leben. Schau, wie wir manchmal etwas sehen, ohne zu ahnen, was dort tatsächlich geschieht und wohin das alles führt.«

Der Müllwagen hielt erneut, und der Motor ging aus, obwohl keine Tonne am Bordstein wartete. Die Kabinentür ging auf, der Fahrer steckte ein Bein heraus, danach noch eines, zusammen mit dem Gehstock. Mühsam stieg er mit seinem dicken Bauch die drei Leiterstufen hinab. Als beide Füße und der Stock endlich sicher auf der Straße standen, warf er die schwere Tür zu und humpelte zur Front des Wagens, wo er stehen blieb und sich schwer auf den Stock stützte.

»Komm, *ja* Said, komm und sieh dir was an, lern was über das Leben, komm, komm hierher.«

Said stieg ab und ging um den Laster herum. Der Fahrer stützte die Hand auf einen der großen Scheinwerfer. Vor seinen Füßen lag eine tote Katze, deren Hals und Bauch aufgeschlitzt waren. Mit der Stockspitze berührte der Fahrer den kleinen Kadaver, verschob ein Bein der Katze und klopfte mit dem Stock auf den Asphalt, als wollte er das tote Tier aufwecken, dessen Kopf schon fast vom Rumpf abgetrennt war.

»Schau, schau dir ihre Augen an, als wollte sie noch was, und dann – Bumm! Krach! – kam ein Pkw oder ein Bus, überrollte sie und fertig, aus. Verstehst du? Sie hat sicher noch einen lauten Heuler ausgestoßen, so ein Miau, aber kein normales Miau, wie Katzen es machen, sondern ein ganz lautes, so wie sie schreien, wenn sie rollig sind, du weißt doch, was rollig ist, das ist, wenn die Katze … egal. Es geht darum, dass es aus ist, fertig, *chalas*, sie ist hinüber. Ihr Leben ist vorbei, ihr elendes Leben, vielleicht sogar ihr gutes, was wissen wir schon. Verstehst du das, Said?« Said sah auf die offenen, toten Augen, dann auf das nahe Haus, an dessen Eingang, über der Tür, ein kleines Kreuz eingemeißelt war, und von dort wieder zum Fahrer hin.

Die Augen des Fahrers leuchteten, und er zog ein zerknittertes, kariertes Taschentuch aus der Hosentasche und schnäuzte sich. »Wie aus dem Nichts«, sagte er dann. »Sie hatte gedacht, sie schafft es noch über die Straße, plötzlich wollte sie dann doch zurück. Du weißt, wie das manchmal geht, auch eine Frau überlegt es sich plötzlich anders, und dann: Bumm. Fertig, aus. Nix mehr. Leb wohl, Mülltonne, leb wohl, Welt, leb wohl, Frisiersalon, leb wohl, Bank, leb wohl, *Ben Saken – Fisch und Geflügel*, leb wohl, Hapoel Jerusalem, leb wohl, Emek-Refa'im-Straße, leb wohl, Müllwagen Nummer siebzehn. Leb wohl, Said, leb wohl, David. Fertig, *chalas* alles. Und vielleicht hat sie ihr Leben ausgehaucht, weil sie mit jemandem auf der anderen Straßenseite vögeln wollte, was sagst du dazu, eh?«

In diesem Moment hatte Said Lust, die Geste zu machen, die die Witwe insgeheim zu machen pflegte – sie bekreuzigte sich nur, wenn keine Kunden im Laden waren, wenn sie sich unbeobachtet wähnte. Hastig hatte sie das Kreuzzeichen geschlagen und dann gleich nach rechts und links geschaut, um sicherzugehen, dass keiner sie gesehen hatte, und danach hatte sie ausgespuckt, als wollte sie mit diesem neuen Ritual das vorige ungeschehen machen. Sie und ihre Söhne waren zwar katholisch, aber das Bäumchen, das sie zur Weihnachtszeit in einer Ladenecke aufstellte, sollte nur die Kunden zu den Grußkarten locken. Auf seinem Zeichenblock skizzierte Anton Nonnen mit entblößten Beinen in den Armen von Priestern mit zotteligen Bärten oder einen Imam, der die Hand unter den Hidschab einer jungen Frau mit lachenden Augen schob. Mit Verve wollte er sie alle davon überzeugen, dass die Religion nur ein Werkzeug in den Händen der Reichen sei und allein dazu diene, ihnen etwas vorzumachen. Sie hörten ihm geduldig zu; sie brauchten ohnehin keinen Glauben oder Gott, auch keine Erörterungen darüber.

»Na, was sagst du?«

Der Fahrer, von dem Said nun wusste, dass er David hieß, sah ihn an, als hätte er ganz vergessen, dass er stumm war, und erwarte wahrlich, dass er den Mund auftat und etwas sagte. Said neigte ein wenig den Kopf und spuckte auf die Fahrbahn neben den Katzenkadaver.

»Richtig, was? Du denkst genauso«, fuhr Fahrer David fort. »Wir wissen eigentlich gar nichts – Juden, Araber, Schwachsinnige, Stumme, Taube, nichts wissen wir! *Jalla*, nimm die Ärmste und schmeiß sie rein, ich kann das nicht mehr mit ansehen, und weißt du was? Erst recht will ich nicht, dass ein kleines Kind sie sieht. Gott bewahre. *Jalla*, Said.«

Said packte den zerrissenen Kadaver mit beiden Händen, geschützt durch dicke Handschuhe. Der weiße Schwanz hob sich kurz, als steckte noch ein letzter Rest Leben in ihm. Als er den kleinen Körper zwischen die

Gemüsereste, die Eierschalen und das Blut in den Abfall warf, blieb an seinem rechten Handschuh ein schmales, zerfetztes rotes Halsband hängen, das die Halsrundung der Katze bewahrt hatte. Er schüttelte den linken Handschuh ab, schob das noch warme und angenehm weiche Halsband in die Hosentasche und zog den Hebel der Müllpresse. Der lärmende Motor sog die Reste der kleinen Katze ein und zermalmte sie, und die Eisenklauen quietschten, als hätten sie gar nichts in den Schlund gekriegt.

Der Laster fuhr erneut an. In wenigen Sekunden würden sie bei den nächsten Mülltonnen ankommen, und er musste wieder abspringen und sie auf die rechte Schulter hieven, deren Haut schon hart wie eine Ledersohle war. Noch aber hielt er sich an der Schlaufe fest und entspannte den Körper.

3

Unterwegs von einem Dorf zum nächsten waren sie langsamen Schritts neben den beiden Wagen hergegangen. Auf dem einen Wagen, in einem engen Käfig, fuhr der Bär, und auf dem anderen lagen die Schmiedewerkzeuge, die Zeltplanen und auch die wenigen Habseligkeiten. Blieb ein Wagen im Schlamm stecken, legte der Kraftprotz mit nacktem Oberkörper sich anstelle des Esels ins Zeug und bekam ihn spielend wieder frei.

In jedem Dorf machten sie zwei bis drei Wochen halt. Schärften Messer, reparierten Pflüge, Sicheln und Sensen, fertigten eiserne Ketten, Pflöcke und Nägel, beschlugen die Pferde. Als dann bessere Straßen zwischen Dörfern und Städten gebaut wurden, schwand die Nachfrage nach ihren bescheidenen Schmiedearbeiten, und mit ihrer Gleichgültigkeit und ihrem verbissenen Schweigen kurbelten sie ihre Geschäfte auch nicht an. Doch solange der Bär noch lebendig und gesund war, weckte er ein wenig Sympathie für die kleine Domarifamilie – zwei verwitwete Zwillingsbrüder und ihre beiden Kinder, Said und Dschamila.

Die Sympathie reichte nur für die Dauer der Vorstellung, bei der die Brüder weiße Galabijas trugen, die ihre dunkle Haut und das schwarze Haar betonten. Der eine führte den Bären an einer eisernen Kette mit großem Nasenring an die in der ersten Reihe Stehenden heran, die in wohligem Grusel zurückwichen und ihre Hintermänner mit dem Rücken wegdrängten. So entstand eine kleine Manege, und Dschamilas Vater brachte den Bären mit einem leichten Dolchstich auf die Hinterläufe.

Stand der Bär erst mal aufrecht, begann Saids Vater, langsam und rhythmisch die Trommel zu schlagen, der Bär streckte die Vorderläufe aus wie Arme, und Dschamilas Vater legte ihm einen langen Eisenstab mit glänzenden Kugeln an den Enden auf die Tatzen. Die Trommel schlug schneller, und der Bär schwankte nach rechts und links, verlagerte sein Gewicht von einem Bein aufs andere, als hinge er an dem Stab und hielte ihn nicht nur. Nun wandte er die Augen zum Himmel, und seine beringte Nase schnupperte die Luft, als wittere sie ferne Beute. Wenn der Schlag derart zulegte, dass er fast zu einem einzigen langen Ton verschmolz, lösten sich für einen kurzen Moment beide Füße vom Erdboden, und der Bärenschnauze entrang sich ein langes Brummen.

Aus dem Publikum schallten jetzt Bewunderungsrufe, und manche klopften sich vor Staunen auf die Wangen, ohrfeigten sich schier selbst. Die beiden Brüder in ihren weißen Galabija*s* wandten die Gesichter himmelwärts, sperrten die Münder auf, in denen nur wenige Zähne verblieben waren, und stimmten mit dem Bären ein: »Aaaaaaah!«

Alles endete fast schlagartig. Auf langsames Trommeln hin ließ der Bär den Eisenstab zu Boden fallen. Seine großen Augen nahmen einen staunenden Ausdruck an, als sei er überrascht, dass er die ganze Zeit einen nutzlosen Gegenstand gehalten hatte, von dem er nicht wusste, wie und warum er ihm in die Tatzen gekommen war. Danach ließ er seinen Oberkörper auf die Vorderläufe nieder, und so, auf allen vieren, schien das große, plumpe Tier nichts mehr mit dem zu tun zu haben, das eben noch getanzt und zum Himmel geschrien hatte.

Und wenn alles vorbei war, gingen Dschamila und Said barfuß zwischen den vergesslichen Zuschauern umher, damit sie noch rechtzeitig Münzen, ein oder zwei Mil, in ihre Blechnäpfe warfen.

Als sie eines Tages im Dorf Saris haltmachten, trat nach der Aufführung ein Engländer mit breitkrempigem Strohhut aus dem Publikum. Er gab Dschamilas Vater ein paar Münzen und bat, den Bär fotografieren zu dürfen. Der Engländer stellte seine Kamera auf drei Beine, deutete auf den Bären und sagte immer wieder, »*bear, bear*«, um dem Domarimädchen und dem Domarijungen das Wort beizubringen, das sie längst von den englischen Polizisten und Soldaten kannten, die den Bären ebenfalls gern tanzen sahen und manchmal sogar um eine Extravorstellung baten. Der Engländer lud Said und Dschamila ein, mit unter das schwarze Tuch zu kommen, das den Fotoapparat bedeckte, und ließ sie nacheinander durch den Sucher gucken. Durch die Blende betrachtet, sahen ihre Väter in den weißen Galabijas und auch der Bär in all seiner Größe fern und klein aus.

»*Walla*, als wären sie schon an einem anderen Ort, als wären sie schon auf dem Bild«, flüsterte Dschamila Said zu.

Der Engländer legte ihre Zeigefinger auf den Knopf, und sie drückten gemeinsam ab.

Zwei Wochen später, als sie schon im Dorf Kasla waren, tauchte der englische Fotograf wieder auf. Er schwenkte von Weitem seinen Strohhut und schenkte ihnen ein kleines Foto in Braun- und Gelbtönen. *»Bear, bear«*, sagte er erneut und deutete mal auf das Bild, mal auf den Bären, als würden sie nicht von selbst begreifen, dass das ihr Bär auf dem Foto war.

Mit den Auftritten war es vorbei, als selbst starke Stiche, die das Hinterteil des Bären verletzten, ihn nicht mehr auf die Hinterbeine brachten. Die meiste Zeit schlief er, hatte schon sein gewohntes Gähnen eingestellt, und auch in wachen Momenten lag er nur noch auf der Seite in der Käfigecke, ohne zu essen und zu trinken. Den großen, eisernen Ring hatte man aus seiner geschundenen Nase entfernt, doch die eitrige Wunde roch übel. Fliegen umschwirrten seinen Kopf, ohne dass er die Kraft hatte, sie zu verscheuchen. Die beiden Väter diskutierten tuschelnd, wie man wenigstens noch was an dem Pelz verdienen könnte, ehe der Bär eines natürlichen Todes sterben und ganz verrotten würde. Aber wenn Dschamilas Vater »jetzt« oder »morgen früh« sagte, versuchte Saids Vater, ihn hinzuhalten: »Noch nicht, noch ein bisschen, etwas Geduld.«

Bis zu jenem Morgen im Sommer 1941. Sie standen damals im Dorf Al-Dschura, und es gab keinen Raum für Zweifel und Debatten mehr. Der Bär lag auf der Seite, der Kopf auf den Blechboden gesunken. Seine Augen waren geschlossen, aus seinem Maul rann Speichel. Sein röchelnder Atem zeugte noch von Leben, aber die Brüder begannen schon, die Gitterstäbe zu lösen.

Gegen Abend gingen Said und Dschamila Wasser

holen, und als sie wiederkamen, lag der große Kadaver bereits in die schwere Plane gehüllt, die den Käfig an Regentagen abdeckte.

»Was wird jetzt werden?«, fragte Said und stellte den Eimer ab.

»Jetzt sind wir nur du und ich.«

»Und die beiden?«

»Die sind mit ihm, schon an einem anderen Ort.«

In jener Nacht spähten sie, im Schutz der Dunkelheit, von draußen ins Schmiedezelt. Ihre Väter trugen die weißen Galabijas und spannten ein braunes Fell auf einen eisernen Rahmen, den sie aus den Gitterstäben gefertigt hatten. Das Fell hatte die Form eines Dreiecks mit zackigen und runden Kanten und ähnelte ein wenig der Landkarte von Afrika, die sie vom Halt im Dorf Ras Abu Ammar kannten, wo ein großer, schlanker Lehrer sie zu seiner Schulstunde eingeladen und seiner Klasse die Karte gezeigt hatte. Die beiden Väter spannten das Fell vorsichtig, mal hierhin, mal dorthin. In der Ferne heulte ein Schakal, und umgehend antworteten ihm viele Artgenossen in der Nähe. Dort, wo zuvor eine Schulter des Bären gewesen war, auf der früher mal ein kleiner, grauer Affe gesessen hatte, ehe er geflüchtet oder gestohlen worden war, bemerkte Said einen feinen Riss. Bei jedem Ziehen und Spannen wuchs der Riss ein Stückchen. Said spürte Dschamilas Atem und ihre Nasenspitze im Nacken.

»Jetzt sind wir nur du und ich«, wisperte sie ihm wieder ins Ohr und hielt ihn fest.

Der große, braune Kopf des Bären ruhte außerhalb

des eisernen Rahmens, ungefähr an der richtigen Stelle, über den Schultern, aber schon abgetrennt von seinem gespannten Fell. Die Ohren, an der Innenseite rosig und glatt, standen noch aufrecht, als sei in ihm ein Fünkchen Leben verblieben.

Von Weitem hörte man Hochzeitsklänge, vielleicht aus einem Haus am anderen Ende des Dorfs oder aus dem Dorf Ein Karem, von dem man bei Tag die Spitze des Minaretts und die Kreuze auf den Kirchtürmen sehen konnte. Zwischen dem Singen und Trommeln knallten auf einmal Freudenschüsse. Dschamilas zarte Finger fuhren von Saids Bauch zu seinen Lenden, auf seinen Rücken und weiter auf seine Brust.

Aus dem Zelt wehte ihnen plötzlich Gestank entgegen, penetranter als beim Häuten einer Ziege oder eines Schafes. Einer der beiden Väter – im schwachen Licht war nicht zu erkennen, wer wer war – verschob die Petroleumlampe ein wenig, und das braune Fell wurde sehr rot. Dschamilas Finger streichelten Saids vorstehende Hüftknochen und näherten sich seinem Schritt. Seine Füße krümmten sich, die Zehen krallten sich in die Erde – das Bärenfell wurde noch ein Stück gespannt, und Saids Augen füllten sich mit Tränen. Ein leises Seufzen, eigentlich nur tiefes Ausatmen, entfuhr seinem Mund. In drei überraschenden, erschütternden, kräftigen Schüben in seiner Körpermitte spritzte sämiges Nass gegen seine Galabija, strömte nur so und troff vom Stoff auf seine Füße und zu Boden.

Die zwei Männer in Weiß knieten beiderseits des eisernen Vierecks, begutachteten ihr Werk, und es schien, als läge das Foto, das der Engländer aufgenommen hatte, maßlos vergrößert auf dem Boden des Zeltes. Der eine Vater bedeutete dem anderen, das Fell noch ein klein wenig weiter zu spannen.

Dschamila flüsterte: »Jetzt«, und Said ergänzte, »sind wir nur du und ich.«

Der kleine Riss im Fell rannte blitzartig mit lautem Ratsch von der Schulter des Bären bis zwischen seine Hinterläufe. Das braune Felldreieck zerfiel in zwei schlappe Stücke, die sich mit vibrierender Vitalität zum Rahmen aufrollten und ein paar feuchte, blutige Stückchen Fleisch entblößten, die an der Innenseite des Fells verblieben waren.

Die Zwillinge richteten sich auf. Ihre dunklen Köpfe gerieten aus dem Lichtkegel der Petroleumlampe und verschwanden im Dunkeln. Die weißen Galabijas wurden zwei leuchtende Flecke, und dazwischen sah man die beiden Teile des zerrissenen Fells, das jetzt vergilbt aussah. Dschamilas Hände kletterten hinauf und drückten auf Saids Brust und Kehle. Sie bohrte ihr Kinn fest in seine Mulde zwischen Hals und Schulter, und er hörte ihre Lider flattern. Bei der Berührung zwischen den Rippen ihrer mageren Körper spürte er Herzklopfen, ohne zu wissen, ob von seinem oder ihrem Herzen.

»Lass uns hier weggehen«, sagte sie.

Am nächsten Tag waren ihre Väter nicht mehr da. Mit ihnen verschwunden waren der Wagen für den Bären und einer der beiden Esel. Auch von dem eisernen Rahmen, dem zerrissenen Fell und dem großen Kopf war nichts mehr zu sehen. Das Schmiedezelt war sauber und aufgeräumt. Vor den beiden Kohleöfen, in denen schon eine Woche lang kein Feuer mehr gelodert und keine Eisenteile mehr geglüht hatten, lagen wie festliche Tischdecken die beiden weißen Galabijas über den Ambossen. Auf jeder ruhte ein schwerer Schmiedehammer mit drei Pfundnoten darunter.

»Fertig, aus, das wars«, sagte Dschamila, als sei der Weggang ihrer Väter voraussehbar oder unvermeidlich gewesen. »Jetzt sind wir nur du und ich, zwei arme, stumme Zigeunerkinder, hörst du, Said? Zwei Stumme.«

»Was machen wir jetzt?«, fragte Said.

Dschamila legte ihm einen warmen Finger auf die Lippen.

In der Stille und Dunkelheit des zugezogenen Zelts und mit ihrem Finger auf seinem Mund fühlte er sich sicher.

»Zwei stumme Zigeunerkinder. Für immer«, sagte sie, und ihre Pupillen weiteten sich derart, dass es schien, als bestehe ihr ganzer Augapfel daraus.

Noch am selben Tag luden sie die beiden Zelte und die Schmiedewerkzeuge auf den verbliebenen Wagen, abgesehen von den schweren Ambossen, die sie nicht bewegen konnten, warfen ihre wenigen Kleidungsstücke dazu und lenkten den Esel auf dem ungepflasterten Hauptweg nach Al-Quds.

Südlich der Altstadtmauer, in dem Wadi, das sich vom Sultan-Teich nach Süden und Osten erstreckte, gab es eine kleine Höhlensiedlung von Domari, wo sie eine etwas abgelegene und schwer zugängliche Höhle fanden, aus der man das Wadi hinunter zur Wüste sah und in der Ferne sogar ein blaues Stückchen des Al-Bahr al-Majjit, des Toten Meeres. Die Höhle war gerade so breit wie eine schmale Matratze, die für sie beide nur reichte, wenn sie einander umschlangen.

Vor anderen Menschen gaben sie sich als völlig stumm aus, und auch, wenn sie allein waren, fern jeden sehenden Auges und hörenden Ohrs, lernten sie, sich mit kurzen Sätzen oder wenigen Worten zu begnügen, die gedämpft oder im Flüsterton gesprochen wurden, und auch das nur in Ergänzung einer Geste oder eines Blicks. Bis zum Winteranfang legte Dschamila ihm noch manchmal den Finger auf den Mund, damit er auf Worte verzichtete und sich nur mit Gesten, Berührungen oder Blicken äußerte. Als die Tage und Nächte noch kälter wurden, merkte er, dass er sogar in seinen Träumen kaum noch sprach.

Mit Gesten und mitleiderregendem Lächeln gaben sie sich als verwaiste Geschwister aus und verkauften ihren gesamten Besitz – den Esel, den Wagen, die Schmiedewerkzeuge und die Zeltplanen – für Geld oder Lebensmittel. Als alles verscherbelt und auch das Geld, das ihre Väter ihnen hinterlassen hatten, aufgebraucht war, gingen sie am Bab al-Chalil betteln.

Anhand von Büchern, die sie neben Mülltonnen fanden oder beim Schulbuchstand in der Salah-al-Din-Straße klauten, brachten sie sich Lesen und Schreiben bei. Said gewöhnte sich das Humpeln an, und Dschamila lernte, aus dem Stegreif Tränen zu vergießen. Die Ladenbesitzer und die Passanten aus der Gegend blieben zwar unbeeindruckt von ihrem stummen Flennen und vermeintlichen Hinken, aber gelegentlich rührten sie das mitleidige Herz eines auswärtigen Passanten oder eines Touristen. Eines Tages blieb ein bärtiger Jude mit

Kippa bei ihnen stehen, blickte auf das Blatt Papier mit ihren ersten Schreibversuchen, sagte in gutem Arabisch »nur durch Geist und Studium« und ließ ihnen ein ganzes Pfund da. Ein oder zwei Jahre später schlenderte ein junger Tourist auf sie zu, der ein großes Kreuz um den Hals trug und in einem anderen Tonfall sprach als die englischen Soldaten und Polizisten. Er übergab ihnen eine braune Papiertüte mit einer Flasche Whisky darin, dessen bitteren Geschmack sie nun zum ersten Mal kosteten.

An einem Sonntag im Frühling 1946, beinahe fünf Jahre, nachdem sie sich auf der Matratze in ihrer engen Höhle eingerichtet hatten, saßen sie an ihrer gewohnten Stelle am Bab al-Chalil. Der Vorplatz des Tors war fast menschenleer, und sie brachten sich weiter Englisch bei. Dschamila zog einen Längsstrich über das raue Blatt Papier, das sie vom Sesamkringelverkäufer erhalten hatten, schrieb links davon einen Satz in Einzahl, worauf Said ihr den Bleistift abnahm und rechts vom Strich denselben Satz in Mehrzahl verzeichnete:

I do not have one tooth – We do not have four teeth
You stand on one foot – We stand on three feet
I am your wife – We are your wives
A big woman in black – Big women in black

Als Said das Wort »black« fertig geschrieben hatte, fiel ein Schatten auf das Blatt, er hob die Augen. Eine Frau in teurer, schwarzer Kleidung verdeckte mit ihrem großen Leib das Sonnenlicht. Aus Dschamilas Lächeln entnahm er, dass schon Blickkontakt zwischen ihr und der Frau entstanden war und sie beide darauf warteten, dass er fertig schrieb. Sofort versteckte er die Flasche Aprikosenlikör hinter seinem Rücken, die sie an jenem Morgen in der Spirituosenhandlung im Christlichen Viertel entwendet hatten. Die Frau in Schwarz nahm ihm das Blatt aus der Hand, setzte eine Brille auf und studierte die Worte.

»Schön, dann könnt ihr Englisch, und ihr seid keine Zigeunergeschwister, sondern Zigeuner-Romeo-und-Julia.«

Dschamilas Lächeln wurde noch breiter. Mit einem Schlag warf sie das Äußere des bettelnden kleinen Mädchens ab. Die Frau zog ein ledergebundenes Heft aus der Handtasche und überreichte ihnen dazu zwei neue, gespitzte gelbe Bleistifte.

»Ihr hört und versteht mich doch?«

Beide nickten.

»Und ihr könnt überhaupt nicht sprechen, richtig?«, fragte die Frau, ohne jedoch die Antwort abzuwarten. »Wie alt seid ihr?«

»16«, schrieb Said. Sie zogen immer zwei oder mehr Jahre von ihrem Alter ab, um Mitleid zu erregen.

Dschamila strich beide Ziffern aus, obwohl sie nur eine davon ändern wollte. »18«, schrieb sie.

»Wollt ihr arbeiten?«

Er hoffte, Dschamila würde verneinen. Er konnte sich kein besseres Leben vorstellen als das auf der schmalen Matratze in der kleinen Höhle und hier am Bab al-Chalil.

Aber Dschamila nickte.

»Und einen Platz zum Wohnen?«, fragte die Frau weiter.

Nun nickte Said mit Dschamila – ja, wir möchten auch einen Ort zum Wohnen.

Die nächtliche Trauzeremonie, die am nächsten Tag hastig vor einem tauben Kadi in der Domarimoschee – die nur aus ein paar rostigen Wellblechplatten und einigen Holzbrettern bestand – vorgenommen wurde, hielten sie auf Verlangen der dicken Frau, die sich als Umm Ibrahim vorgestellt hatte. »In den Augen der Menschen muss alles unter Gottes Segen stehen«, sagte sie lachend.

Zwei Tage später fuhren sie mit ihr in einer prächtigen, schwarzen Limousine, gesteuert von ihrem ältesten Sohn, die Beit-Safafa-Straße bis zu einem großen Gebäude, dessen sämtliche Stockwerke, vom Sockel bis zum Dach, ihr gehörten und dessen Front mit grünen Kacheln verziert war. In dem kleinen Häuschen auf dem Dach, über dem Ladengeschäft und den drei geräumigen Wohnetagen, gab es Waschbecken und Wasserhahn und eine Sitztoilette, wie sie sie noch nie im Leben gesehen hatten, und auch ein breites Doppelbett und elektrisches Licht.

Nach ihrem ersten Arbeitstag als Hausbedienstete der Familie setzte Dschamila sich auf das große Bett, gehüllt in ein neues, weißes Handtuch, in den Händen ein neues Notizbuch und einen spitzen Bleistift.

In einigen Worten und mit festen, klaren Bleistiftskizzen schilderte sie Said die Zeitschriften und Schreibwaren, die sie tagsüber im Laden aufgeräumt hatte, und auch die moderne Küche der Witwe. Als sie die strenge Kälte beschrieb, die dem Eisfach des elektrischen

Kühlschranks entströmte, ließ sie ihre Finger zitternd über seinen Halsansatz flattern und flüsterte »kalt, kalt«. Danach sagte sie leise »Anton« und zeichnete eine Staffelei und dünn gestrichelte Linien, um ihm die Hunderte von Zeichnungen und Ölgemälden in der Wohnung von Anton, dem jüngeren, ledigen Sohn, anzudeuten, die sie heute auch noch geputzt hatte. Danach malte sie mit dem Bleistift ein Fragezeichen und legte ihm das Notizbuch auf die Knie.

Said zeichnete den schwarzen Ford und erzählte, wie Ibrahim, der große Sohn der Witwe, ihm am Morgen die erste Fahrstunde erteilt hatte. Mit der rechten Hand auf einem imaginären Schalthebel, demonstrierte er ihr die angenehme Handhabung der Schaltung, und mit den Fingern der Linken bezeichnete er jeweils die Zahl des Gangs und flüsterte: »Erster Gang, zweiter Gang, dritter Gang.« Schließlich spreizte er alle Finger der linken Hand, signalisierte genüsslich die Rückwärtsfahrt, sagte leise »Rückwärtsgang«, drückte den Schalthebel runter und dann seitlich und nach vorne. Dschamila ließ den Oberkörper langsam rückwärts aufs Bett sinken, breitete die Arme aus, blickte zur weißen Zimmerdecke hinauf und öffnete den Mund.

Anfang 1948 äußerte Anton den Wunsch, Dschamila zu malen, und fortan ging sie jeden Tag hinunter in sein Atelier und setzte sich, in ein Stück blanken, roten Stoff gehüllt, auf einen hohen Stuhl, von dem Anton ihnen erklärte, so was nenne man einen Barhocker.

»Mit diesem Gemälde, das ich ›Die rote Zigeunerin‹ nennen werde, hörst du, Said, mit diesem Gemälde werde ich in die Kunstakademie von Paris oder Florenz eintreten, und deine Dschamila wird dann berühmt sein, die Mona Lisa aus Al-Quds.«

Sie saß Anton sogar noch Modell, als ihr Bauch sich zu runden begann, und sie war dort auch an jenem Tag zu Frühlingsbeginn, als sie fluchtartig alles verlassen mussten – das Dienstbotenhäuschen auf dem Dach, die drei schönen, sonnendurchfluteten Wohnungen der Witwe und ihrer beiden Söhne, den Schreibwarenladen und die Garage.

Einige Minuten, bevor die Telefonleitungen gekappt wurden, hatte Umm Ibrahim den Hörer abgenommen, ihn beim Vernehmen der lauten Stimme ihres Vaters jedoch ein Stück vom Ohr weggehalten, und sogar am anderen Wohnzimmerende hatte Said erst die Bitte und dann die schreiende Aufforderung des alten Mannes gehört, sie sollten sofort zu ihm kommen, »zur Sicherheit, bis die schlechten Zeiten vorüber sind«, wie er sagte. Gleich nachdem sie den Hörer aufgelegt hatte, nahm sie ihn wieder ab. Anscheinend wollte sie ihrem Vater noch etwas sagen, denn sie drückte mehrmals auf die Gabel, rief: »Hallo, hallo«, ehe sie seufzend auflegte und hinauf zur Zimmerdecke und zu Antons Wohnung darüber deutete.

»*Jalla*, Said, es bleibt keine Zeit, ruf die da oben«, sagte sie, machte jedoch gleich darauf eine abwehrende Geste. »Lass, ich werde sie selbst rufen. Hol du die Urkundenmappe aus dem Laden und schließ alles doppelt von innen ab.«

Ehe Said den Laden durch die Hintertür betrat, hörte er aus dem Treppenhaus die Witwe bei Anton an die

Tür klopfen und »schnell, schnell, Anton und Dschamila« rufen, wie sie früher »Said und Dschamila« gerufen hatte, wenn sie die Hilfe der beiden brauchte. »Lasst alles sein!«, schrie sie. »Lasst alles stehen und liegen, wir fliehen.«

Als sie mit ihrer Last über die im Teer abgesunkenen Fliesen eilten, die von ihrem Zimmer zum Treppenhaus führten, auf dem Rücken ein paar Kleidungsstücke in zwei Kopfkissenbezügen, berührte Dschamila ihn an der Schulter, und er blieb stehen. Aus dem Treppenhaus trieb die Witwe sie erneut zur Eile an: »Schnell, schnell! Nehmt nichts mit, im Auto ist kein Platz, und in ein, zwei Tagen kommen wir zurück.«

Dschamila wiederholte echohaft, wenn auch nur flüsternd, »schnell, schnell«, und zerrte Said in die Gegenrichtung, zurück ins Zimmer. Unter dem Bett zog sie eine dünne Pappmappe hervor. Durch die Öffnung, die sich zwischen den mit einer Kordel verschnürten Kartondeckeln auftat, erkannte Said einige der Papierfetzen, auf denen sie geschrieben und gezeichnet hatten, als sie am Bab al-Chalil um Almosen baten, und auch Blätter aus den schönen Notizbüchern, die sie allmonatlich von der Witwe bekamen. Dschamila hielt die dünne Mappe so behutsam wie ein Lebewesen und trat damit hinaus aufs Dach. Offenbar wusste sie genau, wo sie hinging, als hätte sie sich lange auf diesen Augenblick vorbereitet.

Vor dem Laden des großen Fensters bedeutete sie Said, sie hochzustemmen. Er fasste sie an der Taille, sie beugte das Knie und setzte den rechten Fuß auf den Griff des Fensterladens, der sich unter ihrem Körpergewicht sofort verbog. Said, der sie weiter stützte, wuchtete sie noch etwas höher, und sie warf die Mappe in einen breiten Spalt, der über dem Fenster in der Außenwand klaffte, ein Stückchen über der Zimmerdecke jenseits der Wand. Dschamila seufzte kurz auf und schob die Mappe, die etwas einknickte, weiter hinein, bis sie nicht mehr zu sehen war.

Ehe sie das Gebäude verließen, verschloss er mit neuen Hängeschlössern den Metallladen des Geschäfts und die Haustür. Alle – die Witwe, ihre Söhne Ibrahim und Anton, Ibrahims schwangere Frau und auch er und Dschamila, deren Bauch noch relativ flach war – quetschten sich in den schwarzen Ford. Die Häuser und Geschäfte spiegelten sich verzerrt im Chrom der Stoßstange und im funkelnden Rahmen des Kühlers.

Die Hauptstraße wimmelte von Menschen – in Autos, zu Fuß oder auf Eseln. Manche schleppten Schränke auf dem Rücken, andere trugen Nähmaschinen, Frauen balancierten riesige Bündel aus Kleidung und Decken auf dem Kopf. Einige hasteten schlampig angezogen dahin, andere schritten langsam im Feststaat daher, mimten Gleichgültigkeit gegenüber den bellenden Hunden, im Bedenken, diese könnten ihnen beim geringsten Anzeichen von Angst ihre Zähne in die Waden schlagen.

Als sie langsam die Bahnhofsgegend umfuhren, hörten sie zwei ferne Schusssalven. Ein Mann, der auf der Straße ging, die weiße Galabija bis über die Knie hochgebunden, sprang auf das gewienerte Trittbrett des Wagens und hielt sich am Dach fest – sei es vor Schreck auf der Suche nach Deckung, sei es in dem Wunsch, mitzufahren oder nur auszuruhen. Said am Steuer sah im Seitenspiegel, dass Ibrahim, der in drei Monaten Vater werden würde, die Hand aus dem Fenster streckte und den Mann wegstieß. Im großen Innenspiegel sah man Dschamila sich nach hinten umwenden, wo ein Mann im schwarzen Anzug mit Krawatte dem gestürzten Mann aufhalf.

Ein paar Tage später fuhren sie alle von ihrem Zufluchtsort im Viertel Bab al-Sahara nach Amman. Die Witwe, Ibrahim und seine schwangere Frau reisten von dort weiter nach Beirut, und Anton machte sich auf den Weg nach Frankreich, um Kunst zu studieren. Said und Dschamila wohnten fünf Monate in einem Zeltlager bei Irbid, und dort brachte Dschamila eines Nachts in einem armseligen Sanitätszelt verfrüht ein zitterndes kleines Mädchen zur Welt. Das Baby glitt still aus ihrem Leib in die Hände einer müden, englischsprachigen Krankenschwester, deren weißer Kittel Blutflecke aufwies. Als die Nabelschnur durchtrennt war, stieß das Baby ein paar schwache Schreie aus, verstummte, schlug ein Paar helle Augen auf und atmete schwer. Fast zwei Stunden lang bemühte sich die Schwester, irgendeine Flüssigkeit in den kleinen Mund zu träufeln, dann rang sie die Hände und bekreuzigte sich. Als der Tag anbrach und sie wieder allein zu zweit waren, sagte Dschamila etwas lauter als sonst –, im gleichen Ton wie in ihrer Kindheit – »jetzt sind wir nur du und ich«, verstummte sofort und signalisierte mit den Augen, mit seitlich angelegten Armen und leichtem Schulterzucken, dass sie das Baby, das beinahe in ihr Leben getreten wäre, nicht mehr erwähnen würde.

Zwei Monate später verfrachtete man sie beide, mit vielen weiteren Bewohnern des Zeltlagers, auf weiße

Lastwagen und transportierte sie zurück auf das Westufer des Al-Urdun, des Jordans, in das neue Flüchtlingslager Al-Nuwaj'imah bei Aricha – Jericho. Zehn Jahre hausten sie in einer der sonnenversengten kleinen Hütten, die wie Wildwuchs aus dem Wüstenboden gesprossen zu sein schienen. 1959 kehrten sie mit vier anderen Domarifamilien nach Al-Quds zurück – nach Bab Chuta, dem Domariviertel in der Altstadt, in eine winzige Einzimmerwohnung, eine von denen, die in eine ehemalige große Zisterne hineingebaut worden waren und durch deren dünne Wände man jeden Laut hörte.

4

Durch die Tür vom Hinterzimmer zum Ladenraum sah Baruch eine große Frau mit völlig ausdrucksloser Miene, die jeden Morgen vier Kekse mit Kirschmarmeladenfüllung kaufte. Koch reichte sie ihr in einem Tütchen, und noch ehe sie das Wechselgeld einsteckte, schob sie einen Keks in den Mund. Auf dem Weg nach draußen angelte sie sich schon den zweiten heraus.

Koch stieg von dem kleinen Holzpodest hinter der Theke, ging ins Hinterzimmer und flüsterte Rami etwas ins Ohr.

»Gewiss, gewiss«, erwiderte Rami.

»Herr Katan«, wandte sich der Alte an Baruch, »ich möchte Sie bitten, Lili heute zu vertreten. Können Sie das tun?«

Kochs Miene drückte Skepsis aus, und Baruch sah Rami an.

»Ja, Herr Koch«, antwortete Rami, »klar kann er das, er wird es sehr ordentlich machen. Sie werden sehen.«

Im Radio lief der Song, der zurzeit viel gespielt wurde, jeden Tag mehrere Male.

Get back, get back.
Get back to where you once belonged
Get back, get back.
Get back to where you once belonged.

Koch fischte aus der Gesäßtasche seiner Hose ein aufgeplustertes Portemonnaie, entnahm ihm zwei Zehn-Pfund-Scheine und legte sie an eine Ecke des bemehlten Holztischs. »Kennen Sie den Frisiersalon des Rumänen? Der ist kurz vor dem Schwimmbad, gegenüber, Ecke Stammmutter-Rachel-Straße. Sagen Sie ihm, Sie würden hier bei mir arbeiten und ich wolle, dass er Sie tipptopp herrichtet. Rasur und Haarschnitt. Auf dem Rückweg gehen Sie bei Ata rein, bei dem kleinen Frommen, und kaufen sich ein weißes Hemd, nicht von der teuren Sorte. Sagen Sie auch ihm, dass Sie bei mir arbeiten, und bis neun Uhr sind Sie hier zurück. In Ordnung?«

»In Ordnung«, erwiderte Baruch.

Er streifte sich die schmutzige Schürze über den Kopf und hängte sie an den Wandhaken. Rami drehte das Rundfunkgerät lauter. Über das Schaufenster lief für den Bruchteil einer Sekunde eine fantastische, schräge Linie in allen Farben des Regenbogens.

Get back, get back.
Get back to where you once belonged!

Baruch verließ den Laden und ging die Emek-Refa'im-Straße Richtung Süden entlang. Nach ein paar Metern hörte er Rami ihm aus der Ladentür hinterherrufen: »Courage, Katan! Courage! Nichts bereuen, ja?«

Vor dem Galanteriewarenladen Emmanuilowitsch kniete eine blond gelockte Frau auf dem Bürgersteig. Sie mühte sich, das geschlossene Eisenrollo des Geschäfts hochzudrücken. Zwischen ihrem Rücken und der Fahrbahn verblieb nur ein schmaler Streifen Bürgersteig.

Die Idee, sich über sie zu beugen und sie rasch und fest zu umarmen, fuhr ihm durch den Kopf, ohne jede Absicht, sie umzusetzen. Er trat hinter sie, und sein Bein streifte ihren Rücken.

»Verzeihung, Verzeihung, Genosse.« Die Blonde wandte ihm das Gesicht zu. »Könntest du mir vielleicht helfen, diesen blöden Rollladen hochzustemmen?«

»Ja, sicher.« Die Stimme, die seinem Mund entsprang, war klar und tief, und er räusperte sich, um ihr wieder den gewohnt heiseren und leicht brüchigen Klang zu verleihen. »Ja, sicher«, wiederholte er.

Die Frau stand auf, und Baruch ging an ihrer Stelle auf die Knie. Der Laden gab seiner übermäßigen Kraftanwendung leicht nach, fuhr hoch und rollte sich in seinen Kasten. Die kleine Verkäuferin hatte Baruch schon umrundet und stieg die drei Stufen ins Ladeninnere hinunter. Sie hinkte stark. Ihr kleiner Leib und die schräge Linie ihres Rocksaums sanken rechts und stiegen links in weichem, sicherem Fluss. Sie entschwand seiner Sicht, bis sie das Licht anzündete und wieder vor seinen Augen auftauchte. Ihr glattes, helles Gesicht hatte etwas leicht Asymmetrisches, das zu ihrem Hinken zu passen schien.

»Vielen Dank, Genosse.« Sie lächelte, als hätte sie seinen Blick im Rücken gespürt, während sie die Stufen hinunterging. »Aber jetzt ist noch zu. Du kannst später wiederkommen. Bist herzlich eingeladen.«

Die anmutige Behinderung der Verkäuferin, die ihm ganz natürlich »bist herzlich eingeladen« gesagt hatte, beschäftigte ihn auf dem Weg zum Friseur. Er ließ im Geist Menschen, die er kannte, Revue passieren und hängte ihnen ein Hinken an: Koch öffnete die Tür und humpelte herein, Rami strebte, trotz seines Hinkens, behände von der Backstube in den Laden, Lili stieg vorsichtig vom Holzpodest der Verkaufstheke und schwankte leicht nach links, als sie einen Kuchen von der Glasplatte im Schaufenster holte, die Agrarlehrerin humpelte in kurzen Hosen die Schulgartenbeete entlang, der ältere Mann, der auf dem Dach über der Konditorei wohnte – Lilis früherer Ehemann, den sie in seiner Abwesenheit immer noch »der Süße« nannte und der jeden Mittwoch Kipferl bei ihr kaufte und ihr eine Tüte voll Zigarettenschachteln vorbeibrachte –, neigte sich so weit nach links, dass die Tüte in seiner Hand beinahe den Boden berührte. Der Letzte, den er hinken sah, war Lilis »lieber David«, der tatsächlich hinkte, und das noch mehr als die Verkäuferin.

Er überquerte die abzweigende HaZefira-Straße und ging die Hauptstraße weiter. Im Schaufenster der Fleischerei Diplomat, das ganz und gar aus kleinen Glasquadraten bestand, spiegelten sich verzerrt mächtige Fleischteile an massiven Haken. Ein großes Schild, das hinter der geschlossenen Glastür baumelte, warnte: NICHT KOSCHER! Beim Lesen der großen, roten Lettern merkte er, dass er selbst schon schief dastand, und richtete sich auf.

Der rumänische Friseur war klein und bebrillt, und in den Ecken seiner Brille glitzerten gelbe Verzierungen. Seine Haarreste standen beiderseits der Glatze in zwei schwarzen Büscheln zu Berge. Ein etwa vierjähriger Junge saß vor ihm auf einer Sitzauflage – einem speckig glänzenden Stück Leder, das mit rostigen Metallklammern an den Armlehnen des großen Frisierstuhls befestigt war.

Auf den Wangen des Kindes sah man getrocknete Tränenspuren, und seine nackten, winzigen Füße traten auf den Stuhlsitz. Auf dem Fußboden schob der Friseur mit seinem rechten kleinen Schuh die schwarzen Locken, die unter seiner Schere gefallen waren, zu einem Häufchen zusammen. Der Junge schniefte, bemüht, nicht noch mal loszuheulen, aber bald rannen ihm wieder Tränen aus den Augen. Der Friseur nahm die Schere vom Lockenköpfchen weg, zog ein kariertes Taschentuch aus der Hosentasche und wischte dem Kind behutsam das Gesicht ab. Danach fing er an zu singen:

Is gefloigen di goldene pawe awek,
kejn dorem suchen di nechtige teg,
trili, trala, trili;
*treft si a n*** im mitn feld,*
farrichtn mit streugold sejn orem gezelt,
trili, trala, trili

Der kleine Junge wischte sich die Nase mit dem Arm ab und lächelte. Der Friseur blickte auf das Gesichtchen im Spiegel und sagte: »Prima, so ist es gut.«

Baruch betrachtete sein Spiegelbild, auch darin kam ein Lächeln auf.

»Du bist der Arbeiter von der Konditorei, richtig?« Der Friseur klapperte mit seiner Schere und schnitt weiter die schwarzen Locken. »Rasur, Haarschnitt tipptopp?

Er hat mich schon angerufen, dein Chef. Setz dich, setz dich, wir sind gleich fertig. Du kannst inzwischen Zeitungen lesen.«

Der Friseur begann wieder, sein Lied zu singen: *»Is gefloigen di goldene pawe awek …«*

Zuoberst auf dem Zeitungsstapel lag eine Zeitschrift in einer Sprache, die Baruch nicht kannte. Auf der farbigen Titelseite prangte ein Foto der drei Astronauten der Apollo 11 in ihren unförmigen weißen Anzügen, alle drei lächelnd, und jeder einen Helm mit Sichtschutz in Händen. Über ihren Köpfen stand in Großbuchstaben ein einziges Wort mit zwei Fragezeichen.

Jetzt war er nicht mehr sicher, dass sie auf dem Mond bruchlanden würden. Jetzt hoffte er, dass das nicht geschehen würde, denn er fühlte sich ihnen nahe und voller Sorge.

»Ich sehe, du lächelst, kennst du das, was ich singe?«

»Was?«

Das Lied klang ihm tatsächlich ein wenig vertraut. Vielleicht hatte er es in der Konditorei im Radio gehört, oder es kam ihm bekannt vor, weil der Friseur es jetzt zum dritten Mal sang.

»Das Lied, dieses Lied, kennst du das?«, fragte der Friseur erneut.

»Ein bisschen.«

»Farsteist Jiddisch?«

»Was?«

»Jiddisch, kannst du ein bisschen?«

»Nein.«

»Und Hebräisch liest du?«

»Ja.«

»Von Itzik Manger hast du gehört? Ist gestorben, der Ärmste, vor ein paar Monaten.«

Der Name Itzik Manger kam Baruch bekannt vor, vielleicht war sein Tod in den Nachrichten erwähnt worden.

»Nein«, antwortete Baruch.

»Lass, lass die Zeitungen sein, geh dort ans Bord und nimm das Buch da, das neue. Such das Lied über den goldenen Pfau, auf Jiddisch heißt es *Di goldene pawe.* Meine Frau hat mir das Buch geschenkt. Meine Frau ist von hier, sie kann auch kein Jiddisch, sie ist von hier, aus Jerusalem, aus Machane Jehuda. Ich hab jetzt Geburtstag gehabt. Bin fünfundvierzig. Ein alter Pfau. Sie hat eine große Feier drum gemacht. Die Übersetzung? Du willst sicher wissen, ob die Übersetzung gut ist, na ja, soso, besser als nix. Es stimmt, was man sagt, auf Jiddisch klingt alles besser.« Baruch betrachtete sein Gesicht erneut im Spiegel und entdeckte in seinen Augen etwas Neues, eine Klarheit, die ihn an Lilis Augen erinnerte.

»Such das Lied«, fuhr der Friseur fort, »du findest es ziemlich am Ende des Buchs. Lies, lies, glaub mir, das ist interessanter als die meschuggenen Amerikaner, die zum Mond schwirren. Ich sehs deinen Augen an, dass es dir gefallen wird.«

Baruch stand auf und nahm das Buch vom Bord. Der Friseur sang erneut, er schlug das Buch auf und blätterte im Stehen die ersten Seiten durch. Eine ferne Erinnerung kam ihm in den Sinn: Er war fünfzehn oder sechzehn, brachte neue Regale in der Bibliothek des Internats an, und der Bibliothekar, der damals etwa so alt war wie er jetzt und mitten in der leeren Bibliothek stehend ein Buch las, wandte ihm den Blick zu und lobte ihn für seine Arbeit.

Er fand das Lied über den goldenen Pfau und las langsam den ersten Vers:

Der goldene Pfau ist weggeflogen
gen Osten, das Gestern zu suchen
Trili, trala, trili
Ist geflogen und geflogen,
bis er auf einem Berg traf einen alten Türken auf einem Schimmel.
Stellt ihm der goldene Pfau eine Frage:
»Habt Ihr vielleicht gesehen das Gestern?«

Der Friseur bewegte sich im Tanzschritt um den großen Stuhl herum und begutachtete von allen Seiten den kleinen Kopf, dessen Locken abgeschoren waren.

»Fertig, perfekt«, sagte er und wischte mit einem alkoholgetränkten Wattebausch über den schmalen, zarten Nacken.

Das Kind sagte: »Weiter, das ist gut, tut gut.«

Nachdem der Friseur den kühlen Wisch wiederholt hatte, fegte er mit einer großen Bürste die abgeschnittenen Haarreste von den schmalen Schultern und kitzelte den Jungen dann mit den Borstenspitzen an Hals und Ohren.

»Papa, Papa, halt, hör auf«, krähte der Kleine fröhlich.

Mit einem Schwung hob der Friseur seinen Sohn vom Stuhl und stellte ihn auf den Boden. Danach lehnte er die Sitzauflage an die Wand und beseitigte mit der Hand die Spuren, die die Füßchen auf der Sitzfläche hinterlassen hatten. Er kehrte die Haare auf dem Boden zusammen zu dem bereits vorhandenen Häufchen, das er dann in Gänze in einen schmalen Schrank stopfte, bei dessen Öffnen Haare verschiedener Farben zu sehen waren.

Mit ausholender Geste lud der Friseur Baruch ein, Platz zu nehmen.

»Womit fangen wir an, Rasieren oder Polieren? Wie man beim Militär sagt.« Er kratzte sich den Kopf, als handle es sich um eine schicksalsschwere Frage, und entschied, ohne eine Antwort abzuwarten: »Erst die Rasur, damit wir dein Gesicht zu sehen bekommen, dann der Haarschnitt.«

Der Friseur rührte den Seifenschaum in einer Glasschüssel an und stellte sie auf die Konsole unterhalb des Spiegels. Das Rasiermesser wetzte er immer wieder an dem braunen Lederstreifen am Stuhl, den er mit der linken Hand spannte.

Auf dem weißen Tuch über Baruchs Brust und Bauch klebten graue Haarreste eines seiner Vorgänger. Darüber prangte sein Gesicht, umrahmt von einem unebenen Fünftagebart. Mehlklümpchen klebten an seiner Nase, wohl vom Klatschen des Teigs auf die Arbeitsfläche. Unter dem Augapfel sah man einen dünnen Streifen rosiges Weiß. Zwei kleine Geheimratsecken zeigten sich über seiner Stirn, und drei dünne Haarsträhnen fielen ihm in der Mitte bis auf die Brauen.

»Gleich haben wir hier einen neuen Mann«, sagte der Friseur. Ein blauer Autobus, der sich im Spiegel spiegelte, sah aus, als fahre er beherzt auf der falschen Fahrbahn.

Noch ehe der Rasierpinsel ihn berührte, spürte Baruch bereits die anregende und reinigende Weiche des dichten Seifenschaums. Als er die Augen aufschlug, war sein Gesicht mit einem weißen Schaumbart bedeckt, der ihm das Aussehen eines Greises verlieh.

Wie alt bin ich denn?, fragte er sich angesichts seines neuen Aussehens. Anscheinend hatte er lange niemandem mehr sein Alter angeben müssen. Wohl zweiunddreißig, aber sicher war er sich nicht. In seinem Personalausweis stand nur das Geburtsjahr, 1937, ohne Tag und Monat. Er subtrahierte siebenunddreißig von neunundsechzig, war jedoch unschlüssig, wie er das erste und das letzte Jahr zählen sollte. Im Schutz des Tuches legte er nacheinander die Finger um und arbeitete sich durch die Jahre – achtunddreißig, neununddreißig, vierzig, einundvierzig –, tippte auf den Stumpf des rechten Daumens und machte mit der anderen Hand weiter. Nachdem er die Finger beider Hände umgeklappt hatte, kehrte er wieder zum ersten Finger zurück, bis er zum Jahr 1969 gelangte. Ja, wie er gedacht hatte – zweiunddreißig war er.

Der Friseur führte das Rasiermesser flink und präzise über die rechte Wange. Sein kleiner Finger war abgespreizt, und seine Lippen waren in höchster Konzentration zusammengekniffen. Den Schaum wischte er samt Stoppeln vom Messer und warf ihn in einen kleinen Blechnapf, und nachdem er die Klinge seitlich am Schüsselrand abgestreift hatte, säuberte er sie auch noch an seinem weißen Kittel.

»Was sagt man dazu«, er setzte die Klinge wieder auf Baruchs Gesicht an, »hier in unserem Viertel, wie in

Chicago. Aber weißt du was? Ich denke, er ist gar nicht so gefährlich, wie sie ihn machen. Ich halte ihn für einen Angsthasen. Einen elenden Angsthasen. Eigentlich umarmt er nur und flüchtet.«

Die eine Gesichtshälfte im Spiegel war rasiert und rosig, überzogen von Seifenspuren, die die Messerstriche zurückgelassen hatten, und die andere noch voll mit Schaum, von dem ein wenig auf den Hals gerutscht war.

»Du fragst, woher ich das weiß? Das werde ich dir sagen. Hauptwachtmeister Malka, den kennst du, der Dicke, der kommt fast täglich hier vorbei und erzählt mir alles. Er ist ein Plappermaul, aber ein guter Kerl. Ich sag dir noch was, ich bin sicher, es ist ein Araber, ein armer und ängstlicher Araber. Hier im Viertel laufen jetzt viele Araber rum. Wenn du mich fragst, zu viele. Gestern, bevor ich zugemacht habe, kam hier ein anderer Polizist an, so ein großer, und hat mich gefragt, ob ich jemand Neuen hier in der Gegend herumlungern gesehen hätte, so einen Langen mit starken Armen.«

Der Friseur hob Baruchs Kinn an, um seinen Hals zu spannen, fuhr in raschen Schwüngen mit dem Messer darüber, fasste seine Nase und rasierte das Stückchen Haut zwischen Nasenlöchern und Oberlippe.

»Da hab ich ihm gesagt, hörst du, ich habe ihm gesagt, in meiner Größe, richtig? Und die Arme vielleicht gar nicht wer weiß wie kräftig, aber starke Fingermuskeln, wegen der Scheren? Dann hier, ich bins. Ihr habt mich geschnappt.«

Der Friseur legte das Rasiermesser unter den Spiegel und schnitt mit einem Scherenstreich die drei langen Haarsträhnen über der Stirn nahe am Schädel ab.

»Ja«, sagte Baruch. Die nun entblößte helle Stirn wirkte glatt und stark.

»Sag mir jetzt was anderes, arbeitet sie noch bei euch? Die Verkäuferin. Weißt du, es ist nicht einfach, wenn eine Frau sehr viel jünger ist als der Ehemann, das ist nicht gut. Und sie, man sieht ihr an, dass sie Leben in sich stecken hat, Vitalität. Sie hat *piper*, wie man auf Rumänisch sagt, Pfeffer, und ihr Mann, der, den sie verlassen hat, der Ärmste, der lässt sich auch hier bei mir die Haare schneiden, dem sieht man gleich an, dass er schon vertrocknet ist und sein Körper müde, obwohl er Zemach heißt, eh? Was sagst du dazu? Meine Frau, hörst du –«

Der Friseur hielt mitten im Satz inne, nahm das Rasiermesser wieder zur Hand, fasste Baruchs rechtes Ohrläppchen und beendete die Rasur mit flinken Fingern.

Plötzlich flog der Vorhang vor dem Eingang zum Hinterzimmer oder zur Küchenecke auf, und der Sohn des Friseurs stürmte auf seinem Dreirad heraus. »Hü!«, rief der Kleine. »Hü!« Er ritt seinen Drahtesel bis zur Ladentür und wendete dort scharf.

»Halt, halt, Ruhe«, mahnte der Friseur, wobei mehr Ermunterung und Stolz denn Rüge mitschwang.

»Meine Frau«, fuhr der Friseur fort, während sein Sohn, der Ritter auf dem Dreirad, kreuz und quer durch den Laden fegte, »hörst du, die Mutter dieses kleinen Schlingels, ist noch keine dreißig, ich weiß wirklich nicht, was sie an mir gefunden hat. Ich frage sie, und weißt du, was sie mir antwortet? Dass ich sie zum Lachen bringe. Aber das ist in Ordnung. Ehrlich gesagt, ist das sogar völlig in Ordnung, wirklich total in Ordnung.

Eine junge Frau ist ein Segen für die Gesundheit, glaub mir. Aber wer weiß, was in zehn oder zwanzig Jahren sein wird.« Der Friseur seufzte. »Genug, es reicht«, sagte er zu seinem Sohn, und der Kleine hielt sein Dreirad an und verstummte. Die Miene des Friseurs trübte sich.

Und plötzlich, mit einem Schlag, bedeckte ein feuchtwarmes Handtuch Baruchs Gesicht von der Stirn bis zum Hals. Die kleinen Hände des Friseurs drückten den rauen Stoff an die sauberen, empfindlichen, noch vom Rasiermesser gereizten Wangen und massierten sie in kraftvollen, runden Bewegungen.

»Ach«, entfuhr Baruchs Mund ein kurzer Seufzer, unmittelbar gefolgt von einem langen aus Bauch und tiefster Brust.

5

Was hatte ihn aus dem traumlosen Schlaf geweckt, in den er wieder gefallen war? Die Sonnenstrahlen auf dem Balkonboden? Das Tuten des Zuges? Die Ameise, die stur sein Bein hochkrabbelte?

Jenseits der Wand und durchs offene Küchenfenster hörte Charlie Batya pfeifen und im Takt der Musik mit dem Messer aufs Schneidebrett klopfen. Er erkannte die Melodie – es war das Lied von der Gedenkfeier des Pionierkorps, zu der sie mit dem Kübelwagen gefahren waren, in dem es nach Schweiß, Zigarettenrauch und Motoröl gerochen hatte.

Unter den blau-weißen und den orange-schwarzen Fahnen hatte eine kleine Militärkapelle ein Lied gespielt, das mit einer traurigen Akkordeonmelodie begann. Danach hatte das ganze Ensemble ein leises Lied angestimmt, und plötzlich, mittendrin, war eine Soldatin – klein, dünn und bebrillt – einen Schritt vorgetreten und hatte solo mit sehr hoher Stimme, die wie Vogelzwitschern klang, gesungen: »Und die Berge lodern noch im Feuer der aufgehenden Sonne …«

Um ans Mikrofon zu reichen, musste sie den Hals recken und sich auf die Zehenspitzen stellen, und da dabei auch ihr kurzer Rock hochrutschte, entfuhr Batya ein prustendes Lachen. Einige, die in der Reihe vor ihnen standen, drehten sich um und machten »schschsch …«.

Und eine uralte Frau deutete auf Batya und sagte zu ihrem alten Nebenmann: »Die Ärmste.«

Damals, beim Festakt, war das Lied noch neu und unbekannt gewesen, aber seither lief es dauernd im Radio. Wann immer es begann, hob Batya die Arme wie ihre Englischlehrerin und sagte *»all-together-now«*, und bei der Solostelle der kleinen Soldatin stand auch Batya aufrecht, mit ernster Miene, reckte den Hals, sperrte den Mund weit auf und stellte sich auf die Zehenspitzen, als bemühte sie sich ebenfalls, an ein hohes Mikrofon zu reichen. Jedes Mal lachte Charlie mehr. Noch ehe Batya die Arme hob, fielen ihm schon die vorigen Male ein.

Batya hörte auf zu pfeifen. Sie klopfte noch zweimal schnell mit dem Messer aufs Brett und rief: »Hey, hey.« Danach hörte Charlie die Kühlschranktür auf- und zugehen und das Pfeifen des neuen Teekessels, den sie vor Pessach in einem Karton mit der Aufschrift »Festgeschenk für Hinterbliebene« erhalten hatten. Ein leichter Luftzug bewegte den Wipfel einer Zypresse im Schulgarten, und Charlie versuchte mit eingezogenen Lippen, den Pfeifton des Kessels nachzuahmen.

Aus der Küche drangen weitere bekannte Laute – das Plätschern des kochenden Wassers beim Eingießen aus dem Kessel, das Klingeln des Teelöffels beim Umrühren in dem großen, blauen Keramikbecher, das Tappen bloßer Füße von der Küche ins Wohnzimmer und das Klacken des Bechers beim Aufsetzen auf einen der quadratischen Holzuntersetzer. Aus diesen Holzquadraten, die mit roten, orangen und gelben Kringeln bemalt waren, baute er gern eine Garage für seine Spielzeugautos oder legte sie aneinander, um eine Straße damit zu pflastern. Die Untersetzer hatten sie an einem Schabbat in der Altstadt gekauft, kurz vor dem Nach-Hause-Gehen. Sie waren an irgendeinem Altstadttor vorbeigekommen – dem Blumentor oder dem Damaskustor oder dem Jaffator. Eine alte Frau mit fast schwarzer Haut, die die Holzquadrate verkaufte, hatte etwas abseitsgestanden, als hätten all die Verkäufer von Postkarten und Tellern und Palästinensertüchern und Holzkamelen ein wenig Angst vor ihr. Seine Mutter war jedoch schnurstracks auf sie zugegangen. Sie trug Ohrringe, die auf ihrer schwarzen Haut funkelten, und hatte große Augen wie die Menschen aus Afrika in den *National Geographic*-Heften, aber orangerote Haare. An ihren langen, schmalen schwarzen Fingern trug sie Ringe aus Holz und dreckigem Eisen.

Er drehte sich um und schaute ins Zimmer. Seine Mutter schlief noch. Ihr Körper war jetzt zusammengekauert, als wolle sie eins mit dem Sessel werden, und die Arme hatte sie um die Schultern geschlungen. Wenn sie aufwachte, würde der Kaffee schon kalt sein, aber nach der ersten Zigarette würde sie gar nicht merken, ob er kalt oder heiß war.

Batya beugte sich zu ihr nieder, strich ihr über den Kopf, über das glatte, schwarze Haar, das von einem Scheitel durchzogen war, und ließ ihre Hand zu der hellen Wange gleiten, in die weiche Mulde, die darin entstanden war und sich in den letzten Monaten zu vertiefen schien. Ein Bus fuhr auf der Hauptstraße vorbei, und man hörte das Tuten eines in den Bahnhof einfahrenden Zuges, aber die Mutter schlief weiter.

Charlie fasste sich ans Haar und blickte wieder auf den Schulgarten. Die Lehrerin Dina war gerade damit fertig, die abgehackten Dornsträucher zusammenzurechen, die zuvor, als das Tageslicht immer stärker wurde, noch hoch und aufrecht in der fernen Ecke gestanden hatten. Ehe sie aufsehen und ihm vielleicht mit ihrer behandschuhten Hand zuwinken würde, wandte er die Augen nach links zu der Vogelscheuche, die alle »Ministerpräsidentin« nannten, und von dort schweifte sein Blick zu der großen Kiefer, hinter der sich das Tor zum Schulhof verbarg.

Batya fasste ihn von hinten um die Schultern und gab ihm einen weichen, kitzelnden Kuss in den Nacken.

»Guten Morgen, du Waisenjunge, Erstklässler-Waisenjunge.«

Sie trug ihr Lieblingsshirt – ein kurzärmliges, verwaschenes Trikot mit schmalen Ringeln in Grün, Weiß, Rot und Schwarz. Unter den Säumen der blauen Shorts ragten die hellen Dreiecke der Hosentaschen auf ihre dünnen, braun gebrannten Oberschenkel.

Seit dem Tag, an dem man die Stiefel, die Erkennungsmarke, ein paar Haare und vielleicht auch ein paar Knochen gefunden hatte, dem Tag, als Jacques Ben Hemo endgültig für tot erklärt wurde, nannte sie ihren Bruder und sich gern Waisenjunge und Waisenmädchen. »Erstklässler-Waisenjunge« war eine Erfindung der letzten Tage. Davor hatte sie bekannte Lieder umgedichtet, indem sie das Wort *adom* für Rot durch *jatom* für Waise ersetzte. »Die Post kommt heute im Waisen-Auto«, »mit Waisenkleid und zwei Zöpfen«, »der Waisen-Felsen, ho ho, der Waisen-Felsen«, womit der »rote Felsen« der jordanischen Wüstenstadt Petra gemeint war, und am lustigsten – »Waise, Waise die Fahne am Himmel.«

Batya massierte ihm sanft Hals und Schultern, bis seine zarten Muskeln gänzlich gelockert waren.

»Die Lehrerin Dina ist schon da«, berichtete er ihr, »sie hat gerade das ganze Dorngestrüpp dort rausgeholt. Und vorher hat sie auf dem Stuhl gesessen und ein Buch gelesen und in den Himmel geguckt, als würde sie auf Regen warten oder sich daran erinnern, wie es war, als es geregnet hat. Und dann … Und dann, als sie noch mit den Disteln beschäftigt war, bin ich, glaube ich, eingeschlafen. Und dann …«

»Die Lehrerin Dina ist aus einem Kibbuz im Norden«, unterbrach ihn Batya, hauchte ihm noch einen leichten, kaum spürbaren Kuss in den Nacken, stand auf und ging nach drinnen. Wann immer die Lehrerin Dina erwähnt wurde, wirkte Batya weniger selbstsicher, weniger vertraut. In diesen Momenten hatte er das Gefühl, dass sie abrückte, ihr Blick sich vernebelte und sie nicht mehr merkte, dass er bei ihr war.

Ameisen kamen auf einer Fuge zwischen den Fliesen voran wie eine Lasterkolonne, sie schleppten Körner oder Krümel. Er hörte die Wohnungstür zugehen und gleich darauf Batyas Sandalen die Treppen hinunter bis zur Haustür nach draußen sausen. Sie überquerte die sandige Freifläche, auf der jetzt keine Autos parkten, und betrat den Schulgarten durch den ramponierten Zaun. In der linken Hand hielt sie einen der Stoffbeutel, in den sie jeden Morgen, bevor sie in den Kindergarten und in die Schule gingen, kleine belegte und in Pergamentpapier eingewickelte Brote packte. Vor Kurzem war ihm aufgefallen, dass sich ihr Gang etwas verändert hatte, sie die Sandale locker ließ, sodass die Sohle bei jedem Schritt über den Boden schleifte, als wäre es ihr egal, als merkte sie es gar nicht, obwohl ihm klar war, dass doch.

Charlie steckte beide Zeigefinger in den Mund und versuchte zu pfeifen, brachte jedoch nur einen schwachen Hauch heraus.

Batya war schon weit weg, hielt aber trotzdem inne und drehte sich um, als hätte sie seinen missglückten Pfiff gehört oder ihr wäre eingefallen, dass sie etwas vergessen hatte. Sie streckte ihm den rechten Arm entgegen, klappte die Finger ein und zeigte mit dem Daumen nach oben. Er hatte noch nie so eine Geste gesehen, verstand jedoch ihre Bedeutung – dass auch sie sich freute, jetzt die Agrarlehrerin Dina zu treffen, zwar aufgeregt war, aber trotzdem immer noch an ihn dachte und sich ihm nahe fühlte. Und noch etwas – mit dieser Geste, dem aufgestellten Daumen, dankte sie ihm für etwas, aber wofür?

Batya senkte die Hand, kehrte ihm wieder den Rücken zu und ging diagonal weiter zum Schuppen am Ende des Gartens, setzte dabei vorsichtig über die Beete.

Sein Arm ging von allein hoch, ebenfalls in gerader Linie. Vier Finger klappten sich ein, der Daumen zeigte nach oben. Zuerst richtete er den Arm auf Batyas entschwindenden Rücken und dann, in einem großen Bogen von links nach rechts, zu dem schmalen überdachten Durchgang zur Hauptstraße, zu dem Baum, der den Eingang zum Schulhof verdeckte, zur Ministerpräsidentin in der Mitte des Gartens, zu dem neuen und dem alten Gebäude, zum Schuppen am Ende des Gartens und zum Haus der Tunesier, in dem er gestern Abend an einem erleuchteten Fenster eine Frau im weißen Kleid auf den Zehenspitzen stehen und sich zweimal im Tanzschritt drehen gesehen hatte.

Zigarettengeruch.

Er zog die Nase hoch, um ihr zu signalisieren, dass er sie bemerkt hatte, wusste, dass sie jetzt hinter ihm stand, mit Schulter und Bein an den Türrahmen gelehnt, in der einen Hand die brennende Zigarette, in der anderen den Becher mit dem mittlerweile abgekühlten Kaffee.

»Bist du bereit, Charlie?«

»Bereit wozu?«

»Gehen wir?«

»Wohin denn?«

Sie deutete mit der Zigarette nach vorn auf einen fernen Punkt. Hinter den Bäumen sah man ein kleines, glitzerndes Stück Springbrunnenfontäne vom Schwimmbad.

An einem Schabbat im Frühsommer, als sie alle drei in der Küche saßen, hatte Batya wie immer gefragt: »Wer möchte Omelett, wer Rühr, wer Spiegel, wer zwei Spiegel?«

»Wenn ich etwas machen möchte, dann schwimmen«, sagte Mutter, als hätte sie die Frage nicht gehört, »und ich möchte gern, dass ihr auch schwimmen könnt.«

Batya schlug das erste Ei an der Ecke der Arbeitsfläche auf, ohne einen Tropfen zu verschütten, goss das Weiße und das Gelbe in die Pfanne, alles einhändig, wobei das heiße Öl protestierend zischte. Batya erwiderte geduldig: »Aber ich kann doch schon schwimmen, Mama. Noch einen Kaffee?«

»Ich habe meinen Badeanzug schon anprobiert, und er passt mir, passt mir wieder. Es ist derselbe Badeanzug wie damals, als ich mit siebzehn Jahren am Wettschwimmen teilgenommen habe. Mali Azoulai! Erste bei der Schwimmmeisterschaft der Sozialistischen Schule! Vierte bei der Landesmeisterschaft!«

»Und Zweite bei der Bezirksmeisterschaft Scharon und Schomron«, sagte Batya.

»Woher weißt du das?«

Batya gab keine Antwort, sondern lächelte sie stattdessen an.

Seine Mutter wandte sich an ihn: »Charlie, hab ich das schon mal erzählt?«

»Weiß nicht, kann mich nicht erinnern«, sagte Charlie, obwohl er sich sehr wohl erinnerte.

»Vielleicht ja, vielleicht nein«, sagte Batya und strich ihm von hinten über den Kopf, »ich dachte, ich hätte das mal gehört.«

»Jetzt?«, fragte Charlie und drehte sich zu seiner Mutter um.

Sie steckte die Zigarette wieder zwischen die Lippen, atmete ein und blies einen Rauchschwall heraus.

»Warum nicht, Charlie? Wir hätten den ganzen Tag Zeit, und am Nachmittag könntest du schon richtig schwimmen.«

»Und Batya? Vielleicht warten wir, bis sie mit der Arbeit im Schulgarten fertig ist, und dann kommt sie mit.«

Seine Mutter deutete erneut mit Zigarette und Zeigefinger auf das Schwimmbad, als hätte sie es nicht zuvor schon getan, und Charlie zeigte auf Batya und die Lehrerin Dina, die nebeneinander an die Außenwand des Geräteschuppens gelehnt saßen.

Beide aßen die Butterbrote, die Batya mitgebracht hatte, und warfen mit Steinchen nach der Vogelscheuche. Sie waren zu weit weg, um zu hören, was sie sagten, falls sie denn redeten.

Ein Steinchen traf den blechernen Kopf der Ministerpräsidentin, gerade als der Rabenvogel sich darauf niederlassen wollte. Erschrocken breitete er die Flügel aus und schoss fast senkrecht nach oben. Charlies Mutter hielt sich den blauen Becher an den Bauch, nahm einen letzten Zug an ihrer Zigarette und warf den brennenden Stummel übers Geländer. Die Lehrerin Dina klatschte in die Hände, und Batya schloss sich an.

»Weißt du was, Charlie? Wir lassen Batya einen Zettel da. Schreiben ihr, sie soll nachkommen, wenn sie die Arbeit mit Lehrerin Dina beendet hat.«

Sie machten sich fertig fürs Schwimmbad, aber seine Mutter schrieb keinen Zettel für Batya. Er erinnerte sie erst daran, als sie schon draußen auf der Straße waren. »Mama, wir haben Batya keinen Zettel dagelassen.«

»Oje, stimmt«, sagte sie leise, »das haben wir tatsächlich vergessen.« Die Badehose, die er unter den Shorts trug, juckte ihn plötzlich mit ihrem rauen Stoff. Er steckte die Hand unter beide Hosen und kratzte sich heftig zwischen den Beinen. Seine Mutter stellte die Tasche auf den Boden und holte ein Notizbuch heraus.

»Ich habe keinen Stift«, sagte sie.

»Doch, hast du – da.« Er deutete mit dem Zeigefinger auf den Kugelschreiber, der aus dem Innenfach der Badetasche hervorlugte.

Sie zog den Stift hervor, blätterte eine Seite um, schrieb rasch ein paar Worte, riss das Blatt heraus, faltete es zweimal zusammen und übergab es ihm mit dem Wohnungsschlüssel, der an einem Zopf aus bunten Plastikschnüren hing, den Batya in der Handarbeitsstunde geflochten hatte.

»Leg den Zettel auf den Wohnzimmertisch, und vergiss beim Rausgehen nicht, zweimal abzuschließen.«

Charlie steckte den Schlüssel ins Schlüsselloch, packte ihn mit beiden Händen und drehte mit aller Kraft. Eine Drehung genügte.

Man hörte den Kühlschrank brummen und ein schwaches Ticken, bei dem er nicht erkennen konnte, ob es aus der Wohnung oder von draußen kam – oder womöglich aus seinem Körper.

Er war zum ersten Mal allein im Haus.

»Schalom, Schalom, Schalom, ich bin allein.«

Charlie schaute sich um, horchte dem Klacken seiner Schritte und deren Widerhall von den Wänden.

Jetzt alles schnell, schnell erledigen.

Auf dem kleinen Tisch, neben *Don Quijote*, stand ihr blauer Kaffeebecher. Der leicht bittere Geschmack war angenehm, aber beim zweiten Schluck kam ihm schon Kaffeesatz in den Mund. Er spuckte ihn in den Becher und wischte sich mit der Hand über die Lippen.

Auf zur Küche, zur Küche.

In der Küche war alles sauber und aufgeräumt. Das

abgespülte Schneidebrett stand hinter dem Wasserhahn, an die gekachelte Wand gelehnt. In der Spüle lag ein feuchter, zerbröselnder Zigarettenstummel.

Und jetzt ins Zimmer.

In seinem und Batyas Zimmer waren alle Sachen und Möbel an Ort und Stelle, und doch sah der Raum anders aus. Auf dem kleinen Schreibtisch lagen Batyas Schulhefte aufeinander, in rotes Glanzpapier eingebunden. Er schlug das oberste Heft auf. Auf der Titelseite stand in großen, verzierten Buchstaben »Geografie«. Er blätterte weiter und las auf der Seite vor sich: *Antwort auf Frage 1: Die Luftbrücke nach Berlin wurde 1948 gebaut.* Batyas Handschrift war rund und ordentlich. Einige Buchstaben waren mit Vokalzeichen versehen, und die Überschriften bestanden aus schönen Druckbuchstaben. Das Wort »gebaut« war rot durchgestrichen, und darüber standen, mit derselben roten Tinte, zwei große Fragezeichen.

Batyas Bett war zerwühlt. Die Decke war zu Boden gerutscht, und das graue Unterhemd lag zerknittert auf dem Kissen. Das andere Bett, seines, in dem er diese Nacht nicht geschlafen hatte, war so ordentlich geblieben, wie Batya es gestern gemacht hatte. Der obere Deckenzipfel war einladend aufgeklappt.

Schnell, schnell rein. Ohne die Kleider abzulegen, ohne den Pyjama anzuziehen, ohne die Sandalen abzustreifen.

Charlie hob die Bettdecke an. Die Sandalen glitten wispernd über den Bettbezug und das gespannte Laken. Es fühlte sich an, als ginge er zum ersten Mal in sein Bett, als hätte er vorher noch nie so durch die Tür in die anderen Teile der kleinen Wohnung geguckt, wo er sich nun allein befand. Vom Kissen aus, den Kopf aufs rechte Ohr gelegt, wirkte alles vertraut und doch auch fremd und krumm.

Unter der Küchenspüle stand das Schränkchen, in dem sich der Mülleimer verbarg. Durch Mamas offene Schlafzimmertür sah man auf dem Nachtschrank eine Flasche, die gestern noch in der Küche gewesen war. Auf dem untersten Bord des Bücherregals im Wohnzimmer reihten sich die zwölf Bände von *Welt der Kultur* und die drei Bände von *Die Welt von Anbeginn bis heute*, die die Soldatin Rina in einem großen Karton mit der Aufschrift »Geschenk für Zahal-Waisen zur Bar/Bat Mizwa« angeschleppt hatte. Auf dem obersten Bord war der schwarze Aktendeckel, den seine Mutter bei jedem Besuch von Rina herunterholte, woraufhin sie gemeinsam die Papiere durchsahen und seine Mutter danach die schwarzen Bänder wieder verschnürte, auf den Stuhl stieg und den Ordner an seinen Platz zurückstellte.

Weiter, schnell, schnell. Er musste alles schaffen.

Charlie warf die Decke ab, zerrte den großen und den kleinen Stuhl aus der Küche heran, stellte sie aufeinander und kletterte darauf. Seine hochgereckten Fingerspitzen erreichten den unteren Teil des Aktendeckels und zerrten ihn hervor.

»Charlie! Charlie!«, schallte die Stimme seiner Mutter durch die Balkontür.

Der Aktendeckel fiel runter und traf ihn auf dem Weg zum Boden am Kopf. Der kleine Stuhl wackelte unter seinen Füßen, doch er konnte im letzten Moment abspringen. Der Ordner, der ihn überholt hatte, war auf der Seite gelandet und stand da wie ein Dominostein.

»Charlie! Charlie! Bist du okay?« Ihre Stimme erreichte ungeahnte Höhen, und die Frage brach am Ende ab.

»Moment, Mama, ja, alles in Ordnung, ich komm gleich.«

Der Knoten ließ sich leicht öffnen, und aus dem vollen Aktendeckel rutschten Hefte, maschinengeschriebene Briefe, Formulare und Umschläge, zumeist mit einem Dreieck und dem Buchstaben Zadi, für Zahal, darin abgestempelt.

Ganz oben vom Papierstapel glitt ein weißer Umschlag herunter, der bis fast zur Balkontür über den Boden segelte.

»Noch einen Moment, Mama, alles in Ordnung, ich will bloß noch Wasser trinken.«

Die Wörter auf dem Umschlag waren mit krummer Handschrift geschrieben, aber er konnte ihren Namen darauf entziffern: »Masal Ben Hemo«. Die drei Bogen des Briefes waren mit Schreibmaschine getippt, die Punkte an den Satzenden so kräftig hineingehauen, dass das dünne Papier hier und da kleine Löcher aufwies.

Liebe Frau Ben Hemo,
zunächst möchte ich mich für meine späte Antwort entschuldigen.

»Charlie! Charlie! Komm, was machst du denn da?«

Er sammelte hastig die verstreuten Dokumente zusammen, drückte den Deckel runter und machte einen flüchtigen Knoten in die schwarzen Bänder. Er stellte den kleinen Stuhl auf den großen, konnte den Ordner aber nicht wieder an seinen Platz bugsieren und legte ihn daher auf das nächstuntere Bord. Als er die Stühle zurück in die Küche gebracht hatte, entdeckte er auf dem Boden den Brief samt Umschlag, den er in den schwarzen Aktendeckel zurückzulegen vergessen hatte.

»Charlie! Charlie!«, drängte sie erneut besorgt von draußen.

»Moment, Mama, ich muss Pipi machen.«

Charlie stopfte die Blätter in den Umschlag und diesen zusammengefaltet in seine Hosentasche.

Jetzt nur noch ins Schlafzimmer. Schnell, schnell. »Moment, Mama, noch einen Moment.«

Gestern war die Flasche fast voll gewesen, jetzt war sie halb leer. Neben der Flasche stand ein Glas und auf dessen Grund eine dünne Schicht von der gelben Flüssigkeit. Charlie tauchte zwei Finger ins Glas – es schmeckte ähnlich wie Hustensirup.

Im Nachtschrank fanden sich eine Rolle Toilettenpapier, Kugelschreiber, Bleistifte, leere Umschläge, Briefmarken, Sicherheitsnadeln, Klebstoff, weiße Schreibbogen, eine Brille, die er noch nie gesehen hatte, und zwei gelbe Röhrchen mit Pillen drin. Auf dem einen Etikett stand: *Valium*. Unter den Medikamenten lag ein schmales Buch, und Charlie verschob die Röhrchen, um den Einband zu studieren. Zwei nicht besonders standfeste Häuserreihen und die dunkle Straße dazwischen zierten ihn. Dazu hatte sich der runde Abdruck eines Glases gesellt. Und abgesehen von der Verlagsangabe *Volksbibliothek* oben auf dem Band konnte er kein vertrautes Wort darauf ausmachen. Er fuhr zweimal die Buchstaben entlang, die zum Teil mit Vokalzeichen versehen waren – *Winesburg Ohio* Sherwood Anderson –, legte dann die Röhrchen wieder drauf und schloss den Nachtschrank.

»Charlie! Charlie! Was machst du da? Komm endlich runter und vergiss nicht, die Tür abzuschließen.«

Und der Zettel? Wo war der Zettel?

»Überleg, was du das letzte Mal damit gemacht hast«, sagte Charlie zu sich selbst, »überleg, was du das letzte Mal damit gemacht hast.«

Vorhin an der Wohnungstür, als er den Schlüssel mit beiden Händen hielt, hatte er den Zettel zwischen die Lippen gesteckt.

»Chaaarrrlie!«

»Ich komme, Mama, bin gleich unten!«

Um sich zu erinnern, was er mit dem Zettel gemacht hatte, ging er ins Treppenhaus. Der Schlüssel am Plastikzopf steckte außen im Schloss. Er versuchte, sein Eintreten zu rekapitulieren. Presste die Lippen zusammen, betrat wieder die Wohnung und legte die Hand auf die Brust. Aus der Wohnung der Malkas hörte man Ronit und Dorit reden.

»Hör auf, du Hexe!«

»Hoffentlich packt dieser Verbrecher dich bei Nacht und umschlingt dich und küsst dich mit seinem widerlich feuchten Mund.«

»Selber widerlich. Papa sagt, er schnappt sich nur Mädchen wie dich. Sicher schnappt er dich, hoffentlich.«

Ronit und Dorit lachten. Er konnte sich nicht erinnern, welche feierlichen Worte er vor Aufregung beim

Eintreten gesagt hatte, und stattdessen sagte er jetzt langsam: »Charlie, Charlie, Charlie«, holte tief Luft und senkte den Blick zu Boden. Der gefaltete Zettel lag zu seinen Füßen, und er hob ihn hoch. Die fünf Wörter darauf waren in deutlichen Buchstaben geschrieben: *Batya, sind abends zurück, Mama.*

6

An der Vorderseite des Kiosks, der ganz und gar aus einer alten, schiefen, hölzernen Überseekiste bestand und von Schrägbalken gestützt wurde, hing ein großes Schild: *Maariv – Die meistgelesene Zeitung im Staat – Jehuda Miskowitz*. Beth blieb vor dem Kiosk stehen und blickte zur anderen Straßenseite hinüber. An der Mauer des Schwimmbads stand in triefenden roten Lettern: SCHLUSS MIT DER BESATZUNG! SCHLUSS MIT DER BESATZUNG! SCHLUSS MIT DER BESATZUNG! Dahinter war ein Kreis gemalt, mit einem nach links abknickenden Pfeil oder einer Blume drin. Das Graffito war mit einem breiten Pinsel aufgetragen, und an manchen Stellen war die Farbe bis zum Bürgersteig runtergelaufen. Keine drei Tage war das her, aber die Passanten gingen achtlos daran vorbei, als wäre die Inschrift schon immer da gewesen.

Beth fasste sich mit theatralischer Geste an die Stirn wie jemand, der plötzlich erkannte, dass er einem Irrtum erlegen war oder etwas moralisch Bedenkliches getan hatte, und sagte sich erneut mit der kindlichen Stimme von Gila Ben Simon oder Rachel Biton, wie schon zuvor, als sie noch im Bett gelegen hatte: »Du blöde Kuh, ich hasse dich.« Dass die Menschen, die an ihr vorübergingen, nie auf die Idee kommen würden, dass sie diese Inschrift mitzuverantworten hatte, verlieh ihr ein angenehmes Machtgefühl. Ein Autobus ratterte vorbei, und seine Abgaswolke ließ die roten Ausrufezeichen kurz verschwimmen, sodass es aussah, als schwankten sie hin und her. Als Michael einen Buchstaben nach dem anderen hingeschrieben hatte, gegen zwei Uhr morgens in der Nacht von Montag auf Dienstag, hatte sie genau hier gestanden und ihm zugesehen. Immer wieder hatte er den Pinsel in den Farbeimer getaucht und mit vor Aufregung leicht bebender Hand weitergemalt. Als sie in der Ferne einen Trupp Jugendlicher ankommen sah, die wohl auf dem Rückweg aus der Innenstadt waren, hatte sie, wie vereinbart, die Melodie von *What a Wonderful World* zu pfeifen begonnen, und sie und Michael waren davongelaufen – sie zu sich nach Hause, er in Gegenrichtung. Die kleine Trittleiter samt Farbeimer und Pinsel hatten sie zurückgelassen.

In die Demonstration zum 1. Mai, deren Foto es in die jüdische Zeitung von Montreal geschafft hatte, war sie rein zufällig geraten, als sie den Optiker im Stadtzentrum verlassen hatte. »Die Sehkraft ist jetzt sechs-sechs, viel besser als zuvor«, hatte der Optiker über die neuen Gläser gesagt, als sie schon auf dem Weg nach draußen war. »Vielleicht braucht es noch etwas Zeit, aber Sie werden sich völlig dran gewöhnen und alles hervorragend sehen.«

Draußen kam eine Gruppe von dreißig bis vierzig Menschen die Ben-Jehuda-Straße hinunter auf sie zu. An der Spitze marschierten vier bärtige Männer und eine Frau, die allesamt rote Fahnen trugen – drei davon neu und mit kräftiger Farbe, zwei verblasst. Die Hose der Frau war strahlend weiß. Hinter den Fahnenträgern hielten die anderen Demonstranten Transparente. Auf einem stand: *Für den gemeinsamen Kampf der Völker des Nahen Ostens gegen den Imperialismus!* Die Demonstranten hielten bei ihr an, im Nu war sie umgeben von ihnen und wurde mit dem Rücken an die Ladentür gedrückt.

»Bitte«, sagte einer mit feiner, hoher Stimme und reichte ihr ein eng beschriebenes Blatt.

»Was ist das denn?«, fragte sie ihn, nicht wegen des Flugblatts, sondern wegen des ganzen Aufmarschs.

»Heute ist der 1. Mai.«

Sie wusste in etwa, was der 1. Mai war, erinnerte sich, dass ihr Vater geschimpft hatte, als eine kleine Gruppe Demonstranten – alles Juden, wie er behauptete – mit einer roten Fahne an seinem Geschäft vorbeimarschiert war, hakte aber dennoch nach, diesmal nicht im Frageton, sondern erstaunt und tadelnd: »Was ist *das* denn?« Diese Betonung hatte sie erst vor einigen Tagen aufgeschnappt, zunächst von den Lehrerinnen, dann auch vom schnellen Plappern der Kinder, und seither verwendete sie sie gern.

Sie wartete nicht ab, bis der dünne, blasse Langhaarige, der ein oder zwei Jahre jünger als sie sein mochte, ihr die Bedeutung des Tages der Arbeit erläuterte, sondern fragte bloß nach dem Flugblatt, das er ihr in die Hand gedrückt hatte: »Und das hier, was ist das?« Einer der Fahnenträger übergab die Stange einem anderen Demonstranten – einem älteren Bartlosen, der sie auf dem Bürgersteig abstellte –, hob das Megafon, das er an einem Riemen über der Schulter getragen hatte, an den Mund und setzte zu seiner Rede an: »Der 1. Mai ist tot und begraben! Unter die Erde gebracht haben ihn die Funktionäre der Histadrut zusammen mit …« Die Rede ging weiter, und Michael, dessen Namen sie da noch nicht kannte, setzte eine ernsthafte Miene auf, die gar nicht zu seinem Äußeren passte, dem Äußeren eines Kindes – oder genauer gesagt, dachte Beth, dem Äußeren eines jungen Mädchens. Um ihr zu erklären, was in dem schrillen Ton, der aus dem defekten Megafon krächzte, gesagt wurde, hielt Michael den Mund an ihr Ohr und nahm manchmal das oberste Blatt aus dem Stapel in seinen Händen zu Hilfe. Gelegentlich wiederholte er auch einen Satz. So hörte sie von der Erhöhung des Verteidigungsetats, dem Klassenkampf, dem weltweiten Imperialismus, der Solidarität der Arbeiter in aller Welt, der Besatzung, dem Kolonialismus. Beth nickte, als hörte sie aufmerksam zu und verstünde jedes Wort. Der Redner endete mit dem Aufruf: »Es lebe der 1. Mai! Es lebe die sozialistische Revolution!« Und genau in dem Moment hörte Michael auf, ihr ins Ohr zu flüstern. Ein paar Meter weiter wollte jemand singen, aber einige jäh aufgetauchte Polizisten trieben die Leute auseinander. »*Jalla, jalla*, die Demonstration ist beendet«, riefen sie, und in Windeseile wurden Fahnen und Transparente eingerollt, und die Demonstrierenden trollten sich einzeln oder zu zweit.

»Möchtest du zu einer offenen Versammlung kommen?«

»Ja, sicher«, antwortete sie, »was für eine Versammlung?«

»Wie ich eben gesagt habe, unsere offene Sitzung, von Matzpen, die findet jeden Donnerstag im Lokal meiner Mutter statt. Das ist so eine Art Café in der Deutschen Kolonie, neben dem Kino, kennst du das?«

»Das Kino in der Deutschen Kolonie? Ja, klar kenn ich das.«

»Zu den offenen Treffen können, wie gesagt, auch Nichtmitglieder kommen.«

»Ja? Das ist schön.«

»Das hier ist die Telefonnummer vom Lokal meiner Mutter. Es hat keinen Namen, aber alle nennen es ›Bei Frieda‹ oder ›Bei Frieda Katz‹. Eigentlich nennen sie es öfter ›Bei der Goja‹ oder ›Bei der gojischen Witwe‹. Ruf an, wenn du kommen willst. Dann hole ich dich vor dem Kino ab, das ist ganz nah. Ah, und ich heiße Michael.« Er schrieb seinen Namen und die Telefonnummer des mütterlichen Lokals auf ein Blatt Papier aus dem Stapel in seiner Hand. Obendrauf stand: *Der 1. Mai ist tot und begraben!*

Über sechs Wochen später, nachdem ihr Vater sie in einem Brief nachdrücklich aufgefordert hatte, nach Kanada zurückzukehren, hatte sie Michael zum ersten Mal angerufen und gesagt, sie wolle zum offenen Treffen am Donnerstag kommen.

Der Kioskbetreiber Jehuda Miskowitz, den die Kinder wegen der lila Nummer an seinem Unterarm Jehuda Misparkowitz nannten – *mispar* war das hebräische Wort für Nummer –, stand nicht an seinem üblichen Platz. Beth summte *What a Wonderful World* und spähte, obwohl sie gar nichts kaufen wollte, durch den Verkaufsschalter hinein. Sie hörte den Mann husten, und als ihre Augen sich an das Dämmerlicht gewöhnt hatten, sah sie ihn aus dem Bett steigen, das teils durch einen zerschlissenen Vorhang verborgen war.

»Wie geht es Ihnen, Herr Miskowitz? Alles in Ordnung?«, fragte sie in dem fröhlichen Ton, den sie fast jeden Tag auf dem Weg zur Schule anschlug.

Meist erwiderte er ihr: »Überwiegend sehr gut, und der Rest ist ausgezeichnet«, aber diesmal hustete er nur erneut und sagte: »Alles in Ordnung, ja, alles in Ordnung.« Sie dachte, vielleicht gebe er diese Antwort, weil ihr seine schäbigen Wohnverhältnisse offenbart geworden waren, und gerade deswegen sei es jetzt besser, nicht gleich davonzulaufen. Sie trat etwas zur Seite und studierte die Zeitungen, die mit Wäscheklammern an strammen Schnüren an der Vorderseite des Kiosks befestigt waren. Auf den Titelseiten der meisten Blätter prangten Fotos der Astronauten, alle drei stolz und selbstsicher. *Davar, Haaretz, HaBoker, Lemerchav* und *Jerusalem Post* brachten identische, grau verschwommene Bilder vom gestrigen Start der Apollo 11 – eine Rakete schießt über einer Rauchwolke in den Himmel. In der zweiten Reihe hingen Wochen- und Monatsblätter in Englisch, Deutsch und Französisch, und auch auf ihren Titelseiten sah man Abbildungen des Mondes oder der Astronauten. Nur in der dritten Zeitungsreihe erinnerte nichts an das historische Ereignis. Dort schaukelten wie immer, halb verdeckt, die Zeitschriften *Bul* und *HaOlam Haseh* und auch drei deutsche Illustrierte mit barbusigen Frauen. Kinder auf dem Heimweg von der Schule oder aus dem Schwimmbad gegenüber reckten sich gern auf die Zehenspitzen, ihr tropfendes Eis am Stiel in der Hand, schoben die Zeitungen der zweiten Reihe ein

Stückchen beiseite und beguckten die Magazine in der dritten. Beth tat es ihnen nun nach. Auf der Titelseite einer der deutschen Illustrierten sah man ein sehr junges Pärchen, fast noch Teenies, beide langhaarig, regennass und oben ohne. Sie hielten Händchen und lächelten breit in die Kamera, und über ihren Köpfen stand in blumenverzierten, bunten Lettern *Die Freiheit!*. Zwei Jahre Deutschunterricht am Gymnasium in Lachine ließen sie die Bedeutung verstehen – Freiheit, Befreiung.

»Auf Wiedersehen, Herr Miskowitz, alles Gute.« Das leichte Schuldgefühl, das sie beim Spähen in den Kiosk befallen hatte, war schon fast vergessen, und beinahe hätte sie hinzugefügt: »Und nicht vergessen, Schluss mit der Besatzung!« Doch sie hielt an sich, da sie den Polizisten des Viertels herankommen sah. Ein paar Schritte weiter drehte sie sich um und sah, dass die beiden miteinander redeten und der Kioskbetreiber dem stämmigen Polizisten eine Schachtel Zigaretten hinlegte.

Sie ging langsam weiter. Der Weg von hier zur Poliklinik würde nur fünf Minuten dauern, aber bis zum Arzttermin blieb ihr noch eine halbe Stunde. Sie betrachtete die Häuser und die Zäune. Auf manchen Balkons hing bunte Wäsche zum Trocknen. Zum ersten Mal bemerkte sie das Lächeln des Fischs auf dem Ladenschild *Ben Saken – Fisch und Geflügel*. Das schwarze Eisentor des christlichen Friedhofs, das keine einzige Ritze zum Durchgucken aufwies, war wie immer geschlossen, aber diesmal hing das große Schloss nicht dran. Mit überraschender Leichtigkeit gab das schwere Tor ihrem Drücken nach, und sie ging hinein.

Auf dem großen Rechteck innerhalb der Mauern

standen viele Kiefern, deren hohe, knorrige Stämme sich neigten, als seien sie in einem Sturm erstarrt. Die ausladenden Nadelkronen warfen ihren Schatten auf ein paar Dutzend locker verteilte Gräber. Über dem nördlichen Mauerabschnitt sah man den zweiten Stock der Poliklinik. Am fernen Mauerstück, dem östlichen, hinter dem die Eisenbahnschienen verliefen, schwang eine Spitzhacke in die Höhe, und ein weißhaariger Mann im karierten Hemd stieß sie wieder in den Boden und schwang und stieß erneut. Es dauerte eine Weile, bevor Beth begriff, dass der Mann ein neues Grab aushob, und im nächsten Moment flüsterte sie sich selbst zu: »Du blöde Kuh.«

Fast alle Grabsteine waren schief und mit schwarzen oder grünen Schimmelflecken bedeckt. Die meisten wiesen ein eingemeißeltes Kreuz auf, einige andere einen Davidstern. Neben vielen englischen Inschriften gab es hier und da auch eine hebräische oder arabische. Auf einem Grabstein in ihrer Nähe stand in großen Buchstaben der Name *Blum* auf Hebräisch, und einer daneben, der vergleichsweise neu und noch kaum verwittert aussah, trug die Inschrift:

IN MEMORY OF
JOHN O. NWANKO
MEDICAL STUDENT OF
THE REPUBLIC OF BIAFRA
BORN IN ABA 23 SEPT. 1939
DIED IN JERUSALEM 29 OCT. 1968

Biafra. Beim Treffen am letzten Donnerstag – nach dem sie Michael gebeten hatte, gemeinsam »was Interessantes, sogar ein bisschen Riskantes zu unternehmen, vielleicht was gegen die Besatzung an eine Wand zu schreiben« – war ein bärtiger, junger schwarzer Mann aufgetreten. Ganz offensichtlich nahm er eine Sonderstellung in der Gruppe ein. Die Männer bedachte er mit kräftigem Schulterklopfen, die zwei Frauen küsste er, und er lachte oft. Michael strich er über den Kopf. Als er sich eine Pfeife anzündete, was ihn reifer wirken ließ, flüsterte Michael ihr zu – seine Nase berührte ihr Ohr –, der Mann, dessen Namen sie nicht mitbekam, habe an revolutionären Kämpfen in Afrika teilgenommen und mit den Black Panthers in den Vereinigten Staaten zusammengearbeitet.

Der Gast kündigte mit kurzem Räuspern an, dass er zum Reden anheben wollte, und alle verstummten. Fließend, selbstsicher und mit französischem Akzent sprach er eine geschlagene Stunde lang über Nigeria und Biafra. Ohne ein Konzept oder auch nur einen kleinen Zettel zu Hilfe zu nehmen, lieferte er schwer angreifbare Daten, verwendete komplizierte Begriffe, die sie zumeist nicht kannte, erwähnte Mao und Karl Marx und Malcolm X und versicherte immer wieder glühend, aus diesem oder jenem Blickwinkel, dass das gängige Bild in der westlichen kapitalistischen Welt, die mit Biafra sympathisiere und das von der Sowjetunion unterstützte Nigeria kritisiere, ein Zerrbild sei, getragen von antisowjetischen Haltungen und kapitalistischer Weltverschwörung. Biafras Streben nach Unabhängigkeit beruhe auf der persönlichen Abenteuerlust seiner Führer, befeuert vom internationalen Imperialismus, und ihnen sei der Tod von Hunderttausenden oder gar Millionen Menschen anzulasten. »Die richtige Lösung, Genossen«, beendete er seine Rede mit geschwungener Faust, »wird nicht durch einen tribalen oder nationalen Kampf errungen werden, sondern dadurch, dass in Nigeria ein einheitlicher politischer Rahmen geschaffen wird, nicht auf Stammes-, sondern auf Ständebasis, die die Arbeiter aller Nationen vereint.«

Straßenlärm unterbrach ihre Gedanken an das Matzpen-Treffen letzten Donnerstag. Sie blickte zum großen Tor hin, das jetzt immer weiter aufging. Erst erschien dort der Kopf eines Polizisten, dann kam ein Fuß, und zum Schluss folgte der Bauch. Der Ordnungshüter schloss das Tor, tat ein paar Schritte, hielt inne und blickte unsicher nach rechts und links, blinzelte wie beim überraschenden Wechsel in helles Licht. Dann zog er seine Hose über den Bauch hoch und schritt breitbeinig auf sie zu.

»Ich habe Sie am Kiosk und dann hier reingehen gesehen«, sagte er.

Seine Hand strich über den Grabstein des Medizinstudenten aus Biafra und griff dann hoch an seine schwarze Schirmmütze, um sie zurückzuschieben. Er war fast einen Kopf kleiner als sie und erinnerte sie an den agilen Louis de Funès in dem Film *Der Gendarm von Saint Tropez*, den sie drei- oder viermal gesehen hatte.

»Hi, Mister Holmes, beschatten Sie mich?«, fragte Beth.

»Nein, nein. Nicht Holmes und nicht Hercule Poirot. Ich bin Malka, der Polizist des Reviers.«

»Ich weiß.«

»Ich habe Sie am Kiosk gesehen«, sagte er erneut.

»Ich weiß«, wiederholte sie. »Sie haben mich gesehen und ich Sie.«

»Ich habe Sie an der Mauer des Schwimmbads gesehen«, fuhr er fort, er fühlte sich wohl gezwungen, das Gespräch fortzusetzen.

Beth kamen die Worte mit Leichtigkeit über die Lippen. »Ja, diese Mauer mit den roten Schmierereien, ehrlich, Herr Hauptwachtmeister, meinen Sie nicht, die Polizei müsste etwas in der Sache unternehmen?« Sie kam sich vor, als würde sie bei einer französischen Komödie mitspielen.

Der Polizist strich erneut über den Grabstein des Medizinstudenten und entfernte ein paar trockene Kiefernnadeln. Eine blaue Kippa glitt unter seiner Mütze hervor und rutschte aufs rechte Ohr.

Kurz nach Schuljahrbeginn war in den Geräteschuppen des Schulgartens eingebrochen worden, und an der Innenwand hatte mit schwarzem Teer geschmiert gestanden: *Die Lehrerin Dina ist eine Hure.* Auf der Lehrerkonferenz, die zwei Tage später unter seiner Beteiligung stattfand, hatte er gebeten, jede Information, die von den Schülern eingehen mochte, an ihn weiterzuleiten. Als er damals seine schwarze Mütze abnahm, war unter der Kippa eine runde Glatze zum Vorschein gekommen, die die Kippa nicht ganz zu bedecken vermochte; die Glatze hatte sie lustig gefunden, und als sie sich jetzt auf dem Friedhof wieder daran erinnerte, amüsierte sie sich noch mehr. Louis de Funès zog den Hosenbund hoch, wobei die Kippa noch weiter abrutschte, jedoch vom Ohr gestoppt wurde.

»Dies ist eine heilige Stätte«, fuhr Beth fort. »Man spürt das, nicht wahr, Herr Hauptwachtmeister? Es liegt Heiligkeit in der Luft.«

Der Polizist verzog die Lippen zur einen und die Nase zur anderen Seite.

Sie schlug das Kreuzzeichen über der Brust in einer Geste, die sie aus Kinofilmen kannte und von Frauen, die sie in Lachine auf den Stufen der Kirche Saints-Anges hatte niederknien sehen.

Dem Polizisten trat Schweiß ins Gesicht. »Aber Sie heißen …«, begann er.

»Ursula, ich heiße Ursula, Ursula.«

»Und der Familienname?«

»Brangwen.«

»Und Sie sind Christin?«

»Sicher«, gab sie sofort zurück.

Unter den Achselhöhlen des Polizisten zeichneten sich dunkle Flecken ab. »Ja?«, fragte er.

»Ja, ja, was verstehen Sie denn nicht?«

Der Polizist nahm die Mütze ab, rückte die aufs Ohr gerutschte Kippa zurecht und setzte die Mütze wieder auf.

»Ah … Unterrichten Sie hier nicht an der Schule? Sind Sie nicht die Englischlehrerin?«

Beth nickte. »Doch, ich bin Ursula, die Englischlehrerin.«

Die Hiebe der Spitzhacke samt ihrem Nachhall von der Mauer verstummten. Der Totengräber, der bis zu den Knien im Grab versunken war, lauschte ihrem Gespräch, obwohl er von seinem Standort aus wohl kaum viel verstehen konnte.

»Und die dort in der Schule, Direktor Klugmann und die Lehrerinnen, wissen die …«

»Was? Dass ich Christin bin?«

Der Polizist zog ein kariertes Taschentuch aus der Hosentasche und wischte sich Stirn und Nacken ab.

»Klar wissen sie es, und das ist völlig in Ordnung. Manchmal lese ich ihnen sogar auf Englisch ein wenig aus der Bibel vor, wie man es in dem Kirchlein meines Dorfs in England tat. Unser kleiner Friedhof dort in Cossethay hat etwas Ähnlichkeit mit diesem hier, und ich erinnere mich noch, dass vor Christmas, vor Weihnachten –«

»Jaja, wirklich schön hier, aber ich habe noch viel zu tun, ich muss jetzt gehen.«

»Sicher, klar«, sagte Beth.

Der Polizist ging ein paar Schritte aufs Tor zu, die Hand noch an der Pistole, die in einer Ledertasche an seinem Gürtel hing. Abrupt blieb er stehen, wandte sich zu ihr um, und ohne die Hand von der Waffe zu nehmen, streckte er sich und sagte: »Hören Sie, ich muss Sie warnen.«

»Ach, nicht nötig, wenn der Zutritt hier verboten ist, gehe ich sofort raus.«

»Nein, das ist es nicht. Jemand hier in der Nachbarschaft fällt Frauen an, haben Sie davon gehört?«

»Nein.«

»Dieser Mann sucht sich Frauen aus, die allein unterwegs sind, einfach so, an ruhigen Orten. Er sucht anscheinend Frauen wie Sie.«

»Wie mich?«

»Mit solchem Haar wie Ihrem.«

»Wie denn wie meins, mit rotem?«

»Ja.«

»Und was tut er?«

»Er umarmt sie einfach fest von vorn oder hinten, und danach sagt er manchmal ›Verzeihung, Verzeihung‹ und flüchtet.«

Dieses Bemühen des schwitzenden Politzisten, seine verlorene Ehre wiederherzustellen, fand sie sympathisch, vielleicht war sie zu weit gegangen.

»Keine Sorge, Hauptwachtmeister Malka, vielen Dank. Ich werde mich vor dem Mann in Acht nehmen, der einen umarmt und dann um Verzeihung bittet.«

Der Polizist trat hinaus auf die Straße. Ehe auch sie ging, winkte sie dem weißhaarigen Mann, der sich auf den Stiel der Spitzhacke stützte. Er erwiderte mit Kopfnicken und freundlichem Lächeln. Das hätte er wohl kaum vor dem Polizisten getan. Wenn der Weißhaarige den Mund aufmachte, würde er gewiss nicht Hebräisch sprechen, und auch nicht Englisch oder Französisch, sondern sicher eine weiche, ferne, unverständliche Fremdsprache, deren Sprecher gut und sympathisch wirkten: Schwedisch oder Walisisch oder Keltisch. Keltisch? Oder eine andere uralte Sprache, die nur noch wenige sprachen.

Einige Minuten nachdem sie in dem kleinen Wartebereich vor dem Sprechzimmer des Arztes Platz genommen hatte, erschien ein magerer, leicht gebeugter älterer Mann mit Brille im grauen Gesicht. Er setzte sich auf den entferntesten Stuhl und stieß einen Seufzer aus. In diesem Moment öffnete sich die Sprechzimmertür, und der Arzt entließ eine groß gewachsene Frau. Doch noch ehe Beth aufstehen und hineingehen konnte, tauchte ein alter Mann am Arm einer Frau auf. Die Frau sagte: »Dringend, dringend« und drängte mit dem zittrigen Alten ins Sprechzimmer. Der großgewachsene Arzt sah älter aus als Beth ihn in Erinnerung hatte. Seine Augen waren gerötet, und er blickte nicht in ihre Richtung. Die Tür schloss sich hinter dem Tattergreis und seiner Gattin, und der ältere Mann seufzte erneut.

»Alles in Ordnung?«, fragte sie ihn.

»Ja.«

Im letzten Jahr hatte sie gelernt, dass man Kinder, die gleich in Tränen ausbrechen würden, durch freundliche Ansprache von ihrer Kränkung oder Verletzung ablenken konnte. »Wohnen Sie schon lange hier in der Gegend?«

»Ja.« Der ältere Mann straffte sich und zog den zerknitterten Kragen zurecht.

»Und vorher? Wo haben Sie früher gewohnt?«

Er ließ das Seufzen sein und erzählte ausführlich, wie er und seine Frau, die ohne Familie ins Land gekommen war – »ein alleinstehendes Mädchen«, so beschrieb er sie –, vor vielen Jahren ein kleines Häuschen auf dem Dach des Hauses gegenüber der Schule bezogen hatten.

Sie hörte ihm mit halbem Ohr zu und warf, wann immer das Tempo seines Redeflusses etwas nachließ, »sehr interessant« ein oder stellte ihm eine Frage, nur damit er weiterredete statt zu seufzen.

Die Sprechzimmertür öffnete sich erneut. Sie musste an die langen Haare auf den Fingern des Arztes und an seine bis zum Fleisch abgenagten Nägel denken und beschloss, nicht zu ihm reinzugehen, zumindest nicht gleich. »Bitte schön, *please*«, sagte sie zu dem älteren Mann, den sie ein wenig aufgemuntert hatte, »gehen Sie jetzt rein, ich habe viel Zeit.«

»Aber Sie waren vor mir hier.«

»Nein, nein, nein, ich bitte von Ihnen – oder vielleicht muss man sagen, ich bitte Sie, *whatever* –, ich habe Zeit und auch das Buch hier.«

Er stand auf und tat zögernd einen Schritt auf die Sprechzimmertür zu.

»Kommen Sie bitte herein«, rief der Arzt ihnen zu, als gehörten sie zusammen, seien Vater und Tochter oder Mann und Frau.

Sie schlug das Buch an einer beliebigen Stelle auf, ließ die Brille ein Stückchen die Nase herunterrutschen und gab vor zu lesen. Der Mann trat einen Schritt zurück. Sie sah ihn über das Brillengestell an und bedeutete ihm mit den Brauen, hineinzugehen. Er holte einen kleinen Kamm aus der Tasche, zog die Reste seines schütteren Haars über die Glatze und betrat das Sprechzimmer.

Die kleine Frau und der Alte, der zittrig eingetreten war und nun erholt aussah, gingen langsam an ihr vorbei zur Treppe, die ins Erdgeschoss und zum Ausgang führte. Das Zittern des Alten war gänzlich verschwunden. Zuvor, beim Gang ins Sprechzimmer, hatte die Frau sich umgewandt und ihr zugelächelt, die Augen funkelnd vor Betriebsamkeit, aber jetzt wirkte sie wie erloschen, als sei ihr die schnelle Hilfe für ihren Mann nicht recht. Beth schüttelte den Kopf. Ihre Brille rutschte noch ein Stück den Nasenrücken runter, und sie schob sie mit dem Zeigefinger hoch.

Die Buchstaben auf der Seite wurden schärfer. Sie blätterte zu dem Kapitel mit der Kirche im Dorf Cossethay, die sie bei ihren arroganten Worten gegenüber dem Polizisten benutzt hatte, was ihr nun ein wenig leidtat. Sie fand das Gesuchte nicht, doch die Überschrift eines anderen Kapitels, die sie gestern übersehen hatte, erregte jetzt ihre Aufmerksamkeit: *The Man's World*.

Nach der Kapitelüberschrift las sie die ersten Worte, *Ursula came back to Cossethay to fight with her mother*, und schon versank sie in der Lektüre.

»Uri-Buri, schschsch, schlaf, Liebling, schlaf.«

Sie hob die Augen vom Buch. Ihr gegenüber saß eine junge Frau mit einem leeren Kinderwagen vor sich. Die Frau flüsterte dem kranken Baby, das auf ihren Armen wimmerte, etwas zu. Sein spärliches Kopfhaar war schweißnass. Auf die Stimme seiner Mutter hin verstummte der Kleine, atmete aber immer noch schwer. Auch seine Mutter seufzte. Im ersten Moment wollte Beth sie ebenso wie den älteren Mann, der vor ihr auf jenem Stuhl gesessen hatte, fragen, ob alles in Ordnung sei, aber die Buchseiten lockten sie zu sehr.

Im hellen elektrischen Licht fühlte sie sich mehr und mehr in die Lektüre hineingesogen. Gestern im Schwimmbad hatte sie nur einen Haufen Gefühlsduselei und Künstelei in der Handlung gesehen, doch jetzt ließ sie sich von der erfundenen Geschichte haltlos mitreißen. Sie tauchte ein in die Welt der achtzehnjährigen Ursula, »dem alleinstehenden Mädchen«, das für die leere Zeit zwischen Schule und Hochzeit notgedrungen wieder ins Elternhaus einzog, Ursula, die sich wie ein

Kadaver vorkam, wie eine, die weder lieben noch geliebt werden würde. Sie verharrte an der Stelle, wo Ursula sich an Zeilen aus ihrem Tagebuch erinnerte, und las die wenigen Worte dreimal: *»She remembered what she had written in her diary: ›If I were the moon, I know where I would fall down.‹«*

Die intensive, hemmungslose und – wie Beth fand – auch schamlose Lektüre wurde von einer Frauenstimme unterbrochen, die vom Eingang der Poliklinik zu kommen schien. »Wie lange kann das denn noch dauern? Wie lange?«

Beth legte das Buch offen und umgedreht auf die Knie.

Sie erkannte die Stimme des Polizisten Malka, der die wütende Frau zu beschwichtigen suchte. »Aber Genossin, aber Genossin, du musst verstehen –«

Die Frauenstimme wurde noch lauter. »Ich bin keine Genossin. Nicht Ihre und auch sonst von keinem, mir reichts! Vielleicht sollte dieser Verrückte, den ihr sucht, über mich herfallen, damit irgendwer endlich auch mich mal beachtet.«

Anscheinend lief wirklich einer in der Gegend herum und umarmte Frauen.

»Regen Sie sich nicht auf, gute Frau, alles wird sich klären«, sagte der Polizist Malka in beruhigendem, sicherem Ton, und die wütende Frau verstummte.

Der Wartebereich vor dem Sprechzimmer war leer. Während sie sich in D. H. Lawrences Buch vertieft hatte, war der ältere Mann anscheinend herausgekommen und die Frau mit dem Baby hineingegangen. Oder vielleicht war auch der Arzt selbst leise an ihr vorbeigehuscht und verschwunden. Anscheinend hatte sie sich beim Lesen unwillkürlich an der gereizten Haut ihres rechten Knies gejuckt, denn jetzt sah es geröteter und zerkratzter aus als zuvor. Auch der Anblick ihrer Sandalen, die schräg übereinanderlagen, beunruhigte sie. Sie blätterte die letzten Seiten des Kapitels durch, war jedoch schon raus aus dem Text und fühlte nicht mehr mit Ursula Brangwen. Ihre Haut hatte aufgehört zu schmerzen, aber die Brandwunden von gestern waren noch nicht verschwunden. Sie klappte das Buch zu und legte es auf den Stuhl neben sich, nahm die Brille ab, platzierte sie auf dem Buch und schloss die Augen.

7

An einem Julitag des Jahres 1967 saß Beth mit ihren Eltern an ihrem Stammtisch im Speisesaal eines kleinen Hotels in Ontario am Ufer des Sankt-Lorenz-Stroms, rund zweihundert Kilometer südwestlich von ihrem Zuhause in Lachine bei Montreal. Es war acht Uhr abends, durchs Fenster über ihrem Tisch fiel noch volles Tageslicht. Beth trug Shorts und Sandalen. Ein dünner, brauner Pulli bedeckte ihren schlanken Oberkörper.

Ihr kam es vor, als hätte sich in all den Sommern, die sie seit ihrem dritten oder vierten Lebensjahr hier Urlaub machten, rein gar nichts verändert. Auch dieses Jahr servierte Mr Pips das Essen, der rundliche, glatzköpfige und schweigsame Kellner, der immer penetrant nach Tabak roch. Dieselben Bilder von Segelbooten in abblätternden Goldrahmen schmückten die Wände, und von der grauen Stuckdecke hingen, genau in der Mitte jedes Ornaments, vier Kristallleuchter, in denen nicht alle Lampen brannten.

Der große Kopf ihres Vaters senkte sich über die Zeitung, und ihre Mutter blickte auf das Fenster und den Fluss. Alles war wie immer, aber ihr Vater hatte sich verändert – das Doppelkinn setzte schon ein drittes Kinn an, und aus seinen ebenfalls angeschwollenen Ohren lugten Haarbüschel hervor. Drei Jahre zuvor hatte er den alten Laden verkauft, war in den neuen, größeren umgezogen, hatte zunächst fünf Angestellte beschäftigt und ein Jahr später schon zehn. Damals hatte er angefangen, dauernd »alles Betrüger« oder »alles Lügner« zu schimpfen, häufig unterstrichen durch einen Faustschlag auf den Tisch. Zweifellos war er nun ein reicher Mann. Ihre Mutter arbeitete nicht mehr als Sekretärin im Buchprüferbüro und hatte, wie er, einiges an Gewicht zugelegt.

Abgesehen von einer Familie am Nachbartisch, die Beth zuvor noch nicht gesehen hatte, war der Speisesaal menschenleer. Die Leute waren wohl am selben Tag wie sie angereist – Eltern, ein Junge von sieben oder acht Jahren, ein fünf- oder sechsjähriges Mädchen und ein zufrieden glucksendes Baby.

Beths Vater schob ihr und ihrer Mutter die letzte Seite des *Toronto Star* hinüber, den er gerade las. Die ganze Seite war voll mit Fotos von unrasierten, lächelnden israelischen Soldaten. Eines zeigte vier Soldaten in einem Jeep, und auf einem anderen posierten ein paar von ihnen auf einem ausgebrannten Panzer. Ein Foto – von einem Soldaten, der im Meer oder in einem Fluss schwamm und ein Gewehr in den Himmel reckte –, kannte Beth bereits von der Titelseite des *Life*-Magazins, die ihr Vater hinter die Scheibe des Bücherschranks geklemmt hatte. Er legte seine feiste Hand auf die Zeitung, beugte sich vor und sagte: »Schaut sie euch an, schaut euch diese Männer an.« Und dann tat er etwas, was er schon lange nicht mehr getan hatte – er fragte sie nach ihrer Meinung: »Na, was sagst du dazu, Beth?«

Ihre Mutter beugte sich ebenfalls zu ihr vor und wiederholte seine Worte: »Ja, ja, Beth, was sagst du dazu?«

In dieser zugeneigten Haltung erinnerten sie Beth kurz an ihr gemeinsames Foto, das daheim in Lachine auf der Anrichte stand – sie mit vier Jahren, alle drei eng umschlungen in die Kamera lächelnd und in kurzen Hosen.

Der Kellner servierte die Suppe, und das aufflackernde Bild ihrer jungen Eltern verlosch.

Am Nebentisch kam Lachen auf.

»Und wenn ich eine Farbe wäre?«, fragte die junge Mutter.

»Dann wärst du Lila mit ein bisschen Gelb und einem Tupfen Rot«, antwortete das Mädchen, nachdem es den Finger gehoben hatte wie eine brave Schülerin.

Beths Vater klopfte mit dem Löffel an den Suppenteller. Suppe troff ihm vom Kinn und rann den Hals hinunter. Er wischte sich Mund und Kinn mit der Serviette ab, deren eine Ecke er unter den Hemdkragen gestopft hatte, und klopfte dann noch mal mit dem Löffel an den Teller. Der Kellner beeilte sich, die Hauptgerichte aufzutragen: dampfenden Rinderbraten im Bohnenkranz.

Der bleiche junge Vater am Nebentisch war sehr dünn. Seine hohe Stimme passte zu seinem zerbrechlichen Körper.

»Das ist wunderbar, das ist großartig«, reagierte er begeistert auf einen Ausspruch seines Sohns. »Sag das noch mal, denn das möchte ich behalten und aufschreiben, damit es uns für immer bleibt.« Dann wandte er sich seiner Frau zu, die weniger schmal war, aber noch müder und blasser aussah: »Hör zu, hör dir das an, Gilly, das ist gut, das ist echt großartig.«

Der Junge richtete sich im Sitzen auf. Beth dachte,

der Mann sei sicher zu schwach, um seinen Sohn auf den Schultern zu tragen.

»Also«, sagte der Kleine, als er sich vergewissert hatte, dass alle zuhörten, »die genaue Farbe ist Grau. Nicht richtig Grau, sondern Grau mit Schattierungen von Dunkelgrün und ein bisschen Braun drin, solche, die man nicht genau sieht, aber von denen man spürt, dass sie da sind, unter der Farbe, die man sieht.« Beim Sprechen formte er mit Daumen und Zeigefinger einen Kringel. Seine Augen leuchteten wegen der liebevollen Aufmerksamkeit seiner Eltern.

»Das ist schön, das ist schön, am allerschönsten«, sagte die müde Mutter. Obwohl sie das Baby noch auf dem Schoß hatte, bekam sie beide Hände frei, um Beifall zu klatschen, dann richtete sie den Blick wieder auf den Baby-Sohn und hielt ihn fester, als wollte sie ihn für den Moment entschädigen, in dem sie ihn gefährdet hatte.

Auf dem Tisch der jungen Familie standen weder Speisen noch Teller, und der Kellner beachtete sie gar nicht. Vielleicht hatten sie schon gegessen, oder sie waren nur zum Sitzen, Reden und Spielen hergekommen.

»Ja, das stimmt wohl«, sagte der junge Vater. Auf seinen eingefallenen Wangen sprossen Bartstoppeln. Er lächelte und zeigte dabei große, ungesunde Zähne.

»Ich liebe dieses Spiel«, sagte der Junge. »Los, weiter!«

Seine pausbäckige Schwester wackelte mit den bloßen Füßen und sagte: »Jetzt bin ich dran.«

Der dünne Vater hustete.

Beth blickte aus dem Fenster. Sie erinnerte sich daran, wie sie selbst mit vier oder fünf Jahren hier auf dem kleinen Landesteg des Hotels zwischen Vater und

Mutter spaziert war, die sie an beiden Händen hielten und vereint sagten: »Gleich werfen wir die kleine Betsy ins Wasser«, worauf sie sie in die Luft schwangen und sie vor Vergnügen kreischte. Kaum dass ihre nackten Füße wieder auf den Holzbohlen landeten, zerrte sie schon an den großen, warmen Händen und bettelte: »Noch mal! Noch mal!«

Sie sah ihren Vater an, der die Gabel aus dem Mund nahm und in den nächsten Fleischbrocken stach. Anscheinend war sogar sein auf und ab gleitender Adamsapfel in den letzten Jahren größer und dicker geworden.

Sie schob ihren Teller zurück und stand auf. »Ich bin nicht hungrig, ich gehe.«

Ihre Mutter schaute weiter hinaus auf den grüngrauen Fluss.

»Ich gehe«, sagte Beth erneut.

»Ich habe dich gehört«, erwiderte ihr Vater, ohne sie anzublicken, während er Fleisch und Bohnen kaute. »Komm vor Einbruch der Dunkelheit zurück.«

Am Nebentisch wurde erneut gelacht.

»Amy, hör auf, mich zu kitzeln«, sagte der Junge.

Beth ging die drei Schritte zum Ausgang. Ein geblümtes Stoffsäckchen mit Kieselsteinen hielt die Tür des Speisesaals offen, Beth schob es mit dem Fuß beiseite.

Die Glastür knallte zu. »Rot!«, tönte die Stimme des Jungen dahinter.

»Gelb!«, erwiderte ihm die kindliche Stimme seiner Schwester.

Der einzige Ort in Fußnähe des kleinen Hotels war die Kleinstadt Prescott: keine viertausend Einwohner, zwei sich kreuzende Hauptstraßen, der Bootshafen, ein Kino. Beth ging eine Stunde am Straßenrand entlang. Die Straße verlief mal näher, mal ferner vom Fluss, machte einen Bogen um einsame Privathäuser oder auch mal ein kleines Hotel am Wasser. Wenige Autos fuhren in ihrer Richtung, und wenn jemand bremste, um ihr eine Mitfahrgelegenheit anzubieten, winkte sie dem Fahrer, dass sie nicht interessiert sei und er wieder beschleunigen könne. Etwa auf der Hälfte des Weges, wo die Straße ganz am Fluss verlief, sah sie einen Vogel ins Wasser tauchen und einen zappelnden Fisch mit dem Schnabel schnappen.

Im Städtchen angekommen, ging sie geradewegs ins Kino. Bis vor fünf oder sechs Jahren hatte sie hier mit ihren Eltern Kinderfilme gesehen – zwischen ihnen sitzend, auf den Knien einen Becher Popcorn, in den sie alle drei griffen, sodass sich ihre Hände manchmal berührten. Die Frau an der Kasse, immer noch dieselbe, lächelte sie an: »Die hier habe ich noch, meine Liebe, eine letzte Karte für den besten Platz. Hat nur auf Sie gewartet, ein One-Way-Ticket.«

Erst am Saaleingang hob Beth den Blick zum Filmtitel, der in kleinen elektrischen Lämpchen flimmerte: *A Man for All Seasons*.

Auf dem Weg zu ihrem Platz streifte sie die Knie der Sitzenden, bis sie in der Mitte der Reihe ankam. Nach dem Löschen der Lichter rief eine Frauenstimme vom Saaleingang: »Edi, Edi, wo bist du?«

An die zehn Männerstimmen antworteten im Schutz der Dunkelheit aus allen Richtungen: »Hier bin ich, Süße, hierher, komm.« Im dämmrigen Saal erklangen Lacher.

Gegen Ende des Films bekreuzigte sich Thomas Morus auf dem Schafott, und das Henkerbeil landete auf seinem Hals. Die Leinwand wurde schwarz, und der Sprecher sagte mit tiefer Stimme, der abgehackte Kopf sei einen Monat lang auf der Verräter-Brücke aufgehängt gewesen, dann habe Thomas Morus' treue Tochter ihn abgenommen und bis zu ihrem Tod bei sich gehütet.

Als die Lichter angingen, blieb Beth an ihrem Platz. Erst als der Saal sich geleert hatte, stand sie auf und ging hinaus. In der langen Dämmerung spazierte sie die King Street auf und ab. Als das Tageslicht gänzlich verblasst war, spähte sie in eine Bar, die offenbar voll mit rauchenden Männern war, ging weiter und betrat einen Drugstore, wohl der einzige Laden, der noch offen hatte. Sie ging die Regale in dem menschenleeren Geschäft auf und ab, bis der Verkäufer sie ansprach: »Hi, Süße, ist alles in Ordnung?«

»Klar ist alles in Ordnung.« Vor ihren Augen lagen Notizbücher und Stifte im Regal. »Ich suche nur ein kleines Notizbuch und einen Stift und hab sie schon gefunden.«

Beth fasste den Beschluss, im Dunkeln nicht zu Fuß zum Hotel zurückzukehren, und noch ehe sie an der östlichen Ausfallstraße die Hand heben konnte, hielt schon schnaufend und reifenquietschend ein großer Laster neben ihr, und der Fahrer winkte ihr einzusteigen. Nach fünf Minuten schweigsamer Fahrt griff der Fahrer eine Whiskyflasche aus einem Karton neben sich und bot sie ihr an. Der Geschmack des Schlucks, dem ersten ihres Lebens, war verblüffend. Mit verzerrtem Gesicht nahm sie einen zweiten und spürte augenblicklich scharfen Druck in den Schläfen und ein angenehmes Kribbeln in Armen und Beinen. Als sie dem Fahrer die Flasche zurückgab, waren sie schon am Hotel angekommen.

»Das wärs, hier ist es, halten Sie bitte an für mich«, sagte Beth und deutete auf den beleuchteten Wegweiser zum Fluss und dem kleinen Hotel. »Vielen Dank, von hier gehe ich zu Fuß.«

»Hab ich denn keinen Kuss verdient, Liebes?«

Beth stieg aus dem Lastwagen und warf die schwere Tür hinter sich zu. Als der Laster schon weg war, rief sie »Hurensohn« in die Dunkelheit, obwohl sie dem angetrunkenen Fahrer nicht wirklich böse war.

Von der dunklen kleinen Anhöhe aus – sie hatte sich dort hingesetzt und betrachtete ihre Umgebung – sah man den Vordereingang des zweistöckigen Hotels und die Lampen, die den kurzen Pfad vom Hintereingang zum Bootssteg am Sankt-Lorenz-Strom beleuchteten. An die zehn Minuten saß sie so da, bis ein dunkler Wagen vor dem Hotel hielt und zwei kräftige junge Männer in dunkler Kleidung ausstiegen und zielstrebig hineineilten.

Sie waren Polizisten. So viel war klar. Es war längst dunkel. Ihr Vater hatte die Polizei alarmiert.

Nahe und ferne Geräusche störten die Stille. Ausgerechnet um diese Uhrzeit musste jemand Brennholz für den Winter hacken, ließ immer wieder die Axt niedersausen, und beim dritten oder vierten Schlag splitterte auch der Holzblock vernehmlich. Einige Autos fuhren auf der Hauptstraße, dahinter ratterte ein Zug über die Schienen. Man hörte das ferne Heulen eines wilden

Tieres, das nervöse Bellen eines Hundes, Grillenzirpen. Ein großer Vergnügungsdampfer glitt langsam vorbei. Vom Hauptmast baumelte eine bunte Lichterkette. Wind kam auf.

Beth zog die Hände in die Ärmel des Pullovers. Sie hörte dumpfe, ferne Rufe: »Bethy! Bethy, Bethy, Betsy!«

Am Wasser, fern des Hotels, gingen zwei rundliche, dunkle Gestalten davon, bis sie verschwanden. Hundebellen begann erneut und verstummte. Keine Menschenstimme, die sie zuvor gehört oder zu hören gemeint hatte, erklang mehr. Am östlichen Horizont stieg nun der Vollmond auf, beschien hell den Fluss und seine beiden Ufer – das kanadische, an dem sie saß, und das amerikanische gegenüber. Das Hotel, das der aufgehende Mond von Osten beleuchtete, warf seinen zweistöckigen Schatten auf den Boden. Die Bäume am Fluss, der Uferstreifen und das Wasser färbten sich in weichen Silbertönen. In dem neuen Licht wirkte auch ihr Körper anders als sonst – blass, zart, zerbrechlich, klein, verletzlich, süß. Der weite Pullover verbarg ihre kleinen Brüste und ihre Taille, und auch ihre Beine verloren die Anzeichen knospender Weiblichkeit und wirkten in den kurzen Hosen wieder wie Kinderbeine. Die vergessene dünne Narbe einer Schnittwunde, die sie sich im Kindergarten an einer Glasscherbe zugezogen hatte, zeichnete sich plötzlich deutlich auf der hellen Haut ihres rechten Beins ab.

Sie schlug das schmale Notizbuch auf, das sie im Drugstore in Prescott gekauft hatte. Die weißen Blätter strahlten. Oben auf der ersten Seite schrieb sie in großen, unregelmäßigen Buchstaben »Bethy, Bethy, Betsy«.

Ihr Name in Koseform und in kindlicher Schrift sah komisch, ja erschreckend aus. Die fernen Axtschläge setzten wieder ein. Der erleuchtete Vergnügungsdampfer war verschwunden. Sie holte tief Luft und las erneut die Worte, die sie niedergeschrieben hatte. Diesmal tat sie es auf andere Weise, las sie nicht wie eigene Worte, sondern wie solche aus der Feder eines anderen, die sie vor sich hatte. Ihr Erschrecken verschwand. Jetzt waren die Worte schön und interessant. Der Wind versiegte. Sie meinte, die Antwort auf eine bohrende Frage gefunden zu haben, deren Bedeutung ihr noch nicht klar geworden war. Als der Vollmond ganz über dem Horizont aufgestiegen war, schrieb sie fließend und sicher weiter:

Betsy. Es war klar, dass sie nicht mehr zurückkehren würde, und ich meinte, keine Luft zu bekommen. Ich rannte am Fluss entlang, der nicht mehr blau oder grün, sondern mit merkwürdigem, hellem Licht beschienen war. Ich wusste mit fast vollständiger Sicherheit, dass ich sie auch am Morgen nicht finden würde und auch nicht danach. Und ich rief sie: »Bethy! Bethy! Betsy! Betsy!«, wie ich es seit ihrem fünften oder sechsten Lebensjahr nicht mehr getan hatte, als ich sie hier auf dem Landesteg auf den Schultern trug und sie fröhlich rief: »Daddy, Daddy, ich hab dich lieb.« Ich dachte, wenn ich sie wieder so riefe, würde sie plötzlich auftauchen. Und da kamen zwei Polizisten, die nichts zu sagen brauchten, denn ich begriff schon alles.

Als sie aufblickte zu dem Hotel, dessen Fenster im zweiten Stock schon alle dunkel waren, lachte sie befreit.

Der Wind frischte auf. Man hörte ein wiederkehrendes Wispern, von dem Laub der Bäume oder dem sanften Wellenschlag auf den Kieseln am Flussufer. Sie kam auf die Beine, schüttelte die Erdkrümel ab. Sie stieg von der Anhöhe hinunter und betrat das Hotel von hinten, durch den Ausgang zum Fluss.

Ihr Vater und ihre Mutter saßen allein in der Lobby. Hinter der Empfangstheke war kein Mensch, auch die Polizisten waren spurlos verschwunden. Sie sah ihre Eltern von hinten. Sie guckten die Spätnachrichten. Gegen Ende der Sendung kam ein kurzer Bericht aus Israel und über die Öffnung der Grenze zwischen West- und Ost-Jerusalem für den freien Durchgang von Juden und Arabern. Ihr Vater reckte den Rücken und schob den Kopf dem Fernseher zu. Danach lief eine Folge der Serie *Bonanza* weiter, die offenbar durch die Nachrichten unterbrochen worden war. Bisher hatte sie noch nie eine Farbfernsehsendung gesehen, woraus sie schlussfolgerte, dass man im Hotel das Fernsehgerät vom letzten Jahr durch ein neues ersetzt hatte. Die Farbkontraste waren scharf, das Gehabe der bunten Figuren, die sie bisher nur in Grautönen kannte, wirkte gekünstelt. Ihre Mutter starrte auf den Bildschirm, und ihr Vater schien knapp über den braunen Holzkasten hinauszublicken. Nach der vertrauten Schlussmelodie kam Werbung für ein Mittel gegen Sodbrennen, gleich darauf begann eine neue Folge. Die vier Reiter blickten hoch zu Ross in die Kamera, mit geröteten Wangen, schwankend im Sattel. Sie sahen betrunken aus, und als der optimistische Titel der Serie über ihren hochmütigen Gesichtern erschien, lachte sie auf.

»Guten Abend, bin wieder da.«

»Verstehe«, sagte ihr Vater. »Ich bin weder blind noch taub.«

Er blickte auf seine Uhr, stand auf und beugte sich zu ihr vor, brachte sein Gesicht ihrem nahe und schnupperte. Er hatte sie noch nie geschlagen, ja es war sogar einige Jahre her, dass er sie auf irgendeine Weise angefasst – ihre Hand gehalten oder ihren Kopf gestreichelt – hatte. Jetzt trat er auf Armlänge zurück und versetzte ihr eine Ohrfeige. Der Ehering an seinem Finger verletzte sie an der Oberlippe. Blut rann ihr über den Mund und verschmierte einen seiner Fingernägel. Ihre Mutter starrte sie kurz an, wandte das Gesicht ab und widmete sich wieder dem Farbflimmern auf der Mattscheibe.

In ihrem Zimmer drückte sie ein feuchtes Handtuch auf die blutige Oberlippe, die nicht mehr schmerzte, öffnete das Fenster und blickte hinaus auf den Fluss und den Vollmond, der unterdessen noch höher gestiegen und geschrumpft war. Sie führte die Zunge über die angenehm salzige Wunde. Etwa eine Stunde später hörte sie ihre Eltern das Zimmer jenseits der Wand betreten. Sie meinte, ihre Mutter fröhlich lachen zu hören, so froh wie schon lange nicht mehr.

Die aufgesprungene Oberlippe verheilte, noch ehe sie wieder zurück waren. Die letzte Berührung mit der väterlichen Hand wirkte befreiend. Sie fühlte sich immun. Nun war es ihr gleich, ob ihre Eltern sich zum Guten oder zum Schlechten wandelten.

Von der Abschlussparty der Highschool kam sie um drei Uhr morgens nach Hause, angesäuselt von einem undefinierbaren Drink, den ein Schüler heimlich ausgeschenkt hatte. Ihr Vater und ihre Mutter waren noch auf. Sie saßen auf den neuen Ledersesseln, mit Blick zur Tür. Als sie eintrat, rief ihre Mutter mit dünner Stimme: »Oh«, als sei ihr das schmale Mädchen mit den zerzausten roten Haaren dort an der Tür völlig unbekannt. Beth ging an ihnen vorüber, als kennte auch sie die beiden nicht, stieg hinauf in ihr Zimmer und schloss die Tür.

Lautes Klopfen an der Tür weckte sie am nächsten Morgen. Erstes Tageslicht fiel durchs Fenster. Ihr Vater klopfte erneut und rief: »Beth, Beth, antworte mir.« Sie gab keine Antwort. Stieg nur aus dem Bett, zog einen ihrer großen Pullover übers Kleid und setzte sich an den Schreibtisch, mit dem Rücken zur Tür.

»Beth, antworte mir, antworte mir auf der Stelle.«

Er wartete ihre Antwort nicht mehr ab. Mit Schwung riss er die Tür auf, die nicht abgeschlossen war, und stand mitten im Zimmer. Sie sah ihn in dem kleinen Spiegel, den sie am Vorabend an ein Buch gelehnt hatte, um sich die Augen für die Party zu schminken. Ihr Vater hüstelte, aber sie drehte sich nicht nach ihm um. In dem schräg stehenden Spiegel sah er aus, als würde er gleich nach hinten kippen.

»Ich dachte«, sagte ihr Vater, »das heißt, Mama und ich haben gedacht«, er blickte hinauf zur Zimmerecke, schob die Daumen hinter den Hosengürtel, trat näher, sein mächtiger Bauch füllte jetzt den ganzen kleinen Spiegel, »wir dachten, wenn du Freiheit suchst, wenn du wegfahren und unabhängig sein willst, fern von uns …«

Beth blickte auf das kleine Notizbuch, das sie in Prescott gekauft und seit jener Nacht nicht mehr angerührt hatte. Es schien ein Stückchen weiter links von dem Platz zu liegen, an dem sie es zurückgelassen hatte. »Wenn du auf Distanz zu uns gehen möchtest, dann stimme ich zu, dass du dort hinfährst, für ein paar Monate, vielleicht sogar ein Jahr, ich bezahle.«

Er legte eine jüdische Informationsbroschüre vor sie hin, wie sie in den letzten Monaten gelegentlich im Briefkasten landeten. Das Titelbild zeigte eine junge Frau und einen jungen Mann, beide hübsch und sonnengebräunt, die auf einer Leiter standen und Äpfel pflückten. Der Körper der Frau war gesund und voller als ihrer, aber im Gesicht hatte sie dieselben Sommersprossen wie Beth.

Gegen Ende des Unterrichts im Kibbuz-Ulpan – drei Monate, in denen sie morgens Hebräisch gelernt und nachmittags in der Küche und im Speisesaal gearbeitet hatte – fand Beth am Schwarzen Brett Herrn Klugmanns Zettel, in schönen hebräischen und englischen Druckbuchstaben. Keine Woche später siedelte sie nach Jerusalem über und begann, als Aushilfslehrerin in der Grundschule Englisch zu unterrichten. Zum ersten Mal in ihrem Leben wohnte sie allein, in einer Einzimmerwohnung in einer grau getünchten Wohnsiedlung am Südende der Emek-Refa'im-Straße, gegenüber der Bahnschranke. Monat für Monat traf von ihrem Vater per Post ein Scheck für die Miete ein.

8

Zum dritten Mal an diesem Morgen erwachte Zemach vom Schnaufen eines Autobusses, der die Straße herauffuhr. Er schlug die Decke zurück. Hinter den Spinnweben in der Zimmerecke war ein Stück Tünche abgefallen und hatte Rußspuren freigelegt. Als sie hier eingezogen waren, hatte Lili diese verrußte Ecke an der Decke immer wieder neu gestrichen. Sie hatte auf der aufgeklappten Leiter gestanden, ein Bein hüben, ein Bein drüben, in seiner Arbeitshose, gehalten von einem dünnen Schal, den sie statt eines Gürtels durch die Schlaufen gezogen hatte. Ihr Kopf mit dem Barett darauf stieß fast an die Zimmerdecke. »Mit dieser Mütze siehst du aus wie Marlene Dietrich«, hatte er damals gesagt. Lili signalisierte mit einer Handbewegung, dass man das nicht sagen könne und er nicht mal begreifen würde, warum es nicht stimme. »Oh, danke, Hans«, rief sie von der Leiter herab, »wirklich, vielen Dank.«

Zemach setzte die Brille auf. Auf dem Nachtschränkchen sah man einen Wecker, der nicht mehr gestellt werden musste, wie ihm am Abend noch rechtzeitig eingefallen war, eine Schachtel Ascot-Zigaretten und die Gewerkschaftszeitung *Davar* von gestern. Die Schlagzeile mitten auf der ersten Seite war nur wenig größer als die anderen: »Apollo 11 startet heute zu ihrer historischen Mission, um Menschen auf dem Mond landen zu lassen.« Auf einem der zwei Stühle lag seine Hose, die er am Vorabend ausgezogen und dorthin geworfen hatte. Er musste ein weiteres Loch in den Gürtel stanzen. In den letzten Wochen hatte er stark abgenommen und viel geraucht.

Plötzlich wurde es mucksmäuschenstill. Man hörte kein Vogelzwitschern und keinen Autolärm von der Straße. Um die Stille zu brechen, könnte er das Radio anschalten, aber dann müsste er aufstehen, und dazu fühlte er sich zu schlapp. Vielleicht sollte er den Mund aufmachen und die eigene Stimme erheben? Aber was sollte er jetzt wohl sagen?

»Das Leben«, sagte Zemach. Und mit etwas lauterer Stimme wiederholte er »das Leben« und noch einmal »das Leben!«.

Die Worte hallten von den Wänden wider, und sein Herzschlag beschleunigte sich. Er legte eine Hand auf die Stirn und dann an den Hals. Der Puls ging schnell. Seine Körpertemperatur schien rasch zu steigen. Alles, was er jetzt von seinem Bett aus vor Augen hatte, kam ihm auf einmal fremd und bedrohlich vor, wie in einem Albtraum, als würde er nicht schon jahrelang in diesem Zimmer wohnen; und alles, was ihm aus dem kleinen Mitgliederbeitragsbüro, das er weder morgen noch an einem anderen Tag mehr aufsuchen würde, im Gedächtnis geblieben war – das fensterlose Kämmerlein, die Akteneinträge, das Geldzählen, der tägliche Gruß an Ruchama und Rivka –, kam ihm jetzt vertraut und gemütlich, real, konkret und greifbar vor.

Beim ersten Zug an der Zigarette schwindelte ihm ein wenig. Als er den Rauch zur Zimmerdecke blies, spürte er ein scharfes Stechen mitten in der Brust. Auch der Schwindel und das Stechen waren vertraut. Er hatte sie in den letzten Monaten schon mehrmals verspürt, im Gehen oder nach zu raschem Aufstehen. Doch jetzt traten sie erstmals auf, als er, halb wach, halb schlafend, im Bett lag. Zweimaliges kieferstrapazierendes Gähnen vermochte die Lungen nicht mit der nötigen Sauerstoffmenge zu füllen. Es war ein fruchtloses Gähnen – Hyperventilation, ein bekanntes Phänomen, alles nur eingebildet. Doch der Schwindel war echt und ebenso offenbar das Stechen im Herzen. Er würde die Ärztin, Dr. Gross, aufsuchen.

Beim weiteren Nachdenken wurde ihm klar, dass die Entscheidung, zur Ärztin zu gehen, eigentlich längst gefallen war und nur darauf gewartet hatte, dass er sie auflas. Sie lag da unter dem Spiegel, neben der Packung Blutdrucktabletten, in der nur noch eine übrig war. Er musste also ohnehin zur Poliklinik gehen, um neue Pillen zu bekommen.

Er schloss die Wohnungstür ab und drückte von außen die hölzernen Fensterläden zum Dach lose zu. Wenn er sie an Sommertagen nicht zumachte, knallte die Sonne schon mittags aufs Fenster und verwandelte das Zimmer in einen Schmelzofen. Im dunklen, stets kühlen Treppenhaus hing leichter Modergeruch. Als er aus dem Halbdunkel auf die Straße trat, wandte er sich blinzelnd nach links, Richtung Poliklinik.

An der Tür des Ladens *Asriel – Schreibwaren und Geschenke* stand Pinchas Asriel und streichelte seinen Bauch. Zemach nickte ihm zu und wollte weitergehen, aber der Mann trat ihm in den Weg und beantwortete eine ungestellte Frage: »Danke, alles in bester Ordnung, Hauptsache, Gesundheit. Wenn man lebendig aufsteht und zur Arbeit geht, gibts nichts zu klagen. Also was sagen Sie zu dem Kriminellen, der hier in der Gegend rumläuft? Schau, schau einer an«, er deutete mit dem Kopf auf zwei Polizisten in Khaki-Uniform, die gemessenen Schritts auf dem Bürgersteig gegenüber gingen, »echte Polizisten hat man uns hergebracht.«

»Ja, richtig«, erwiderte Zemach, nur um etwas zu sagen, trat vom Bürgersteig auf die Fahrbahn und ging weiter.

Die große Glastür der Kassen-Poliklinik ging leicht auf. In dem Neubau hörte man die Klimaanlage säuseln. Über der Empfangstheke hing ein Schild mit der Aufschrift: *Außer in Eilfällen Terminvereinbarungen für den Hausarzt nur von 8–9 Uhr.*

Die neue Rentneruhr an seinem Arm zeigte fünf vor elf. War sein Fall eilig? Und was war überhaupt dieser »Fall«, ob eilig oder nicht, dessentwegen er Dr. Gross sprechen wollte? Der Fall eines alten Mannes von fünfundsechzig Jahren, der kaum zugeben mochte, dass er schon fast gänzlich kahl war, eines Mannes, der gestern in Rente gegangen war und heute Morgen, gleich beim Augenaufschlagen, zu den Wänden erst »der Tod« auf Deutsch und dann »das Leben« auf Hebräisch gesagt hatte, wie einer, für den sich der ganze Unterschied dazwischen bereits verwischte. Und bestand denn überhaupt ein Unterschied? Seine Hand griff eigenmächtig an sein linkes Ohrläppchen und zog daran. Diese nervöse Gebärde hatte er sich in den letzten Tagen angewöhnt, und bei jedem solchem Zerren spürte er ein Stechen oder einen scharfen Schmerz vom Ohr in die Mitte des Kopfes fließen.

An der Wand zu seiner Rechten hing ein großer, roter Anschlag, identisch mit dem im Beitragsbüro:

LIEBER GENOSSE!
REGLE RECHTZEITIG DEINE BEITRAGSZAHLUNGEN
UND SICHERE DEIN WAHLRECHT AUF DEM
ELFTEN GEWERKSCHAFTSTAG

Eine schlanke Frau, die einen Kinderwagen schob, blieb genau unter dem Plakat stehen. Ihre Augen waren vor Müdigkeit gerötet, doch plötzlich erhellte sich ihre Miene, und sie rief in den Kinderwagen: »Uri-Buri, Uri-Bubi, was gibts? Ja, was?«

Hinter der Empfangstheke saß eine neue, junge Angestellte. Im Näherkommen sah er, dass sie intensiv damit beschäftigt war, den Rand des leeren Formulars vor sich mit Blümchen vollzukritzeln.

»Verzeihung, ich meine, es ist etwas eilig, ich fühle mich unwohl.«

»Ja, Genosse, Mitgliedsausweis, bitte.«

Gleich beim Griff in die Hosentasche wurde ihm klar, dass er das rote Gewerkschaftsbuch in der Schublade neben dem Waschbecken vergessen hatte. Trotzdem suchte er auch in der Brusttasche und im Portemonnaie. Seine Fingerspitzen zitterten ein wenig. Gerade die zum Scheitern verurteilte Suche verlieh seinem Anliegen echte Dringlichkeit, und er sagte: »Es eilt.«

Die Angestellte stieß sich mit den Füßen am Boden

ab und rollte mit dem Stuhl zum Tisch eines älteren Kollegen, den Zemach kannte, ohne seinen Namen zu wissen. Der Angestellte blickte von seiner Zeitung auf und sagte laut und langsam, als spräche er mit einem schwerhörigen Alten: »Guten Tag, Herr Zemach, schön, Sie zu sehen«, und bedeutete der Kollegin, sich weiter um den tauben Greis zu kümmern.

Die Angestellte glitt samt Stuhl an ihren Platz zurück und stellte den mit Patientenakten vollgestopften Kasten vor sich auf den Tisch, allesamt schmutzig und abgegriffen. »Gleich finden wir Ihre Karte, Genosse, und erfahren, wer Ihr Hausarzt ist.«

Während sie mit der einen Hand in den Karteikarten stöberte, öffnete sie mit der anderen die Hülle eines Bazooka-Kaugummis und schob sich den rosa Happen in den Mund. Flüchtig blickte sie auf das Horoskop-Zettelchen und warf es dann mit dem Einwickelpapier in den Papierkorb zu ihren Füßen.

»Ihr Arzt ist … ist … ist …« Die Angestellte fingerte mit ihren roten Nägeln durch die Karteikarten, und der frische Kaugummi verbreitete ihren zuckersüßen Mundgeruch.

»Dr. Gross«, sagte Zemach leise.

»Dr. Gross!«, rief die Angestellte. »Sehr richtig!«

Sie zog seine Patientenkarte hervor wie ein Gewinnlos oder wie ein Kaninchen aus dem Hut.

»Aber Dr. Gross hat heute Urlaub. Was machen wir denn da?«

Die junge Angestellte hielt kurz inne, als wollte sie Zemach überraschen oder erwartete, dass er ihre Frage beantwortete.

»Ich weiß, was wir machen. Wir schicken Sie zu Dr. Goldstein, ja, das machen wir.«

In ihrem einen Mundwinkel schimmerte ein Speichelbläschen. Lilis Karte war mit seiner Karte zusammengeheftet.

»Keine Sorge, Genosse. Er ist neu bei uns, aber sehr nett. Wir bringen ihm Ihre Karteikarte rein, sein Zimmer ist einen Stock höher am Ende des Gangs.«

Baby Uri ruhte jetzt in den Armen seiner Mutter, still und reglos. Zemach war gar nicht auf die Idee gekommen, dass Dr. Gross heute nicht in der Praxis sein könnte. Dr. Gross kannte sie beide, seitdem sie hier eingezogen waren. Lili behauptete von ihr, sie hätte kein bisschen Humor und empfände Lebensfreude nur in den Momenten, wenn sie jemandem eine Spritze ins Fleisch jagte. Wäre Dr. Gross heute da, hätte sie mit einer Geste jede Klage seinerseits vom Tisch gewischt, hätte, während sie seine Hand nahm und ihm dann den Blutdruck maß, mit der wohltuenden Sachlichkeit alter Bekannter gesagt, sie sei gar nicht sicher, ob er es so gern höre, aber er sei insgesamt völlig okay für sein Alter, abgesehen von seinem Bluthochdruck natürlich und dem Zucker.

Zemach ging die Treppe hoch und dann den breiten Gang entlang zu den Sprechzimmern. Vielleicht ließ er es besser bleiben? Vielleicht sollte er, statt jetzt einen jungen Arzt aufzusuchen, der allerlei fragen und untersuchen und ihn unangenehm anfassen würde, lieber mit dem alten Rezept zur Apotheke gehen, um eine weitere Packung seines Blutdruckmittels zu holen, und sich dann davonmachen?

Ein Mann und eine Frau schlichen langsam vor

ihm her. Der Mann war hochgewachsen und trug eine Schirmmütze. Kopfhaar und Schnauzer waren schneeweiß, und die Frau, die ihn stützte, war klein und dick und hatte eine Schürze umgebunden. Als er die beiden überholte, nickte der Mann – aus der Nähe wirkte er älter, auch abgesehen von dem weißen Haar –, und die Frau entblößte beim Lächeln einen Goldzahn.

Die Sitze in dem kleinen Wartebereich vor Dr. Goldsteins Praxis waren aus blankem, weißem Plastik und in einigem Abstand voneinander an der Wand befestigt, ohne stützende Beine. Im alten Gebäude der Kassen-Poliklinik, das jetzt als Bezirksstation für seelische Gesundheit diente, gab es keine Klimaanlage, und die Besucher warteten dicht gedrängt auf derben Holzbänken ohne Lehnen in einem einzigen Wartesaal am Eingang.

Eine junge Frau im blau karierten Sommerkleid, das sonnengerötete Schultern und Beine entblößte, saß nahe der Sprechzimmertür. Ihre rötlichen Schultern waren mit Bläschen übersät, die abgestreiften Zehensandalen lagen quer übereinander. Auf ihrem Schoß ruhte ein zugeklapptes Buch.

Zemach setzte sich seufzend auf den Platz gegenüber und blickte die Frau an. Die Sprechzimmertür ging auf, und heraus kam eine stattliche Frau von etwa vierzig Jahren, die Haare zu einem Vogelnest auf dem Kopf hochgesteckt. Sie trug hohe Absätze und Nylonstrümpfe. Ihre Unterlippe zitterte ein wenig. Der Arzt folgte ihr hinaus und lehnte sich an den Türrahmen. Er wirkte besorgt. Sein Kopf stieß beinahe an den Türsturz. Mit angelsächsischem Akzent sagte er in schwachem Ton: »Nur eine vor dem Schlafengehen, ja? Nicht mehr.«

Die beiden, die er auf dem Herweg überholt hatte – die Frau mit dem Goldzahn und der Alte, der sich auf sie stützte –, tauchten auf und steuerten geradewegs das offene Sprechzimmer an. Der Kopf des hochgewachsenen Alten wackelte in alle Richtungen.

»Mein Mann, verstehen Sie«, sagte die um einiges jüngere Frau zu Zemach, als müsse er ihr erlauben, unangemeldet einzutreten, »er hat einen Anfall. Der Arzt muss ihm schleunigst helfen, wenn es so weitergeht, könnte er sterben. Er wird bald siebzig.«

Der Arzt trat ein wenig zur Seite und ließ die kleine Frau den zittrigen Alten in sein Sprechzimmer bugsieren.

Als die Tür ins Schloss gefallen war, seufzte Zemach erneut.

»Alles in Ordnung?«, fragte die junge Frau.

»Ja.«

»Wohnen Sie schon lange hier in der Gegend?«

»Ja«, gab Zemach ihr zur Antwort.

»Und vorher? Wo haben Sie früher gewohnt?«

»Vorher war ich im Kibbuz.«

»Und dann?«

»Dann ist meine Frau gekommen, aber ihr hat es dort nicht gefallen. Sie war eine Einwanderin, wissen Sie, ein alleinstehendes Mädchen.«

Die junge Frau setzte die Brille ab und legte sie auf den leeren Sitz neben sich. Ihre großen Augen waren grün. Aus dem Sprechzimmer hörte man ein Ächzen. Zemach rieb sich die Hände, die ihm jetzt hübsch vorkamen, wie die Hände eines jungen Mannes, feingliedrig und stark. Er setzte sich auf und sprach weiter.

»Und dann«, er hielt kurz inne, weil er meinte, seine Rede habe jetzt den richtigen Rhythmus, was ihn freute, »als wir nach Jerusalem zogen, wohnten wir zuerst in einer Wohnung mit anderen zusammen, und danach bekamen wir diese hier, in der Hauptstraße. Auf dem Dach des Gebäudes der Konditorei Koch und des Schreibwarenladens, wenn Sie das kennen.«

Er entdeckte Reste eines alten Tintenflecks auf seiner Hose, schlug die Beine übereinander und legte die Hand so darauf, dass sie den Fleck verdeckte.

»Das Gebäude gegenüber der Schule?«, erwiderte die junge Frau. »Das kenne ich. An dem Gebäude sind so Verzierungen dran, wie sagt man, *ceramics*, hübsch, grün, und daneben ist das Haus mit blauen *ceramics*. Mit diesen Bildern von Enten.«

»Von Schwänen«, korrigierte Zemach.

Sie winkelte ein Bein an und klemmte es unter ihren Leib auf dem Plastiksitz.

»Meine Frau war damals Kellnerin im Café Europa in der Innenstadt. Das existiert längst nicht mehr. Und dort, in dem Café, hat sie einen kennengelernt, der Beauftragter für den verlassenen Besitz war.«

»Was?«

»Den verlassenen Besitz, für die Wohnungen, die die Araber zurückgelassen haben.«

»Oh, das ist die Besatzung.«

»Nein, nein, das ist was anderes«, gab Zemach hastig zurück, fürchtete kurz, den Faden zu verlieren. »Ich rede von vor zwanzig Jahren, von 1949. Vielleicht war er gar nicht der eigentliche Beauftragte, sondern nur ein hoher Beamter in der zuständigen Behörde. Wie dem auch sei, er saß jeden Tag im Café und hat ihr einen Zettel gegeben, auf dem stand, an wen sie sich wenden sollte. In lateinischen Buchstaben hat er geschrieben, damit sie es lesen konnte. Und auf Hebräisch hat er unten drunter gesetzt: ›Silber – bitte möglichst eine kleine Wohnung für die junge Genossin und ihren Mann organisieren, der aus dem Kibbuz kommt.‹ Hat auch erwähnt, dass ich angefangen hatte, in der Beitragsabteilung der Histadrut zu arbeiten, und dass die Wohnung, wenn möglich, eine Innentoilette haben sollte. Verstehen Sie?«

Zemach zog den Hemdkragen gerade, und die junge Frau nickte.

»Das heißt, verstehen Sie, dass die Toilette in der Wohnung sein sollte und nicht auf dem Hof oder für mehrere Wohnungen gemeinsam.«

»Und dann?«

»Und dann?«, sprach er ihr nach.

»Ja«, sagte sie, »und dann? Weiter, erzählen Sie weiter.«

»Und dann ist es wie am Schnürchen gelaufen. Wir sind aufs Amt gegangen, im Stadtzentrum, haben dort Formulare ausgefüllt. Und ein junger Beamter ist zu Fuß mit uns hierher ins Viertel.«

»Wirklich?«

»Und bevor wir das Gebäude betraten, sagte er: ›Schauen wir mal, ob nicht irgendein Ganove sie uns schon weggenommen hat …‹« Zemach hielt kurz inne, kramte in seinem Gedächtnis, um noch ein Detail zu finden, das ihr Herz gewinnen könnte. »Und unten, wo heute das Schreibwarengeschäft ist, haben damals zwei Familien aus Bulgarien gewohnt.«

»Aus Bulgarien?«

»Ja.«

»Oh.«

»Und dann sind wir hochgestiegen, bis zur letzten Treppenflucht …«

Sie setzte ihre Brille wieder auf, und Zemach stoppte seinen Redefluss, weil er nicht sicher war, ob sie die Zusammensetzung »Treppenflucht« verstand; er war selbst verwundert, sie aus seinem Mund zu hören.

»Das heißt, die letzten Stufen, die zum Dach hochführen. Im Treppenhaus war kein Licht. Dieser Beamte, der mit uns kam, hat an die Tür getreten, und die ist zum Dach hin aufgegangen.« Zemach nahm das übergeschlagene Bein wieder runter und schwenkte das rechte nach hinten, als hole er zum Treten aus.

»Die Wohnung ist eine Art Häuschen auf dem hinteren Teil des Dachs, von unten sieht man es kaum, nur wenn man von der Seite des Gebäudes hochschaut. An der Tür dort hing ein großes Schild mit der Aufschrift *Zutritt verboten*, man hatte sie auch mit Brettern vernagelt. Aber der Fensterladen – dort ist ein großes Fenster zum Dach – stand offen, und die Scheibe war zerbrochen.«

»Und da sind Sie, hopp, durchs Fenster eingestiegen.«

»Nein. Nicht ich«, Zemach schüttelte den Kopf. »Als der Beamte noch überlegte, wie er die versperrte Tür aufkriegt, hat Lili, meine Frau, schon durchs offene Fenster geguckt und ist reingesprungen. Sie ist zuerst rein und ich hinterher. Nichts war drinnen, rein gar nichts. Nur eine zerrissene Matratze, aus der das halbe Stroh rausquoll, und daneben ein kaputter Stuhl, und in der Ecke gegenüber sah man Asche von einer Feuerstelle und einen völlig verrußten Topf.«

Die Sprechzimmertür ging auf, und der Tattergreis von vorher, der ausgesehen hatte, als würde er gleich den Löffel abgeben, trat jetzt sicheren, ausholenden Schritts heraus und wies energisch die Hand seiner Frau zurück, die ihn stützen wollte.

Die junge Frau im blauen Kleid sagte zu Zemach: »Bitte schön, *please*, gehen Sie jetzt rein, ich habe viel Zeit.«

»Aber Sie waren vor mir hier«, versuchte Zemach abzuwehren.

»Nein, nein, nein, ich bitte von Ihnen – oder vielleicht muss man sagen, ich bitte Sie, *whatever* –, ich habe Zeit, und auch das Buch hier.«

Zemach erhob sich.

Die junge Frau wandte sich wieder ihrem Buch zu. Sie schlug es etwa in der Mitte auf, rückte ihre Brille ein Stückchen weiter die Nase runter und begann zu lesen. In Format und Farbe hatte der dicke Band Ähnlichkeit mit einem anderen braunen Buch, und die Erinnerung daran überfiel Zemach detailliert in den wenigen Sekunden, als er einen Schritt in Richtung Sprechzimmer tat und gleich wieder einen zurück.

Im Sommer 1966, zwei Wochen bevor Lili ihn verließ, hatte sie ihm mitgeteilt, sie würden für einen viertägigen Urlaub in die Gegend von Naharija fahren, in das Hotel in Schawe Zion, direkt am Meer. »Sophia Loren ist dort gewesen, als sie diesen Film über den Kibbuz gedreht haben«, erklärte sie. »Damals war das ein sehr teures und sehr berühmtes Hotel, aber jetzt hat jemand anders es gekauft und die Preise gesenkt. Ich möchte dorthin. Ich liebe das Meer.«

»Aber du bist nie gern an den Strand gegangen, Lili. Du hast immer gesagt, der Sand dringe dir überall im Körper rein, und die starke Sonne schade Menschen mit heller Haut.«

»Stimmt, aber ich habe mich geändert. Jetzt geh ich gern an den Strand. Wenn Sophia Loren ein Hotel verdient hat, das nicht einfach bloß ein Erholungsheim der Gewerkschaft mit ein paar Bäumen vom Jüdischen Nationalfonds ist, dann hat auch Lili das verdient.«

»Ja, das hast du.«

Als das Meer auf der Fahrt nach Naharija vor den Zugfenstern auftauchte, holte Lili ein dickes, braunes Buch aus dem Koffer, *Buddenbrooks*.

»Das habe ich für dich mitgebracht«, sagte sie. »Vielleicht fängst du ein bisschen an zu lesen, Hans, irgendwann kommt der Tag, wenn du auch vormittags nichts zu tun haben wirst, warum dann nicht ein bisschen lesen. *Verfall einer Familie.*«

»Hab ich mal gelesen.«

»Wann? Als ich dich gebeten habe, das Buch zu kaufen, hast du mir nicht gesagt, dass du es kennst.«

»Ich habe es in Heidelberg gelesen, alle haben damals *Buddenbrooks* gelesen.«

»Stimmt. Hätte ich beinahe vergessen, der junge Medizinstudent vor vierzig Jahren ...«, Lili verstummte mitten im Satz, er merkte, dass sie einen Rückzieher machte, verschluckte, was sie hatte sagen wollen. Stattdessen fragte sie: »Hast du noch was davon in Erinnerung?«

»Nein«, gab er ehrlich zu. Er las nicht viel, und in Israel las er nur Hebräisch – hauptsächlich die Tageszeitung *Davar* und die langen Rundschreiben, die die Beitragshauptstelle der Histadrut allwöchentlich verschickte. Seit seiner Ankunft im Land und im Kibbuz hatte er fast nichts auf Deutsch gelesen, auch nicht die deutschsprachige Zeitung *Neuste Nachrichten*, die Lili jeden Tag kaufte, ja nicht mal die Klappentexte der deutschsprachigen Bücher, die er ihr in der Buchhandlung besorgte. Alle zwei Wochen etwa schrieb sie ihm in ihrer großen, deutlichen Handschrift einen Buchtitel auf, den sie in Erinnerung hatte, oder die Titel neuer Bücher, über die sie in den alten Illustrierten einer Konditoreikundin gelesen hatte. Dann fuhr er mit dem Bus bis zur Haltestelle vor der Hauptpost in der Jaffa-Straße, ging die Stufen runter zur Schlomzion-HaMalka-Straße, die alle immer noch Princess-Mary-Straße nannten, und übergab den Zettel einem der beiden dicken Brüder, die über ihre einsturzgefährdeten Büchertürme hinweg kaum zu sehen waren.

Im Hotel in Schawe Zion entnahm Lili dem Koffer einen roten Badeanzug, den Zemach noch nie gesehen hatte, obwohl er nicht neu wirkte, und schwamm fröhlich mit den vielen Deutschsprachigen in dem Schwimmbad bei der Delfin-Skulptur und am Strand beim Wellenbrecher.

Er hoffte, sich nicht schwerzutun mit dem Buch, das er ja schon einmal gelesen hatte, stellte jedoch fest, dass er rein gar nichts davon behalten hatte und die Lektüre ihm Mühe machte. Schon zu Anfang kam er mit den Familienbeziehungen durcheinander und musste manche

Seite mehrfach lesen. Nach drei Tagen hatte er es unter erheblicher Anstrengung bis Seite fünfzig geschafft.

Vor ihrem letzten Abend im Hotel, als die Strahlen der untergehenden Sonne vom Balkon sie beide aus dem Mittagsschlaf weckten, hatte er das Buch wieder zur Hand genommen. Er kam zu der Stelle, an der Antoinette Buddenbrook im Sterben lag. Die Zeilen in der Mitte der rechten Seite fesselten ihn. Er fand sie schön, und zum ersten Mal genoss er die Lektüre ein wenig:

> *Etwas Neues, Fremdes, Außerordentliches schien eingekehrt, ein Geheimnis, das einer in des anderen Augen las; der Gedanke an den Tod hatte sich Einlass geschafft und herrschte stumm in den weiten Räumen.*

Er blätterte um. Oben auf der nächsten Seite stand mit Bleistift in Lilis Handschrift in fetten Druckbuchstaben: DER TOD! DER TOD!

»Lili?«, sagte er und wandte sich ihr zu.

Lili lag im Bett und guckte an die Decke, als hätte sie darauf gewartet, dass er zu dieser Seite gelangte.

»Lili?«

Sie drehte sich zur Wand. Ihr Rücken und Hintern glichen einer reifen Birne. Ihr Haar leuchtete in den Sonnenstrahlen.

»Wenn du Geduld und Kraft aufbringst, erwarten dich noch ein paar süße Tode.«

Nur zwei Seiten später entdeckte er wieder am Kopf der Seite die mit Bleistift verzeichnete Überschrift: DER TOD! DER TOD!

»Komm her zu mir«, sagte Lili und drehte sich ihm

zu. Sie nahm ihm das Buch aus der Hand und legte es unters Kissen.

Zemach zögerte, doch Lili zog ihn an sich. Sie griff nach seinem schrumpeligen Glied und streichelte es lange, erst mit einer Hand, dann mit beiden Händen, bis es steif wurde, umfasste dann seine Hoden und führte ihn zum letzten Mal in sich ein.

»Herein, bitte!«, rief der Arzt laut aus seinem Zimmer, höflich und ungeduldig.

Die Frau im blauen Kleid sah Zemach über ihre Brille hinweg an, musterte ihn von Kopf bis Fuß und bedeutete ihm mit den Augen einzutreten.

Das Sprechzimmer des jungen Arztes war kleiner als das von Dr. Gross. An der Wand hingen nebeneinander große Schaubilder eines Mannes und einer Frau, die nackt, stolz und aufrecht geradeaus schauten. Die rechte Hälfte des Bildes zeigte die äußere Erscheinung des Körpers – beide muskulös, aber nicht muskelbepackt –, und die linke Hälfte zeigte die inneren Organe in mehreren Tiefenschichten. Zemach musterte den Mann und die Frau von oben bis unten – Gehirn, Gebiss und Kiefermuskeln, Herz, Lunge, Armmuskulatur, Handknochen. Der große, unbeschnittene Penis und die fleischige Vulva, umkränzt von gesundem Haarwuchs, waren ebenfalls der Länge nach halbiert. Von den farbigen inneren Organen führten schwarze Pfeile zu den klein und eng gedruckten Erklärungen. Er studierte die Pfeile, die vom Kinn- und Halsbereich ausgingen, fand jedoch keine Erklärung oder Bezugnahme für den Larynx, den Kehlkopf.

Auf dem Tisch des Arztes lag eine grüne Pappmappe mit der Aufschrift »Chaim Zemach«. Unter dem grünen Aktendeckel sah man einen anderen in verblichenem Rosa – vielleicht Lilis Patientenakte, die ebenso wie die Karteikarte mit seiner verbunden worden war, dachte Zemach. Kurz suchte er mit den Augen eine weitere Tür oder eine Durchreiche im Raum, durch die die Akten hereingebracht wurden, aber außer der Eingangstür gab es nur ein blitzblankes Fenster im Rücken des Arztes, das nach hinten rausging. Das Fenster in Dr. Gross' Zimmer ging nach vorne, zur Straße, und jetzt sah er von hier aus zum ersten Mal das stets verschlossene Eisentor des christlichen Friedhofs und die Grabsteine hinter dem Tor und der hohen Mauer. Ein weißhaariger Mann in orange-rotem Hemd, der ein Grab an der Mauer zwischen Friedhof und Eisenbahnschienen schaufelte, war bis zu den Oberschenkeln in der Grube verschwunden.

»Bitte, mein Herr, setzen Sie sich.«

Zemach blickte vom Fenster zurück zu dem Arzt und nahm Platz.

Der Arzt sah in die schmale Akte, murmelte *»nothing, nothing«* und blätterte in falscher Richtung um.

»Und abgesehen davon, dass Sie heute Geburtstag haben – was hat Sie hergeführt?«

»Ich, das heißt wir, fahren in den Urlaub, und ich wollte wissen, ob alles in Ordnung ist.«

Zemach hatte das Gefühl, jetzt sogar rennen, kicken und mit der Faust dreinschlagen zu können, aber auf dem an die Akte gehefteten Zettel stand »dringend« – und er las das Wort umgekehrt und erinnerte sich, dass er das am Empfang angegeben hatte.

»Tatsächlich ist es nicht nur das. Ich bin neuerdings müde, schlafe unruhig, und in den letzten Tagen schwindelt mir auch, als wäre ich dauernd auf einem Schiff. Außerdem bin ich ein wenig kurzatmig, und ein- oder zweimal hatte ich ein jähes Stechen hier in der Brust, das ging aber gleich wieder weg.« Als er die Symptome aufzählte, meinte er, sie zu spüren.

Der Arzt blätterte erneut in der schmalen Akte, schien das Gesuchte jedoch nicht zu finden.

»Herr ...« Der Arzt klappte die Akte zu und blickte auf den Deckel, um sich den Namen zu vergegenwärtigen. »Herr Zemach, seien Sie unbesorgt, ich werde alles überprüfen.«

Während der Untersuchung schwieg der Arzt die meiste Zeit. Gelegentlich fragte er: »Spüren Sie etwas?«, was Zemach stets verneinte – auch dann, wenn ihm das Drücken an Hals, Unterleib und hinterm linken Ohr wehtat.

Nachdem der Arzt ihn lange mit dem Stethoskop an Brust und Rücken abgehört hatte, widmete er sich noch länger der unteren Rückenpartie, einem Bereich, dessen Bezeichnung Zemach weder auf Hebräisch noch auf Deutsch einfiel.

Im Verlauf der Untersuchung fügte der Arzt der Akte drei weitere Seiten an, die er mit langen Absätzen auf Englisch füllte. Rund eine Stunde verging vom Beginn der Untersuchung, bis er an seinen Tisch zurückkehrte und Zemach sagte, er könne sich ankleiden.

»Herr ...« Der Arzt blickte wieder auf den Aktendeckel und bedeutete Zemach, sich ihm gegenüberzusetzen. »Herr Zemach, ich meine, ein paar Dinge bei

Ihnen sind vielleicht nicht ganz in Ordnung, ein paar Dinge sind nicht hundertprozentig. Man muss weitere Untersuchungen durchführen, im Krankenhaus, in der Hadassah.«

Der Arzt schrieb langsam, auf Hebräisch, die Überweisungen. Durchs Fenster, zwischen den hohen Kiefern und hinter der fernen Friedhofsmauer, sah Zemach das rhythmische Pulsieren des Springbrunnens im Schwimmbad. Er holte tief Luft und versuchte, beim Einatmen ein leichtes Pfeifen oder Röcheln herauszuhören, aber sein Atem ging sauber, ohne jede Störung oder Schmerz.

»Kann es gefährlich sein?«, fragte Zemach und hatte das Gefühl, sein Körper erstarke von Minute zu Minute.

»Ich weiß es nicht, man kann jetzt noch nichts sagen. Vorerst ist viel Ruhe wichtig. Viel Ausruhen.«

Zemach berührte seine vorstehenden Fingerknöchel und spürte nichts. Der Arzt heftete die Überweisungen mit einer Büroklammer zusammen, rollte sie auf und zog ein Gummi drüber.

»Bitte schön, so ist es bequemer für Sie.«

Sie standen einander am Tisch gegenüber. Zemach wechselte die weiße Rolle in die linke Hand, drückte kräftig die Rechte des Arztes und verließ das Zimmer. In dem kleinen Wartebereich saßen nun mehrere Patientinnen und Patienten, aber die junge Frau im blauen Kleid war nicht mehr da, sie hatte es wohl aufgegeben und das Weite gesucht.

Als er an der Apotheke im Erdgeschoss vorbei dem Ausgang der Poliklinik zustrebte, winkte er der Frau an der Empfangstheke mit den aufgerollten Überweisungen und fuhr gleich darauf mit der geballten Rechten wie zu einem Boxschlag in die Luft.

»Alles in Ordnung, Genosse? Der ist doch nett, oder?«

»Alles in Ordnung, alles hundertprozentig«, antwortete Zemach und machte die große Glastür auf.

Jetzt erst beachtete er den Namen der kleinen Straße, die das neue Gebäude der Poliklinik mit der Hauptstraße verband: Chananja-Straße. Der Name beschäftigte ihn ein Weilchen, da er ihn in seine beiden Bestandteile, *Chanan-ja* – Gnade Gott, zerlegte, bis er einer alten Frau mit Stock, die das rote Mitgliedsbuch der Gewerkschaftskrankenkasse in der Linken hielt, Platz machen musste. Er trat ein Stückchen nach links und genoss es, die Schritte auf dem Asphalt zu hören, so klar wie seine Gedanken: Noch heute würde er zu dem Hotel in Schawe Zion fahren. Seit seiner Reise damals mit Lili war das Hotel in ein Erholungsheim der Gewerkschaft umgewandelt worden. Er würde für eine Woche hinfahren, vielleicht sogar für zehn Tage.

In den letzten Tagen waren im *Davar* große Anzeigen für Erholungsheime der Histadrut erschienen, in denen die Zeitung an die Urlauber ausgegeben wurde, und die Telefonnummer von Schawe Zion war ihm im Gedächtnis geblieben: 04-92028. Gleich nach seiner Heimkehr würde er dort anrufen. Und was, wenn man ihm sagte, es sei kein Zimmer frei, auch nicht für einen Neurentner der Gewerkschaft? So was würde man nicht sagen. Und schon jetzt, auf dem Nachhauseweg, würde er zur Bank gehen und Geld abheben, viel Geld. Danach würde er bei Ata Unterhosen und Unterhemden kaufen, die ihm für alle Tage dort reichten, und am Nachmittag würde er den Zug um halb fünf nach Naharija nehmen. Und morgen früh, vielleicht sogar noch heute, in den allerletzten Minuten vor Sonnenuntergang, würde er von einem Liegestuhl, den er gegenüber dem Wellenbrecher in den Sand stellen wollte, aufs Meer blicken.

III

EIN SCHRÄGER, FLIRRENDER LICHTKEGEL

I

Die steinerne Dachbrüstung auf dem Haus mit den grünen Verzierungen war jetzt sauber gewaschen. Die drei Vorderkrallen beider Füße des Rabenvogels ragten vom Brüstungsrand in die Luft. Die hintere Kralle, größer als die anderen, umfasste den rauen Stein und stabilisierte den zum Abflug bereiten, bebenden Leib. Vom hohen Dach aus sah er Menschen auf dem Bürgersteig hin- und hergehen, und jenseits der Fahrbahn, auf dem Pfad, der neben dem großen Garten zum weißen Natursteingebäude führte, lag eine Papiertüte, aus der frische Kekse herausgepurzelt waren. Die Sprinkler im Garten sprühten bei jeder Drehung Wasser Richtung Zaun – auf den Pfad, auf die Tüte und auf die Kekse.

Der Rabenvogel verlagerte seinen Schwerpunkt nach vorne, löste die Krallen von der Brüstung und tauchte ab zu den nassen Keksen. In schnellen Bögen und mit bebenden Flügeln näherte er sich dem süßen Brei, doch ehe er etwas davon mit dem Schnabel packen konnte, traf ihn ein Wasserstrahl und durchnässte sein Gefieder. Mit zitternden Gliedern hüpfte er vom Betonpfad in den sonnenüberfluteten großen Hof, breitete die Flügel aus und schlug sie.

Trocken, sauber und hungrig hob er wieder ab und flog in großer Höhe gen Süden übers Schwimmbad. Menschen füllten die Rasen- und Steinflächen, jeder in einer anderen Schattierung von Sonnenbräune – allerlei Tönungen von Braun, Rosa und Ocker. Sie saßen oder lagen überall, sogar neben den überquellenden Mülltonnen. Der Junge, der am Morgen auf dem Boden des Balkons gesessen, die Beine nach draußen gesteckt und mit ihnen gewackelt hatte, war auch dabei. Er saß allein unweit des Beckenrands, mit nacktem Oberkörper und einem Blatt Papier in der Hand.

In einer der kleinen Straßen südlich des Schwimmbads, gegenüber einem Haus mit rissiger Front, hielt der Müllwagen, auf dem er manchmal landete, wenn eine neue Ladung Müll reingekippt worden war und die Arbeiter weggingen, um weitere Mülltonnen zu holen. Dann, eine Sekunde, bevor der ganze Mülltonneninhalt im Innern verschwand, steuerte er im Sturzflug den Mülltrog an und fischte flügelschlagend einen essbaren Happen aus der bunten Fülle.

Der Laster verstummte, aber das rostige Auspuffrohr am Heck stieß noch Wärme aus. Der Wagen war sauber gewaschen. Selbst in den Lücken zwischen den Metallteilen und rings um die großen Schrauben klebten keine Restchen mehr, die er mit seinem starken Schnabel hätte abkratzen können. Er trippelte auf dem Wagendach hin und her, drehte den Kopf scharf nach rechts und links und krähte zweimal laut. Die Tür der Fahrerkabine ging auf. Ein dicker Mann stieg langsam aus, knallte die Tür zu und humpelte am Stock zu dem Gebäude.

Am Eingang blieb er stehen. Er schwenkte seinen Stock in die Luft und stieß einen Pfiff aus, der einem Vogelzwitschern ähnelte. In der zweiten Etage ging ein Fenster auf, und eine Frau in einem geblümten Kleid und mit roten Haaren, in denen man auch ein paar weiße sah, lehnte sich ein Stück hinaus und winkte ihm mit der Hand.

2

Sie waren als Erste auf der Mülldeponie und dann auch als Erste an der Waschanlage für Lastwagen. Said sprühte Wasser aus einem dicken Schlauch und entfernte die letzten Müllreste vom Heck des Lasters. Die Wasserspritzer, die von der Karosserie abprallten, nässten ihm Gesicht und Kleidung. Fahrer David spornte ihn zur Eile an: »*Jalla, jalla*, Said, *chalas*, genug damit, hör auf, morgen ist sowieso alles wieder voll mit Müll.«

Nach der täglichen Wäsche brachten die Fahrer die Lastwagen und die feuchten Arbeiter, die am Heck hingen, zurück zu dem Parkplatz, von dem sie gestartet waren. Said trat, nachdem er im Büro unterschrieben und einen Blick auf den großen Stadtplan an der Wand geworfen hatte, den Rückweg zu der kleinen Einzimmerwohnung in der Altstadt an – die Jaffa-Straße entlang durch das belebte Zentrum der westlichen Stadt und von dort weiter in den Ostteil hinter den Mauern, durchs Bab al-Chalil, das die Juden Jaffator nannten, oder durchs Bab al-Amud, das sie Sichem- oder Damaskustor nannten, oder durchs Bab al-Sahara, das sie Blumentor nannten, und dann weiter durch die Gassen zum Viertel Bab Chuta.

»Komm, komm, Said, heute ist kein gewöhnlicher Tag, heute ist es schade um jede Minute. Unterschreib morgen, ich regle das, geht in Ordnung. Jetzt fahren wir nach Hause. Ich komm früh zu meiner Frau, und du kriegst eine Extrafahrt bis ans Jaffator, dann feierst du heute auch ein bisschen, warum nicht.«

David bedeutete Said, in die saubere und ordentliche Kabine zu klettern, die ähnlich roch wie das orangefarbene Parfüm, das Dschamila auf dem Spezereimarkt kaufte und auf mehrere Körperpartien träufelte – an den rechten Knöchel, in eine Kniekehle, auf den Nabel, zwischen Hals und Kinn, zwischen die Brüste – und dann darauf wartete, dass er schnupperte und ortete, sie anschaute, als wäre er überrascht, die Quelle des guten Dufts gerade an dieser Stelle auszumachen, die Augen schloss und tief einatmete.

»Besser als der Müllgestank hinten?«, fragte David.

Zwischen ihnen auf dem Sitz lag eine Blechdose, auf deren Deckel eine blonde Frau in einem Badeanzug abgebildet war, der nicht wenig von ihren großen Brüsten offenbarte. Während David mit der Linken das Lenkrad drehte, griff er mit der Rechten nach der Dose und öffnete sie. Keksgeruch überlagerte den Parfümduft. »Nimm, nimm, lass sie dir schmecken, tu ein paar in dein Säckchen da, bring sie deiner Frau mit, nimm auch ein paar für die Kinder.«

Die helle und mürbe Sichel, die er in den Mund steckte, war nicht mehr oder weniger süß als die Kekse, die er kannte, hatte jedoch einen fremden Beigeschmack.

Am Bab al-Chalil bremste David abrupt. »*Jalla*, Said, lass es dir gut gehen, *Chabibi*.«

Said überquerte den großen Platz, auf dem sie vor über fünfundzwanzig Jahren angefangen hatten zu betteln, auf dem Dschamila samstags ihre selbst bemalten

Holztäfelchen verkaufte. Die Uhr über dem Uhrmacherladen zeigte zehn vor eins – über zwei Stunden früher, als er sonst zurückkehrte. Er überlegte, ob er die Gasse des Suq al-Attarin, des Spezereimarkts, oder die des Suq al-Lachamin, des Fleischermarkts, nehmen sollte, die beide nach Bab Chuta führten, fünf Minuten zu Fuß. Er entschied sich für den Fleischermarkt.

Nachdem Dschamila die Pinsel ausgespült und die bereits fertig bemalten Holztäfelchen zum Trocknen aufgestellt hatte, setzten sie sich gegenüber an den kleinen Tisch. Rechts von ihm lagen Papierbogen, deren Rückseite Zahlenreihen oder Briefentwürfe aufwiesen. Diese Bogen benutzten sie sparsam zum Schreiben und Zeichnen, damit sie ihnen bis Donnerstagabend reichten, denn dann ging Said zu dem neuen Gebäude außerhalb der Stadtmauer, gegenüber dem Bab al-Amud, ins Büro eines Buchprüfers, dessen einer Vorfahr Dom war, und erhielt von dem freundlichen Sekretär einen großen braunen Umschlag voll mit Entwürfen und vertippten Briefen, die sich über die Woche gesammelt hatten.

»Bin heute mit dem Müll dort vorbeigekommen und denke, ich würde gern noch mal hingehen.«

»Warum?«, fragte Dschamila flüsternd und bedeutete ihm mit der Hand, ebenfalls die Stimme noch mehr zu senken oder zu zeichnen und zu schreiben. Sie regte ihre schmalen Finger so minimal, dass ein Fremder es vielleicht für einen unwillkürlichen Schauder gehalten hätte, aber Said las detaillierte Folgefragen daraus ab: Warum bist du so unsicher? Warum willst du ohne mich hingehen? Verstehst du überhaupt, was du willst?

Mücken und Staubkörnchen schwirrten hin und her in einem schrägen, flirrenden Lichtkegel, der von der Luke dicht unter der Zimmerdecke auf den Tisch fiel. An der Außenseite saß dieses kleine Fenster keineswegs hoch, sondern nur wenige Zentimeter über den abgetretenen Pflastersteinen der Gasse. Der Lichtkegel berührte Dschamilas Nasenspitze und Kinn, und ein feiner Lichtkringel erhellte ihre im Schatten liegende Schulter und Achsel. Said nahm ein Blatt Papier und skizzierte mit schnellen Strichen das Gebäude. Nachdem der Laden und die Garage eingezeichnet waren, fügte er auf dem Dach zwei über die Brüstung gelehnte Figuren hinzu. Zuerst brachte er nur ihre Umrisse zu Papier – schmale rechteckige Körper mit rundem Kopf –, danach hielt er den Bleistift schräg und schraffierte sie gänzlich in Bleischwarz. Dem Glas mit den Buntstiften entnahm er einen sorgfältig gespitzten roten Stift und setzte dem Kopf der einen Figur einen roten Kranz auf.

Dschamila neigte leicht den Kopf und bedeutete ihm, falls er noch Zeit zur Beantwortung ihrer Fragen brauche, werde sie warten, sie habe Geduld. Er antwortete nicht und erbat keine Bedenkzeit, sondern skizzierte mit groben Strichen den Baum an der Südwand, der damals noch gar nicht da gewesen war und nun das Dach überragte und mit der Krone daran ruhte.

Die Außengeräusche wurden immer lauter. Kinder kreischten, und die aus alten Reifen gefertigten Sohlen ihrer Sandalen trommelten beim Rennen auf die Pflastersteine. Ein Esel schrie energisch an seinem Stammplatz neben der Luke, und jemand schimpfte derb und genervt, er solle endlich das Maul halten. In der

Nachbarwohnung, jenseits der dünnen Wand, die den Raum der einstigen Zisterne unterteilte, räusperte sich die alte Oma, die laut ihrem Sohn einst die schönste »Zigeunerin« gewesen war und die wohlklingendste Stimme beiderseits des Al-Urdun, des Jordans, gehabt hatte. Im Stimmengewirr eines Kinderstreits klatschte plötzlich ein Schlag, gefolgt von einem Wehlaut. Ein kleiner Junge schrie in weinerlich gekränktem Ton: »Nuri! *Ja* Nuri!«

Dschamila lächelte. Er blickte auf ihre schöne Hand und die Blech- und Holzringe an ihren dunklen Fingern und formte langsame, gedehnte Stimmlaute, die sie immer erheiterten – hob die Zunge an den Gaumen und flüsterte »nu –«, zog die Lippen in die Breite, entblößte seine schadhaften, gelben Zähne und machte »ri«.

Dschamila wurde ernst. Mit seinem Bleistift zeichnete er dem mächtigen Baum langsam weitere Zweige. Hin und wieder hob er die Augen. An der Wand hinter ihr hing das Bild der Kon-Tiki. Er hoffte, sie würde mit einem Blick – oder einem Strich, den sie der Zeichnung anfügte – auf seine Antworten verzichten, auch ohne es ausdrücklich zu sagen, würde klarmachen, dass es ihnen hier gut ging, und dass auch er keinen Grund hatte, dort hinzugehen.

Den langen Aufsatz über die Fahrt der Kon-Tiki von Peru nach Polynesien im Jahr 1947 hatten sie Abend für Abend, Seite für Seite in etwa vierzehn Tagen in einem alten *National Geographic*-Heft gelesen, das Said neben einer Mülltonne gefunden hatte. In winzigen arabischen Buchstaben hatten sie die Übersetzung der Wörter hinzugefügt, die sie im Wörterbuch gefunden hatten. Als sie mit dem Lesen durch waren, hatte Dschamila das Farbfoto des Floßes aus Balsaholz mit der aufgemalten Sonne auf dem Segel ausgeschnitten und mit beiden Händen an der Wand hin- und hergeschoben, bis sie es schließlich neben dem Konterfei von Cassius Clay befestigte, nachdem er ihr mit Kopfnicken und Nasenkräuseln bestätigt hatte, dass das der richtige Platz war.

Doch neben dem Farbfoto des im Stillen Ozean segelnden Floßes hing ein kleiner Zeitungsausschnitt, der lose mit transparentem Klebeband angeheftet und ihm zuvor nicht aufgefallen war – ein Schwarz-Weiß-Foto eines der Astronauten. Said erkannte Michael Collins, der den Mond umkreisen, aber nicht auf ihm landen sollte. Rechts von ihm sah man ein Bein eines seiner Kameraden und links eine Schulter des anderen. Als er weg war, hatte sie offensichtlich das Bild des Astronauten an die Wand geklebt, ohne zu warten, dass er sie an die richtige Stelle dirigierte, und hätte er sie nicht durch seine frühe Heimkehr überrascht, hätte sie es vielleicht schon wieder abgenommen, und er hätte nie erfahren, dass Michael Collins hier in den Morgenstunden an der Wand gehangen hatte.

Dschamila nahm ihm den Bleistift aus der Hand und setzte ein großes Fragezeichen neben die Köpfe der dunklen, kleinen Figuren, die von den Ästen des skizzierten Baums mit den dreieckigen Blättern fast verdeckt wurden. Den Punkt unter dem Fragezeichen malte sie wie einen runden Mond, dessen eine Seite beschattet war. Hinter der Wand stimmte die Alte das Domarilied an, das sie fast täglich sang.

Im Haus saß ich mit ihm
Tanzte vor ihm, erheiterte ihn und trank Wein mit ihm
Ich jagte ihn weg und verlachte ihn.

Vor ein paar Jahren hatte er sie gefragt, ob sie sich noch daran erinnerte, dass – als sie fünf Jahre alt waren und ihre Mütter noch lebten – Dschamilas Mutter dieses Lied gesungen hatte. Sie hatte geantwortet, sie erinnere sich nicht und wolle auch nicht versuchen, sich zu erinnern. Aber jetzt lauschte sie aufmerksam dem Gesang der Nachbarin, ihre Lippen bewegten sich, und sie begann, verhalten mitzusingen.

»Jetzt«, sagte Said, »heute.«

Dschamila wackelte leicht mit dem kleinen Finger hin und her.

Said nahm ein weiteres Blatt. In der Mitte skizzierte er mit krakeligen Strichen die schmale Treppe zum Dach. Dschamila ließ den Blick über die Zimmerwände schweifen und hob die Hand. Im schwach einfallenden Tageslicht traten die Schimmelflecke an Decke und Wänden hervor. Doch noch ehe sie die Tour mit dem Zeigefinger an den vier Wänden entlang begann, senkte sie die Hand und zog das Bild mit der Treppe an sich. Sie fuhr sich mit der Zunge über die Lippen und ergriff den Bleistift.

Ihre Gesten, die er sonst immer ohne die Hilfe verhaltener Sprache oder einer Skizze zu deuten wusste, blieben ihm heute so verschlossen wie die Gesten jüdischer Frauen, die er morgens vom Heck des Müllwagens sah, wenn sie auf den ersten Autobus warteten und sich miteinander unterhielten. Er begriff nicht, welchen Gedanken sie nachhing und worauf sie hinauswollte.

Sie flüsterte und zeichnete nicht, sondern begann langsam, in schöner, großer Schrift über den skizzierten Treppenstufen zu schreiben. Er konnte den entstehenden Wörtern folgen:

Wollte ich wirklich dorthin gehen und diese Treppen hochsteigen, hätte ich es längst getan. Ich hätte keine Angst gehabt und dich nicht mal vorher gefragt. Ich wäre einfach hochgeklettert und hätte genommen, was wir dort in der Wand zurückgelassen haben, wäre durchs Fenster eingestiegen. Auch wenn jemand da gewesen wäre, hätte er mich nicht davon abgehalten.

Im Kreuz verspürte er eine wohlig elastische Dehnung, und diese neue innere Regung zog er ein wenig nach rechts und dann ein wenig nach links, als wehrte sich der Körper gegen die Dinge, die sie geschrieben hatte. Hätte sie über den trennenden Tisch hinweg diese winzigen Tanzbewegungen von Rücken, Lenden, Gesäß und Schenkeln sehen können, hätte sie sie nicht verstanden. Gerade aus ihnen, aus der Befreiung, auf denen sie fußten, erwachte sein Zweifel über die Erinnerung an jenen Moment an der Spüle vorm Fenster, als sie ihn von hinten an den Hüften gepackt, an sich geschmiegt und hochgehoben hatte, damit er den Güterzug abfahren sehen konnte.

Der flirrende Lichtkegel beendete seinen Kurzbesuch, und Said spürte Kühle an der Hand, die auf dem Tisch ruhte. Er nahm ein neues Blatt, das vorletzte, und zeichnete mit schnellen Strichen das kleine Fenster mit dem blauen Rahmen und eine schmale Gestalt, ob Mann oder Frau, die mit dem Gesicht zum Fenster stand. Dschamila sah ihn nicht an, auch nicht das Bild, das er malte, zog nur das letzte Blatt heran und legte die Hände darauf.

Er stand auf, nur drei Schritte trennten ihn vom Ausgang. Dschamila rückte das Blatt vor sich gerade, war in Begriff, etwas darauf zu schreiben oder zu skizzieren. In der Mitte des Blattes zog sie einen waagrechten Strich, mit der Linken kratzte sie sich an der Schläfe mit einer neuen Geste, die er weder kannte noch verstand. Sie fügte rasch weitere waagrechte und senkrechte Striche hinzu, aus denen sich bald, mit fast fotografischer Präzision, die dem Dach zugewandte Wand des Häuschens abzeichnete, aus der Sicht eines Betrachters, der bis an die steinerne Brüstung zurückgetreten war. In der Mitte zeichnete sie das große Fenster, der eine hölzerne Laden aufgeklappt, der andere geschlossen. Darüber an der Wand klaffte ein breiter, schwarzer Spalt. Danach trommelte sie kurz mit den Fingern und drehte das Gesicht zu der Wand, an der das Bild *Green, Red, on Orange* hing. Said blickte von ihrem Nacken zu dem Bild und betrachtete die Stelle, wo die drei Farben einander überlappten.

Das Bild *Green, Red, on Orange* hatte sie zu Beginn des letzten Herbstes dort aufgehängt. An jenem Tag hatte er ihr unter seinem Hemd ein Heft mitgebracht, dessen dicke, glänzende Seiten mit einer dünnen Kordel verschnürt waren. Auf der ersten Seite stand ein einziges Wort: ROTHKO.

Das Heft hatte ihn an jenem Morgen im Viertel Beit Hakerem auf einem Zaun erwartet, auf dem manchmal auch gewaschene und gefaltete Männerkleidung in seiner Größe für ihn lagen, dazu schöne Zeitschriften auf Deutsch oder Italienisch, in denen hochmoderne Stahlglasbauten abgebildet waren, und jeden Sonntag, zu Wochenbeginn, erwarteten ihn dort auch die Wochenendzeitungen, sauber und ordentlich, als hätte sie keiner gelesen. An der grünen Holzpforte, nicht weit vom Mülleimer, dessen Inhalt immer in gut verschnürte Säcke verpackt war, wie sonst nirgends, hing ein Keramikschild, zwischen dessen blauen Verzierungen stand: *Architekt Y. Matrikin.*

Schon beim Anfassen der dicken, glatten Seiten verstanden sie, dass die Betrachtung einen feierlichen Rahmen verlangte. Sie schlossen gleich nach Sonnenuntergang die Tür ab, zogen den Vorhang vor, wuschen sich und schlüpften in ihre identischen weißen Schlaf-Galabijas. Dschamila holte die Wodkaflasche Smirnoff, die sie an seinem Zahltag gekauft hatten, aus der Holzkiste, setzte sich auf die Bettkante und trank direkt aus der Flasche. Said streckte sich auf dem Bett aus, legte den Kopf auf ihre Knie, sie hielt ihm die Flasche an den Mund und nahm nach ihm gleich noch einen Schluck. Als sie sich vergewissert hatte, dass der Pegelstand des Wodkas um die Breite ihres kleinen Fingers abgesunken war, verzeichnete sie ihn mit einem Bleistiftstrich auf dem roten Etikett, hob Saids Kopf sanft von ihrem Schoß und stellte die Flasche an ihren Platz zurück. Sie legte sich neben ihn und versuchte, mit den Fingernägeln die Kordel zu entknoten, die die Seiten zusammenhielt.

Da es ihr nicht gelang, nagte sie sie mit den Zähnen durch. Jedes der zwanzig Blätter zeigte ein großes Bild, das sich aus viereckigen Farbflächen zusammensetzte. Sie betrachteten die Fotos, nebeneinander auf die Ellbogen gestützt. Dschamila befühlte sie behutsam – man konnte meinen, es sei nicht nur eine scharfe Fotografie, sondern das Gemälde selbst. Sie legte ein Blatt nach dem anderen von links nach rechts und deutete auf die Titel der Bilder – Namen der Farben, die darauf zu sehen waren – oder die Unterschrift *Untitled* mit dem Entstehungsjahr des Werks. Als sie alle Blätter rechts von sich aufgestapelt hatte, verlegte sie sie eins nach dem anderen zurück zur Linken. Dabei sahen sie sie noch länger an. Sie hielt sich jedes Blatt nahe vors Gesicht, berührte dann Said im Nacken und hielt es auch ihm unter die Nase, sodass er den angenehmen Duft des Papiers riechen konnte. Aus diesem Blickwinkel, mit dem Gesicht nahe am Blatt, füllte sich sein Sichtfeld mit den rechteckigen Farbflächen, deren Grenzen verwischt waren, und er meinte, unter den sichtbaren Farben weitere Farben auszumachen.

Das Bild *Green, Red, on Orange* studierten sie zu Anfang des Blätterns und erneut am Ende. Dschamila nahm es und hielt es an die Wand gegenüber des Betts, verrückte es dort langsam nach rechts und links, oben und unten. Said signalisierte ihr vom Bett aus mit dem Kopf, dass der richtige Platz für das Werk noch nicht gefunden war. Erst als sie es in Höhe von zwei Dritteln der Wand und im Abstand von einem Drittel zur westlichen Wand hielt, nickte er und bedeutete ihr mit erhobenem Daumen: Ja, ja, genau da.

Er tat einen Schritt zurück in Richtung Tür. Jetzt sah er Dschamilas Körper von der Seite und ihr Gesicht. Ihr Blick richtete sich nicht auf die Stelle, wo die drei Farben verschmolzen, wie er erst gedacht hatte. Sie blickte auf ihre Hände, die zu Fäusten geballt auf ihren Knien lagen – vier eingekrallte Finger unter dem Daumen. Er ging zwei Schritte rückwärts, drehte sich um, öffnete die Tür, ließ sie offen und stieg die Treppe hinauf.

Als er ins Tageslicht draußen kam, ging er rechts in die schattige Al-Omri-Gasse und von dort zu dem offenen Gelände vor dem Ghanem- oder Schafteich. Ein provisorisches neues Schild verkündete auf Hebräisch und Englisch, dass er nun Bethesda-Teich hieß. Said wusste, dass er genug Zeit hatte, um vor Einbruch der Dunkelheit hin- und zurückzugelangen. Er würde die Altstadt durchqueren – die Antonia-Straße entlang, von dort durch den Tarik al-Alam, die Via Dolorosa, weiter zum Suq al-Attarin, dem Spezereimarkt, dann rechts durch den Bab al-Chalil hinaus aus der Altstadt und draußen unterhalb der Mauer am Sultan-Teich vorbei hinauf zum Bahnhof.

Die pralle Sonne blendete ihn. Er senkte den Blick und stellte überrascht fest, dass er noch seine blaue Arbeitskleidung trug. Über seiner linken Brusttasche stand *Stadt Jerusalem*, und auf der Tasche selbst prangte das Stadtwappen – ein auf den Hinterbeinen stehender Löwe. Er griff mit der rechten Hand in die Hosentasche, fand dort das zerrissene Katzenhalsband und betastete es.

3

Mitten auf dem Rückweg von der Ata-Filiale, in dem neuen weißen Hemd, das er dort gekauft hatte, blieb Baruch vor einem Schaufenster stehen, in dem einige Hochzeitsbilder ausgestellt waren und auch ein paar alte Fotoapparate, versehen mit Zetteln, an denen *Nicht zu verkaufen* stand. Er blickte nach rechts und links, und als er sich versichert hatte, dass keiner ihn sah, machte er eine Verbeugung, wie Rami Rachamim es tat, um Lili nachzuäffen, und sagte, »bitte, bitte«. Den restlichen Weg zurück zur Konditorei legte er aufrecht und zügig zurück, anders als in all den Jahren, seit er das Schiff über den schwankenden Landungssteg verlassen hatte.

Als er von draußen in die Konditorei hineinblickte, sah er eine Frau im geblümten Kleid mit dem Rücken zu ihm. Auf der anderen Seite der Theke stand niemand. Die Frau trug das Haar lose zusammengefasst auf dem Kopf hochgesteckt. Sie ruckelte hin und her, und bei jedem Ruckeln leuchtete ihr heller, verletzlich entblößter Nacken. Erst als sie den Kopf leicht drehte und er ihre Nase und Lippen sah, erkannte er, dass es Lili war. Er betrachtete sie mit wacher Neugier.

Sonst trug sie jeden Tag eine adrette weiße Bluse zum schwarzen Rock, und ihr Haar war zusammengerollt und mit Klemmen am Hinterkopf festgesteckt. Jetzt in diesem Kleid und mit der Frisur, die den Nacken frei ließ, wirkte sie jünger und ihr Hals länger. Sie tüpfelte eine runde Schokoladentorte mit bunten Dragees. Ein gelbes Dragee war an den Rand geglitten, sie entfernte es vorsichtig mit dem Nagel des kleinen Fingers und verwischte behutsam die Narbe, die es in der Creme hinterlassen hatte, leckte den Finger ab und bestätigte sich nickend, dass es so besser war, einfach perfekt. Eine Strähne, die sich aus der Frisur gelöst hatte, fiel ihr über Ohr und Wange. Hinter Baruch schnaufte laut ein Autobusmotor, wehte ihm den Gestank verbrannten Benzins in die Nase. Lilis Lippen bewegten sich, und ein Lachfältchen erschien am Mundwinkel. Singt sie?, fragte er sich.

Als er eintrat, läutete die Türglocke auf- und abschwellend und erschien ihm diesmal lauter als sonst. Ja, sie sang. Sang mit ihrem deutschen Akzent und mit heiserer Raucherstimme *Happy Birthday*, und in der entscheidenden Zeile: »Happy birthday lie-ber BA-A-A-RUCH.«

Lili pochte mit dem Zeigefinger auf die Theke und drehte sich abrupt zu ihm um. Ihr Kleidersaum hob sich, und kurz sah man in ihrer Kniekehle ein Stückchen helle, zarte Haut aufblitzen.

»Oho! Oho! Baruch, du siehst ja toll aus, ein wahrer Gockel, ein *Peacock*! Wie sagt man auf Hebräisch, *Tawass*. Weißes Oberhemd, Rasur, Frisur, wunderbar! Wunderbar!«

Sie hob die Torte vorsichtig an, musterte sie ringsum, stellte sie in einen großen Karton und verschnürte ihn rasch und routiniert mit rosa Geschenkband.

»Was sagst du dazu, Baruch? Sehr schön, nicht wahr?

Nein, schau mich nicht so an, als wäre ich vom Mond gefallen, ich bin eigentlich gar nicht da.« Sie lächelte und entblößte die leicht nikotingelben Zähne. »Das denkst du nur, Baruch, ich bin eine Fata Morgana, bin ein Traum, ich bin wie ein Boot, ein Schiff, das bald ins große Meer ablegt.« Sie kringelte die rosa Bandenden mit der Schere.

Die Worte entflogen von selbst seinem Mund: »Heute habe ich Geburtstag.«

»Du auch?«, fragte Lili. »Wirklich? Und wie alt wirst du heute, Kind?«

»Was?« Er verstand erst verzögert, was sie gesagt hatte.

»Du hast gesagt, du hättest heute Geburtstag, obwohl du eher aussiehst wie ein Bräutigam, deshalb habe ich gefragt, wie alt du heute wirst.«

»Ich habe nicht gesagt, dass es mein Geburtstag ist, ich habe gesagt, ich sehe, dass heute jemand Geburtstag hat.«

»Stimmt, sehr richtig«, erwiderte Lili. »Heute hat noch jemand Geburtstag. Weißt du, wer?«

»Ich bin zweiunddreißig«, beantwortete er trotzdem ihre zuvor gestellte Frage.

Lili nahm die mit rosa Band verschnürte Schachtel, und als sie auf dem Weg nach draußen an ihm vorbeikam, fasste sie mit der einen Hand an seinen Nacken und in sein kurz geschorenes Haar und machte »brrrr«. An der Tür blieb sie stehen, drehte sich um und winkte Baruch mit der freien Hand. »Danke, auf Wiedersehen!«, rief sie zum Hinterzimmer hin.

»Auf Wiedersehen, Lili«, erwiderte Koch von drinnen.

Baruch griff an die Stelle im Nacken, die Lili berührt hatte, und fuhr wie sie gegen den Strich durchs Haar. Dann streichelte er sich mit der Rückseite der Finger über die glatte Wange, wie Schwester Rachel es getan hatte. Aus dem Radiogerät im Hinterzimmer kamen die sechs Erkennungstöne der Nachrichtensendung.

Die drei Astronauten im Raumschiff Apollo 11, Armstrong, Aldrin und Collins, setzen seit achtzehn Stunden ihre historische Expedition zum Mond ohne Zwischenfälle fort.

Koch kam aus dem Hinterzimmer. »Schön, sehr schön, was sehe ich da? Hier haben wir einen neuen Mann. Kommen Sie, kommen Sie, und nehmen Sie Ihren Platz hier auf der Bühne ein. Kommen Sie, Herr Katan, kommen Sie.«

Im Internat hatte er Bühnen aufgebaut, damit andere Kinder darauf stehen konnten, aber auf dem Hof der Grundschule in Mostar hatte er einmal vor allen Kindern der Schule auf der Bühne gestanden, flankiert von einem Jungen und einem Mädchen, die auch Vater oder Mutter bei den Partisanen verloren hatten. Gemeinsam deklamierten sie ein Gedicht über »den neuen Menschen in der neuen Welt«, und am Ende warfen sie die Arme hoch, und alle Kinder und Lehrer riefen einstimmig aus vollem Hals, was auf einem großen, roten Transparent geschrieben stand: »Hoch lebe der Genosse Tito! Hoch lebe die kommunistische Partei! Tod dem Faschismus!«

Koch legte ihm die Hand auf die Schulter. »Aus, jetzt

ist keine Zeit zum Träumen, Lili ist weg, die Arbeit ruft. Sie haben ja gehört, was sie gesagt hat, sie war gar nicht wirklich hier, es war nur ein Traum. Los, wir beginnen. Schauen Sie gut zu. Passen Sie auf.«

Die erste Kundin war eine schwarzhaarige junge Frau mit einer vorzeitig ergrauten Strähne, in Begleitung eines schmächtigen, neun- oder zehnjährigen Jungen mit gesenktem Blick. Koch bediente sie schnell und höflich – wog ein halbes Kilo Kekse dieser und ein halbes Kilo jener Sorte ab, fügte jeder Tüte ein paar Kekse hinzu, gab dem Kind ein Bonbon, das er aus der Hosentasche fischte, tippte rasch auf die runden Metalltasten der Kasse, deren Schublade mit einem Klingelton aufsprang. Er nahm von der Frau einen Geldschein entgegen, gab ihr das Wechselgeld in Münzen zurück, tippte wieder die Tasten und drehte die große Kurbel an der Seite der Kasse.

Als Frau und Kind weg waren, versuchte Koch, ihm die Bedienung der Kasse beizubringen, aber abgesehen vom Drehen der Kurbel vermochte Baruch die Handgriffe nicht in der richtigen Reihenfolge auszuführen. Koch ließ die Schublade der Kasse offen. Auf einer der Pappen, aus denen Rami Kartons faltete, erstellte er mit sicherer Hand eine Tabelle, deren Sparten er mit »Wann«, »Was«, »Wie viel«, »Preis« überschrieb, und über die breiteste Sparte, die rechts übrig blieb, schrieb er: »Anmerkungen«.

Schon im Internat hatte Baruch wenig geschrieben und in den Jahren danach fast gar nichts außer seinem Namen, und den schrieb er in einem Schwung. Ohne den Daumen fiel es ihm noch schwerer, den Bleistift zu halten, und als er in die erste Zeile »Käsetorte (groß)« schrieb, wirkten die Buchstaben wacklig und gebrochen. Aber alles andere war einfach, fast natürlich. Drei Monate lang hatte er jenseits der Wand Lilis Gespräche mit den Kunden gehört, und jetzt, in dem neuen weißen Hemd, redete und handelte er wie sie.

Den kleinen Jungen, der die Straße entlangschlenderte und die Nase ans Schaufenster drückte, winkte er herein und schenkte ihm einen Keks. Eine alte Frau, eine Stammkundin, die er noch nie gesehen hatte, aber an der Stimme erkannte, begrüßte er lächelnd mit »Frau Weisel«, und sie errötete unter der dicken Puderschicht auf ihrem runzligen Gesicht. Zu der neunten oder zehnten Kundin sagte er schon: »Bitte schön, wenn Sie den wünschen, aber wir haben denselben Kuchen auch mit Schokoladenfüllung, und ich bin sicher, den werden Ihre Kinder noch lieber mögen.« Die rechte Hand verbarg er hinter der Theke oder beließ sie geballt in der Hosentasche. Wenn keine Kunden im Laden waren, aktualisierte er die Verkaufsliste, und danach wischte er, wie Lili, immer wieder mit dem feuchten Lappen über die Theke, bis sie glänzte.

Am Mittag ging Koch zur Pause weg, als wäre es ein Tag wie jeder andere und Lili wäre da.

Die Verkaufsliste wuchs, und seine Handschrift wurde etwas gerader und stabiler. Er zog eine Schräglinie über die Sparte der Anmerkungen, stützte die Ellbogen auf die saubere Theke und sah durchs leere Schaufenster auf die Straße.

»Alles in Ordnung, Lili?«, rief Rami ihm aus dem Hinterzimmer zu.

»Hundertprozentig, hundertprozentig«, erwiderte er. »Wunderbar, wunderbar.«

»Hör her, hör zu, Katan, da spielen sie's wieder. Das ist großartig, *jalla, Get Back.*« Rami drehte das Radio lauter und trommelte auf den Holztisch.

Get back, get back.
Get back to where you once belonged.
Get back, get back.
Get back to where you once belonged.
Get back Jojo.

Baruch strich sich über die Wangen. Sie fühlten sich angenehm an. Glatt und weich wie die eines Kindes.

»Get back Jojo«, wiederholte Rami den Aufruf des Songs.

»Frieda, hier ist Jo, sag gar nichts, hör mir nur zu.«

Der Mann letzten Donnerstag am anderen Ende der Leitung – als er den gerade aufgelegten Hörer wieder aufnahm, weil er dem Arzt nun doch seine Frage, ob etwas mit Frauen laufe, beantworten wollte – war gar nicht der Arzt gewesen. Es war jemand anders, einer, der Jo hieß und genau in dem Moment in Friedas Lokal anrief, als er, Baruch, den Hörer aufgelegt und wieder hochgenommen hatte. Dieser Jo rappelte sofort los, redete viel und schnell, ehe er innehielt, um festzustellen, mit wem er eigentlich sprach.

»Ich hoffe, du hast überdacht, was wir geredet haben, Frieda«, sagte Jo. »Die Beziehungen zwischen uns in allen Ehren, ebenso wie die wichtigen Dinge, die du

Emil und mir und noch anderen all diese Jahre mitgeteilt hast – mir scheint, du hast ein bisschen vergessen, dass manches nicht selbstverständlich ist. Wie zum Beispiel, dass es im Judenstaat verboten ist, einen Geschäftsbetrieb am Schabbat aufzumachen oder Zigaretten von Seeleuten steuerfrei zu verkaufen, und ich rede noch gar nicht von den Greenbacks, ja? Du weißt, dass du all diese Dinge nur deshalb tun kannst, weil das Lokal, wie du sagst, ›das Herz des Viertels‹ ist. Wir sind romantisch veranlagt, aber nicht dermaßen.« Er lachte unangenehm. »Hör mir gut zu, Frieda. Ich weiß, jemand von den netten Leuten, die jeden Donnerstag bei dir sitzen, einer von diesen langhaarigen Beatniks, schreibt diese Sachen, die plötzlich an jeder Mauer auftauchen. Ich sag dir noch mal, bis zu unserem Treffen am Dienstag, will ich …«, und abrupt verstummte der Mann am anderen Ende, dieser Jo. Baruch schwieg weiter, und Jo begann erneut: »Frieda, bist du das? Bist du dran? Hörst du mich? Wer ist da? Gib mir keine Antwort, sag nur ›ja‹, damit ich weiß, dass ich mit dir spreche.«

Frieda stand mit dem Rücken zu ihm, und Baruch sagte zu ihr: »Für dich.«

Frieda drehte sich um und nahm ihm den Hörer ab. Auf ihrem Gesicht lag Verwunderung, wohl darüber, dass Baruch das Gespräch angenommen oder sie das Klingeln nicht gehört hatte.

»Ja«, sagte sie, und dann: »Ja, klar bin ich dran, ich höre alles, was du sagst.« Danach lauschte sie, und ihre Miene wurde ernst, Jo schwang offenbar weiter seine Rede. Ab und zu sagte sie »ja«, und einmal sagte sie: »Nein, er hat nichts damit zu tun, wagt es ja nicht.«

Nachdem sie den Hörer aufgelegt hatte, schenkte sie sich ein bläuliches Getränk ein und kippte das Gläschen in einem Zug hinunter. »Willst du deinen Freund anrufen?«, fragte sie ihn, obwohl sie zehn Minuten zuvor persönlich den Arzt für ihn kontaktiert hatte.

Der Song spielte weiter.

Get back, get back.
Get back to where you once belonged.

Von links trat eine junge Frau in den Rahmen des Schaufensters. Sie blieb vor der Scheibe stehen und blickte hinein. Baruch nickte ihr zu. Die Glaskonsole, auf die Lili jeden Tag Apfelkuchen gestellt hatte, verbarg wie ein Rauchband ihre Taille und Oberschenkel. Sie hielt etwas in der einen Hand und strich mit der freien ihr kurzes, blaues Kleid glatt. Sie lächelte fein. Baruch schob den Kopf etwas vor und bat sie mit einer ausholenden Geste seiner linken Hand herein. Die Rothaarige drückte mit der Linken die Tür auf und trat ein.

4

Beth erwachte aus dem Halbschlaf, der sie übermannt hatte, vielleicht war sie sogar richtig eingeschlafen. Buch und Brille lagen auf dem Stuhl neben ihr. Sie meinte, im Arztzimmer ein krankes Baby weinen zu hören. Sie fuhr sich mit dem Zeigefinger flüchtig über die Oberlippe und setzte die Brille auf. Jetzt hörten sich die dumpfen Laute jenseits der Tür wie das schwache, verhaltene Reden eines Mannes an. Die Wunde über ihrer Oberlippe verheilte bereits. Auch der Sonnenbrand setzte ihr nicht mehr zu. Sie streichelte sich die nackten Schultern, erst die linke, dann die rechte. Die empfindliche Haut fühlte sich fremd an.

»Sind das Ihre?« Eine vollbusige Frau, deren rundes Gesicht von grauen Locken umrahmt war, deutete auf die Sandalen.

»Klar, was denn sonst?«, antwortete Beth mit einer frechen Wendung, die sie von den Schülern aufgeschnappt hatte, und wandte sich ihr zu, »klar sind das meine Sandalen, was denn sonst?«

»Sie sind aus Amerika, richtig?«

»Ja, ich bin aus Kanada.«

»Und sind Sie allein hier? So ein hübsches Mädchen wie Sie, haben Sie hier jemanden?« Gleich würde die Frau ihr erzählen, sie hätte einen sehr netten Sohn beim Militär.

»Ich habe meinen Verlobten hier«, erwiderte sie hastig.

»Einen Verlobten?«, fragte die Grauhaarige verwundert und senkte kurz den Blick auf Beths unberingte Hände.

»Bitte schön, meine Dame«, sagte sie und schob die nackten Füße in die Sandalen, »ich gehe jetzt und schenke Ihnen meinen Termin. Sie können rein, wenn der Patient da drinnen rauskommt.«

Die Grauhaarige dankte Beth nicht für das Geschenk. »Okay, okay«, sagte sie etwas vergrätzt, und als sie dachte, Beth wäre schon weg, oder vielleicht wollte sie auch gerade, dass sie es hörte, sagte sie zu ihrer Mutter neben sich: »Schau, Mama, noch so eine junge Amerikanerin, die keine Ahnung vom Leben hat, sich aber für klüger als wir alle hält.«

Ein Soldat und eine Soldatin, wohl aus der kleinen Kaserne am Ende der HaZefira-Straße, spazierten vor ihr auf dem Bürgersteig. Die Soldatin zupfte sein Hemd hinten aus der Hose, schob ihre Hand tief darunter und strich ihm die Wirbelsäule auf und ab. Der Soldat war sehr schlank – aber Michael ist noch dünner, seine Leisten sind schmaler, und sein Hintern füllt kaum die Hose. Michaels Hände sind schmal, die Brust ist eingefallen und der Hals lang und hell. Auf seinen Wangen sprießt jugendlicher Bartflaum, und eine zart gewölbte Linie verläuft von der Wurzel der etwas spitzen Nase hinunter zu den Lippen, die wie mit feinem Pinsel gezogen wirken. Schon als er ihr bei der Demonstration zum 1. Mai ins Ohr flüsterte und anderthalb Monate später bewegt ihren Anruf beantwortete, hatte sie erfasst, dass er sich zu ihr hingezogen fühlte, ebenso wie einige Jungen und Mädchen aus der siebten und achten Klasse. Doch erst jetzt, beim Anblick der Soldatin, die dem Soldaten ihre Hand unters Hemd steckte und seine entblößte dunkle Haut dort streichelte, empfand sie Verlangen nach Michael – Lust, ihn zu berühren, seine Lenden zu umfassen, die Mulde inmitten seiner schmalen Brust zu spüren, die vorstehenden Rippen unter der blassen Haut seines nackten Körpers zu streicheln.

»Ups!«

Aus dem Gebäude mit den grünen Keramikverzierungen, unter dessen Dach der ältere Mann wohnte, der gemeinsam mit ihr beim Arzt gewartet hatte, trat eine Frau in geblümtem Kleid mit einem großen Bündel auf dem Rücken. Beinahe wären sie zusammengeprallt. »Verzeihung«, sagte Beth.

»Oh nein, ich muss mich bei Ihnen entschuldigen«, erwiderte die Frau mit einem fremden Akzent und zwinkerte ihr zu, als teile sie mit Beth ein Geheimnis, kraft dessen sie ihre Last mit solcher Leichtigkeit trug.

Sie lächelte ihrem Spiegelbild im Schaufenster der Konditorei zu, und ein großer, gut aussehender Verkäufer dort hinter der Theke, den sie bisher nicht bemerkt hatte, erwiderte ihr Lächeln und winkte sie mit Kopf und Hand herein.

Ohne die Fensterscheibe dazwischen sah er weniger gut aus. Einige seiner Gesichtszüge kamen ihr bekannt vor, als sei sie seinem Bruder oder Vater schon mal begegnet. Er verlagerte sein Körpergewicht von einem

Bein aufs andere und zwinkerte ab und zu. Sein Haar war vor nicht allzu langer Zeit geschnitten worden, und die Frisur entblößte seitlich und im Nacken die Schädelhaut. Sein neues, weißes Hemd ließ die Falze aus der Fabrik erkennen, und vorn baumelte noch das Preisschild dran. Aus dem Hinterzimmer der Konditorei schallten die letzten Klänge des Beatles-Songs *Get Back*, worauf der nächste begann, aber jemand hinter der Wand drehte leiser.

»Hey, Sie haben was vergessen«, sagte Beth und deutete auf das Preisschild.

»Ja«, antwortete der Verkäufer. Er versuchte, es mit der linken Hand abzureißen, und nahm, da das misslang, die rechte zu Hilfe, doch ohne den abgehackten Daumen bekam er den Hemdenstoff nicht zu fassen. Er blickte auf den Daumenstumpf, sah Beth ihn fixieren und errötete. Auch ein Augenflattern verriet seine Verlegenheit.

Jetzt musste man ihn beruhigen, durch irgendwas ablenken. Beth deutete auf eine große Schale voll Kipferl und sagte: »Davon, bitte.«

Mit seiner großen Hand füllte er eifrig eine Tüte mit den Keksen, auf die sie gezeigt hatte. Er wog die Tüte, legte ein paar Kekse in die Schale zurück, wog erneut und fragte dann erst: »Wie viel?«

»Wie Sie reingetan haben, das ist gut, das ist perfekt, haargenau.«

»Ein halbes Kilo Vanillekipferl«, sagte der Verkäufer und fügte komischerweise hinzu: »Wie gewohnt.«

Er reichte Beth die Tüte mit der Linken und verbarg die Rechte hastig unter der Theke. Jetzt umgekehrt, jetzt musste man den Knopf ein wenig zudrehen, seine Verlegenheit etwas erhöhen, die davon kam, von diesem Stumpf, dem fehlenden Daumen. Sie nahm die Kekse nicht aus seiner linken Hand entgegen, sondern streckte die rechte zum Händedruck aus. Nun blieb ihm keine andere Wahl, und als er ihr verlegen und höflich die versehrte Hand reichte, umschloss sie sie mit ihrer kleinen. »Ich heiße Beth«, sagte sie.

»Ich bin Katan«, erwiderte der Verkäufer. »Äh, äh, Baruch Katan.« Seine daumenlose Hand war warm und angenehm. Bei der Berührung mit ihrer kleinen Hand schien sein Augenflattern nachzulassen.

»Sehr angenehm«, sagte Beth, bevor sie seine große Hand losließ.

»Ah, sehr angenehm«, sagte er.

Drei Sprinkler im Schulgarten spielten mit ihren Wasserstrahlen melodisch auf Erde, Bäumen und Zäunen. Bei jeder Drehung überwand das Wasser den Drahtzaun und erreichte auch den betonierten Weg von der Straße zum Schultor. Sie blieb vor dem Wasserfleck des zweiten Sprinklers stehen und wartete, bis eine angenehme Dusche ihre Unterschenkel erwischte. Der Kopf der Vogelscheuche in der Mitte des Gartens – die rostige Konservendose – schien ein wenig die Haltung geändert zu haben, war nun etwas zurückgelegt, was ihr einen hochmütigen Ausdruck verlieh. Letzten Winter, als Ministerpräsident Eschkol starb und Golda Meir ihn ablöste, hatte jemand der Vogelscheuche einen blauen Rock angezogen, von dem jetzt nur noch ein paar schäbige, feuchte Fetzen übrig waren. Auf der anderen Seite des großen Gartens, außer Reichweite der Sprinkler, arbeiteten die Agrarlehrerin Dina und die Schülerin Batya Ben Hemo aus der siebten Klasse. Dina tat zwei Schritte, bückte sich, kam wieder hoch, tat noch zwei Schritte und bückte sich erneut. Batya kam ihr entgegen, mit denselben Bewegungen, aber langsamer und ungeübter. Die beiden erinnerten sie an Ursula Brangwen mit vier oder fünf Jahren und deren Vater, die gemeinsam Kartoffeln in einen morastigen Acker steckten.

Beth trat an den Zaun und winkte. »Hi, hi, Schalom. Schalom, Dina, Schalom, Batya, alles klar?« Und das gedehnte R verriet ihren Akzent mehr als alle anderen Konsonanten.

Dina richtete sich auf und winkte zurück. »Prima, prima, alles bestens.«

»Ja, ja, Lehrerin Beth, alles okay«, rief Batya Ben Hemo mit hoher Stimme und imitierte Dinas Geste. Das Mädchen sah glücklich aus.

Ein dicker Sprinklerstrahl ohrfeigte sie jäh von rechts. Ein Wasservorhang lief über ihre Brille, und die Papiertüte riss und fiel ihr aus der Hand. Die Kekse verstreuten sich auf dem nassen Beton und auf ihren Füßen, und das Buch *The Rainbow* wurde klatschnass. So plötzlich, wie er sie erwischt hatte, ließ der Strahl in seinem Kreisen auch wieder von ihr ab.

Dina legte die hohlen Hände an den Mund und schrie fröhlich: »Hey, Lehrerin Beth, Vorsicht, wer nicht aufpasst, kriegt was ab, so ist das nun mal.«

Batya beeilte sich, ihre Worte zu bestärken: »Ja, ja, Lehrerin Beth, hast du verdient, hast du verdient!«

Beth zog ab. Was sollte sie darauf wohl antworten?

Sie umging den Wasserfleck, den der dritte Sprinkler auf dem Betonpfad hinterlassen hatte, und steuerte das Schulhaus an.

Im breiten Korridor des ersten Stocks arbeiteten drei Anstreicher. Einer von ihnen – offenbar der Vorarbeiter oder gar der Chef – stand auf einer hohen Leiter und tünchte die Decke, eine Zigarette im Mundwinkel. Der zweite Anstreicher, mit einer weißen Kufija auf dem Kopf, schüttete weißen Kalk und etwas schwarze Farbe in eine große Wanne, rührte alles mit einem Stab um und prüfte immer wieder den entstandenen Farbton. Der Dritte hielt einen dünnen Pinsel in der einen und ein langes hölzernes Lineal in der anderen Hand. Behutsam korrigierte er den Strich zwischen dem unteren Teil der langen Wände, die vor Kurzem mit grünlich glänzender Ölfarbe gestrichen worden waren, und dem oberen Teil, wo graue Tünche abblätterte und helle Vierecke die Stellen bezeichneten, an denen Bilder und Plakate gehangen hatten. Ein Plakat an der Wand gegenüber den Klassentüren war vergessen worden: *21 Jahre israelische Unabhängigkeit*. Drei Krächzer eines Rabenvogels erklangen von draußen. Die schmale Wand am Ende des Korridors, die jetzt ebenfalls nackt und narbig war, diente während des Schuljahrs als Anschlagbrett für die Englischschüler der sechsten und siebten Klasse.

Nach den Pessach-Ferien hatte sie dort *The Moon* hingeschrieben, einen lächelnden Mond gezeichnet und Zeitungsartikel auf Englisch und Fotos zur bevorstehenden Mondlandung angeheftet. Ein Zeitungsausschnitt brachte die Antworten der drei Astronauten, die sich nur mit ihren Vornamen vorstellten – Neil, Buzz und Michael –, auf Fragen, die Kinder aus aller Welt ihnen geschickt hatten: Ob sie dächten, dass es dort Leben gebe? Und was würden sie tun, wenn ihnen auf dem Mond der Sauerstoff ausginge? Und wie putzte man sich im Zustand der Schwerelosigkeit die Zähne? Und ob Michael, der nicht auf dem Mond landen würde, neidisch auf die beiden anderen sei? Auf schwarzen Bristolkarton hatte sie mit weißen Druckbuchstaben die Zeilen geschrieben, die sie aus ihrem Kindergarten in Kanada in Erinnerung hatte:

I see the moon and the moon sees me
The moon sees the somebody I'd like to see
God bless the moon and God bless me
And God bless the somebody I'd like to see.

Als sie dieses Lied zum ersten Mal mit Siebtklässlern sang, auf ihre Aufforderung *»all together now!«*, hatte sie herausgehört, dass ein Schüler statt *»to see« »to be«* sang. Die dünne Stimme kam mit leichter Verzögerung, versuchte geradewegs, zu ihr durchzudringen. Ohne den Jungen anzuschauen, hatte sie gerufen: »Stopp, stopp, das ist sehr schön, das ist noch schöner!« und ihren Text an der Tafel hastig geändert.

»Einen angenehmen Tag«, wünschte Beth den Handwerkern.

Nur der Mann auf der Leiter antwortete: »Dir auch, Schätzchen.« Von hoch oben blickte er unverfroren auf das dünne, nasse Kleid, das ihr am Körper klebte. »Pass auf, die Farbe ist frisch. Und pass auch auf, wenn du so auf der Straße rumläufst, Schätzchen.«

Beth ging zwischen den Beinen der offenen Leiter hindurch und wandte sich abrupt um, schlug das Kreuzzeichen und sagte zu dem Mann da oben *»God bless you«*, was wieder einmal funktionierte. Der lüsterne Blick auf seinem Gesicht mutierte zu einem verlegenen Lächeln. Sie kehrte ihm den Rücken und ging weiter zu dem schmalen Durchgang, der das neue Schulgebäude mit dem alten verband.

Der Lichtschalter saß hinter dem Metallschrank neben der Tür verborgen, und auf einen Knopfdruck überflutete gelbes Licht die Decke des Lehrerzimmers. Schon über zwei Wochen waren vergangen, seit sie am letzten Tag des Schuljahrs hier gewesen war. Das Schulbuch *Wider Horizons* für die siebte Klasse in Neuauflage, das der Direktor hier für sie hinterlassen wollte, lag nicht in ihrem Fach. Wie die anderen Fächer enthielt es nur ein lila hektografiertes Blatt, in der klaren Handschrift von Jaffa, der Sekretärin. Beth sog den Äthergeruch des Blattes ein, las die Überschrift »Lehrerkonferenz zu Schuljahresbeginn«, legte das Blatt zurück ins Fach und packte das nasse Buch darauf.

Sie trat zu dem schwarzen Telefon an der Wand und rief in Friedas Lokal an. Es klingelte lange. Sie krempelte den Saum ihres Minikleids hoch, spreizte die Finger auf dem Oberschenkel, bog den Daumen ein und musterte das neue Aussehen ihres Handrückens – die vorstehenden Knöchel, die kleinen Hautfältchen und die Fingernägel mit verkrusteten Blutresten darunter. Als sie die Finger leicht einbog, sah ihre Hand aus wie eine Vogelkralle.

»Ja«, antwortete Frieda auf einmal.

Beth schreckte auf und befreite den versteckten Daumen. »Schalom. Hier ist Beth, Michaels Freundin. Ich war letzte Woche bei euch und auch Donnerstag vor zwei Wochen, erinnerst du dich an mich?«

»Ja, ich erinnere mich, gewiss doch. Und wie geht es dir jetzt?«

»Kann ich ihn sprechen, Michael?«

Frieda hustete oder kicherte. »Nein, er ist nicht da, was willst du?«

»Ich möchte zum Treffen am Donnerstag kommen. Kannst du ihn bitten, mich wie letzte Woche um sechzehn Uhr am Kino abzuholen? Am Lichtspielhaus? Allein würde ich den Weg zu euch nicht finden.«

»Ich sags ihm. Klar, selbstverständlich.«

»Danke.«

»Moment, Moment, bevor du auflegst«, sagte Frieda, »sag mal, wie heißt du wirklich?«

»Was?«

»Dieser Name Beth, das ist doch nicht dein wirklicher Name, wie Jo, Emil und Gideon nicht wirklich so heißen.«

Beth hatte Frieda nur zweimal getroffen und mit den Gästen lachen gesehen. Konnte es sein, dass sie jetzt Spaß mit ihr machte? Vielleicht hatte sie sich im Hebräischen vertan oder Frieda nicht verstanden? Oder vielleicht hatte sie gemeint, sie müsste einen israelischen Namen statt des alten annehmen, wie einige ihrer Schüler ihr zu Beginn des Jahres gesagt hatten: »Lehrerin Beth, was hast du für einen komischen Namen, der passt nicht nach Israel, ändere ihn.«

»Wie hätte man mich genannt, wenn ich einen hebräischen Namen hätte? Ich weiß nicht, vielleicht Batya.«

»Nein, nein, wie ist dein richtiger Name?«

»Beth, das ist eigentlich eine Abkürzung von Elizabeth. So heiße ich.«

»Das hatte ich nicht gemeint.«

»Dann Betsy.«

Als sie ihren Kosenamen aus der frühen Kindheit sagte, zitterte ihre Stimme ein wenig.

»Nein, nein.«

»Frieda, machst du Spaß?«

Frieda lachte tatsächlich, und Beth beschloss, die etwas sonderbare Witzelei mitzumachen. »Weißt du was, ich habe eigentlich noch einen Namen – Ursula.«

»Ursula? Das ist ein polnischer Name. Dann bist du …« Frieda beendete den Satz in einer Sprache, die Beth für Polnisch hielt, und danach hörte man plötzlich Glas splittern. Ein Glas oder eine Flasche war zu Boden gefallen, Frieda war vermutlich angesäuselt. Schon bei ihrer ersten Begegnung mit Frieda hatte Michael liebevoll und nachsichtig gesagt, er denke, sie habe wieder mal einen über den Durst getrunken. Damals war es ihr nicht aufgefallen, aber jetzt war ihr klar, dass sie das Gespräch lieber beenden sollte.

»Ja, richtig, gewiss«, sagte sie, »auf Wiedersehen heute Nachmittag.«

In dem Schraubglas, das der Hausmeister während des Schuljahrs jeden Morgen neu auffüllte, steckten noch drei letzte Teebeutel. Nur hier im Lehrerzimmer trank sie Tee, jetzt kippte sie statt einem Löffel Zucker drei gehäufte hinein und sah den weißen Kristallen zu, die langsam wie Schneeflocken zu Boden sanken in dem heißen Wasser, das seine Farbe von Hellgelb in Trübbraun änderte.

In der Holzkiste mit der Aufschrift *Material für Gesellschaftskunde* lagen Zeitungsausschnitte. Beth nahm das oberste Blatt zur Hand. Unter der Überschrift »Collins Geschichte« prangte ein Foto des Astronauten in den Armen seiner Frau. Beth setzte sich an den großen Tisch, an dem alle Lehrerinnen und dazu noch der Turnlehrer und Herr Kugelmann, der Direktor, sitzen konnten, und las den Anfang des Aufsatzes über Michael Collins und seine Frau.

Michael Collins, der allein den Mond umrunden soll, während seine Kameraden darauf landen, wohnt mit seiner Frau Patricia auf einem amerikanischen Luftwaffenstützpunkt. Sie stammt aus Boston, die beiden haben zwei Töchter und einen Sohn. Falls man ihn lässt, möchte er einige Tage vor dem Start der Rakete aufhören, sich zu rasieren, und den wachsenden Bart erst nach der Rückkehr zur Erde abnehmen. Er ist in Rom geboren. Als Kind nannten seine Eltern ihn Mikey, und er sehnt sich manchmal danach, dass jemand ihn wieder so anredet und nicht mit Michael, wie alle es tun, seit er erwachsen ist. Jede Minute des Fluges ist bis in die letzten Einzelheiten vorgeplant, aber er hat sich eine halbe Stunde Freizeit am zweiten Flugtag erbeten, in der er einfach nur am Teleskop zurück auf die Erde schauen möchte. Er weiß jetzt schon, dass der Nahe Osten das Gebiet ist, das er vermutlich am besten sehen wird. Wer weiß – vielleicht kann er von dort oben auf uns hier an der Küste von Tel Aviv oder in einem Jerusalemer Viertel herabschauen.

Die Wanduhr, die immer drei Minuten vorging, zeigte zwei Uhr nachmittags. Etwas juckte ihr auf der Zungenspitze, und sie nahm einen Schluck von dem süßen Tee, der mittlerweile abgekühlt war.

5

Ein bebrillter Angestellter ließ Zemach ein und verschloss hinter ihm hastig die Tür der Bankfiliale. Ein neuer, weicher, weinroter Teppichboden schluckte die Schrittgeräusche. An dem freien Schalter ihm gegenüber saß eine Angestellte, deren rundes Gesicht von kleinen Pickeln übersät war. »Guten Tag«, sagte er und legte ihr das Heft mit den Ein- und Auszahlungen vor, »fünfhundert Pfund, bitte.« Und sofort korrigierte er sich: »Wissen Sie was, sechshundert, oder eigentlich lieber gleich siebenhundert.« In der Trennscheibe zwischen ihm und der Mitarbeiterin spiegelte sich die Tür der Bank. Auf dem Bürgersteig draußen stand eine Frau etwa seines Alters. Sie klopfte an die Tür und bat um Einlass. Ihr Mund ging in rascher Folge auf und zu, aber drinnen konnte man nicht hören, was sie sagte. Sie wedelte mit den Armen, versuchte sicher zu erklären, warum sie hineinmusste, um eine kleine, aber äußerst wichtige Angelegenheit zu regeln, legte sogar bittend die Hand aufs Herz. Der junge Angestellte, der ihn eingelassen hatte, deutete auf die Uhr an der Wand, signalisierte ihr, dass die Öffnungszeit vorbei war, und zuckte danach mit den Schultern. Dass er selbst im Vorteil war gegenüber dieser Frau, die draußen blieb und erneut lächerlich mit den Armen fuchtelte und den Mund aufsperrte wie ein Fisch, freute Zemach.

Er ließ die ärztlichen Überweisungen von einer Hand in die andere wandern, hielt sie genauso, wie Absolventen der medizinischen Fakultät in Heidelberg ihre Diplome gehalten hatten. Die Angestellte begann, Ziffern ins Heft einzutragen. »Geht es ein bisschen schneller, bitte?«, drängte er und trommelte mit den Fingern der rechten Hand auf die Theke. Seine Finger waren schön wie eh und je, die Finger eines jungen Pianisten.

»Mein Herr, würden Sie bitte damit aufhören, das Geräusch stört ein wenig«, bat die Angestellte.

Zemach stellte das Fingertrommeln ein. Die Angestellte steckte einen Schlüssel ins Schlüsselloch einer kleinen metallenen Kasse und entnahm ihr ein dickes Bündel Geldscheine. Sie leckte ihren Zeigefinger an und begann, die Scheine zu zählen.

Ehe er sich von der Wohnung zum Bahnhof aufmachte, würde er ein wenig aufräumen. Nicht ein wenig, sondern gründlich, schwungvoll. Er würde putzen, den Boden kehren, das schmutzige Geschirr abwaschen, das er in der Spüle gelassen hatte, und Staub wischen. Wenn er dann aufbrach, würde er die Tür hinter sich abschließen, alles sauber und ordentlich zurücklassen, wie einer, der zu einer Abenteuerreise aufbrach und lange nicht zurückkehren wollte. Die Angestellte trennte die abgezählten Banknoten von dem Bündel und zählte sie erneut. Er würde früh am Bahnhof sein und noch einige Züge ankommen oder abfahren sehen. Als er an die Wartezeit auf dem Bahnsteig dachte, spürte er Wärme in der Hand und fing erneut an, auf die Theke zu trommeln.

Er war damals vier Jahre alt gewesen, vielleicht etwas

älter. Er hatte neben seiner Mutter auf dem Bahnsteig des Berliner Bahnhofs gestanden, seine Hand in ihrer. Sie hatten mit vielen Menschen gewartet, die aufgeregt jubelten und Fähnchen schwenkten. Um die Taille trug sie einen goldglänzenden Gürtel, und auf den Stoff ihres Kleides waren winzige weiße Blümchen aufgedruckt, bei denen man nur aus nächster Nähe erkannte, dass sie nicht alle gleich waren: Es gab welche mit drei und welche mit vier Blütenblättern. »Behalte diesen Tag in Erinnerung, Hansi«, schrie seine Mutter, um die Freudenrufe zu übertönen, die anschwollen, als ein geschmückter Zug in den Bahnhof einfuhr, und er schwenkte ihm das Fähnchen in seiner Rechten entgegen.

»Tut mir leid, mein Herr, es dauert noch einen Moment. Ich muss noch einmal nachzählen«, entschuldigte sich die junge Angestellte.

Von den zwei Möglichkeiten, die ihm offenstanden und beide gefielen – antreiben oder beruhigen –, wählte Zemach die zweite. »Immer mit der Ruhe, das ist völlig in Ordnung.« Er griff nach vorne, um ihr aufmunternd auf den Arm zu klopfen, wie ein Arzt eine besorgte Patientin beruhigte, prallte jedoch an der Scheibe ab.

Die Finger der Angestellten mit den abgekauten Nägeln beendeten die dritte Zählung der Banknoten. »Unterschreiben Sie bitte hier und hier«, sagte sie und schob ihm zwei Kopien eines Formulars samt Kohlepapier hin. »Legen Sie das Geld bitte in einen Umschlag.«

Erst in der vierten Schublade, die sie aufzog, fand sie einen bunten Umschlag zu einem Sparprogramm für Kinder, in den sie die Scheine schob.

Die Bank hatte sich geleert. Der Bankdirektor, Herr Algranati, trat zu Zemach und winkte ihm mitzukommen. Auf dem neuen Teppichboden führte ihn der Krawatte tragende Direktor zum Hinterausgang. Sein schmaler Schnauzer sah aus wie mit feinem Pinsel auf die Oberlippe gemalt, und Zemach wunderte sich, dass ihm diese lächerliche Haarlinie bisher nicht aufgefallen war.

»Bitte, Herr Zemach, Vorsicht, bitte, geben Sie Acht, hier ist eine Stufe.« Der Direktor, der höchstens zehn Jahre jünger war als er, ließ es nicht bei der Warnung bleiben, sondern griff auch nach Zemachs Ellbogen, um ihn zu stützen, falls er stolperte. Zemach stieß seine Hand zurück.

Auf der schmalen Gasse draußen fuhr ein Motorroller vorbei – eine bauchige Vespa, darauf ein langhaariger junger Mann in schwarzer Kleidung.

»Was sagen Sie, Herr Zemach, vielleicht ist er das? Würde passen, finde ich.« Der Direktor fuhr sich mit dem Zeigefinger über die Lippen, als entfernte er dort einen winzigen Krümel.

»Ich versuche nicht, zu raten«, gab Zemach zurück und umklammerte den dicken Umschlag in seiner Hosentasche fester.

»Gewiss, auch ich versuche natürlich nicht zu raten«, sagte der Direktor.

»Selbstverständlich«, erwiderte Zemach. Der aalglatte Direktor war ihm zuwider. »Natürlich, Herr Algranati, achten Sie auf sich, Vorsicht bei der Stufe.«

Auf dem Weg zur Ata-Filiale spähte er in Ben Sakens Geflügel- und Fischladen. Zwei ältere Frauen saßen drinnen in der Ecke und schwatzten fröhlich, während sie mit geübten Händen die kopflosen Hühner auf ihren Knien rupften. Die Hupe eines vorbeifahrenden Lasters dröhnte inmitten der anderen Straßengeräusche wie die präzisen Stöße einer Tuba im Orchester.

Lili pflegte den Inhaber des Bekleidungsgeschäfts mit »*Herr* Ata« oder »*Rabbiner* Ata« anzureden. Der Name der 1934 gegründeten Textilfabrik Ata diente ihr für alles, was sie zu provinziell oder zu jüdisch oder zu sozialistisch fand – »Ata-Beamter« oder »Ata-Musik« oder »Ata-Regierungschef«. Die Kundin vor ihm hatte bezahlt, und der schmale Mann mit Hut blickte Zemach diensteifrig an.

»Ja, bitte, Herr Zemach.«

Obwohl er wusste, dass der Textilverkäufer nur Hebräisch und Jiddisch sprach, sprach er ihn in melodischem Hochdeutsch mit seiner sauberen, deutlichen Bassstimme an: »Zehn Unterhosen und zehn Unterhemden von der erstklassigen Sorte, der weichen und teuren.«

»Bitte schön, bitte schön, selbstverständlich«, erwiderte *Herr* Ata mit leicht bebender Stimme auf Hebräisch, »sofort, bitte schön«, und schob den gewünschten Stapel Unterwäsche in eine große Papiertüte, bedruckt mit dem dreieckigen, blauen Firmenlogo. Zemach bezahlte und ließ das Wechselgeld in Münzen liegen.

Wieder hatte jemand die Zeitung aus seinem Briefkasten genommen.

Er holte tief Luft und stürmte die Treppen hoch, nahm alle in einem Atemzug, trat die Stahltür auf, die vom Treppenhaus auf das geteerte, mit eingesunkenen

Fliesen belegte Dach führte, und setzte von Fliese zu Fliese zur Wohnung.

Der geblümte Bettüberwurf, der sich wochenlang in der Zimmerecke getürmt hatte, war jetzt glatt übergelegt, unter die Matratze gestopft und am Kopfende zweimal symmetrisch exakt aufgefaltet worden, sodass eine sauber bezogene Bettdecke und ein gebügeltes Bettlaken darunter zum Vorschein kamen. Es gab keine Spur mehr von den schmutzigen Kleidungsstücken und den dreckigen Tellern und Gläsern, die er im Zimmer und in der Spüle hinterlassen hatte. Die leeren weißen Regale, sonst immer mit einer Staubschicht bedeckt, glänzten. Ein weißes Tischtuch bedeckte den kleinen Tisch, und darauf thronte, auf einem großen Teller, ein runder Kuchen, in dessen Mitte eine gelöschte Kerze steckte. Auf dem Hocker am Tisch stand der Plattenspieler, den er Lili 1964 zu ihrem fünfunddreißigsten Geburtstag geschenkt hatte. Seit ihrem Weggang war das Koffergerät aus grau-weißem Plastik samt einiger Schallplatten hoch auf dem Kleiderschrank verstaubt. Auf dem Plattenteller drehte sich eine kleine Schallplatte, die bei jeder Drehung klickte, knisterte und danach einen Laut abgab, der an das Räuspern eines alten Mannes erinnerte. Er hob den Metallarm mit dem Zeigefinger an und setzte die Nadel behutsam auf den Rand der Schallplatte.

Vor der Kaserne
Vor dem großen Tor

Die Lautstärke war voll aufgedreht. Er dämpfte Marlene Dietrichs Stimme ein wenig und setzte sich auf die Bettkante.

So woll'n wir uns da wieder seh'n
Bei der Laterne wollen wir steh'n
Wie einst Lili Marleen

Lili war also durchs Fenster zum Dach eingestiegen. Sie musste nur die hölzernen Fensterläden, die nie richtig zugingen, aufziehen und das Fenster, das er sicher nicht verriegelt hatte, aufstoßen. Und als sie durchs Fenster wieder aussteigen wollte, hatte sie diese Bücher auf den Boden gestapelt, um sie als Stufe zu benutzen. Zuoberst auf dem kleinen Bücherstapel lächelte Mosche Dajan schief auf dem Titelbild des Bandes *Siegesalbum*, das die Mitarbeiter der Gewerkschaft zum vorjährigen Unabhängigkeitstag erhalten hatten.

Auf dem Stuhl am Bett lag die heutige Ausgabe des *Davar.* Auf der Titelseite stand die mittelgroße Schlagzeile: »Das größte Abenteuer aller Zeiten hat begonnen – Apollo 11 auf dem Weg zum Mond«, und darunter prangte ein verschwommenes Foto vom Start der Rakete. Neben der Zeitung lagen ein offener Umschlag und eine Schreibmaschinenseite, beschwert mit Salz- und Pfefferstreuer, die er schon lange nicht mehr gesehen hatte. Das hieß, sie war nicht nur hier eingestiegen, hatte zugepackt und aufgeräumt und aufgestellt und entsorgt und gebügelt, sondern auch einen für ihn bestimmten Brief aus dem Briefkasten geholt und geöffnet.

Er zog das Blatt unter den Salz- und Pfeffergewichten

hervor. Unter den Worten »Lieber Genosse Rentner« stand eine Aufstellung der Freizeitangebote im Seniorenklubhaus der Histadrut in der HaHistadrut-Straße. Den vorletzten Absatz hatte Lili mit dickem Bleistiftstrich umrahmt, und am Ende, nach den zwei Wörtern in Klammern, zwei Ausrufezeichen gesetzt.

> *Donnerstags um sechzehn Uhr. Leiterin und Dirigentin: Ella Bar-Chaim, Musiklehrerin und Sängerin im Chor des Senders Kol Israel. Vorkenntnisse nicht erforderlich, aber Musikalität, eine angenehme Stimme und Lernbereitschaft (Männer fehlen).*

Einmal, an dem Wintertag, als sie den Kibbuz verließen, hatte Lili ihn zum Singen ermuntert. Sie saßen damals auf der Ladefläche des Lasters, der sie mitnahm, lehnten sich an die Karottensäcke und blickten zurück auf das Kibbuz-Tor. »Fertig, aus, Freiheit, jetzt kann man singen«, hatte Lili verkündet, als das Tor hinter einer Kurve verschwand. »Warum singst du nicht ein bisschen, Hans?« Die Wolken zerstreuten sich, und die dahinter auftauchende Sonne sandte ihnen warme Strahlen. In seinem Kopf ertönte die Bassstimme der Bach-Kantate Nr. 60: »Selig sind die Toten, selig sind die Toten, selig sind die Toten.« Die Solisten, die in Heidelberg die Alt- und die Tenorstimmen, »die Furcht« und »die Hoffnung«, sangen, hatten von Probe zu Probe gewechselt, aber die Bassstimme des »Christus«, die das Wort des Heiligen Geistes vermittelte – im Wesentlichen eine einzige, sich ständig wiederholende Zeile –, sollte man lieber nicht von einem Sänger auf den anderen übertragen, hatte die Lehrerin für Stimmbildung dem Dirigenten empfohlen. »Hans, unsere perfekte Bassstimme, ist der Einzige, der die Christus-Stimme richtig ausführen kann«, hatte sie in seinem Beisein zu Pinsky gesagt.

Der Lastwagen schwankte hin und her, und er reckte den Hals, hustete, befeuchtete seine Lippen und schwenkte die Arme, um den Brustkasten für die volle Männerstimme zu öffnen, aber ehe er noch die erste Silbe herausbrachte, bremste der Laster, und die Karotten piksten ihn in den Rücken.

Als der Lastwagen langsam wieder anfuhr, legte Lili ihm den Zeigefinger auf die Lippen. »Schon in Ordnung, Hans, du musst dich nicht so aufregen. Schon in Ordnung, du musst nicht wirklich singen. Ich singe für uns beide.«

Zemach blickte auf die ausgepustete Kerze in der Mitte des Kuchens und dachte wohlig – Rindvieh, Nutte, Hündin. In jedem dieser Schimpfworte machte er der Wut Luft, die sich seit Betreten dieses aufgeräumten Zimmers gestaut hatte – eine präzise, angenehme, männliche, rabiate Wut. Er schlug mit der Faust aufs Kopfende des frisch bezogenen Bettes. Kein einziges Staubkörnchen wirbelte auf. Wieder spürte er seine Herzschläge wie ein inneres Metronom. Sein Atem, der sich vom raschen Treppensteigen noch nicht völlig beruhigt hatte, ging wieder schneller. Ein Stich in der Brust funkte dazwischen, aber der leichte Schmerz verebbte rasch. Lili Marleens Lied war mittlerweile abgelaufen. Die Schallplatte drehte sich weiter, und die Nadel gab ihr Klicken, Knistern und Räuspern ab.

Er ließ sich rücklings auf das breite Bett sinken und schaute an die Decke. Die Spinnweben, die am Morgen die Ecke mit dem bröckelnden Kalk bedeckt hatten, waren verschwunden, und der schwarze Fleck sah jetzt aus wie ein offenes Loch, durch das dunkler Nachthimmel schimmerte. In seinem Kopf hörte er deutlich das Duett von Furcht und Hoffnung. Die Furcht – eine Altstimme – sang von der Todesangst, die sie ereilte und überfiel, und die Hoffnung – ein Tenor – erklärte, wie angemessen die Leiden waren und wie gut die Ruhe und der Frieden, die danach warteten. Und da, da kam seine Rolle. Hier setzte der tiefe, präzise Bass ein. Er breitete die Arme auf dem Doppelbett aus, ballte die Fäuste, sperrte den Mund auf, füllte die Lungen mit Luft, und nach vierzig Jahren ohne Gesang schmetterte er nun wieder mit kräftiger und klarer Stimme: *»Selig sind die Toten, selig sind die Toten, die Toten, die in dem Herren sterben.«*

6

In der Ritze zwischen den gekreuzten Holzstreben des Liegestuhls steckte ein zusammengefaltetes, rotes Blatt Papier. Charlie zog es heraus und las die in Blockbuchstaben gedruckten Worte, von denen er einige – »Verfügungen«, »Streikbeendigung«, »Drohung« – nicht verstand. Die Wörter, an deren Ende ein Ausrufezeichen stand, las er zweimal, wobei er die letzte Silbe beim zweiten Mal dehnte:

DIE VERFÜGUNGEN ZUR STREIKBEENDIGUNG
WERDEN UM-GE-SETZT! SIND NICHT MEHR DROHUNG,
SONDERN WIRK-LICH-KEIT!

Er blickte auf und beobachtete seine Mutter auf der ihm nächsten Schwimmbahn, die mit einer blau-weißen Schwimmerkette abgetrennt war. Quer darüber baumelte ein Schild: *Nur für Schwimmer.* Seine Mutter kraulte gerade auf die tiefe Beckenseite, wo sie am Ende wendete und aus seinem Blickfeld verschwand. Er klappte den linken Ringfinger ein.

Seit ihrem ersten Besuch hier im Frühsommer hatte er angefangen, die Bahnen, die sie schwamm, zu zählen, wozu er Finger und Sandalen zu Hilfe nahm: Hatte er alle zehn Finger nacheinander umgeklappt, legte er die eine Sandale vor sich hin und nach weiteren zehn auch die zweite. Zum Schluss schloss er noch mal fünf Finger zur Faust und fertig – fünfundzwanzig. Vor der letzten Bahn hielt sie auf der Nichtschwimmerseite vor dem Startblock mit der fast völlig verblassten großen Nummer 1 drauf und hob den Zeigefinger, um ihm zu bedeuten, dass nur noch eine letzte Bahn übrig war. Obwohl sie jedes Mal genau gleich viele Bahnen zog, fragte sie immer: »Hast du gezählt, Charlie? Wie viele Bahnen bin ich geschwommen?« Als er das letzte Mal »fünfundzwanzig« antwortete, hatte er angefügt: »Aber du schwimmst doch immer genau fünfundzwanzig.« »Ja, Charlie«, gab sie zurück und lachte bemüht, »ich hab bloß Angst, ich könnte mich mal vertun.« Doch jetzt setzte sie erst zur vierten Bahn an, und bis sie den Zeigefinger für die letzte heben würde, war noch Zeit.

Nahe und ferne Stimmen mischten sich – Mütter riefen ihre Kinder aus dem Wasser, Jugendbetreuer am Beckenrand zählten laut Kinder durch, die allesamt rote Bademützen mit dem weißen Aufdruck *Sommerfrische des Betriebsrats der Stadt Jerusalem* trugen. Der dicke, braun gebrannte Bademeister, der auf einem überdachten Hochsitz auf der anderen Beckenseite saß, pfiff gelegentlich seine Trillerpfeife. Vom hohen Sprungbrett sprangen Jungen und Mädchen und kreischten auf dem Weg ins Wasser. Der Kleinste von ihnen, etwa in seinem Alter – sechs oder sieben –, ging das lange, schmale Sprungbrett entlang, zog seine schlaffe Badehose zur Brust hoch, sprang einmal und noch einmal auf dem elastischen Brett in die Höhe, beide Arme über den Kopf gereckt, und vom höchsten Punkt aus vollführte er einen perfekten Salto in der Luft. Der dicke

Bademeister klatschte Beifall: »Bravo, Kleiner! Bravo! Alle Achtung!«

Charlie las weiter die Worte auf dem roten Flugblatt. Nun verstand er alle außer »Histadrut« und »Forderungen«:

DER ARBEITGEBER, DIE HISTADRUT UND
DIE REGIERUNG – GEGEN DIE ARBEITER
UM SIE ZU BRECHEN
UM SIE ZU UNTERDRÜCKEN
UM IHRE FORDERUNGEN ZU BOYKOTTIEREN!

»Boykottieren, boy-kot-tie-ren!«

Er faltete das Blatt zusammen und steckte es in die Hosentasche. Darin traf seine Hand auf den Umschlag, den er schon ganz vergessen hatte. Er zog die Briefbogen heraus und strich sie auf den Knien glatt. Der Bademeister schrie: »Du da, du da, raus, raus!« Diese dünnen, fast durchsichtigen Blätter waren kein »Brief«, entschied er, sondern eine »Note«.

Das Wort »Note« hatte seine Mutter ihm eines Abends beigebracht, als sie *Der kleine Mann* von Erich Kästner oder vielleicht *Zeichen und Wunder* von Lea Goldberg lasen. »Weißt du, was eine Note ist?«, hatte sie gefragt.

»Nein«, hatte er erwidert.

»Eine Note, Charlie, ist ein Synonym, ein anderes Wort, für Brief. Wenn wir Dinge mit einem anderen Wort benennen, das wir als Synonym bezeichnen, und vor allem, wenn das eine Wort männlich und das andere weiblich ist – wie bei Mond und Luna oder Angst und

Horror oder Brief und Note –, dann glaube ich, dass wir es jeweils etwas anders verstehen, und daher anders darüber denken. Was meinst du?«

Ihre Stimme hatte ein bisschen gebebt, oder vielleicht war er erbebt angesichts der Entdeckung. »Ich meine, das stimmt«, hatte er geantwortet, und sie hatte ihm über den Kopf gestrichen.

Sie beendete die fünfte Beckenlänge. Charlie wartete, bis die weiße Bademütze aus dem Wasser kam, legte zwei Finger für die vierte und die fünfte Bahn um und noch einen, schon mal für die sechste, obwohl sie gerade erst mit dieser angefangen hatte.

Er breitete die Blätter der Note auf den Knien aus und begann, sie flüchtig zu lesen, konzentrierte sich nur auf die bekannten Wörter, in dem Bemühen, schnell auf den springenden Punkt zu kommen, der doch sicher drinstand. Je mehr er las, desto weniger hörte er die Schreie der Kinder und die Trillerpfeife des Bademeisters, bis alles für ihn verstummte. Seine Lektüre verlangsamte sich, und er versank immer tiefer in den Wörtern. Auch solche, die er bisher nicht gekannt hatte, traten nun aus der Note hervor und bauten völlig klare Sätze und Abschnitte, und zeichneten ein Bild.

Liebe Frau Ben Hemo,

zunächst möchte ich mich für meine späte Antwort entschuldigen. Die Anschrift, an die Sie den Brief vom 1. 5. 69 geschickt haben, ist die meiner Eltern in Haifa. Das ist immer noch meine offizielle Adresse, aber dieses Jahr habe ich ein Studium an der Universität aufgenommen (Biologie), wohne deshalb seit Studienbeginn in Jerusalem und komme nur selten nach Haifa. Ihr Brief hat einen Monat lang bei meinen Eltern gelegen, danach kamen die Jahresabschlussprüfungen, und erst jetzt fand ich Zeit, Ihnen zu antworten.

Ich habe Ihnen zur Beantwortung Ihrer Fragen nicht viel zu schreiben und bin sicher, meine Worte werden dem, was Sie gewiss ohnehin schon wissen, nichts Wesentliches hinzufügen.

Ich nehme an, Jacky, der Kompanieführer, oder Coblio, sein Stellvertreter, haben Sie vollständig und genauestens darüber aufgeklärt, was Jaakov passiert sein könnte. Beide waren stark eingebunden in die Suchaktionen und die späteren Nachforschungen und Untersuchungen, die in dem ganzen Chaos und Freudentaumel damals, gleich nach dem Krieg, angestellt wurden.

Erst aus einer kleinen Zeitungsnotiz von vor rund einem halben Jahr mit der Nachricht, dass man ihn oder das, was von ihm übrig war, endlich gefunden habe, erfuhr ich, dass man in seiner Familie den Namen Jacques benutzt hatte. Im Bataillon nannten ihn alle Jaakov. Der Oberfeldwebel des Bataillons, Sudri, sagte manchmal auch Jankele, und dann lachten sie beide, wie über einen privaten Witz oder eine gemeinsame Erinnerung. Auch Sudri gehört zu den Veteranen im Bataillon, und ich nehme an, sie hatten schon lange gemeinsam Reservedienst geleistet.

Wie Sie wissen, ist Jaakov, oder Jacques, als Einziger in unserem Bataillon im Krieg umgekommen. Auch Verwundete hatten wir keine, bis auf Zvi, der verwundet wurde, als der Panzerwagen umkippte und ihm das Bein zerquetschte. Aber das war noch in der Wartezeit, vor dem Krieg. Insgesamt sind wir darin recht gut weggekommen. Immer trafen wir erst kurz nach den Gefechten ein. Zuerst waren wir im Norden, als dort nichts passierte, dann haben sie uns in den Sinai hinunter verlegt, und als schon fast alles vorbei war, kamen wir wieder auf die Syrischen Höhen, oder wie man heute meist sagt, auf die Golanhöhen. Ehrlich gesagt, bedauerten wir, vor allem die jungen Soldaten, damals, dass wir keine echten Heldengeschichten hatten, aber letzten Endes, rückblickend betrachtet, scheint es mir, dass wir Glück hatten und uns auch nicht schämen müssen. Unsere Knochenarbeit beim Räumen der Minen und Barrikaden und der Zerstörung der Bunker und danach beim Verlegen neuer Minen und dem Bau neuer befestigter Posten und sogar einer Bailey-Brücke haben wir gut erledigt.

Sie baten mich, Ihnen genauestens zu schreiben, was ich von der Nacht, in der er verschollen ist, in Erinnerung habe. Das Wesentliche habe ich schon dem Divisionskommandanten und dem Bataillonsführer gesagt, die noch in jener Nacht bei uns ankamen, und später dann noch einem jungen Soldaten, vielleicht von der Militärpolizei, der ein paar weitere Fragen stellte. Obwohl ich wohl als Letzter mit ihm gesprochen habe, kann ich leider nur wenig über jene Nacht erzählen.

Trotzdem werde ich versuchen, mir jede Einzelheit in Erinnerung zu rufen, auch wenn sie mir banal und marginal erscheint – oder wie Sie in Ihrem schönen Brief schrieben: Auch wenn diese Einzelheiten nichts sind als »eine leichte Geste oder ein Lidflattern oder sogar ein unangenehmer Geruch«. Daraus, dass ich mich gerade für ein Biologiestudium entschieden habe, verstehen Sie gewiss, dass Worte nicht meine Stärke sind, aber ich werde mein Bestes tun.

An jenem Abend scharten sich fast alle um ein einziges Transistorradio und versuchten, genau zu begreifen, was wo in diesem Krieg passiert war. Sie hatten eine Landkarte ausgebreitet und lasen sie im Scheinwerferlicht des Kübelwagens. Ich stand etwas abseits. Jemand sagte, Zahal sei sogar nach Jericho gelangt, und jemand anders fragte, was jetzt lächerlich klingt, ob Jericho auf dem Ost- oder dem Westufer des Jordan liege, und ein Dritter, ich meine, es war Jossi, der fromm und etwas älter ist, etwa in Jaakovs Alter, sagte: »Du bist ein großer Ignorant und Dummkopf, wenn du das nicht weißt.«

Jetzt beim Schreiben fallen mir einige Dinge ein, von denen ich gar nicht wusste, dass sie in meinem Gedächtnis verborgen lagen, anscheinend konnten nur Ihre Anfrage und das Niederschreiben selbst sie zutage fördern. Diese trügerische und interessante Geschichte mit dem Gedächtnis und der entsprechenden Hirnfunktion ist faszinierend und beschäftigt mich sehr. Ich hoffe, mein Wissen in den nächsten Jahren stark zu vertiefen, und wer weiß, vielleicht werde ich später mal selbst auf diesem Gebiet forschen. Jetzt fällt mir ein, dass ich mit Jaakov auch mal ein bisschen darüber gesprochen habe, wenige Tage vor Kriegsbeginn. Ich glaube, ich sagte ihm damals, dass das Gedächtnis meiner Ansicht nach sehr täuschen kann, und er sagte, nach seiner Meinung sei das, was der Mensch in Erinnerung habe, was er für wahr hielte, das einzig Wichtige. Daraufhin dachte er kurz nach und sagte: »Eigentlich denke ich, dass es das überhaupt nicht gibt, ›Wahrheit‹.«

Als die Männer auf die Landkarte schauten und dem Transistorradio lauschten – ich meine, Eschkol sprach damals, oder vielleicht Dajan –, stand Jaakov am Wassertank mit den Wasserhähnen, den man uns an jenem Nachmittag gebracht hatte. Er rasierte und wusch sich. Die Scheinwerfer des Kübelwagens beleuchteten auch ihn. Er hatte das Hemd ausgezogen, und man sah, wie kräftig er war. Vielleicht wegen dem Licht- und Schattenspiel wirkte er sogar noch muskulöser als in Wirklichkeit. Stark und dunkel sah er aus, ein bisschen wie ein Boxer – ein bisschen wie Cassius Clay, der sich jetzt Muhammad

Ali nennt und nicht bereit ist, in Vietnam zu kämpfen. Als er mit dem Rasieren fertig war und sich gründlich den Oberkörper gewaschen hatte, zog er eine Flasche Rasierwasser aus dem Waschzeug, dessen Geruch bis zu mir drang. Er rieb sich mehrmals das Gesicht damit ein, goss auch etwas in die hohle Hand und verrieb es auf Brust, Bauch und Achselhöhlen. Zuerst habe wohl nur ich ihm zugeschaut, aber als der Geruch stärker wurde, blickten noch ein paar von Karte und Radio auf. Ich glaube, jemand hat gelacht und was von »Parfüm« gesagt, aber ich weiß nicht mehr, was genau und ob Jaakov darauf reagiert hat.

Später hat er Putzzeug hervorgeholt und seine Stiefel gewienert. Im ganzen Bataillon hatte nur er rotbraune Stiefel, Fallschirmjägerstiefel, denn wir sind ja bei den Pionieren und haben daher normale schwarze. Seine rotbraunen Stiefel waren ein Teil von ihm, etwas, das ihn auszeichnete, und wenn sie sauber glänzten, fielen sie besonders auf. Interessant, dass auch die kleine Zeitungsnotiz berichtete, dass man seine rotbraunen Militärstiefel gefunden habe. Als er sie fertig geputzt hatte, zog er sein Hemd an, befeuchtete sein Haar, kämmte sich, steckte Wasch- und Schuhputzzeug in den kleinen Rucksack und nahm seine Uzi von dem Ast, an den er sie gehängt hatte. Vielleicht wegen der Autoscheinwerfer, die seine rotbraunen Stiefel beleuchteten, kam es mir in dem Moment so vor, als würde er tanzen.

Wenn ich mich jetzt an diese kleinen Einzelheiten erinnere, von denen ich gar nicht wusste, dass sie mir im Gedächtnis geblieben sind, und von denen ich noch nicht mal sicher bin, dass sie ganz stimmen, dann erfasse ich vielleicht etwas von dem Gefühl, das Sie in Ihrem Brief so schön geschildert haben, wie gerade die scheinbar marginalen Kleinigkeiten besonders wichtig sein können und wie gerade sie Ihnen die großen Dinge verdeutlichen, die anders gar nicht zu begreifen sind.

Um diese Zeit musste er seinen Wachdienst antreten, war vielleicht sogar schon etwas spät dran. Die älteren Jahrgänge übernahmen bei uns immer die erste Wache, und wir Jüngeren die zweite und die dritte. Wie Sie sicher wissen, sollte er den südlichen Wachposten des Bataillonslagers übernehmen, das wir am Vorabend aufgebaut hatten, und ich sollte ihn um ein Uhr nachts ablösen. Der Posten bestand praktisch nur aus ein paar Fässern, die wir im Gelände gefunden und mit schwarzen Basaltsteinen gefüllt hatten. Dicht neben den Fässern verlief ein gerader Feldweg von einem oder zwei Kilometern Länge, der nach Nafach führte (damals wussten wir noch nicht, dass der Ort so hieß). Bei Nafach sah man auf der Straße viele Lastwagen, Panzertransporter und Panzerwagen in beide Richtungen fahren – tiefer rein auf die Syrischen Höhen oder umgekehrt, Richtung Israel, zum See Genezareth, nach Tiberias. Wir kapierten damals erst langsam, dass der Krieg schon zu Ende war.

Genau als er sich zum Posten aufmachte, rief er mir zu: »Avrum, Avrum, komm nicht zu spät, komm um Punkt eins, und falls nicht, dann weißt du schon, was passiert, Jaakov Ben Hemo hackt dir du-weißt-schon-was ab.« So redete er manchmal, im etwas derben Reservistenjargon, aber gutmütig, jeder, der ihn hörte, musste grinsen. Im Zivilleben nennt man mich normalerweise Avri oder Avi, und meine Mutter nennt mich manchmal Avrejmel, und nur beim Militär ist es Avrum oder Kleiner. Diesen Namen, Avrum, haben sie mir in der Grundausbildung angehängt, und das blieb dann so den ganzen Wehrdienst über und später auch in der Reserve.

Ich erinnere mich noch gut an seinen Rücken, als er zum Posten ging – über der einen Schulter ein kleiner Rucksack und über der anderen die Uzi. Als er ein Stückchen weg war, hielt er inne und kam zurück zu mir, als hätte er was Wichtiges vergessen. Der Geruch seines Rasierwassers war immer noch sehr stark (diese Erinnerung an das Rasierwasser – da bin ich nun sicher, dass sie wahr ist), und er sagte zu mir: »Komm ja rechtzeitig, warum eigentlich nicht sogar ein bisschen früher?« Dabei fasste er mir an die Schulter. Wir waren in etwa gleich groß, aber er war viel kräftiger und breiter als ich. Zum Schluss sagte er zu mir, und das – weiß ich – habe ich dem Bataillonsführer erzählt: »Junge, man darf keine Angst haben, schau, wie groß und schön«, und er zeigte zum Himmel, der voller Sterne war, aber ohne Mond. Und als er sich umdrehte und zum Wachposten ging, hat er noch so was gesagt wie: »Wir haben den Krieg gewonnen, eh, Avrum? Wir haben gesiegt, gesiegt, einen Sieg errungen, einen ganz großen!«

»Gro-ho-ßen«, flüsterte Charlie und holte tief Luft. Das Bild seines sich zum Wachposten entfernenden Vaters mit der Uzi über der Schulter und der anderen Soldaten am Kübelwagen mit den brennenden Scheinwerfern war glasklar.

Danach, bis zum Beginn meiner Wache, habe ich mich nicht schlafen gelegt, sondern wir blieben alle wach und redeten weiter über den Sieg und über Dajan und über Rabin und über Dado und über die Altstadt von Jerusalem, aber eigentlich hat damals noch keiner ganz begriffen, was geschehen war, und ganz sicher wusste noch keiner, was werden würde, aber alle hatten viel zu sagen.

Wie Sie bereits wissen – als ich ankam, um ihn abzulösen, eine Viertelstunde vor der Zeit, war er nicht dort, und seine Uzi und sein kleiner Rucksack fehlten auch. Eines der

Fässer war umgestürzt, lag auf der Seite, und einige Steine waren rausgefallen. Nachdem ich Jacky, den Bataillonsführer, alarmiert hatte, sind wir auf Suchaktion gegangen, und man hat auch Leuchtkugeln in die Luft geschossen, um das Gelände ringsum fast taghell zu erleuchten. Am nächsten Tag ging es los mit Gerüchten und Gerede über syrische Soldaten, die angeblich noch durch die Gegend streunten und versuchten, zu ihren abgezogenen Truppen aufzuschließen. Von jener Nacht bis zu unserer Entlassung aus dieser Reservedienstzeit haben wir zu zweit oder sogar zu dritt Wache geschoben.

Am Ende Ihres Briefes wollten Sie gern wissen, ob ich mich an Dinge erinnere, die er über Sie und über die Kinder gesagt hat, auch wenn er sich ein bisschen auf Ihre Kosten lustig gemacht haben sollte, auch wenn es nicht nur Gutes war. Ich weiß nicht, ob das wenige, das ich bisher erwähnt habe, Ihnen geholfen oder Neues berichtet hat, aber in dieser Hinsicht kann ich leider gar nichts beisteuern. Ich war der jüngste Soldat im Bataillon, erst einige Monate zuvor aus dem Wehrdienst entlassen worden. Es war mein erster Reservedienst und meine erste Begegnung mit Jaakov und den anderen Soldaten. Obwohl wir alle Tage der Wartezeit und des Krieges zusammen waren und fast jede Nacht nebeneinander schliefen, kann ich nicht behaupten, ihn wirklich gekannt zu haben. Jedenfalls habe ich von ihm nichts über seine Familie gehört, nicht über Sie und nichts über die Kinder. Obwohl er nicht mehr so jung war, hatte ich ihn für ledig gehalten.

Es tut mir leid, Frau Ben Hemo, dass ich mich an so wenig erinnere, obwohl es doch mehr war, als ich zu Beginn des Schreibens dachte.

Wie soll ich diesen Brief nun beenden? Einmal, als ich dreizehn oder vierzehn war, machte ich mit meinem Vater einen

Kondolenzbesuch, bei einem seiner Arbeitskollegen, dessen Frau gestorben war. Er hat mich wohl deshalb mitgenommen, weil der einzige Sohn des Kollegen ungefähr in meinem Alter war und ich ihn flüchtig kannte. Die ganze Zeit dort haben wir Kekse gegessen und wenig gesprochen. Aber bevor wir gingen, hat mein Vater zu dem Kollegen und dessen Sohn gesagt: »Möget ihr getröstet sein in der Erbauung Zions und Jerusalems.«

Charlie hielt inne und versuchte zu entschlüsseln, was dieser Vater gemeint haben könnte. Außer der Wendung »möget ihr getröstet sein« verstand er die Worte. Er las den Satz erneut, bemühte sich hartnäckig, ihn zu begreifen oder wenigstens zu behalten.

»In der Erbauung Zions und Jerusalems.« Dieser Satz war mir peinlich, ich schämte mich. Meine Familie ist nicht fromm, und ich fand es sehr merkwürdig, meinen Vater diese Worte sagen zu hören, die wie ein Gebet alter und schwacher Menschen klangen, oder als versuchte er, jemand anderes zu sein, einer, der er nicht war. Doch jetzt – obwohl wir uns nicht kennen und ich auch Jaakov eigentlich kaum gekannt habe – empfinde ich, vielleicht wie mein Vater damals, dass ich zum Abschluss ein passendes Trostwort sagen sollte, etwas von Hoffnung auf einen Tikkun, *aber das Einzige, was mir in den Sinn kommt, ist diese Erinnerung.*

Mit Hochachtung
Avri Kleiner

PS: Falls Sie weitere Fragen haben, können Sie mir unter der Anschrift meines Zimmers in Jerusalem schreiben: Ben-Maimon-Boulevard 28 (bei Ehrlich).

Charlie blickte aufs Schwimmbecken und suchte seine Mutter. Vielleicht hatte sie ihre fünfundzwanzig Bahnen inzwischen beendet, war aus dem Wasser gestiegen, stand nun hinter ihm und sah ihm beim Lesen zu. Nein. Dort war sie, sie schwamm immer noch.

Ihr Kopf tauchte auf der tiefen Beckenseite aus dem Wasser auf, gefolgt von ihren Armen, die erneut loskraulten wie eine Maschine, noch schneller jetzt, so wie sie die letzten beiden Bahnen immer schwamm. Charlie steckte die Note zurück in die Hosentasche, stellte seine beiden Sandalen vor sich auf und klappte drei Finger um.

Mit der erleichterten Feststellung, dass sie noch im Wasser war, kamen ihm die Worte wieder in den Sinn, die er bei Betreten der leeren Wohnung gesagt hatte, die ihm aber dann, als er den Zettel suchte, nicht mehr eingefallen waren: »Schalom, Schalom, Schalom, ich bin allein.«

Sie erreichte den anderen Beckenrand, blieb aber nicht stehen und signalisierte ihm nicht »letzte Bahn«, sondern wendete und verschwand wieder unter der Wasseroberfläche.

»Bravo, Kleiner!«, rief der Bademeister erneut. Jetzt schwamm sie sogar noch schneller. Charlie verfolgte konzentriert ihre kräftigen, präzisen Armschläge und dann die gleichbleibenden Schaumwellen, die ihre Füße hinterließen. Sie kraulte, als hätte sie unerschöpfliche Kräfte und könnte immer weiter und immer schneller schwimmen.

An einem Winterabend, als Batya ihre Hausaufgaben machte, hatte sie ihm das Zeichen für »unendlich« gezeigt.

»Es gibt ein Ende.«

»Unendlich. Das ist ohne Ende.«

»Alles hat ein Ende! Auch für die Zahlen muss es ein Ende geben, einen Endpunkt!«

»Endpunkt?«, lachte Batya. »Wo hast du das denn her?«

»Ja, aus dem Zoo floh eine Ente, und das ist das Ende. Und das ist der Endpunkt.«

»Für jede Zahl gibt es eine andere, die noch größer ist. Bis ins Unendliche.«

»Und am Ende gibt es eine, die die größte ist, und das ist das Ende.«

»Vielleicht hast du recht, aber jetzt ist Schluss, Ende, aus.«

Beide hatten gelacht, aber dieses Unendlichzeichen – eine auf der Seite liegende Acht, eine schon in sich verschlungene Linie, wie ein missglückter Schnürsenkelknoten oder wie diese Wende, die seine Mutter am Ende des Beckens vollführen würde – war unangenehm und der Gedanke daran verstörend.

Der khakifarbene Kibbuz-Hut, den sie auf dem Hinweg bei Ata gekauft hatten, musste zur Bezeichnung der ersten dreißig Bahnen herhalten. Schon bald würden es vierzig sein. Er kramte in der Basttasche nach einem Gegenstand, der sich zu den beiden Sandalen und dem Hut gesellen könnte. Da war der stets mit Telefonmünzen vollgestopfte schwarze Geldbeutel – er blickte sich zum Wasser um. Sie machte weiter. Einundvierzig. Die Tasche enthielt außerdem den Schlüssel am Plastikzopf, eine Schachtel Zigaretten, das große, angenehm kühle

Feuerzeug aus Metall und das Notizbuch mit Stift, aus dem sie den Zettel für Batya gerissen hatte.

Das gleichmäßige Plätschern des Springbrunnens übertönte nun die anderen Geräusche. Auf der ersten Seite des Notizbuchs stand etwas in ihrer Handschrift, bei der manche Buchstaben nur kleine Schlängellinien waren, die aussahen wie Wellen oder wie ferne Vögel oder wie Ameisen.

Er setzte sich auf die schmale, runde vordere Stange des Liegestuhls, hielt den Kugelschreiber zwischen den Lippen, drückte mit der Zunge den Knopf obendrauf und versuchte zu entziffern, was sie da geschrieben hatte. Nur die ersten Worte waren klar, »Lieber Avri«, die meisten folgenden jedoch verwischt. Er versuchte, die wenigen vollständigen Wörter zu lesen, und die Buchstaben, mit denen er sich manchmal schwertat – d, f, g, s und z –, ersetzte er durch andere, damit die Wörter eine Bedeutung annahmen: »Tatsächlich«, »Bekannte«, »ich«, »Blut jetzt«, und wieder »ich« und »fern«. Das Wort, das er zuerst als »Bedächtnis« gelesen hatte, korrigierte er in »Gedächtnis«. »Kein Mann« oder vielleicht »kein Mumm« – schwer zu sagen.

Ein Wassertropfen, der auf die Notizbuchseite fiel, machte einen kleinen, hellblauen Fleck, der sich immer weiter ausbreitete.

»Mama?«, fragte Charlie und wandte sich um.

Sie beugte sich über ihn. Das Notizbuch entglitt seinen Händen, und sie hob es auf und steckte es in die Handtasche. Sie nahm auch den neuen Kibbuz-Hut und setzte ihn ihm sanft auf den Kopf. Doch dann zog sie die Hutränder unversehens mit einem Ruck nach unten, quetschte seine Ohren darunter ein, und seine Haare ziepten. Der Stoffhut rutschte ihm über die ganze Stirn und beeinträchtigte seine Sicht. Er konnte den Aufschrei unterdrücken und im Bauch behalten.

»Ich wollte nur …«, sagte er und wusste nicht weiter, die Wörter und Gedanken verschlangen sich wie das Unendlichzeichen. Der Kopf schmerzte ihm von außen und innen.

»Wie viele hast du gezählt?«, fragte sie.

Er addierte zu den zwei Sandalen die zehn Bahnen, die der nun übergestülpte Hut bezeichnet hatte, dazu die zehn Bahnen des Gegenstands, den er noch nicht hatte finden können, und weitere fünf. »Fünfundvierzig, Mama, vielleicht fünfundvierzig?«

»Nein, Charlie. Fünfundsechzig. Vielleicht sogar siebenundsechzig oder neunundsechzig. Zum Schluss habe ich aufgehört zu zählen. Lass mich sitzen.«

Er glitt vom Liegestuhl auf den Steinboden, und sie ließ sich nach hinten auf den gestreiften Stoff sinken und schloss die Augen. Sie war blass. Knapp unter dem einen Knie bebte der Wadenmuskel.

»Mama? An die Arbeit?«, fragte er.

Sie hatte noch die Wattepfropfen in den Ohren. Hörte ihn nicht. Hinter ihr sah er die Theke des kleinen Kiosks. Sein Magen knurrte vor Hunger. Seine rechte Hand zerknüllte die Note in der Hosentasche, und mit der linken drückte er wieder und wieder den kleinen Knopf des Kugelschreibers. Seine Mutter regte sich, die Lehne des Liegestuhls glitt mit ihrem Oberkörper nach hinten, und als sie so dalag, glich sie dem verwundeten Soldaten, der in *Welt der Kultur* abgebildet war, auf einem Feldbett und mit einem Verband um den Kopf.

Er flüsterte »ein-jegliches-hat-seine-Zeit-und-alles-Vorhaben-unter-dem-Himmel-hat-seine-Stunde« und noch einmal ein wenig lauter »ein-jegliches-hat-seine-Zeit-und-alles-Vorhaben-unter-dem-Himmel-hat-seine-Stunde« und wusste, was zu tun war. Er würde allein das Schwimmbecken umrunden. Würde zum Kiosk gehen und von da zur Garderobe und von da ums Becken rum zum Bademeistersitz und von da zum hohen Sprungbrett. Wenn er mit dieser großen Runde fertig wäre, würde sie aufwachen, und es würde einen *Tikkun* geben, wie am Ende der Note gestanden hatte. Dann hätte sie schon vergessen, dass er ihre Schwimmbahnen nicht mitgezählt hatte, und es wäre ihr egal, dass er ihre Note gelesen hatte, und auch, dass er ihr nicht gesagt hatte, dass er lesen konnte. Und sie würde fröhlich fragen, »an die Arbeit?«, als wäre sie wie sonst nach fünfundzwanzig Bahnen aus dem Becken gestiegen. Noch ehe sie mit seiner Schwimmstunde anfingen, würde vielleicht Batya kommen und sich zu ihnen auf den Boden setzen, wie sie es gern tat, und lachend sagen: Na, ihr Champions.

Die Kinder mit den roten Badekappen drängten sich am blauen Kiosk. Der Verkäufer sagte: »Geduld, Geduld, es ist genug für alle da, es reicht für alle.« Hungrige Fliegen umschwirrten die Kuchen. »Ich! Ich!«, riefen die Kinder. »Esra! Esra! Ich war zuerst da!« Charlie machte einen Bogen um den Kiosk, fasste an das warme Blech auf seiner Rückwand, legte den Stift von der rechten Hand in die linke und ritzte CHARLIE mit umgedrehtem R in die blaue Farbe.

An den großen Garderobenschalter traten Männer in Badehosen, die einen Bügel mit Hemd und Hose in Händen hielten und auch einen Stoffbeutel mit einem Paar Sandalen oder Schuhen. Männer, die wasser- oder schweißtriefend vom Schwimmbad kamen, pochten mit ihrer runden Blechmarke auf die Theke und warteten auf den Garderobenmann, der nur ein pfeifendes Kofferradio an seiner Stelle hinterlassen hatte.

»*Jalla*, junger Mann!«

»Nissim, wo bist du?«

»Wir haben nicht den ganzen Tag Zeit.«

»Gib den Frauen keine Protektion!«

»*Jalla*, Nissim, wir habens schon rausgefunden, du bist der Sittenstrolch, den die Polizei sucht, lauf nicht davon, komm, komm, wir packen und vermöbeln dich.« Ein älterer Mann mit einer behaarten Warze auf dem Rücken lachte und klopfte dem Jüngeren auf die Schulter.

Der Garderobenmann kam. »Leute, ganz ruhig, wo brennts denn.«

Die Männer wandten sich Nissim zu, und Charlie bückte sich zu dem roten Schrank mit der Aufschrift *Feuer* an der Garderobenwand. Auch darauf ritzte er CHARLIE, wie zuvor mit umgedrehtem R.

Zwischen den vier hohen Pfeilern des Bademeistersitzes lagen in buntem Durcheinander Bademützen, Holzbretter zum Schwimmenlernen, Rettungsringe, Taue und beschichtete Ketten. Jenseits des Schwimmbeckens sah er seine Mutter unverändert auf dem Liegestuhl. Er versuchte, CHARLIE auf einen der Pfeiler zu schreiben, aber der Stift hinterließ keine Spur auf dem feuchten Stahlrohr.

»Junge, was machst du denn da, geh weg!« Der Kopf des Bademeisters erschien verkehrt herum über ihm – eine dunkle Glatze, darüber gerötete Augen und die Nase. Er versuchte erneut zu schreiben, wenigstens ein kleines Zeichen zu hinterlassen, aber der Stift fiel ihm aus der schweißnassen Hand zu Boden und kullerte von dort ins Becken, schwamm kurz an der Wasseroberfläche und ging unter.

Als er unter der Treppe des hohen Sprungbretts hindurchging, berührte er die Stahlrohre und blickte nach oben auf die Beine der hinaufkletternden Kinder.

Sie lag mit geschlossenen Augen da. »Mama«, sagte er, und dann fragte er, »Mama?«, und tippte sie an die Schulter. Sie schlug die Augen auf und zog sich die Pfropfen aus den Ohren.

»An die Arbeit?«, fragte sie freudlos.

IV

LEUCHTENDES GELB

I

Als Said sich eine halbe Stunde zuvor noch hastig durch den Suq al-Attarin in der Altstadt schlängelte, hatte er das Gefühl, dass er von einer Macht getrieben wurde. Danach war er mit dem gleichen Schwung weitergegangen, doch nun, bei der geschlossenen Kirche am Anfang der Emek-Refa'im-Straße, hatte er schon ein ganz anderes Empfinden. Gegenwind schien ihn zu bremsen.

Was sollte er ihr sagen, wenn er nicht hingelangte? Vielleicht, dass er morgens gedacht hatte, das Häuschen da oben stehe noch, bei seiner Rückkehr am Nachmittag jedoch entdeckt habe, dass der Würfel aus Backsteinen und Mörtel auf dem Dach abgerissen und durch einen neuen Aufbau ganz aus Stahl und Glas ersetzt worden sei, so einer wie auf den Fotos in den Zeitschriften, die der Architekt ihm auf dem Zaun in Beit Hakerem hinterließ. Wenn er jetzt schnell heimging, könnte er im Büro des Rechnungsprüfers gegenüber dem Bab al-Amud noch einen Stapel gebrauchter Blätter abholen und ihr die neue Konstruktion darauf skizzieren. Oder vielleicht sollte er schildern, er sei die Treppen hinaufgeklettert, und das Häuschen sei zerstört, seine Wände ständen noch, aber es sei leer und verlassen: »Als ich auf dem Dach war, sah ich, dass man Tür und Fenster mit Brettern vernagelt hatte, aber dass schon jemand eingebrochen war. Drinnen fand ich bloß einen verkohlten

Topf, ein paar kaputte Stühle und Dreck.« Es wäre das erste Mal, dass er sie belog, aber das würde ihm nicht schwerfallen.

Statt sich zum Weitergehen auf der Hauptstraße zu zwingen und den Kräften zu widerstehen, die ihn jetzt zum Kehrtmachen drängten, bog er links ab und suchte das Lokal, in dem man Alkohol bekam. Am Morgen hatte er es gesehen, als der Müllwagen rückwärts in eine der Gassen stieß – zuerst hatte er gedacht, es handle sich um einen gewöhnlichen Hof, auf dem man zwei Tische aufgestellt hatte, aber auf den zweiten Blick entdeckte er ein Reklameschild für Johnnie Walker an der Wand und darunter in zu kleiner Schrift die Öffnungszeiten des Etablissements. Er würde diese Bar betreten, warum auch nicht? Würde den Fünf-Pfund-Schein auf den Tresen legen und Whisky oder Wodka bestellen. Sicher würden dort ein paar Männer sitzen, und einer würde ihm vielleicht auf die Schulter klopfen und mit ihm anstoßen wollen. Nein, er würde keinen Whisky bestellen, er würde ein Bier verlangen, ein Goldstar. Der Werbespruch »Gebt dem Mann Goldstar« stand allwöchentlich hinten auf den Wochenendbeilagen der hebräischen Tageszeitungen. Jeden Sonntagabend verspottete Dschamila diesen muskulösen Mann mit nacktem Oberkörper, der lächelnd eine Bierflasche ansetzte, malte ihm einen Minirock oder ein Abendkleid auf den Leib, hängte ihm Ohrringe an, vergrößerte seine Lippen, wölbte seine Brust und betonte die Brustwarzen.

Er ging den Weg, den er vom Müllsammeln am Morgen in Erinnerung hatte. Als er am Kino vorbeikam, schallte lautes Kindergeschrei aus dem Saal, und er konnte nicht recht heraushören, ob es Freuden- oder Horrorschreie waren. Die Kinderstimmen verunsicherten ihn. Wenn er die Bar betrat, würde er drinnen den jüdischen Barmann die Gläser abtrocknen sehen, und der Barmann sähe einen mageren Mann mit dunkler Haut in schmutziger Kleidung – er würde ihn auch riechen. Die Anwesenden würden ihn anstarren, sobald er etwas zu trinken bestellte. Und wie sollte er das tun? Mit den Händen deuten? Auf die erste Flasche zeigen, die ihm ins Auge fiel? Den Mund aufmachen und laut sprechen? Er befingerte das Katzenhalsband in seiner Hosentasche, machte auf dem Absatz kehrt und ging zurück zur Hauptstraße.

»Endlich kommst du, Gott sei Dank, ich warte schon zwei Stunden lang.« Die dünne Stimme erklang hinter ihm. Er wandte sich um und sah als Erstes die Hauspantoffeln des Sprechers, die aus weichem Leder bestanden. Aus ihnen wuchsen bleistiftdünne, weiße Unterschenkel, knochige Knie und kurze Khaki-Hosen, ein kariertes Kurzarmhemd und ein eiförmiger Kopf, völlig kahl, und obendrauf eine schwarze Kippa.

»Hier ist es«, sagte der Mann. »Worauf wartest du denn?« Eine blaue Vene pulsierte an seiner Stirn unter der fast transparenten Haut. Der Mann deutete auf einen wirren Haufen Krempel um sich herum, teils auf einer Straßenbank, teils auf dem Bürgersteig: Flaschen, Schuhe, Mützen, kaputte Stühle, rußige Töpfe und Pfannen, zerschlissene, fleckige Decken, ein Mantel, Hosen, Herrenhemden, ein mottenzerfressener rosa Damenbademantel, zwei Gehstöcke, ein Waschzeug, aus dem ein Rasierpinsel mit alten Seifenresten lugte, ein gesprungenes Schachbrett, alte Koffer, vollgestopfte Tüten, Aktenordner.

»Der Ärmste ist vor einem Monat gestorben.« Der Mann deutete erneut auf den Abfallhaufen, als verbärge sich eine Leiche darunter. »Als er am Leben war, haben seine Kinder sich nicht um ihn gekümmert, doch jetzt plötzlich erinnern sie sich an ihr Erbe. Sie sind heute aufgetaucht und haben ruckzuck, innerhalb einer Stunde, alles ausgeraubt, ›Raub‹. Kennst du das aus der Bibel? ›Ihre Schafe und Rinder, ihre Esel und was es sonst in der Stadt oder auf dem Feld gab, nahmen sie mit.‹ Haben mitgenommen, was sie wollten, und alles Übrige, alles, was von seinem Leben übrig geblieben ist, haben sie hier hingeworfen und den Bürgersteig damit blockiert, den ihr von der Stadt längst hättet ausbessern müssen. Alles rissig hier.«

Said nahm einen der kaputten Stühle, zerlegte ihn mit einem Ruck in zwei Teile und warf sie in die nächste Mülltonne. Dann kehrte er zu dem Haufen Krimskrams zurück, sammelte ein paar Flaschen auf und warf sie ebenfalls in die Tonne.

Als die beiden Mülltonnen, die in der Nähe gestanden hatten, voll waren, musste er zu einer ferneren laufen, und der fromme Jude ging schulterzuckend weg. Auf der Bank lagen nur noch ein dicker Ordner aus Pappe und eine große, braune Papiertragetüte mit dem dreieckigen Ata-Logo. Said blätterte in dem Ordner – Strom- und Wasserrechnungen. Dann prüfte er den Inhalt der Papiertüte. Darin lagen je zehn neue, weiße Unterhemden und Unterhosen, mit Preisschildern dran. Er zog ein Unterhemd heraus und hielt es sich vor die

Brust – es war genau seine Größe. Sein Besitzer, dessen Habe er eben auf die Mülltonnen verteilt hatte, hatte die neue Unterwäsche wohl anziehen wollen, war aber vorher gestorben.

Er würde hingehen. Er würde es noch schaffen.

Auf dem Dach war nichts mehr von dem Kalk zu sehen, mit dem Said in den beiden Jahren, die sie dort gewohnt hatten, sommers die große geteerte Fläche geweißt hatte, aber die mit Blätterranken verzierten Fliesen waren noch da, lagen in genau den richtigen Abständen für seine und Dschamilas Schritte bis hin zur Tür, nur etwas in den Teer eingesunken. Auch jetzt stand kein Name an der Tür. Er öffnete den Knopf seiner linken Hemdtasche, wollte sich bei der jungen Frau, die ihm öffnen würde, ausweisen, aber auch nach einem zweiten und dritten Klopfen ging die Tür nicht auf. Drinnen hörte man eine Uhr ticken. Er stellte die Tüte mit der neuen Unterwäsche des Verstorbenen an der Tür ab und ging über die schwarze Fläche zu der Brüstung, die auf die Hauptstraße blickte. Bei jedem Schritt musste er etwas Kraft aufwenden, um die Sohlen vom weichen Teer zu lösen. Nahe der Brüstung standen die beiden Holzfässer, die sie gemeinsam die Treppen heraufgerollt hatten. In dem einen hatten sie Oleander mit duftenden, rosa Blüten gepflanzt und in dem anderen Küchenkräuter gezogen. Jetzt waren die metallenen Ringe rostig und lose, und durch die entstandenen Ritzen zwischen den Dauben lugte rissige Erde mit vertrockneten Wurzelresten. Die Oberfläche der steinernen Brüstung war sauber gewaschen, als hätte Dschamila sie vor Kurzem mit warmem Seifenwasser abgespült und mit Stahlwolle gescheuert. Er stützte die Ellbogen darauf, beugte sich vor und blickte hinunter.

Im Schulgarten über der Straße kreisten die Sprinkler, und ihre Wasserstrahle spritzten über den Gartenbereich hinaus und malten drei feuchte Halbkreise auf den Betonpfad. Auf den Gehsteigen gingen Frauen und Männer, Jungen und Mädchen, Junge und Alte mit oder ohne Kopfbedeckung in beide Richtungen. Frühmorgens, wenn die Geschäfte noch geschlossen waren, hätte man – von den Mülltonnen mal abgesehen – denken können, das Viertel sei fast unbewohnt, doch jetzt zeigte sich, dass seine Bevölkerung viel zahlreicher war als noch vor einundzwanzig Jahren. Auf den offenen Feldern aus seiner Erinnerung standen nun neue Gebäude.

Auf dem Rückweg von der Brüstung zu dem Häuschen bemühte er sich, die Füße wieder in seine umgekehrten Abdrücke zu setzen. Unter den Drahtleinen, die zum Wäscheaufhängen dienten, sah er einen Eimer. Er stellte ihn umgedreht an die Außenwand unter dem großen Westfenster und stieg darauf. Der eine Ladenflügel, der nicht richtig schloss, gab leicht nach, er fasste mit der rechten Hand an die Oberkante, zog sich hoch und fand Halt mit seiner Linken in dem breiten Spalt weit über dem Fenster. Durch sein Gewicht wurde der Spalt noch größer, und Kalkbröckchen rieselten ihm auf den Kopf. Er hangelte sich noch höher und steckte die rechte Hand in die Öffnung, in die Dschamila mit ihrer kleinen Faust den schmalen Aktendeckel gestoßen hatte, bevor sie geflohen waren. Seine Fingerspitzen stießen an etwas Kühles. Er hielt den Atem an. Eine dicke

Schlange schoss heraus, geschmückt mit braunen und gelben Rhomben und schwarzen Streifen, berührte seinen Arm.

Aus den Tagen des Herumreisens von Dorf zu Dorf und auch aus der Zeit, als sie in Höhlen südlich der Altstadtmauer wohnten, erkannte er, dass es eine Viper war, und hatte auch nicht vergessen, wie man sich bei einem Zusammentreffen mit ihr verhalten musste – auf der Stelle erstarren, keinerlei Lebenszeichen zeigen. Sein Körper hing an den Fingern seiner linken Hand, und seine rechte, die in dem verbreiterten Spalt steckte, ertastete Karton- und Papierfetzen. Falls ihn die Schlange in die Hand biss, durfte diese nicht höher sein als Kopf und Herz. Sie musste so niedrig wie möglich gelagert werden, man musste sitzen oder liegen, durfte den Kreislauf nicht beschleunigen, das Gift sich nicht ausbreiten lassen, musste warten, bis jemand kam, der wusste, wie man das Gift mit dem Blut ausfließen ließ, durch einen Schnitt mit dem Messer oder mit den Zähnen.

Doch die Schlange ignorierte ihn und glitt nach rechts, erst ein Stück in der Mauerritze, bis diese zu schmal für ihren Leib wurde, fiel dann herunter und schlug gegen den umgekehrten Blecheimer. Zuerst rollte sie sich ein wie vor Schmerz, streckte sich dann wieder zu voller Länge und schlängelte davon, bis sie verschwunden war.

Saids Augen brannten. Mit der rechten Hand ergriff er, was er in dem Loch zu fassen bekam, und als er mit der linken Hand losließ, riss er im Fallen den kaputten Griff des Ladens ab.

In der offenen Faust fand sich, zwischen grauen und

gelben Kartonfetzen und schwarzen Kordelresten, ein zerknitterter Umschlag von der wasserdichten Sorte, die Briefmarkensammler verwendeten. Er nahm einen vertrauten, fettigen Geruch wahr, als er ihn an den Mund führte. Er riss ihn mit den Zähnen auf, und zwei krumme Stückchen Pappe fielen heraus. Das eine war die Aufnahme des englischen Fotografen, und Said hatte Mühe zu erkennen, wer der beiden Abgelichteten sein Vater und wer sein Onkel war. Beide, wie auch der Bär, sahen traurig und krank aus. Über den drei Köpfen saßen Flecke – es war also doch Wasser in den Umschlag gedrungen.

Das zweite Stück Pappe war größer als das erste. Er drehte es um und glättete es. Zuerst konnte er nur einige Grautöne ausmachen sowie ein paar Buchstaben, die er nicht zu Wörtern zusammenfügen konnte, und in der linken oberen Ecke prangte die feine, verblichene Skizze eines Baums oder einer Blüte – weder Dschamila noch er hatten sie gezeichnet, und auch die wenigen Buchstaben, die er erkennen konnte, stammten nicht von ihnen. Nachdem er mehrmals mit den Fingerkuppen über dieses Stückchen Pappe gestrichen hatte, sah er zwischen Falten, Rissen und Stockflecken die Gestalt eines lächelnden jungen Mannes. Das helle, lachende Auge und ein Ohr verrieten ihm, dass es Anton war.

Er hob den Blick, als hätte er erwartet, dass Dschamila ihm zuschaute. Aber er war allein. Nur die Schlange tauchte wieder auf und kroch in eines der geborstenen Fässer.

Genau dort, neben jenem Fass, hatte Anton gern gestanden, die Ellbogen auf die Brüstung gestützt und den

Blick hinunter auf die Straße oder auf die fernen Berge gerichtet. Dort hatte er auch an jenem Abend gestanden, die Salven der Leuchtraketen am Himmel verfolgt und gesagt: »Schau, schau dir das an, *ja* Said, lerne was über das Leben. Schau, wie wir manchmal etwas anschauen, aber keine Ahnung haben, was dort wirklich abläuft.«

Ein leichter Windzug wehte den Fensterladen weiter auf und ließ ihn knarren. Dieser Laut erinnerte ihn an das schwache Plärren eines Babys – des helläugigen kleinen Mädchens in seinem kurzen Leben im Zeltlager bei Irbid. Er öffnete den Laden noch weiter, drückte das Fenster auf, setzte sich aufs Fensterbrett, zog die Knie heran, hob die Füße und spürte im Drehen die vertraute Reibung des Holzrahmens an den Schenkeln. Im nächsten Moment würde er seine Beine in den Raum schwingen, dessen Fußboden tiefer lag als das geteerte Dach. Die Füße würden nicht an den Boden reichen, er müsste einen kleinen Sprung machen, an dessen Fallhöhe er sich noch jetzt genau in Bauch und Hals erinnerte.

Doch sein linker Fuß berührte überraschenderweise den Boden – entweder hatte man ihn höher gelegt, oder sein Bein war gewachsen. Als er sein Körpergewicht jedoch auf dieses Bein verlagerte, gab die Fläche unter seinem Fuß nach. Er schlitterte ins Innere und landete auf dem Hintern. Sein Kopf prallte an die Wand hinter ihm.

Fünf oder sechs große Bücher, auf die sein Fuß aufgesetzt hatte, lagen über den Boden verstreut, zwei von ihnen aufgeklappt. Das Bett stand noch genau am gleichen Platz, gemacht und einladend. Eine Uhr tickte. In der Mitte des Bettes sah man eine Mulde, als hätten

Dschamila oder er dort gelegen, um sich mitten am Tag ein wenig auszuruhen. Blitzsaubere Teller und Gläser standen neben der Spüle unter dem kleinen, blau gerahmten Südfenster. Er griff sich an den Kopf, und als er nach hinten fasste, spürte er die Beule, die sich dort bildete.

Beim nächsten prüfenden Blick durch den Raum entdeckte er auch Veränderungen – ein kleiner elektrischer Kühlschrank, leer und offen, die Schnur aus der Steckdose gezogen, ein Radiogerät, ein gelbes Telefon. Auf einem Schemel stand ein Plattenspieler, darauf lag eine schwarze Schallplatte, genau wie im Schaufenster des Elektrogerätegeschäfts in der Salah-al-Din-Straße. Im Regal standen ein paar hebräische Bücher. Der Kleiderschrank war offen, die eine Seite völlig leer, auf der anderen ein paar gefaltete Herrensachen. An den Wänden hingen keine Bilder, und nun erst sah er genau vor sich, auf einem Tischchen, festlich wie eine zu seinen Ehren mit bunten Dragees verzierte Torte, in ihrer Mitte eine gelöschte Kerze.

Seine Beine lagen vor ihm ausgestreckt wie die der Lumpenpuppen, mit denen die kleinen Domarimädchen in Bab Chuta gespielt hatten. An seiner rechten Schuhsohle klebte ein Fetzen buntes Papier, wohl vom Schutzumschlag des Buches, das zuoberst auf dem Stapel gelegen hatte, und auf der Fliese unter seinem linken Absatz war etwas Teer verschmiert.

Said blickte erneut auf die erloschene Kerze. Dann öffnete er die Schnürsenkel seiner Stiefel, zog sie aus und entblößte die bunten Fäden, mit denen Dschamila seine grauen Socken gestopft hatte. Er zog das Stückchen

Pappe aus der Brusttasche, auf das er in Arabisch Namen und Telefonnummer von Muchtar Muhamad Dib Abd Salim notiert hatte.

»Hallo, hallo«, ertönte die volle Stimme des Muchtars am anderen Ende, »wer ist da? Wer ist dran?« Der Muchtar klopfte auf die Gabel, um sich zu versichern, dass die Leitung intakt war.

Said klopfte dreimal schnell nacheinander auf das Mundstück, dann dreimal mit Abständen dazwischen und danach noch dreimal schnell.

»Hallo, *ja* Said, bist du's? Bist du okay? Soll ich Dschamila anrufen und ihr was ausrichten? Ist jemand bei dir, der sprechen kann?« Im Hintergrund hörte man Kinder- und Frauenstimmen.

»Hallo«, erwiderte er mit lauter Stimme.

Der scharfe Laut, der seiner Kehle entfuhr, überraschte ihn. Plötzlich ähnelte seine Stimme der des Muchtars am anderen Ende, eine Stimme, bei der er immer List und Kalkül heraushörte.

»Hallo, hallo, hallo!«, schrie Said und lauschte verblüfft der Stimme des Muchtars, die seinem eigenen Mund entsprang.

»Eh? Wer ist das? Said?«, fragte der Muchtar.

Said legte den Hörer auf und probierte seine neue Stimme wieder und wieder aus: »Hallo, hallo, hallo.«

Beim Binden seiner Schnürsenkel blickte er auf eines der offenen Bücher auf dem Boden. Ein ganzseitiges Foto zeigte Männer in einem Klassenzimmer, allesamt mit dunkler Haut, die aufmerksam jemandem außerhalb des Bildes lauschten. Die meisten trugen Anzug und

Krawatte, und einige hatten Kopfhörer in den Ohren. Said knöpfte sein Hemd auf, drückte das große Buch an seinen Leib und bekam nur mit Mühe die Knöpfe wieder zu.

2

Beth – oder vielleicht hieß sie auch Bex oder Bes – verließ die Konditorei und blieb auf dem Bürgersteig stehen. Vor ein oder zwei Minuten hatte er »sehr angenehm« zu ihr gesagt, und so fühlte er sich jetzt auch – sehr angenehm. Sie stand auf dem Bürgersteig vor dem Zebrastreifen, sichtlich nicht in Eile. Er würde zu ihr hinausgehen und ihr eine Zigarette anbieten. Nicht hastig. Gelassen, selbstsicher.

Als er die Ladentür öffnete, setzte sie bereits einen Fuß auf die Fahrbahn. Ein gelblicher Wagen der Marke Sussita kam von Süden an, bremste reifenquietschend, versperrte seine Sicht auf die junge Frau, schlitterte wie ein riesiger Butterblock und kam quer auf der Straße zum Stehen.

Er rannte um das Fahrzeug herum. Sie lag nicht etwa auf dem glühenden Asphalt, den sommersprossigen Arm hilflos ausgestreckt und das halbe Gesicht durch ihr Haar verdeckt, sondern überquerte langsamen Schritts den Rest der Fahrbahn, aufrecht und ruhig, als hätte der Wirbel hinter ihr gar nichts mit ihr zu tun. In der einen Hand hielt sie das braune Buch, in der anderen die Kekstüte.

Der Fahrer steckte den Kopf aus dem Fenster, und die Adern seines Halses schwollen an. »Du Idiotin, was tust du denn? Schau doch hin, wo du gehst! Diese Straße gehört nicht deinem Herrn Papa! Willst du jemanden umbringen?«

Der Autoverkehr in beiden Richtungen war zum Erliegen gekommen. Der Sussita-Fahrer manövrierte mit nervös brummendem Motor zurück und vor und wieder zurück, bis das Heck des Wagens erneut in Fahrtrichtung zeigte. Jemand hupte, und ein anderer rief: »Selber Idiot, jetzt fahr schon!« Die Sussita beschleunigte abrupt und quietschte dabei wieder mit den Reifen.

Baruch spürte sein neues, weißes Hemd schweißnass werden und sein Herz langsamer schlagen und erinnerte sich an die Kinder im Internat, die an jedem Wochenfest in ihren neuen weißen Kleidern auf der hohen Holztribüne, die er gezimmert hatte, standen und von dort aus die anderen Kinder segneten: »Möge Gott euch segnen und behüten, möge Gott euch segnen und behüten, möge Gott euch segnen und behüten.«

»Hände hoch, Katan, Polizei! Es ist aus, ich hab dich erwischt, du Bastard!« Der Ruf kam von hinten. Hauptwachtmeister Meir Malka packte ihn an den Schultern. Baruch riss die Augen auf. Beth war genau im Abstand zwischen seinen Händen gefangen, wurde immer ferner und kleiner auf dem Betonpfad, der vom Tor zum Schulgebäude führte. So, von Weitem, sah sie vertrauter aus, nicht wie eine, die er bis heute noch nie gesehen hatte. »Schau sie dir ruhig an, Katan«, fuhr der Polizist fort. »Warum nicht. Noch wird keiner wegen ›du sollst nicht begehren‹ bestraft. Hier, ich helfe dir.«

Der Polizist zog einen großen Feldstecher aus einem Plastikbeutel, auf dem ein hochhackiger Damenschuh abgebildet war. Er hängte Baruch den Lederriemen um den Hals, und das Fernglas baumelte hin und her, bis Baruch es zu fassen bekam und an die Augen hielt.

»Na, siehst du sie?«

»Ja«, antwortete Baruch.

»Was macht sie?«

»Sie steht am Gartenzaun und hebt die Hand, und jetzt, jetzt redet sie mit jemandem, der im Garten steht.«

»Mit wem? Mit dem Sohn der Polin, diesem Jungen, der ein bisschen wie ein Mädchen aussieht?«

»Nein, sie redet mit der Agrarlehrerin, und ich glaube, da ist auch ein Mädchen. Und jetzt, oh …«

»Was ist jetzt?«, fragte der Polizist.

»Jetzt hat der Sprinkler sie erwischt und nass gespritzt, patschnass.«

»Gib her, lass sehen.«

Baruch nahm das Fernglas vom Hals und gab es dem Polizisten zurück.

»Ah«, sagte Malka, und drückte die Augen ans Fernglas, »dieses Mädchen, das da im Garten mit der Agrarlehrerin arbeitet und jetzt lacht wegen dem, was deinem Mädel passiert ist? Das ist Batya, meine Nachbarin, die Tochter von Masal. Sie ist nett, die Ärmste.«

Der Polizist spähte noch eine Weile auf den Schulhof und steckte das Glas dann zurück in die Plastiktüte.

»Fertig, aus, sie ist reingegangen. Sie ist Lehrerin dort, Englischlehrerin. Komm, Katan, ich habe jetzt ein wenig Zeit. Komm, wir bitten deine Ballerina, dass sie mir einen Kaffee macht und mir ein Stück du-weißt-schon-wovon abschneidet.«

»Lili ist heute nicht da, sie hat Urlaub.«

»Dann seid ihr unterbesetzt? Ohne Mittelstürmer? Der Hapoel Jerusalem ohne Eli Ben Rimoz. Wie kommt der Alte zurecht?«

»Heute arbeite ich an ihrer Stelle, ich vertrete sie.«

»Schön, alle Achtung, Katan.« Der untersetzte Polizist klopfte ihm auf die Schulter.

Rami stellte ein Glas Wasser auf die Theke und schnitt dem Polizisten ein dickes Stück Schokoladentorte ab.

»Dann gefällt sie dir also, diese kleine Engländerin?« Der Polizist senkte die Stimme. »Weißt du, dass sie Christin ist? Eine Goja?« Er lupfte seine Mütze und rückte die Kippa darunter zurecht.

»Nein«, erwiderte Baruch.

»Nein«, sagte Rami, »sie gefällt ihm kein bisschen. Als sie seine Hand hielt, haben sich seine Haare ein wenig gesträubt. Malka, schau ihn dir an, *walla*, er wird rot. Ich wusste gar nicht, dass er erröten kann.«

Baruch legte die Hand an die Wange. Nicht nur, dass er rot wurde und selbst spürte, dass er errötete – er wusste auch, dass er so eine Harmonie zwischen Gefühl und Körper seit seiner frühen Kindheit nicht mehr empfunden hatte.

Rami, der ihn nun nicht mehr anblickte, war mit dem Polizisten bereits zu einem anderen Thema übergegangen. »Hat man ihn schon erwischt?«, fragte er.

»Ich darf dazu nichts sagen, muss den Mund halten«, antwortete der Ordnungshüter.

»Jalla, jalla«, Rami legte dem Polizisten die Hand auf die Schulter und reichte ihm eine Zigarettenschachtel der Marke Royal und einen Aschenbecher. Haupt-

wachtmeister Malka zog ein zusammengefaltetes, kariertes Taschentuch aus der Hosentasche, wischte sich die Stirn ab und zündete sich eine Zigarette an.

»Hör zu, Rami, ich weiß, dass ich nicht so reden darf, aber ich bin furchtbar wütend. Wenn es Probleme in der Schule gibt, spricht man Hauptwachtmeister Malka an, wenn es die Leiche irgendeines armen Kerls, die schon zwei Wochen in seiner Wohnung gammelt, abzutransportieren gilt, ruft man Malka, wenn irgendwer eine Parole an die Wand geschmiert hat, kommen ein Emil oder ein Gideon vom Schin Bet, die vermutlich selbst schon vergessen haben, wie sie wirklich heißen, angelaufen, klopfen Malka auf die Schulter und geben ihm das Gefühl, er sei ein wichtiger Mann, und all das bloß, damit er ihnen hilft, rumzuschnüffeln und Informationen zu liefern, die sie selbst nicht rauskriegen.«

»Oh Jo«, sagte Baruch.

Doch der Polizist hörte nicht hin, sondern ließ weiter Dampf ab. »Als wäre dieser Dreck an der Mauer jetzt das Wichtigste auf der Welt, bloß weil jemand da oben in der Mapai verrückt wird, weil man nicht weiß, wer das hingeschmiert hat, als breche hier demnächst eine Revolution aus. Aber wenn was wirklich Interessantes los ist, wenn jemand ankommt, der fast das halbe Viertel vergewaltigt, wenn so was passiert, was nun wirklich Polizeiaufgabe ist, dann brauchen sie ihn nicht mehr, den Hauptwachtmeister Malka, der hier jede Ecke und fast jeden Menschen kennt. Dann tauchen plötzlich diese fetten Offiziere auf, die Oberkommissare und Hauptkommissare, und diese jungen Rowdys von der Kripo, und jeder hält sich für schlauer als der andere.«

Rami näherte sein Gesicht dem des Polizisten. »Heißt das, dass man ihn gefasst hat?«

Malka seufzte. »Erzählt es bloß keinem, *dir balak*. Ja, vor einer Stunde haben sie einen festgenommen, aber das darf noch nicht an die Öffentlichkeit. Zufällig war ich dort, natürlich hat keiner daran gedacht, mich als Quartierspolizisten zu rufen. Aber diesen Zeitungsfritzen vom *Maariv*, Spittelmann, der mit dem knitterigen, orangefarbenen Notizblock und dem Bleistift hinterm Ohr, der über dem Gemüsehändler wohnt, den haben sie natürlich dazugeholt.«

»Bastarde«, Rami zwinkerte Baruch über den Kopf des Polizisten hinweg zu, »lass dich nicht unterkriegen, Malka, denen darf man nichts durchgehen lassen. Courage, Hauptwachtmeister Malka, Courage!«

»Das ist unwichtig, glaub mir, meine Ehre ist völlig nebensächlich.«

»Ja, richtig, klar«, sagte Rami.

»Wichtig ist, dass er's nicht ist«, fuhr der Polizist eifrig fort. »Hört zu, was ich euch sage, die haben bloß irgendeinen armen Kerl von der Schoa geschnappt, einen, der in Auschwitz oder wer weiß wo gewesen ist und vor einem Jahr schon mal zu mir kam und gebeten hat, ich soll ihn ins Gefängnis bringen, weil er furchtbare Dinge getan habe, und ich hab gleich begriffen, dass er einfach arm dran ist und keiner Fliege was zuleide getan hat, und hab ihn stattdessen zu seiner Frau gebracht. Die Frau hat ihn in den Arm genommen wie ein Kind und sich bedankt. Und jetzt denken diese Dummköpfe, er hätte die jungen Mädchen angefallen und er würde sicher auch alles gestehen, was man ihm vorwerfe, und sie könnten rumstolzieren wie Pfaue und würden befördert werden, doch ich sage euch: Er ist es nicht.«

»Sag mal, stimmt es, dass er nur Aschkenasinnen zu vergewaltigen versucht?«, fragte Rami.

Malka zog wieder das Fernglas aus der Schuhtüte und spähte durchs Schaufenster auf den leeren Schulhof. »Dieser Verrückte steht wohl tatsächlich nur auf Mädchen mit roten oder blonden Haaren. Und wenn ihr mich fragt, ich verstehe nicht, warum man das nicht veröffentlichen darf, warum man nicht alle Frauen warnt, die er überfallen könnte.«

»Umarmen«, korrigierte Baruch den Polizisten.

Der Polizist steckte das Fernglas zurück in die Tragetasche. »Umarmen, überfallen, vergewaltigen, was tut das jetzt zur Sache. Wichtig ist, sage ich euch, dass der Mann noch frei rumläuft, während diese Dummköpfe ihren vermeintlichen Erfolg feiern. Bald werden sie es sicher auch im Radio ausposaunen – wir haben gefangen, gesiegt, gerettet.«

Rami fischte noch eine weitere Zigarette aus der Schachtel, reichte sie dem Polizisten und riss ein Streichholz an.

Der Polizist nahm einen langen Zug. »Und als sie den Ärmsten festnahmen, war Schaul dabei, der Leiter der Sonderkommission.« Der Zigarettenrauch vernebelte sein Gesicht, als er kurz verstummte. »Ich kenne ihn gut, wir haben gemeinsam bei der Polizei angefangen, keine große Leuchte, aber bestens vernetzt mit allen wichtigen Leuten, und ich habe ihm gesagt, hör zu, Schaul, das ist nicht der Richtige, er kann es nicht sein. Und wisst ihr, was er mir geantwortet hat? Er hat gesagt, ich sei nicht mit allen Einzelheiten vertraut, sie hätten Informationen – so nennen sie das jetzt, ›Informationen‹, als würde das den Unsinn, den jemand redet, wahrer machen –, und in ein, zwei Tagen würde er gestehen. Sicher, sicher wird er gestehen, bei den Methoden gesteht er alles, was sie wollen.«

»Aber vielleicht ist er's doch?«, fragte Baruch. Er spürte, dass ihm die Antwort darauf unklar war. »Vielleicht ist es wirklich dieser Ärmste aus Auschwitz, dessen Frau ihn in den Arm genommen hat wie ein Kind?«

»Er ist es nicht. Aber ich sollte lieber gehen, bevor ich hier noch mehr dummes Zeug rede und noch mehr Dinge sage, die ich nicht sagen darf. Ein Polizist muss behutsam vorgehen …«

»Und mit Entschlossenheit, aber ohne sich von Gefühlen leiten zu lassen«, ergänzte Rami den Satz, den auch Baruch schon mehrfach gehört hatte.

»Bingo, Herr Rachamim, haargenau«, bestätigte der Polizist.

Einige Minuten vor drei Uhr kehrte Koch aus seiner Mittagspause zurück.

»Ich sehe, dass alles in Ordnung ist. Sehr schön, sehr schön.«

»Sehr schön?«, erwiderte ihm Rami aus dem Hinterzimmer. »Sehr, sehr schön! Großartig, Herr Koch, sehr, sehr, sehr schön. Wir haben hier einen neuen Menschen, einen neuen Mann, einen echten *Power Forward*, Herr Koch, ich würde Ihnen raten, sich vor ihm in Acht zu nehmen, das ist nicht mehr der Mann, den wir kannten, wir haben hier einen Don Juan, einen Maciste.«

Baruch spähte erneut auf das Schultor und den Pfad über den Hof, wie schon mehrmals seit seinem Blick durchs Fernglas. Sie war immer noch dort in der Schule, vielleicht im Lehrerzimmer. Wäre sie herausgekommen, hätte er sie gesehen.

»Herr Koch, heute muss ich früher gehen.«

Koch hatte noch nicht einmal den Hut abgenommen. Er blickte auf die Tür zum Hinterzimmer und dann zur Eingangstür, trat zu Baruch und studierte die Verkaufsliste. Unten war nur noch Platz für einen einzigen weiteren Posten. »Schön, schön, Herr Katan, und ausgerechnet heute müssen Sie weg?«

»Ja, ich habe etwas Wichtiges vor. Ich muss heute früher gehen.«

»Darf man fragen, womit es Ihnen plötzlich so pressiert?«

Das Radiogerät im Hinterzimmer verkündete die Nachrichten.

Baruch zögerte mit der Antwort. »Moment mal, Herr Koch, ich möchte die Nachrichten hören«, sagte er.

»Oho, wir haben hier tatsächlich einen neuen Menschen«, sagte Rami, an den Türrahmen zwischen Ladenraum und Hinterzimmer gelehnt.

… und seinen Worten zufolge verläuft der Flug bisher planmäßig und ohne Komplikationen. Bei schwerem Beschuss durch ägyptische Streitkräfte auf unsere Truppen am Sueskanal ist ein Zahal-Soldat gefallen. Die Familie wurde benachrichtigt. Nach seinem Treffen in Zürich mit dem Botschafter Dr. Gunnar Jarring

sagte Außenminister Abba Eban, der UNO-Beauftragte würde möglicherweise seine Mission demnächst wiederaufnehmen. Die Kämpfe zwischen Honduras und El Salvador dauern an. Die Zahl der Toten bei dem gestrigen Eisenbahnunfall in Indien ist auf hundert angestiegen. In Jerusalem endete heute die letzte Sitzung der sechsten Knesset. Ebenfalls in Jerusalem wurde heute, nach Mitteilung der Polizei, ein Mann festgenommen, der verdächtigt wird, in den letzten Wochen im südlichen Teil der Stadt zahlreiche Frauen angegriffen zu haben, die allesamt, wie nun erstmals veröffentlicht werden darf, rothaarig oder blond waren. Der Zustand des Schriftstellers S. J. Agnon, der seit zehn Tagen im Krankenhaus liegt, hat sich erheblich gebessert …

»Er ist ein *Melech*, ein König, dieser Malka, auch wenn sein Name ›Königin‹ bedeutet«, sagte Rami, ging ins Hinterzimmer und schaltete das Radio aus.

»Ich muss gehen«, wiederholte Baruch statt einer Antwort auf Kochs Frage.

»Wann?«, fragte Koch.

»Jetzt, gleich.«

Im Augenwinkel sah er Rami, der wieder in der Tür zum Hinterzimmer stand und Koch mit den Händen vor der Brust einen gewölbten Busen andeutete.

»Wissen Sie was, Katan«, ließ der Alte sich erweichen, »wenn es Ihnen so wichtig ist, soll es recht sein.«

»Ja«, gab Baruch die einzige Antwort, die er für richtig hielt. Er strich sich über die glatte Wange, zog einen Zahnstocher aus dem kleinen Porzellangefäß auf der

Theke und steckte ihn zwischen die Zähne. Er kam sich jetzt stark und männlich vor. Die Sonne trat ihre Bahn zum Untergang an, und auf der anderen Straßenseite färbte sich ein niedriges Mäuerchen in leuchtendes Gelb.

Koch ging ins Hinterzimmer, und als er wiederkam, hatte er ein großes Messer in der Hand. Baruch fuhr erschrocken zurück, aber der Alte schmunzelte. Er führte das Messer an Baruchs Brust und schnitt das Preisschild ab, das immer noch am obersten Hemdknopf unter dem Kragen baumelte. »Fertig, Herr Katan, jetzt sehen Sie aus wie ein Mensch, der zu einem Rendezvous gehen kann.«

Auf den breiten Eingangsstufen des Schulgebäudes saßen drei Arbeiter. Ihre Kleidung war mit Farbe bespritzt. Neben ihnen lagen ein Laib Brot, Gurken, Tomaten und ein Schälchen Olivenöl. Einer nach dem anderen grüßte Baruch, zur Antwort winkte er mit seiner Rechten.

Im breiten Korridor des Erdgeschosses hing der Dunst frischer Farbe in der Luft. Eine Leiter, Farbeimer und Pinsel warteten auf die drei draußen Speisenden. Alle Klassenzimmertüren standen offen. Ein kalkbeflecktes Schild mit einem Pfeil wies zum Lehrerzimmer.

Als Baruch die mit Blumenmuster verzierte Türklinke drückte, quietschte sie ein wenig. Im Zimmer war es dunkel. Durch das einzige Fenster, das in einer tiefen Nische lag, drang wenig Licht und erhellte nur eine Seite des Raums. Neben der Tür hing ein ovaler Spiegel, darüber stand in großen Lettern, umrahmt von Blattwerk:

Er ging etwas in die Knie und betrachtete sein Spiegelbild aus der Nähe. Unter seinen weißen Hemdsärmeln sah man Schweißflecken, und auf dem Hemdkragen prangte ein neuer Fleck, kleiner, aber feucht und hässlich. Er trat noch näher, bis seine Nasenspitze die kühle Oberfläche berührte und einen Fettfleck darauf hinterließ. Angewidert zuckte er zurück und fasste sich an die Wangen. Stoppeln begannen darauf zu sprießen.

Wabenartige, große Holzfächer bedeckten fast die ganze Wand rechts der Tür, und aus jedem Fach ragten weiße Papierbogen. In einem Fach genau auf seiner Augenhöhe lag ihr Buch. Das Buch war feucht. Er nahm es in die Hand und las die großen Buchstaben auf dem Einband: *The Rainbow*.

»Rainbow«, sprach Baruch das Wort aus, ohne seinen Sinn zu verstehen. Sie hatte nicht auf ihn gewartet. Hatte das Buch dagelassen und die Schule verlassen, anscheinend durch einen Seitenausgang. Seine Hände erschlafften, und er ließ das Buch zu Boden fallen.

Neben der Fächerwand hing ein schwarzes Telefon der alten Sorte, wie das in Friedas Lokal, von dem er am Abend den Arzt anrufen würde. Er nahm eines der weißen Blätter, die in den Fächern lagen, zerknüllte es in der linken Hand und drückte die Papierkugel flach.

Die ferne Ecke war stockdunkel. Einen Moment schoss ihm der berauschende Gedanke durch den Kopf, sie könnte im Dunkeln dasitzen und auf ihn warten. Aber als er näher trat, fand er dort nur einen kleinen

Hocker. Er setzte sich darauf und zerdrückte die Papierkugel noch weiter.

Die Tür ging auf, und eine Schülerin trat ein. Kurze Hose, grün-weiß-rot-schwarz geringeltes T-Shirt, kleine Brüste. Im Zwielicht des Zimmers schimmerte ihr Haar orangefarben. Sie hob die Arme über den Kopf, klatschte in die Hände und ging lächelnd geradewegs zum Fenster gegenüber der Tür. Um den Vorhang beiseitezuschieben, das Fenster zu öffnen und hinauszugucken, musste sie sich tief in die Nische vorbeugen, wobei ihr Oberkörper seinem Blick entschwand. Sie stellte sich auf die Zehenspitzen, und als der Rand ihres T-Shirts ein Stückchen hochrutschte, entblößte es einen schmalen Streifen Lenden und Rücken.

»Wie viel Zucker?«, rief das Mädchen aus dem offenen Fenster.

Die klare Stimme einer jungen Frau erklang von draußen: »Anderthalb Teelöffel, Batya, anderthalb, vielen Dank, Liebes.«

»Kein Problem, Lehrerin Dina, ich brauche nur zwei Minuten, wir haben Glück, es sind noch genau zwei Teebeutel da.«

Batya ging zu den Teegläsern, die sauber und ordentlich auf dem Tablett in einer der drei anderen, fensterlosen Nischen standen. Jetzt war sie Baruch näher, aber weniger beleuchtet. Das Haar wirkte jetzt schwarz. Sie nahm zwei Gläser und stellte sie vor den Samowar. Das rote Lämpchen daran beschien ihre Hände, ihren Bauch und ihr Kinn. Als sie den Kopf neigte, um den kleinen Hahn zu öffnen, fiel ihr eine kecke Haarsträhne ins Gesicht, die sie mit der Hand hinters Ohr strich.

Baruch stand auf. Auch wenn sie sich umdrehte, würde sie ihn nicht sehen, es sei denn, er käme ihr sehr nahe. Er tat einen zögernden Schritt auf dem dunklen Boden und vertrat sich den Fuß. Er setzte sich wieder, legte die Hand an den Knöchel und drückte. Der Schmerz wurde etwas schlimmer, war einige Sekunden später jedoch völlig verschwunden. Er kreuzte die Arme über der Brust und fasste sich an beide Wangen – die Rechte an der linken, die Linke an der rechten Wange. Seine Schädelknochen waren hart und kalt, während die Wangen nicht mehr die Sauberkeit und Zartheit aufwiesen, die der kleine rumänische Friseur ihnen am Morgen verliehen hatte. Er fuhr mit den Fingerkuppen über die Bartstoppeln.

Gleich würde sie singen oder pfeifen.

Das Mädchen stellte das zweite Glas unter den Hahn, füllte es ebenfalls, und dann nahm es vorsichtig ein Henkelglas in jede Hand und ging an der dunklen Ecke vorüber, ohne zu merken, dass er dort saß und seinen Leib in Gedanken mit den Armen umschlang. Sie erreichte die Tür und öffnete sie mit dem Ellbogen. Beim Hinausgehen ließ sie sie offen stehen und pfiff eine Melodie, die er kannte, doch die klaren, präzisen Töne verklangen immer mehr in der Ferne. Er konnte sich nur an eine einzige Zeile des Liedes erinnern: »So sagt der Mond zu den Wolken.«

3

Am letzten Abend, bevor er Heidelberg verließ und nach Berlin zurückkehrte, um in der väterlichen Apotheke zu arbeiten, sah er sich den neuen Film von Fritz Lang, *Frau im Mond*, an. Eine Zeitung hatte über den Film geschrieben: »Lang nutzt weitgehend das expressive Potenzial des Stummfilms – es gelingt ihm, das psychologische Eindringen in das aufgewühlte Innenleben des Einzelnen zu zeigen, mit filmischen Mitteln alles zu sprengen, was wir bisher für die Grenzen der menschlichen Fantasie gehalten haben, und das Publikum dazu noch mit einer komisch-romantischen Handlung zu unterhalten.«

Es war einer der letzten Abende, an denen der Film lief, und nur wenige Zuschauer saßen im riesigen Lichtspielpalast. Der Klavierspieler war angetrunken oder müde, und sein schlampiges, abgehacktes Spiel brach ganz ab, noch ehe auf der Leinwand in Riesenlettern, auf einzelnen Bildern, die Zahlen des Countdowns zum Start der Mondrakete auftauchten. Eine kurzhaarige, kichernde Zuschauerin, die in der Reihe vor ihm neben einer jungen Langhaarigen saß, steckte zwei Finger in den Mund und stieß einen schrillen Pfiff aus. Der Pianist schreckte auf und griff wieder in die Tasten, aber die Melodie, die er spielte, passte nicht zu der Rakete, die blitzschnell in den dunklen Himmel abhob.

»Für heute ist Schluss, mein Herr. Es fahren keine Züge mehr. Gleich schließen wir den Bahnhof.«

Zemach hob den Kopf und schlug die Augen auf.

»Ach, Sie sinds? Eine Karte nach Naharija? Warum sind Sie nicht eingestiegen? Sind Sie eingenickt? Wissen Sie, dass Ihr Zug schon abgefahren ist?«

Vor ihm stand die Frau, die ihm die Fahrkarte verkauft hatte. Vorher im Schalterhäuschen hatte sie eine Schirmmütze mit dem Abzeichen der Bahn getragen. Jetzt war sie barhäuptig. Das Haar fiel ihr bis auf die Schultern, und in ihren Ohrläppchen funkelten goldene Ohrringe. Sie legte ihm die Hand auf die Schulter, vielleicht um ihn zu beruhigen oder zu trösten, vielleicht um ihn zum Aufstehen und Weggehen zu drängen.

»Ist alles in Ordnung?«, fragte die Schalterbeamtin.

Zemach fiel wieder ein, warum er sich am Bahnhof befand – er war hier, um nach Naharija zu fahren. Er erinnerte sich auch, was sie zu ihm gesagt hatte, als sie ihm die Fahrkarte reichte: »Wissen Sie, mein Herr, das ist unsere teuerste Fahrkarte, an den entferntesten Ort, eine richtig gute Reise wünsche ich Ihnen, viel Spaß!«, aber er wusste nicht mehr, warum er nach Naharija hatte fahren wollen und warum er letztlich nicht in den Zug gestiegen war.

»Warum sind Sie nicht gefahren?«, fragte die Schalterbeamtin erneut.

»Nein, nein, ich habe mich entschieden, nicht loszufahren, ich muss mich noch ein wenig ausruhen«, antwortete Zemach und spürte, dass seine Augen wieder zufielen, ihn ins Heidelberger Kino und zu der Frau, die zum Mond geflogen war, zurückholen wollten – eben noch waren sie greifbarer gewesen als die Schalterbeamtin, deren Kopf seinem Gesicht so nahe kam, dass ihm ihr Atem in die Nase stieg. Wieso war ihm gerade jetzt, in seiner halben Ohnmacht oder dem unterbrochenen Schlaf jener Film wieder eingefallen? Warum hatte er sich vorher nie daran erinnert?

»Ruhen Sie sich aus, schon in Ordnung, ruhen Sie ein bisschen, es ist noch Zeit. Wir ruhen jetzt auch ein wenig, nicht wahr, Chaim?«, sagte die Schalterbeamtin und nahm die Hand von seiner Schulter.

Chaim? Außer in den ersten Monaten im Kibbuz, gleich nach der Namensänderung, hatte kaum einer ihn Chaim genannt. Sehr schnell war er für alle Zemach geworden, und Lili hatte ihn stets nur mit Hans angeredet.

Er schlug die Augen auf und sah, dass die Schalterbeamtin die Frage nicht an ihn gerichtet hatte, sondern an einen jungen Mann im hellblauen Kurzarmhemd, der auf einer nahen Bank saß. Der kam ihm auch bekannt vor. Das war der Bedienstete, der zuvor noch die dunkle Kleidung der Bahnbeamten getragen und die Türen des Waggons geschlossen hatte, in den er wohl hätte einsteigen sollen.

»Alles in Ordnung, ich gehe gleich weg. Es geht mir schon besser, sehr viel besser.« Zemach sprach schnell, aber am Ende wusste er nicht, ob er Hebräisch oder Deutsch geredet hatte. Die Schalterbeamtin nickte ihm zu und lächelte. Vielleicht hatte er Hebräisch gesprochen, vielleicht verstand sie Deutsch, oder – der Gedanke an diese Möglichkeit ließ ihn erschauern – vielleicht verstand sie kein Deutsch, hielt ihn aber für einen verwirrten Alten, der nicht mehr wusste, wie er mit wem sprach.

Er spürte, dass seine Blase voll war und er bald die Toilette neben dem Schalterhäuschen würde aufsuchen müssen. Die Schalterbeamtin reichte ihm ein Glas Wasser. Nachdem sie ihn durch ihre Ansprache aus dem Heidelberger Kino zurückgeholt hatte, war sie wohl zum Wasserhahn neben der Herrentoilette gegangen und mit dem Glas wiedergekommen, und er hatte nichts davon bemerkt. Alles verschwamm in seinem Kopf. Wie sollte er es jetzt von hier bis zur Toilette schaffen? Ein ganzer Tag würde ihm dafür nicht reichen.

Die Schalterbeamtin stellte das Wasserglas auf Zemachs Bank und setzte sich auf die nächste neben den anderen Chaim, wobei sich ein Grübchen auf ihrer Wange abzeichnete. Am fernen Ende des Bahnsteigs fegte ein Reinigungsarbeiter leicht gebeugt Zigarettenstummel und alte Fahrkarten zu Häufchen zusammen und nahm sie dann mit der Kehrschaufel auf.

Sein Handgelenk mit der Uhr, die er zur Pensionierung erhalten hatte, kam ihm sonderbar vor, irgendwie fremd. Der andere Chaim und die Schalterbeamtin unterhielten sich angeregt und redeten lauter, als hätten sie seine Anwesenheit völlig vergessen oder meinten, er wäre wieder eingeschlafen; oder vielleicht dachten sie, er wäre in Gedanken an andere Dinge vertieft, und tatsächlich schweifte sein Sinn erneut ab. Er versank in dem Versuch, den genauen Weg von seinem Haus hierher zu rekapitulieren und den Moment zu erwischen, in dem ihm jener Film und jener Abend eingefallen waren. Er wollte wissen, was ihn dazu veranlasst hatte und warum dieser Film ihm jetzt wichtig war, und was war überhaupt in dem Film passiert? Wie war er ausgegangen? Hatte das Raumschiff den Mond erreicht, und war es von dort zurückgekehrt? Wenn er den Moment zu fassen bekam, in dem ihm der Film eingefallen war, würde er sich vielleicht auch an den Film selbst erinnern und an das, was darin geschehen war, und wenn ihm das wieder einfiel, würde mit einem Schlag seine Müdigkeit vergehen, mitsamt der Verwirrung, und er würde sich aufraffen und neue Kräfte finden, würde auf die Beine kommen und aufrecht zur Toilette gehen und dort pinkeln und diesen Druck ablassen.

Er erinnerte sich, dass er im Laufschritt vom Dach heruntergekommen war. In der einen Hand hatte er einen Koffer gehalten und in der anderen die große Papiertüte, die nicht mehr in den Koffer passte, mit den Unterhosen und Unterhemden, die er bei Ata gekauft hatte. Schnell war er gegangen, nicht, weil er es eilig gehabt hätte, es war noch genug Zeit bis zur Abfahrt des Zuges, sondern weil er die Kraft dazu in sich gespürt hatte. Vor dem Gemüseladen hatte er den Koffer sogar mit einer Hand hochgeschwungen und einen Kreis in der Luft damit beschrieben. Aber vor dem Abbiegen in die schmale Straße zum Kino hatte ihn ein starker Schmerz in diesem Arm befallen, und dabei waren auch die Müdigkeit und der Schwindel aufgetreten. Als er eine Straßenbank vor sich sah, hatte er sich daraufgesetzt, obwohl auf und unter der Bank alter Haushaltskrempel, leere Flaschen und Männerkleidung aufgetürmt waren. Einen Moment dachte er, es seien seine Sachen, die jemand schon aus der Wohnung geräumt hatte, die er erst vor einigen Minuten verlassen hatte. Er hatte den Koffer auf den Boden gestellt und die Tüte neben sich auf die Bank. Als er sich ein wenig erholt hatte, war er aufgestanden und weitergegangen. Danach war er vor der Tür des Ladens für Baumaterial und Farben stehen geblieben und dann noch einmal am Zaun der geschlossenen Kirche. Die Ruhepausen waren jedes Mal länger geworden, und er hatte immer kürzer und schwerer geatmet, ohne richtig Luft zu bekommen. Immer wieder hatte er den Koffer von einer in die andere Hand genommen, von dem stärker schmerzenden Arm zu dem, der gerade weniger wehtat. Schon fast am Bahnhof, hatte er am neuen Khan-Theater haltgemacht, den Koffer zu seinen Füßen abgestellt und sich an die steinerne Einfriedung gelehnt. An der Front des renovierten Gebäudes hing in voller Höhe ein großes, rotes Stofftransparent, auf dem in Schwarz nur ein Wort stand: *Jedermann*. Der Titel des Stücks war ihm bekannt. Vor Kurzem hatte er in der Wochenendbeilage des *Davar* eine Rezension der Aufführung gelesen, die mit den Worten begann: »Der Tod kommt Jedermann rufen, aber der bittet um Aufschub.« Als er noch das Transparent ansah, hörte man den Zug in den Bahnhof einfahren. Das Rattern der Räder verlangsamte sich immer mehr, bis es verstummte.

»Verstehst du, Chaim«, erklang die Stimme der Schalterbeamtin lauter, »mit ihm war es überhaupt nicht wie mit dir, ich meine, er hat mich gar nicht geliebt.«

Der andere Chaim schwieg, und sie redete weiter. »Und du?«, fragte sie. »Schweig jetzt nicht, Chaim, sag mir was, mein Süßer, ja? Liebst du mich?«

Chaim schwieg weiter, und Zemach gelang es, seine

losen Erinnerungsfäden wieder zu verknüpfen: Als er den Bahnhof betrat, war er gleich an den Fahrkartenschalter gegangen, und nachdem er die Fahrkarte und das Wechselgeld erhalten hatte, hatte er zum Fahrplan aufgeblickt, der mit Kreide angeschrieben war. Das Heben des Kopfes und die Anstrengung beim Lesen hatten ihm einen jähen, starken Schmerz über dem linken Auge versetzt. An der Tafel stand, dass der Zug um sechzehn Uhr dreißig nach Haifa und Naharija heute der letzte sein würde, und darunter hatte man einen diagonalen Strich bis zum unteren Rand gezogen, wie den, mit dem er im Kontobuch die Gesamteinnahmen der Gewerkschaftsbeiträge abgeschlossen hatte – von der Zeile »Gesamtsumme« bis ans Ende der Seite.

»Es ist nicht leicht mit dir, Chaim, weißt du«, sagte die Schalterbeamtin zu dem anderen Chaim.

Der Druck auf die Blase war weg, und ihm gelang es nun leichter, den Verlauf der letzten Stunden zu rekapitulieren. Nach dem Kauf der Fahrkarte war noch eine halbe Stunde bis zur Abfahrt des Zuges verblieben, da hatte er sich hier auf diese Bank gesetzt. Die beiden Mädchen auf der Bank, auf der nun Chaim und die Schalterbeamtin saßen, hatten leise Deutsch miteinander gesprochen, gelegentlich unterbrochen durch kurze Lachanfälle. Die eine hatte von einem jungen Araber erzählt, den sie in einem Café in der Altstadt kennengelernt hatte, wobei sie ihm versprach, ihn in vierzehn Tagen wiederzutreffen, und die andere sagte, dieser junge Mann mit den funkelnden Augen hätte vermutlich schon viele Herzen gebrochen. Dann redete sie weiter über einen anderen Jungen, aus dem Kibbuz, in den sie jetzt wohl fuhren, einem Kerl, der von einem Mädchen zum nächsten wechselte und bei dem sie erst viel zu spät mitgekriegt hatte, dass er einfach ein Schwein sei. Mitten im Gespräch begannen sie überraschend, auf Deutsch rückwärts zu zählen, parallel zu dem hebräischen Countdown, den man von fern hörte. Aber noch davor – Zemach spürte, dass sein aufklarendes Gedächtnis immer breiter und tiefer wurde –, noch ehe der Countdown losgegangen war, hatte man vom Ende des Schienenstrangs, von der Drehplatte für Lokomotiven, rufen gehört: »Vorsicht, Vorsicht, Scheibe dreht«, und ihm war eingefallen, dass auch damals, 1966, als sie zu dem Hotel in Schawe Zion gefahren waren – und dahin wollte er jetzt fahren, dazu war er zum Bahnhof gegangen –, dieser Ruf beim Drehen der Lok erschallt war, worauf Lili bis ans Ende des Bahnsteigs, zu dem Häuschen des Stationsvorstehers, gerannt war und in die Hände geklatscht hatte beim Anblick der Lokomotive, die sich auf der großen Scheibe drehte, und als sie vom Bahnsteigende zurückkam, hatte sie ihm erzählt, dass ein grauer Rabenvogel oben auf der Lokomotive gesessen und sich mitgedreht habe. »Wie ein General«, hatte sie gesagt, »als sei er weiser als wir alle, als spotte er allen.« In diesem Moment sagte der Mann, der am Vortag gewiss wie alle anderen den Countdown zum Start der Apollo 11 im Radio gehört hatte, nicht wie sonst »eins, zwei, drei, Drehen«, sondern zählte rückwärts »zehn, neun, acht …«, und die beiden deutschen Mädchen, die die Sendung gewiss auch gehört hatten, unterbrachen ihre Unterhaltung über das Schwein aus dem Kibbuz und den Herzensbrecher aus der Altstadt und begannen, auf Deutsch rückwärts zu zählen – wiederholten mit fröhlich übertriebener Kinderstimme jede absteigende hebräische Ziffer – »acht, sieben, sechs …«

»*Jalla*, drehen!«, schrie der Mann am Ende seines hebräischen Countdowns. »Bumm!«, riefen die beiden Mädchen, als sie mit der parallelen Zählung in Deutsch fertig waren, und patschten die Handflächen aneinander. Chaim hatte in diesem Moment angefangen, die Waggontüren zu schließen, und die beiden jungen Mädchen hatten große Rucksäcke geschultert, und er war eingeschlafen oder ohnmächtig geworden, und als er aufwachte, hatte er das Gesicht der Schalterbeamtin vor sich gesehen, und sein Kopf war zum Bersten voll mit Gedanken über den Film in Heidelberg gewesen.

Zemach griff in seine linke Hosentasche und zog die Zigarettenschachtel heraus.

»Ach, Tova, lass, du weißt doch, dass ich es nicht so gemeint habe«, sagte der andere Chaim.

Zemach wollte die letzte verbliebene Zigarette aus der Schachtel ziehen, aber sein Blick verharrte auf der Silhouette der schwarzen Pferde mit der kleinen Kutsche, die darauf abgebildet waren, und auf der Silhouette der Frau, die sie lenkte. Bisher hatte er nie auf die Peitsche geachtet, die sie hielt – eine dünne, schwarze Wellenlinie vor dem gelben Hintergrund. Seine Hand öffnete sich, als hätten die Hand und die Zigarettenschachtel ihren eigenen Willen, und die Schachtel entglitt ihm und fiel zu Boden. Durch den Abstand zwischen seinen Brillengläsern und den Wangen sah er auf den verschwommenen gelben Fleck neben seinen Schuhen und überlegte, ob er die Schachtel aufheben oder liegen lassen sollte.

»Verzeihung, der Herr«, der Reinigungsarbeiter fegte die Zigarettenschachtel auf seine Kehrschaufel und warf sie in die Tonne, die er auf einem Wägelchen hinter sich herzerrte.

Zemach wollte etwas sagen, die Schachtel von dem Arbeiter zurückverlangen, ihm erklären, dass noch eine Zigarette drin war, aber alles verlangsamte sich in seinem Kopf, und noch mehr verlangsamten sich seine Reaktionen. Er bekam nur ein schwaches »Äh« heraus, und der Arbeiter hatte seinen Schlängelweg schon fortgesetzt, bestimmt durch die Papierfetzen und Zigarettenkippen, die ihm ins Auge fielen. Stück für Stück brachte er sie auf die Kehrschaufel und kippte sie in die Tonne. Zemach schloss die Augen. Sein Puls ging schnell, und er sackte zur Seite. Seine gesamte Kraft versuchte er auf den Mann zu richten, der ihm seine Zigarettenschachtel weggenommen hatte, bis sein Denken wieder abschweifte. Er hatte zwar schon rekapitulieren können, wie er sich an den Countdown beim Abschuss der Rakete im Film erinnert hatte, aber er fand immer noch nicht das, was er suchte, die Antwort, die anscheinend im Film selbst enthalten war.

Am Ende des Films war die schöne Frau vom Mond zurück zur Erde geflogen, mit einem der beiden Männer, ihrem Ehemann oder Verlobten; aber der große Held des Films, der Mann, der sie wahrhaft liebte, der Schönere der beiden, was war mit ihm geschehen? Seine Gedanken im Kopf wurden heller, kristallklar. An den Fingerkuppen spürte er die Oberfläche der hölzernen Sitze im Kinosaal, oder vielleicht die des Saals, in dem die Anatomieprüfung stattgefunden hatte. Beide Säle verschmolzen jetzt zu einem. Er hörte einen der Sitze knarren. Als das Raumschiff abhob, blieb der zweite Mann auf dem Mond, stand dort aufrecht in der enormen weißen Weite, den Blick in den schwarzen Himmel emporgerichtet, und er, Hans Blumberg, war noch vor dem Wort »Ende« im dunklen Saal aufgestanden, einen Moment, bevor das elektrische Licht ihn eingefangen hätte, und war in seine letzte Nacht in Heidelberg hinausgegangen, auf die kalten Straßen, die eine dünne Schneedecke bedeckte.

Warum war der schöne Mann allein auf dem Mond zurückgeblieben, als das Raumschiff abhob und davonflog? Zemachs Atem ging kurz und schwer, und er wäre beinahe in Ohnmacht versunken, aber der penetrante Uringeruch, der von seiner Hose ausging, und die feuchte Kälte des Stoffs, der an seinem Schenkel klebte, weckten ihn wieder. Sein Oberkörper neigte sich fast gänzlich zur Seite. Auf seinen rechten Ellbogen gestützt, meinte er, der gesuchten Antwort immer näher zu kommen. Sauerstoff, Sauerstoff, er sog noch etwas Luft in seine Lungen ein. Jemand hatte auf dem Mond bleiben müssen, um im Raumschiff genug Sauerstoff für die anderen zu belassen.

»Sauerstoff«, sagte er laut und schlug die Augen auf. Der kleine Koffer, der zwischen seinen Beinen stand, hielt seine Füße auf dem Boden, aber der Oberkörper lag schon ganz auf der Bank hingestreckt. Mühsam öffnete er die Augen in eine neblige, schiefe Welt. Eine Lokomotive ohne Waggons begann auf dem fernen Gleis, rückwärts zu fahren. Nein, das ist ein Irrtum, er selbst bewegt sich nun, er liegt jetzt nicht kraftlos auf dieser Bank.

Sein Blick heftete sich an die Schienen, die den Bahnhof verließen. Aus der hinter Bäumen verdeckten Kurve näherte sich ein Zug mit einer riesigen, qualmenden Dampflokomotive, geschmückt mit einer goldenen Krone und bunten Girlanden. Sehr langsam näherte sich die Bahn, und mittlerweile füllte sich der Bahnsteig mit festlich gekleideten Menschen, die Damen mit Sonnenschirmen. Man hörte das Rattern des einfahrenden Zuges, und der Schornstein der Lokomotive stieß graue Rauchwolken aus, die ihm in den Augen brannten. Der Lautsprecher der Drehscheibe erklang erneut – zuerst hörte man dreimal ein leichtes Klopfen, danach ein Räuspern, und danach verkündete der Ansager auf Deutsch: »Achtung, Achtung, Einfahrt des kaiserlichen Zuges Seiner Majestät Kaiser Wilhelm II.!«

Die weiche Hand seiner Mutter hielt die seine. »Du behältst diesen Augenblick in Erinnerung, Hansi, ja?« Als sie seine Hand losließ, wandte er nicht den Kopf, um zu sehen, wo sie hinging, und schon legte sich ihm eine andere weiche, warme, sogar noch angenehmere Hand auf die Stirn. Der ganze Trubel der Menge auf dem Bahnsteig verebbte, und klar und deutlich hörte er Tova, die Schalterbeamtin, sagen: »Chaim, Chaim, komm schnell, ich glaube, er ist tot.«

4

Beth wollte Dina und Batya nicht erneut begegnen und verließ das Schulgebäude daher durch die Seitentür. Durch den Hinterausgang trat sie vom Hof auf die schmale Straße, die zum Naturkundemuseum führte.

Etwa einmal pro Monat begleitete sie eine Klasse in dieses kleine Museum auf der Anhöhe hinter der Schule, um der Klassenlehrerin und der Naturkundelehrerin bei der Beaufsichtigung der Schüler zu helfen. Beim letzten Besuch, vor rund zwei Monaten, hatte ihr Chajuta, die dort für Schulführungen zuständig war, mit nettem, breitem Lächeln angeboten, die Informationsschilder zu den Ausstellungsstücken und vor den Bäumen im Garten ins Englische zu übersetzen. Sie wisse nicht, wie viel das arme Museum ihr zahlen könne, glaube aber, den Direktor überreden zu können, etwas Geld dafür lockerzumachen. Dank dieses kleinen Auftrags würde sie sich vielleicht etwas sicherer fühlen, wenn sie ihren Eltern mitteilte, dass sie nicht mit ihnen nach Kanada zurückkehren wolle. Doch je mehr sie darüber nachdachte, als sie die Anhöhe hochkeuchte, desto unsicherer wurde sie.

Sie kam erst wieder zu Atem, als sie die feuchtkühle Luft drinnen einsog. Auf ihre Frage, ob Chajuta da sei, antwortete die Sekretärin: »Sie sind in Urlaub. Sind ins Ausland gereist, machen sich ein schönes Leben«, als müsste Beth wissen, mit wem Chajuta sich jetzt »ein schönes Leben« im Ausland machte.

Im zweiten Stock des Museums ging sie vom Saal mit den ausgestopften Vögeln, die von einer adretten Mutter und ihrem ängstlichen Sohn betrachtet wurden, in den Saal mit dem Thema »Der menschliche Körper: Knochensystem und Muskulatur«. Ein Vater mit Tochter, deren rosa Kaugummiballons einer nach dem anderen auf ihrem Gesicht platzten, waren hier die einzigen Besucher. In der Mitte des dritten, kleineren Saals, an dessen Eingang »Herz, Kreislauf, Atmung« stand, war das große Herz ausgestellt.

Bei ihrem ersten Besuch hier, gleich nach Schuljahresbeginn, hatten Fünftklässler in einer langen Schlange angestanden, die vom mechanischen Herzen bis in den Saal der Skelette reichte. Jedes Kind drückte den roten Knopf, damit das Herz zu schlagen begann, an- und abschwoll, und durch einen Lauf elektrischer Blinklichter den Kreislauf des ein- und ausfließenden Blutes anzeigte. Eine Schülerin, größer und dicker als alle anderen, hatte nicht mit angestanden, sondern sie abseits gefragt: »Verzeihung, Frau Lehrerin, was ist ein Herzanfall?« In diesem Moment hatte das Herz aufgehört zu schlagen. Ehe das nächste Kind den Knopf drückte, um das Gebläse und die Lichterreihe erneut anzuschalten, hatte sie schnell erwidert: »Da, das ist die Antwort. Genauso ist das. So sieht ein Herz aus, wenn es stehen bleibt.« Das bedrückte Mädchen wurde noch ernster und drehte eine Haarsträhne zwischen den Fingern.

Beth drückte einmal auf den Knopf und dann immer wieder. Beim fünften Mal kam ein grau uniformierter

Wärter. Bisher hatte sie hier nie Aufsichtspersonen gesehen. Mit einem Griff zog er den Stecker aus der Steckdose. Die Lichter des Kreislaufs erloschen, und das Herz tat einen letzten Schlag. »Tut mir leid, Mädchen«, sagte der Wärter zu Beth. »Fertig, halb vier, wir schließen. Wenn du willst, kannst du morgen wiederkommen und den Knopf so oft drücken, wie du willst.«

Beim Verlassen des Museums und auch danach, als sie in ihren Sandalen die steile Strecke zurück zur Emek-Refa'im-Straße abwärtsschlitterte, versuchte sie, sich zu erinnern, ob sie das Mädchen, das wissen wollte, was ein Herzanfall war, später wiedergesehen hatte. Sie sah es im Geist während der Pause auf dem Hof stehen, an der Wand, allein, leicht gebeugt. Aber wann war das gewesen? Schon lange her, vielleicht noch vor dem Besuch im Museum – oder kurz danach. Bisher hatte der Gedanke, dass sie die Schülerin nicht wiedergetroffen hatte, ihr keinerlei Sorgen bereitet, doch jetzt meldete sich ihr Gewissen.

Sie erreichte den kleinen Vorplatz des Kinos um Viertel vor vier. An der Front des Gebäudes hing das Filmplakat *A Man for All Seasons*, wie zwei Jahre zuvor in Prescott. Über dem Kassenschalter sah man durch eine Öffnung von der Größe einer kleinen Tür in der Wand einen älteren Mann im weißen Trägerhemd, das über dem Bauch spannte, am Projektor stehen und die großen Räder des Films überwachen, die rückwärtsliefen. Sie ging auf dem leeren Platz hin und her, lauschte dem Klacken ihrer Sandalen und dem Raucherhusten des Filmvorführers. Um vier Uhr, genau als Michael hätte eintreffen sollen, riss der Film, und aus dem Saal hörte man Kinderstimmen skandieren: »Mistkerl, Mistkerl!« Der Mann im weißen Unterhemd wedelte abwehrend mit der Hand, flickte den Film und setzte die Räder erneut in Bewegung. Ein einstimmiger Seufzer ertönte aus dem Saal, dann kehrte wieder Ruhe ein.

Um halb fünf war ihr bereits klar, dass Michael nicht kommen würde. Seine Mutter hatte es ihm sicher nicht ausgerichtet. Sie setzte sich auf einen der drei ausrangierten Kinostühle unter ein Plakat mit dem Text *Extra für die großen Ferien: täglich vier Vorstellungen! Maciste gegen die Barbaren!* und wusste, dass sie den Weg, den Michael sie vorige und vorletzte Woche geführt hatte, nicht wiederfinden würde. Damals waren sie über Zäune gesprungen und hatten einige Privatgärten durchquert, in einem von ihnen hatte ein ausladender Baum herrlich violett geblüht. Danach waren sie über freies Feld an einem ausgebrannten Autowrack vorbei und schließlich durch eine kleine Pforte von hinten in den Hof gegangen.

Der Filmvorführer öffnete die Ausgangstür, und alle Kinder stürmten heraus. Beth erkannte einige von ihnen, die bei ihr im Unterricht gewesen waren – Benny Suissa, Arie Cashals, Eli Grienberg –, aber die bemerkten sie nicht. Als hätte sie sich in den zwei Wochen seit Schuljahresende verändert, oder als hätte diese Verwandlung gerade heute stattgefunden, als sie mit dem eigenartigen Gefühl versengter Haut aufgewacht war. Sie kratzte sich mit dem Fingernagel an der Oberlippe. Die dünne Schorfschicht über der Wunde löste sich, und ihr Finger spürte Blut.

Das letzte Kind war Avner Ben Haroush, ein schweigsamer Schüler, der in der ersten Reihe gesessen hatte.

Ihre Blicke kreuzten sich kurz, aber auch er ignorierte sie und rannte weiter.

»Ich hab dich von oben warten gesehen, du bist auf und ab gegangen. Was ist? Ist der junge Mann nicht gekommen?«

Beth hörte aus der Stimme des Kinomanns eine Spur Schadenfreude heraus.

»Ich suche das Lokal der Polin.«

»Was?« Er hielt sich die hohle Hand ans Ohr.

»Das Lokal der Goja, der Witwe«, sagte Beth.

Asche rieselte von der Zigarette in seiner Hand, und er seufzte.

»Findest du es nicht ein bisschen früh zum Saufen? Keine Sorge, keine Sorge, ich weiß schon.« Der Mann lachte.

Was wusste er? Sie meinte, irgendein Geheimnis preisgegeben oder etwas Verbotenes getan zu haben, ohne genau zu wissen, was.

»Ja, ja, genau, ihr Lokal suche ich.«

»Schon in Ordnung, du bist nicht die Erste, die Greenbacks tauschen will. Alle tun das. Diese Goja hat einen Preis verdient, eine patente Frau. Weißt du, was eine patente Frau ist?«

Dann verriet sie also auch ihr Akzent.

»Ja«, erwiderte sie.

»Es ist hier ganz in der Nähe«, der Mann streckte den Arm aus, auf dem von der Schulter bis zur Hand weiße Härchen sprossen, »fünf Minuten, mehr nicht, erst rechts und noch mal rechts, dann links, bei der zweiten Abzweigung wieder links und dann immer geradeaus bis ans Ende. Dort siehst du rechts ein paar Mülltonnen und eine kleine, grüne Eisenpforte. Und da ist eine Whisky-Reklame an der Wand, Johnnie Walker, weißt du, der mit den weißen Hosen wie die Astronauten.«

»Ich weiß«, erwiderte sie.

»Es ist ein unscheinbares Lokal, dass du mir nicht dran vorbeiläufst. Wie man auf Englisch sagt, *you can miss it*. Hast du alles verstanden?«

»Ja, sicher, hab ich.«

»Ja, sicher, man sieht, dass du alles verstehst«, sagte der Mann. Er redete wieder mit dem Unterton, den sie bereits herausgehört hatte – mit Schadenfreude oder leichtem Spott.

Der Filmvorführer kehrte in den Saal zurück, schloss die Ausgangstür und tauchte hinter dem Gitter des Kassenschalters wieder auf. Zwei Jungen, die anscheinend hinter ihr gewartet hatten, traten an den Schalter. »Zweimal für den Maciste um halb sechs«, sagte der Dünnere der beiden.

Als sie von der Gasse aus hineinschaute, sah der Hof leer aus. Die Lampe, die an den zwei vergangenen Donnerstagen gelbes Licht gegen den schweren Schatten der Bäume verbreitet hatte, war ausgeschaltet. Aber an dem fernen Tisch entdeckte sie bei Betreten des Hofs einen schreibenden Mann. Sie sah ihn von hinten. Er hielt einen Bleistiftstummel in der Hand und notierte oder zeichnete etwas auf ein kleines Stück Pappe, das auf einem großen Buch lag.

»Geschlossen, geschlossen, die Polizei war schon da«, sagte der Mann mit tiefer Stimme, ohne sich zu ihr umzudrehen.

Als sie näher trat, sah sie, dass er schwarz war. Im ersten Moment dachte sie irrtümlich, es sei der Mann, der am letzten Donnerstag hier über Biafra und Nigeria gesprochen hatte, aber dessen Haut war noch dunkler gewesen. Der Mann deutete auf die geschlossene Tür, an der eine offizielle Bekanntmachung hing. Sie ging hin und richtete den Blick auf die rissige Holzfläche.

Friedensgericht Jerusalem
Schließungsbefehl
Nach Paragraf 16 (1) der Gewerbeordnung von 1968
verfüge ich hiermit die gänzliche Schließung der Höfe
des Gewerbebetriebs, der unter dem Namen
»Das Lokal von Frieda Katz« bekannt ist,
und die vollständige Einstellung jeglichen Betriebs …

Sie klopfte an die Tür. »Michael? Michael? Frieda?« Es kam keine Antwort, und sie drehte sich um, in der Hoffnung, der Mann, der sie über die Schließung des Lokals informiert hatte, würde ihr noch mehr verraten, aber er war verschwunden.

Als sie sich an den Tisch setzte, spürte sie noch seine Körperwärme auf der Metallbank. Sie schlug das Buch *Der Mensch und sein Wirken – Atlas zur Geschichte der Werkzeuge und Produktionsanlagen in Erez Israel* auf, das er auf dem Tisch liegen gelassen hatte. Auf der Innenseite des Deckels, neben dem Aufkleber »Geschenk zum Tag der Arbeit 1966«, stand in großer, runder Handschrift »Für den Genossen Chaim Zemach«. Sie blätterte Seite für Seite um und besah sich aus der Nähe die großen Fotos – eine Fabrik, Schienenverlegung in der Wüste, ein langer Zug, der die Strecke befuhr, und ein Kamel, das ihn im Stehen anguckte, dicke Rohre auf Feldern, eine junge Familie in einer neuen Ansiedlung, Produktionsstätten, Orangenpflücker und Traubenleser, ein Steinbruch voll Staubwolken, Kinder und Erzieherinnen im Kibbuz, ein Hebräischkurs, zwei Krankenschwestern, die eine lachend, die andere ernst, ein fröhlicher Hirte zu Pferd, zehn Männer in verblichener Arbeitskleidung, die Gesichter öl- oder teerverschmiert, lächelnd in einer Front marschierend, eine Erwachsenenklasse, deren Schüler sämtlich schwarz waren, einige mit Kopfhörern. Sie fuhr langsam mit dem Finger die Zeilen der Unterschrift unter dem letzten Foto entlang: »Mithilfe des afro-asiatischen Fortbildungsinstituts der Histadrut sind viele Gäste in der Lage, fortschrittliche Arbeitsmethoden und Technologien in Landwirtschaft und Industrie kennenzulernen.« Auf der nächsten Seite sah man das Foto einer jungen Lehrerin, die ihr etwas ähnlich sah und einem blonden kleinen Mädchen irgendwas erklärte. Die feierlichen Bilder erinnerten sie an die Titelseite der Broschüre, die ihr Vater ihr gezeigt hatte, als er ihr die Reise hierher vorschlug. Sie hatten etwas Verlogenes.

Aus einem offenen Fenster eines Nachbarhauses tönte ein Radiogerät:

> *Als Nächstes hören Sie in unserer Sendung, die heute im Geist dieser aufregenden Tage gänzlich den Werken amerikanischer Komponisten gewidmet ist, die kurze* Fanfare for the Common Man *von Aaron Copland.*

Gleich nach dem Ansager hörte man einen Trompetenstoß. Beth hob den Blick. Durch eine Öffnung im Laub der Bäume sah man ein kleines Stück Himmel und einen grauen Punkt ihn im Nu durchkreuzen.

Beth ging erneut an die Tür und drückte die Klinke. Die Tür öffnete sich mit Leichtigkeit. Abgesehen von einem Stuhl und einer Holzkiste mit einer leeren Flasche darauf, waren alle Möbel und Sachen verschwunden. Auf dem Fußboden lagen Glasscherben, und an der Wand, die vor einer Woche voll mit Gläsern und Flaschen gewesen war, gab es nichts mehr als die Löcher der Schrauben, an denen die langen Regale befestigt gewesen waren, bevor man sie abmontiert hatte. Ein Sprung in Form eines scharfwinkligen Blitzes verlief im Zickzack schräg über die Wand. Ihr Fuß stieß an den Telefonapparat, den man aus der Wand gerissen und zu Boden geworfen hatte. Man hörte ein kurzes, blechernes Scheppern, wie bei ihrem Wecker, wenn sie ihn hochhob oder hinstellte.

Sie wich auf den Hof zurück, ließ die Tür offen stehen. Als sie sich wieder auf die Metallbank setzte, fühlte diese sich schon kühl unter ihren Schenkeln an. Sie rieb die Finger aneinander, trennte dann die Hände und verrückte das offene Buch ein wenig. Darunter lugte das Stück Pappe hervor, auf das der schwarze Mann etwas geschrieben oder gezeichnet hatte. Es war eine feine Bleistiftskizze. Die Schatten wurden immer dunkler, und sie musste die helle Zeichnung näher an die Augen halten und nach rechts und links neigen, um alle Einzelheiten erkennen zu können. Die Hofpforte war darauf von außen gezeichnet, ein Polizist in Uniform und ein stämmiger Mann in Zivil führten Michael vom Hof auf die Gasse ab, sein langes Haar und sein schmaler Körper waren mit wenigen, aber präzisen Strichen skizziert. Hinter den dreien warf eine Frau die Hände in die Höhe.

Langsames Trompetenblasen, begleitet von Trommelschlagen, schallte aus dem offenen Fenster. Das Stück war zu Ende, und man hörte Applaus. Wieder erklang die Stimme des Ansagers: »*Dies war* Fanfare for the Common Man *von –«* Seine Worte wurden mitten im Satz abgeschnitten, und mit der nun eintretenden Stille erlosch auch der letzte schmale Sonnenstrahl, der durch die Bäume gedrungen war. Beth fiel der schmale Lichtstrahl ein, der im Dunkeln aus dem brüchigen, geschlossenen Kiosk gekommen war, als Michael aufgeregt das Graffito an die Mauer des Schwimmbads gemalt hatte, und verstand, dass der Kioskbetreiber von dort, über die Straße, zugesehen hatte.

Sie stand auf und ging rasch hin und her auf den schiefen Steinplatten des Hofs, aus dem das Licht immer mehr wich – tigerte auf und ab, auf und ab, wäre zweimal beinahe gestolpert –, und setzte sich dann wieder an den Tisch.

Sie nahm den Bleistiftstummel in die Hand und drehte das Pappstück um. Auf der Rückseite stand etwas auf Arabisch, und sie schrieb »Bethy, Bethy, Betsy« dazu. Dann drückte sie ihre Brille näher an die Augen und schrieb hastig weiter, eng gedrängt mit winzigen, verbundenen Buchstaben, die nach und nach die Ränder und die Zeilenabstände füllten:

Schalom Stadtviertel, Schalom Kipferl, Schalom beklemmende Steine, Schalom Verwirrung, Schalom Schuldgefühl. Eine junge Frau allein sät Unheil, begreift nichts, tut aber so, als gehöre ihr die Welt, als sei sie selbstsicher und frei, aber sie ist unsicher, verängstigt und in sich gefangen, will schnell von hier flüchten, will zurück zu ihrem Papa und ihrer Mama, die am Sonntag kommen, um sie hier wegzuholen, wie die Vierjährige, die sie einst an den Händen nahmen, als sie gemeinsam auf dem Bootssteg spazierten und sie in die Luft schwangen. Und in zwei Monaten wird sie an der McGill University zu studieren beginnen, als sei sie nie hier gewesen, oder als gäbe es diesen ganzen Ort und diese Menschen und diese Straße gar nicht, oder als wären all die Häuser und die Gräber und die Autos und die Motorroller und die Kinder und die Lehrer und die Gesunden und die Kranken allesamt im Meer ertrunken oder bei einem großen Erdbeben verschwunden.

Die letzten Wörter schrieb sie rechts unten an den Rand, als sie sie kaum noch sehen konnte. Sie stand auf, legte das Stück Pappe auf den Tisch, nahm es dann jedoch wieder auf, knickte es zweimal und steckte es in die kleine Tasche ihres Kleides, vorn in Taillenhöhe. Wieder wäre sie beinahe auf den schiefen Steinplatten gestolpert, als sie zur Gasse hinausging. Sie blickte nicht zurück und ließ das Tor offen.

Als sie die Hauptstraße erreichte, war es schon dunkel. Um die Mülltonnen strichen Katzen, und in Kanada, dachte sie, sah man keine einzige auf der Straße.

Bei der Mülltonne, die zwischen dem Schwimmbad und dem rumänischen Kebab-Restaurant stand, paarten sich zwei Katzen geräuschvoll unter dem Graffito SCHLUSS MIT DER BESATZUNG! SCHLUSS MIT DER BESATZUNG! SCHLUSS MIT DER BESATZUNG! Beth wandte den Blick von den rolligen Katzen, und eine schmale Mondsichel sah sie vom Rand des Himmels an. Sie beschleunigte ihre Schritte, bis sie fast schon rannte. Vor dem grauen Wohnsiedlungshaus parkte ein Auto, dessen Nummernschild den grün-weißen Rahmen eines Mietwagens hatte. Darin sah man die Schemen eines Mannes und einer Frau. Ihre Eltern waren vorzeitig gelandet. Sie würde sie bitten, schon morgen nach Kanada zurückzukehren.

5

Nur von oben erkannte man, dass der Wasserstrahl, den der Springbrunnen im Schwimmbad ausstieß, nicht gleichmäßig war, wie es unten vom Boden aussah, sondern in Wirklichkeit aus mehreren engen, rostigen, zitternden Röhren sprudelte, die gemeinsam in einem dicken Rohr steckten.

Der Rabenvogel flog über den Springbrunnen hinweg das Wasserbecken entlang und landete auf der Mauer, die das Schwimmbad von den Bahngleisen abgrenzte. Er trippelte nach rechts und links zwischen den Glasscherben im Beton. Kinder erklommen die Leiter zum hohen Sprungbrett und purzelten dort eines nach dem anderen herunter wie Vogeljunge, die ein Windstoß aus dem Nest geworfen hatte.

Normalerweise kam der Rabenvogel an Sommertagen etwas später her – wenn die meisten Leute schon weg waren und ehe die zwei, einer hell, einer dunkel, eintrafen, um den Müll einzusammeln. Gelegentlich warfen die letzten Besucher ihm ein Stück Brot zu, aber manche schleuderten auch Steinchen nach ihm oder peitschten ihn mit der Handtuchecke, köpften ihn schier. Im Winter, wenn das ganze Areal innerhalb der Mauern menschenleer war, sammelte sich eine große Lache aus Regenwasser auf dem Boden des Beckens, in seiner tiefen Hälfte, und etwas – vielleicht die zarten

Pflänzchen, die im Schlamm wuchsen – verbesserte den Geschmack des Wassers.

Genau unter dem roten Schild, das an einer quer über das Becken gezogenen Kette baumelte, tauchte der Kopf eines kleinen Jungen aus dem Wasser auf. Sein Haar war nass, und an seinem Scheitel, der durch die Nässe breiter geworden war, zeigte sich ein noch größerer Streifen braune Haut mit einem Netz dünner Linien in Violett-Rosa-Grün-Blau. Jenseits der Mauer beschleunigte ein Zug. Der Kopf des Jungen verschwand unter Wasser, und kurz darauf kam ein Haarbüschel wieder zum Vorschein – und dann auch eine Hand des Kindes. Ein älterer Mann sprang ins Wasser, und sein großer Körper ließ beim Hineinplatschen klare Tropfen herumspritzen, die in der Sonne glitzerten. Mit zwei ausholenden Schwimmzügen erreichte der Mann den Jungen und packte ihn.

Der Rabenvogel hob von der Mauer ab, gewann mit zwei kräftigen Flügelschlägen an Höhe und tauchte mit ausgestrecktem Schnabel dorthin ab. Der große Mann ergriff den Kopf des Kindes und zog ihn aus dem Wasser. In diesem Moment bohrte sich der schwarze Hornschnabel in den großen, braunen Arm, der den Jungen hielt. Der Mann warf den linken Arm in die Höhe und schrie vor Schmerz: *»Kuss Umak!«*

Nicht der Schlag, den der Rabenvogel von der muskulösen Hand auf den Kopf bekam, sondern das Wasser, das in sein Gefieder drang und es beschwerte, hinderte ihn daran, aus dem Schwimmbecken zurück Richtung Mauer abzuheben und von dort weiterzufliegen über das Viertel und die Hauptstraße, in zwei großen Kurven den Bahnhof zu umkreisen und im langsamen Gleitflug zu dem riesigen Baum und zu seinem Nest zurückzukehren. Sein linker Flügel hob sich ein wenig, aber der rechte klebte ihm am Leib. Vergeblich versuchte er, den linken Flügel weiter hochzubekommen, doch damit stieß er seinen Rumpf nur noch tiefer hinein, und durch den aufgesperrten Schnabel drang mehr und mehr Wasser ein. Mit leichtem Zittern, das immer schwächer wurde, sank der Rabenvogel ab, und das Leben verließ seinen Körper mit ein paar Bläschen, die zur Wasseroberfläche aufstiegen. Langsam ging der kleine, grauschwarze Leib unter, genau unter dem roten Schild, das die Grenze zwischen flachem und tiefem Wasser bezeichnete, bis er auf der dunkelblauen Linie landete, die die Fünfzig-Meter-Bahn zwischen dem Startblock auf der einen und dem auf der anderen Seite in zwei Hälften unterteilte. Dort ungefähr verlief die Grenze der Wasserlache im Winter.

6

»Ich halte dich nicht, Charlie, du schwimmst von allein«, sagte seine Mutter.

»Stimmt nicht, tu ich nicht«, erwiderte er.

»Das meinst du nur, aber doch. Du schwimmst wirklich schon selbst.«

»Stimmt nicht, tu ich nicht«, beharrte er.

Da er ihren Zeigefinger immer noch am Bauch spürte, war er erstaunt, sie plötzlich vor sich stehen zu sehen. Sie zog die Arme aus dem Wasser und spreizte die Hände wie ein Zauberer, zeigte ihm, dass sie leer waren, ihn nicht mehr stützten oder hielten.

Vielleicht sollte er jetzt einfach untergehen wie ein Stein, damit sie verstand, dass er noch nicht ohne sie schwimmen konnte? Aber seine Arme und Beine holten unverwandt aus, als seien sie stolz darauf, schwimmen zu können. Seine Mutter tauchte ihre Hände wieder ein und schwang sie hoch, zwei Wassergardinen entstanden zu beiden Seiten ihres Körpers, und bunte Flimmer tanzten darauf. Das Wasser rann ihr die Arme hinunter bis zu den Achselhöhlen, am Hals entlang und zwischen die Brüste.

Sie bedeutete ihm, zu ihr zu schwimmen, es zumindest zu versuchen. Aber als er auf sie zuruderte, wartete sie nicht auf ihn, sondern schritt rückwärts. Die Wasseroberfläche an ihrer Taille schwappte auf und ab. Wenn sie gewollt hätte, hätte sie den Abstand zwischen ihnen mit einem Schritt oder einem Schwimmzug schließen können.

Sie stieß mit dem Rücken an die Schwimmerkette, die die Schwimmbahn abgrenzte, verschwand unter Wasser und tauchte auf der anderen Seite der Kette mit den blau-weißen walzenförmigen Schwimmern wieder auf, die nun auch sie beide trennte. Seine Mutter tat einen weiteren schwebenden Schritt zurück, bis sie mit dem Rücken an die Beckenwand stieß. Dort stemmte sie sich mit den Armen hoch, schwang sich auf den Beckenrand, zog auch die Beine aus dem Wasser und stand auf.

Charlie hob die Schwimmerkette über den Kopf und schwamm auf die Wand zu. Ihre Zehen waren genau vor seinen Augen, groß und schrumpelig wie bei einer alten Frau. Er blickte hoch über ihre Waden und Schenkel zu ihrem Bauch und Busen bis zu dem fernen Gesicht, das von der weißen Kappe umschlossen war. Das Zittern in der Wade setzte erneut ein. Eine kleine Pfütze bildete sich um ihre Füße.

»Schwimm, Charlie«, sagte sie von oben mit leicht bebender Stimme, »schwimm hier weiter, bei den Startblöcken, im flachen Wasser, schwimm vorsichtig. Du schwimmst, und ich schaue auf Charlie Ben Hemo, den kleinen Mann, der selbst schwimmen kann.«

Sie wartete nicht mal, um ihn die Hände vom Beckenrand lösen zu sehen. Wandte den Rücken und stapfte zum Liegestuhl. Ihre Hände waren zu Fäusten geballt, aber die Daumen wackelten rasch hin und her. Charlie machte kehrt und schwamm los.

Er schwamm quer übers Becken unter den Startblöcken der flachen Seite. Zuerst bewegte er seine Glieder, wie sie es ihm beigebracht hatte, streckte Arme und Beine langsam vom Körper weg und zog sie wieder heran. Aber je mehr er vorankam, desto hastiger, ermüdender und weniger effizient wurden seine Züge. Als er den letzten Startblock, die Nummer sieben, erreichte, waren seine Kräfte erschöpft, und er blieb auf dem Boden stehen. Das Wasser stand ihm genau zwischen Kinn und Mund. Er machte die Augen auf, ließ das bittere Wasser in seinen Mund fließen und spuckte es gleich wieder in hohem Bogen aus.

Seine Mutter saß auf der Kante des Liegestuhls, wie er, wenn er ihre Bahnen zählte, wie heute beim Lesen der Note. Vielleicht hatte sie ihn doch angeschaut, als sie schwamm? Er wollte ihr zuwinken und signalisieren: Noch eine Bahn, Mama, die letzte, aber als er die Hand aus dem Wasser zog, sah er sie zum großen Sprungbrett schauen und von da zu den Umkleidekabinen auf der anderen Seite. Danach ließ sie sich zurückfallen und versank in dem gestreiften Stoff. Sie schob die Rückenlehne weiter zurück, und ihre ausgestreckten Beine hoben sich mit dem Vorderteil des Stuhls, sodass ihr Gesicht nicht mehr zu sehen war.

Startblock Nummer sieben warf einen Schatten auf seinen Kopf. Und was, wenn er jetzt ertrank? Sie würde es gar nicht merken. Vielleicht war es ihr überhaupt egal, ob er ertrank. Und vielleicht war es auch ihm eigentlich egal – ob er ertrank oder ob es ihr egal war.

Dort an der Quelle
Im frischen Grase
Sitzt ein Trupp Bundisten
Die können singen, tanzen
Können auch arbeiten
Das ist ein Trupp Bundisten.

Das Lied des Jugendbunds HaMachanot HaOlim erschallte von Startblock sieben. Auf beiden Seiten des Blocks, rechts und links, baumelten die Beine zweier junger Mädchen, die darauf saßen, die Rücken wohl aneinandergelehnt. Die eine hatte helle, die andere dunkle Beine. An dem einen dunklen Knöchel hing eine Leinenkordel. Der Bademeister rief jemandem zu: »Vorsicht, pass auf, du da!«, und die Mädchen hörten auf zu singen. Die eine plapperte schnell los, so wie Batya manchmal nachts redete, wenn sie das Licht löschten, damit sie sich im Dunkeln in ihren Betten einander näher fühlten.

»Also am Ende des Treffens, hörst du, als wir schon beinah unsere biblische Parole ›Wohl werden wir hinaufziehen‹ brüllten, mit der ich sie immer nach Hause schicke, kam Guri, der neue Kommuner, hast du den mal gesehen? Der meint immer, alles besser zu wissen. Hat sich neben mich gesetzt und die Teilnehmer gefragt, ob alles in Ordnung ist, und ob sie Fragen haben, und ob es ihnen im Bund gefällt. Hat geredet wie so ein Direktor, oder Lehrer, hat sich für sonst was gehalten. Und da hat diese Kleine, Michal, die gerade mal die fünfte Klasse beendet hat, die Hand gehoben wie in der Schule und gefragt, warum beim Festakt, beim Antreten zum

Jugendbundfest, eine rote Fahne gehisst war, und ob das heißt, dass wir Kommunisten sind, und wenn ja, hörst du, hat sie gesagt: ›Wenn ja, dann will ich nicht hier sein, denn ich will keine Kommunistin sein.‹«

Die Freundin lachte. »Und was hast du gesagt? Und was hat er geantwortet? Ich hätte nicht gewusst, was ich darauf antworten sollte.«

»Ich habe geschwiegen, natürlich, und dieser Guri, der sich vorher als großer Held und Supergescheiter aufgespielt hat, ist knallrot geworden.«

»Wie die rote Fahne.«

»Genau! Hat gestammelt und geschwitzt, und seine Pickel sind noch tiefer rot geworden.«

»Der Ärmste.«

»Und dann ist seine Stimme plötzlich ganz hoch geworden, und er hat gehustet.«

»Oh, wie lustig!«

»Und hat versucht, Zeit zu schinden, hat sie nach ihrem Namen gefragt, in ganz ernstem Ton, und gesagt, ›schau, Michal, schau, wir sind keine Kommunisten, wir sind Sozialisten.‹«

»Und was Sozialisten seien, hat sie sicher gefragt, auch darauf hätte ich keine Antwort gewusst.«

»Ich auch nicht, und genau das hat sie gefragt! Und er – tat mir nun direkt schon leid, der Typ – hat was von Genossenschaft und Kibbuz und zionistischer Verwirklichung und alldem gefaselt, weißt du, und als sie dann eine schlaue Miene gemacht hat, weißt du, und gesagt hat, ›ich habe nicht recht verstanden, was Sozialismus ist und warum das nicht so ist wie Kommunismus‹, war er völlig aus dem Konzept und ist noch mehr rot geworden und hat zu ihr gesagt: ›Frag deinen Papa, was Sozialismus ist, er wird es dir schon erklären.‹«

Die Mädchen lachten. Die Helle streckte die Beine, und gleich darauf tat es ihr ihre Freundin mit den dunklen Beinen nach. Charlie blickte von der Betonbasis des Startblocks wieder zum Liegestuhl seiner Mutter.

Von den Umkleidekabinen her kam ein Mädchen im grünen Badeanzug, mit Strohhut und Sonnenbrille. Er erkannte sofort das Sandalenschlurfen, die Gesten und die leicht gebeugten Schultern, nur Hut und Sonnenbrille waren neu und unvertraut. Gleich würde sie zu ihm herrennen und ins Becken springen und ihn mit Wasser bespritzen und sagen, sie glaube nicht, dass er wirklich schwimmen könne, und er würde freudig antworten: »Mama hat das im Scherz gesagt, nicht im Ernst«, und da würde sie wissen, dass er's konnte.

»Batya! Batya! Hier bin ich!«, rief er ihr zu.

Das Mädchen mit dem Strohhut schaute nun in seine Richtung, und als sie den Mund auftat und rief, klang auch die Stimme so ähnlich wie Batyas, aber auch ähnlich wie die der beiden jungen Mädchen, die auf dem Startblock über seinem Kopf saßen: »Hi, kommt ihr morgen?«

»Hi, Mira«, erwiderten die beiden gleichzeitig. »Ja klar, sicher.«

Das Mädchen, das er eben mit Batya verwechselt hatte, ging an dem Liegestuhl vorbei – dem Bett des verwundeten Soldaten aus *Die illustrierte Enzyklopädie der Welt der Kultur* – und winkte dann jemandem, der im tiefen Teil des Beckens schwamm, und der – ein älterer Mann, vielleicht der Vater – winkte zurück.

Als er den Blick wieder auf den rissigen Beton am

Fuß des Startblocks richtete, hatte er schon fast völlig vergessen, wie seine Mutter ihm am Vortag aus *Don Quijote* vorgelesen und wie er gelacht hatte, als sie den Namen der Stute erwähnte, und wie er, während sie laut vorlas, im Stillen die für Kinder vokalisierten Buchstaben gelesen hatte, und später, bei Nacht, als sie nach Hause kam, hatte sie ihn auf den Arm genommen und aufs Sofa getragen. Er erinnerte sich vage, nur als blass verschwommenen Hintergrund zu anderen Gedanken und Erinnerungen, wie Batya ihn heute Morgen umarmt und am Hals geküsst und wie sie die Hand zu ihm erhoben hatte – mit aufrechtem Daumen vorgestreckt – und sicher gewesen war, er würde verstehen, und wie er später selbst die Hand mit aufrechtem Daumen vorgestreckt hatte – in Richtung des Gartens und des Baums und der Ministerpräsidentin-Vogelscheuche und des Schulhoftors, das der große Baum verdeckte.

In seiner Erinnerung sammelten sich jetzt andere Dinge. Er erinnerte sich scharf an die aufdringlich riechende Flüssigkeit, mit der sein Vater sich im Scheinwerferlicht des Kübelwagens eingerieben hatte, und an das »möget ihr getröstet sein in der Erbauung Zions und Jerusalems«, wegen dem der Mann, der die Note geschrieben hatte – Avrum oder Avri oder Avi –, sich für seinen Vater geschämt hatte. Er erinnerte sich, dass er ausgerechnet heute, als seine Mutter noch und noch geschwommen war, nicht mitgezählt hatte, wie viele Bahnen es gewesen waren, und an ihren Kugelschreiber, der ihm aus der Hand geglitten und unter dem Bademeistersitz ins Wasser gekullert war, und an seinen Tritt in die Luft gestern Nacht, als er dachte, er würde niemals so erwachsen werden wie der Papa und die Mama, die ihre Kinder ins Auto gesetzt hatten.

»Ach«, sagte er und stieß sich mit den Zehenspitzen wieder vom Beckenboden ab. Das Lachen der Mädchen erklang noch über seinem Kopf. Die eine klatschte in die Hände. Er fühlte sich ihnen sehr fern und auch sehr nah. Noch nie zuvor hatte er das Wort »Kommuner« gehört und auch nicht die Wörter »Kommunisten« und »Sozialisten«, wusste aber, was ein Kibbuz war. Sie sprachen beneidenswert intim miteinander. Und sie erinnerten ihn auch stark an Batya.

Seine Füße, die wie beim Traumwandeln schwebten, landeten langsam wieder auf dem Boden des Beckens. Über seinem Kopf stimmten die Mädchen auf dem Startblock ein neues Lied an.

Spiele, Katros, spiele traurig,
Schlage rührend meine Saite …

Und wie gestern Abend beim Übergang vom Licht zum Dunkeln, als er auf den Sandplatz vor dem Zaun des Schulgartens geblickt hatte, dachte Charlie, er würde wohl nie so sicher seinen Platz in der Welt kennen wie diese beiden, die nun im Takt des Liedes die Beine schwenkten. Er wusste, die Hand seiner Mutter, die jetzt fern von ihm lag wie eine grantige Alte und sich überhaupt nicht darum scherte, ob er ertrank, würde ihn nicht bald an Rücken und Hals berühren und nicht fragen, ob alles in Ordnung sei, und Batya würde nicht auftauchen und ihn von hinten umarmen und »Erstklässler-Waisenkind« nennen.

Und wenn dem so war, warum dann nicht ertrinken? Warum nicht ins tiefe Wasser abtauchen und nicht wieder hochkommen?

Charlie hielt sich oben am Beckenrand fest und warf einen letzten Blick auf den rissigen Beton. Er zog die Knie an den Bauch heran, steckte den Kopf ins Wasser und stieß sich mit den Füßen mit aller Kraft von der Wand ab. Der starke Stoß schickte seinen Leib langsam zur Beckenmitte.

Als er den Kopf aus dem Wasser zog, drang ihm heftiges Getöse in die Ohren – aufgeregtes Stimmengewirr, lautes Trommelschlagen. Doch der starke Lärm teilte sich und zerfiel rasch in die normalen Schwimmbadgeräusche – Schreie, Pfiffe, Wasserplatschen, ferne Rufe. »Geduld, Geduld.« Aus dem Geräuschgemisch hoben sich auch die Stimmen der beiden Mädchen ab, die das ukrainische Volkslied fröhlich weiter zweistimmig sangen.

Dort läuft die Uhr ohne Unterlass, dort läuft die Uhr ohne Unterlass
Und ihre Räder schlagen tick-tack, und ihre Räder schlagen tick-tack.

Ein tiefer Atemzug füllte ihm Mund und Lungen mit berauschendem Sauerstoff, und er steckte den Kopf erneut unter Wasser, bewegte Arme und Beine in weiten, gleichmäßigen Zügen schräg abwärts, zur Beckenmitte. Zum ersten Mal, seit seine Mutter ihm das Schwimmen beigebracht hatte, öffnete er die Augen unter Wasser. Rechts von ihm schwebte der Leib einer Frau im rosa Badeanzug, ihr Kopf war über dem Wasser verborgen, und ihre dicken Beine wedelten hin und her wie im leichten Wind. Unter ihm, auf dem Boden des Beckens, verliefen die dicken, blauen Linien, die die sieben Startblöcke auf der einen Seite mit denen auf der anderen verbanden. Von außen hatten diese Striche ausgefranst und zittrig ausgesehen, aber jetzt waren sie klar und ruhig, luden ihn ein, zu ihnen herunterzukommen. Die Luft in seinen Lungen wurde knapper. Der Beckenboden ging steil abwärts, und seine blauen Schattierungen schimmerten immer dunkler. Benommen dachte er, um seinen Körper schnell auf den Boden zu schicken, müsste er sich erst zusammenducken und dann ruckartig wieder strecken und mit den Beinen stoßen. Doch eine unkontrollierbare Kraft lenkte seinen Kopf gerade in die umgekehrte Richtung, aufwärts, zur Wasseroberfläche, um Luft zu bekommen. Bevor sein Mund aus dem Wasser ragte, hatten die Lungen schon rasch Luft geschnappt. Seine Arme patschten und kreisten. Statt Zusammenducken, Strecken und raschem Abtauchen zu den ruhigen, blauen Streifen auf dem Boden, stießen seine Arme und Beine das Wasser in schnellen, unkoordinierten Schlägen. Er versuchte, seinen Körper zur Verlangsamung zu zwingen, aber sein Wille hatte keinerlei Einfluss mehr auf Bewegungen seiner Glieder.

Starke Hände packten ihn, und direkt neben seinem Ohr hörte er Flügelschlagen und den Bademeister *»Kuss Umak!«* rufen. Zuerst wurde sein Kopf von einer großen Hand gehalten, dann griff ein sicherer Arm ihm unter die Hüften, umfasste sie beinahe. Als er die Augen öffnete, blickte er geradewegs in die Sonne und auf einen behaarten, blutenden Arm, dann fielen ihm die Lider von selbst wieder zu. Jenseits der Mauer des Schwimmbads hörte man das Tuten eines Zuges, der den Bahnhof verließ. Danach versank sein Geist in wohlige Stille.

Er erwachte in Seitenlage und spürte die Wärme der Steinplatten langsam in seinen kalten Körper dringen. Der Bademeister kniete bei ihm und betrachtete ihn von oben. Der Nabel des Mannes saß in der Mitte seines mächtigen, behaarten, braunen Bauchs. Zwischen ihnen beiden stand eine Pfütze Erbrochenes.

»Junge, kannst du nicht lesen? Auf dem roten Schild steht ›Tiefes Wasser‹. Wer nicht schwimmen kann, darf sich dort nicht aufhalten, schon gar nicht allein. Hörst du mich?«

Aus einer tiefen Schramme am Arm des Bademeisters quollen Blutstropfen. Die Wärme des Steins strömte weiter in Charlies Leib und beruhigte langsam das Zittern. Auf der anderen Seite des Schwimmbeckens – zwischen den gebeugten Beinen des dicken Bademeisters, unter der eng anliegenden, schwarzen Badehose, die an seinem großen Glied klebte – sah er seine Mutter auf dem Bett der verwundeten Soldaten schlafen.

Menschen scharten sich um ihn. Zwischen ihren Beinen entdeckte er auch den schlanken, dunklen Knöchel mit der Leinenkordel. Ein Junge, dessen Leib er bis in Brusthöhe sah, zog seine schlaffe Badehose hoch, und Charlie erkannte ihn – das war der Junge, der vom Sprungbrett gesprungen war und dem der Bademeister »Bravo, Kleiner« zugerufen hatte.

»Bravo«, sagte er mit schwacher Stimme. Die nackten Beine ringsum – dicke, dünne, glatte, behaarte – wurden immer mehr. So losgelöst vom übrigen Körper sahen sie lächerlich aus.

Der Bademeister sprach ihn erneut an: »Wie heißt du? Wo ist deine Mama, wo ist dein Papa? Irgendwer? Er lächelt, der Junge, was lächelt er denn? Junge, bist du okay?«

Er lächelte, weil er sich jetzt okay fühlte. Er antwortete nicht auf die Fragen des Bademeisters, wusste jedoch mit Sicherheit, dass er sich völlig okay fühlte, dass es ihm gut ging hier in diesem neuen Dasein, fern von seiner Mutter, die dort jenseits des Beckens schlief, gar nichts davon wusste, dass er untergegangen und dann hier aufgewacht war, als sei er gar nicht mehr ihr Sohn, dass er hier auf dem warmen Steinboden, umstanden von vielen Menschen, ruhig und sicher war, es ihm besser ging als dem Kind, das er vor dem Beinah-Ertrinken gewesen war, besser als diesen ganzen Tag über, angefangen vom Aufwachen auf dem Balkon am Morgen gegenüber dem Schulgarten.

Aus mehreren Richtungen hörte man die Töne vor den Siebzehn-Uhr-Nachrichten. Sein Denken war scharf. Er erwartete, dass der Sprecher mit der Nachricht beginnen würde, wie die Raumkapsel Apollo 11 ihren Flug zum Mond fortsetzte, aber der Sprecher sagte etwas anderes:

> *Wegen des sinkenden Wasserstands im See Genezareth kamen gestern am Strand von Ein Gev Reste einer Uzi-Maschinenpistole zum Vorschein, anscheinend die Waffe eines Zahal-Soldaten, der im Sechstagekrieg bei den Kämpfen auf den Golanhöhen gefallen*

ist. Noch ist nicht klar, wie sie von den Schlachtfeldern an den See gelangt ist.

Charlie hielt den Atem an. Der Redner legte eine Kunstpause ein und berichtete weiter:

Die drei Astronauten im Raumschiff Apollo 11 setzen ihren Weg zum Mond ohne Zwischenfälle fort.

Ein drückendes Gefühl stieg vom Bauch zur Brust und von dort in seine Kehle. Aus seinem Mund schoss ein letzter, selbstständiger Strahl gelben Kotzwassers. Jetzt, als sein Magen sich völlig entleert hatte, verließ ihn auch das letzte bisschen Unbehagen. Er wollte sagen, dass Charlie Ben Hemo schwimmen konnte, sagte aber stattdessen: »Charlie Ben Hemo kann lesen.« Aus seinem rechten Ohr rann Wasser. »Wir haben gesiegt, gesiegt, einen Sieg errungen, einen ganz großen!«, sagte er mit der Stimme des neuen Kindes, dem Jungen, der nach dem Beinah-Ertrinken seinem Vater ähnlicher aus dem Wasser gekommen war.

Der Bademeister lachte, und nach ihm lachten alle, die ihn im Halbkreis umstanden. Alle anderen Stimmen übertönte das hohe, schallende Gelächter der beiden jungen Mädchen, die über seinem Kopf auf Startblock Nummer sieben saßen. Er fasste seine Gefühle für sich in Worte – Charlie Ben Hemo fühlte sich wohl, Charlie Ben Hemo fühlte sich sehr wohl – und dachte, er brauchte sich bloß dafür zu entscheiden, dann würde dieser Augenblick wahr werden.

DANK

Vielen Dank an Iris Leal, die die Arbeit an dem Buch in Freundschaft und Klugheit begleitet hat.

Vielen Dank an Yuval Shimoni für die gekonnte und erhellend sensible Redaktion des Buches.

ZITATNACHWEISE

Das Motto stammt aus der hebräischen Enzyklopädie *Die Welt der Kultur*, Massada Verlag, Ramat Gan 1965, S. 1184.

Der Romananfang aus *Don Quijote* von Cervantes folgt der hebräischen Übersetzung von Chaim Nachman Bialik.

Der Abdruck aus *Get Back* von The Beatles erfolgt mit freundlicher Genehmigung der Sony Music Publishing (Germany) GmbH. Music & Lyrics: John Lennon, Paul McCartney © Sony/ATV tunes LLC. Solo publisher: Sony Music Publishing (Germany) GmbH.

Die Zitate aus *The Rainbow* von D. H. Lawrence stammen aus der Ausgabe von Wordsworth Editions, Stansted 1995.

Der Text aus dem Lied *Di goldene pawe* stammt von Itzik Manger.

Das Zitat von Thomas Mann stammt aus *Buddenbrooks. Verfall einer Familie*, S. Fischer Verlag, Frankfurt a. M. 1989.

Das Lied *Lili Marleen* beruht auf einem Gedicht von Hans Leip (1915) und wurde u.a. von Marlene Dietrich interpretiert.

Die Kantate *Selig sind die Toten, die in dem Herren sterben* stammt von Heinrich Schütz, Geistliche Chormusik, SWV 391, 1648.

Sofern hier nicht anders angegeben, wurden die Zitate von Ruth Achlama ins Deutsche übertragen.

Trotz intensiver Bemühungen konnten in einzelnen Fällen die Rechteinhaber nicht ermittelt werden. Sie werden gebeten, sich mit dem Verlag in Verbindung zu setzen.

Even with great effort some of the copyright holders could not be found. They are kindly requested to get in touch with the publishing house.

GLOSSAR

Ahbal	Dussel (Arabisch)
Alija	bezeichnet die Rückkehr von Juden nach Israel (Hebräisch)
Aschkenasim oder Aschkenasen	Jüdinnen und Juden, die ursprünglich aus Mittel-, Nord- und Osteuropa stammen
Bar/Bat Mizwa	Feier zur religiösen Mündigkeit von Mädchen (Bat) und Jungen (Bar)
»Barutschek miskentschik.«	»Armer kleiner Baruch.«
»Bechajat dinak.«	»Also wirklich, ich bitte dich.« (Arabisch)
Chabibi	Schatz (als Koseform, Arabisch); wörtlich: mein Freund, mein Lieber
»Chalas!«	»Lass gut sein!« (Arabisch)
Chawadscha	Herr (als Anrede für männliche Respektspersonen, Arabisch)
»Dir balak.«	»Aufgepasst.« (Arabisch)
Domari	Einzahl Dom (Mann, Mensch), Mehrzahl auch Dome oder Domba. »Arabische Zigeuner«, das heißt ein Zweig dieses Volkes, der sich vor mehreren Jahrhunderten im Nahen Osten niedergelassen hat

Fedajin	Terroristen, vor allem arabische Eindringlinge aus den Nachbarländern vor dem Sechstagekrieg 1967
Galabija	traditionelles langes Gewand mit weiten Ärmeln (Arabisch)
Goja	nichtjüdische Frau (Hebräisch)
Greenbacks	Dollars, vor allem im illegalen Devisenhandel
Hadassah	zionistische Frauenorganisation in den USA, die in Jerusalem u.a. das Hadassah-Krankenhaus aufgebaut hat
HaMachanot HaOlim	zionistisch-sozialistische Jugendorganisation
Hapoel	hier: der Fußballverein Hapoel Jerusalem, allgemein Arbeitersportverein
Histadrut	Dachverband der Gewerkschaften Israels
»In'al abuk!«	»Verflucht sei dein Vater!« (Arabisch)
I see the moon [...]	Einschlaflied aus dem 18. Jahrhundert
Is gefloigen di goldene	Der goldene Pfau ist weggeflogen,/

pawe awek …	nach Süden zu suchen das Gestern,/ Trili, trala, trili/Hat einen N*** mitten auf dem Feld gefunden,/ der flickte mit goldenem Stroh sein armseliges Zelt,/Trili, trala, trili
ja	Füllwort, das in etwa dem deutschen »du« entspricht (Arabisch)
»Jalla!«	»Los!« (Arabisch)
»Jebem mu mater.«	»Soll er seine Mutter ficken.« (Serbisch)
Kadi	islamischer Rechtsgelehrter
Knesset	israelisches Parlament
Kurviza	slawischer Ausdruck: kleine Schlampe, Früchtchen
Kufija	von Männern getragenes Kopftuch (Arabisch)
»Kuss Umak!«	»Fotze deiner Mutter!« (Arabisch)
Lag baOmer	Freudentag in Erinnerung an mehrere Ereignisse in der jüdischen Geschichte. Kinder und Jugendliche entzünden am Vorabend gern Lagerfeuer
Mapai	ehemalige sozialdemokratische Partei in Israel, Vorgängerin der heutigen Arbeitspartei

Matzpen	wörtlich: Kompass; hier: linksradikale israelische Bewegung und Name der von ihr herausgegebenen Zeitung
Meskina	die Ärmste (Arabisch)
Mil	ehemalige kleinste israelische Währungseinheit
Moschaw	israelisches Genossenschaftsdorf, in dem jede Familie ihren eigenen Hof in Eigenarbeit auf Böden in nationalem Besitz bewirtschaftet
Muchtar	Dorf- oder Ortsvorsteher (Arabisch)
piper	Pfeffer (Rumänisch)
»Sachteen!«	»Wohl bekomms!« (Arabisch)
Schin Bet	Frühere Kurzbezeichnung des israelischen Inlandsgeheimdienstes
Tawass	Pfau (Hebräisch)
Tikkun	wörtlich: Reparatur; speziell auch Weltverbesserung, Behebung der Mängel der Welt (Hebräisch)
Umm	Mutter (Arabisch). In Zusammensetzung mit einem Vornamen, Substantiv oder Ortsnamen wird es zu einem Ehrenbeinamen für Mütter: Umm Ibrahim. Das männliche Gegenstück ist Ibn.

»Walla!«	beliebtes arabisches Allerweltswort des Erstaunens im Sinne von »oho« oder »schau her«
Zadi	achtzehnter Buchstabe im hebräischen Alphabet und Logo der israelischen Streitkräfte